荣　获

新闻出版总署优秀畅销书奖

全国优秀古籍图书普及读物奖

第十七届山西省优秀图书一等奖

第 二 届 山 西 出 版 政 府 奖

山西出版集团2008年度十种好书

全套藏书累计销售500万册

诸子百家卷 《诗经》《尚书》《礼记》《楚辞》《论语·大学·中庸》《孟子》
《老子》《庄子》《荀子》《韩非子》《孙子兵法·尉缭子·鬼谷子》
《墨子》《周易》《山海经》《吕氏春秋》《三十六计》

名家选集卷
《三曹诗集》	《陶渊明集》	《王勃集》	《王维集》	《孟浩然集》
《高适集》	《岑参集》	《李白集》	《杜甫集》	《白居易集》
《刘禹锡集》	《元稹集》	《李商隐集》	《李贺集》	《杜牧集》
《韩愈集》	《柳宗元集》	《李煜集》	《欧阳修集》	《王安石集》
《苏轼集》	《黄庭坚集》	《柳永集》	《秦观集》	《周邦彦集》
《李清照集》	《辛弃疾集》	《陆游集》	《范成大集》	《杨万里集》
《姜夔集》	《文天祥集》	《元好问集》	《唐寅集》	《张岱集》
《三袁集》	《李贽集》	《傅山集》	《纳兰性德集》	《袁枚集》
《郑板桥集》	《龚自珍集》			

史著选集卷  《左传》《国语》《战国策》《史记》《汉书》《后汉书》《三国志》
《资治通鉴》

综合选集卷  《唐诗三百首》《宋词三百首》《元曲三百首》《千家诗》《古文观止》
《汉魏六朝小赋骈文选》 《唐宋八大家文选》 《明清小品文选》

笔记杂著卷 《蒙学六种——三字经·百家姓·千字文·增广贤文·幼学琼林·格言联璧》
《颜氏家训·朱子家训》 《世说新语》 《金刚经·坛经·心经·地藏经》
《曾国藩家书》《菜根谭·小窗幽记·幽梦影》《浮生六记》《闲情偶寄》
《近思录》《徐霞客游记》《古代书信精选》

戏曲小说卷  《元杂剧精选》《西厢记》《牡丹亭》《长生殿》《桃花扇》《今古奇观》
《三国演义》《水浒传》《西游记》《红楼梦》《聊斋志异》《儒林外史》
《封神演义》 《话本小说选》 《文言小说选》

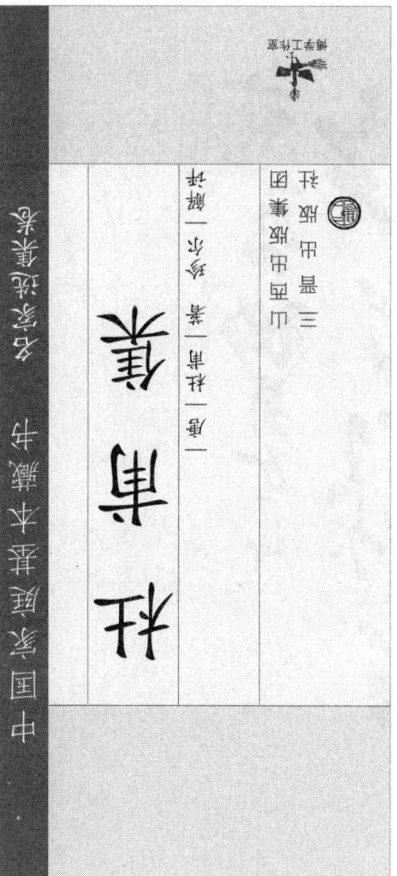

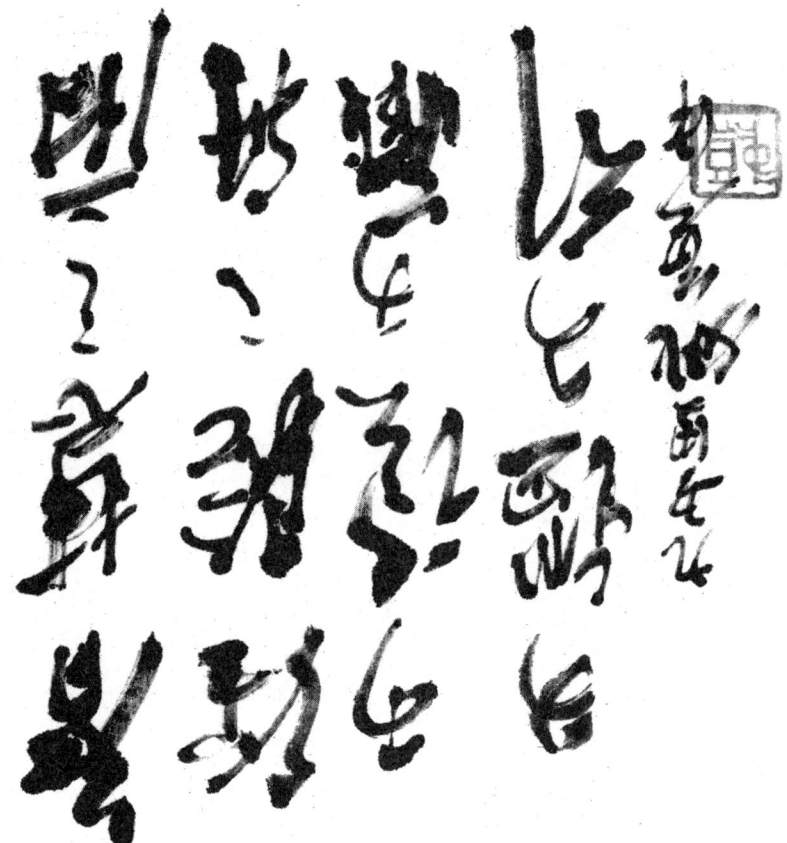

·九八六年朱德峥嫡孙朱和平为《中国商道诚信录》题词

前言

中国是一个极其重视诗歌的国度。五千年诗作汇成了浩瀚银河。杜甫诗歌，就是这银河中格外明亮、耀眼的星群。千百年来一直以其真、善、美的高贵光芒，烛照着人类的精神世界，滋养着一代又一代人的心灵。越是年代久远，人们便越能发现其隐含在诗句深处的丰厚内涵和艺术价值。我们今天诵读着杜甫的诗句，犹如看到一位捧着一颗赤子丹心的白发苍苍的老人从遥远的唐代向我们走来，他为普通的黎民百姓而鼓而呼，为国家的兴亡、民生的疾苦而歌而哭。他的诗直到今天读来仍振聋发聩、真切感人，难怪他的诗会历经千年而不衰，被后人广为传唱；难怪历代文人名士会对杜甫充满崇拜之情。

杜甫的诗歌艺术对后世的影响是极其深远的。白居易、元稹的新乐府运动，在文艺思想方面显然受到杜诗的很大启示；李商隐近体诗中讽喻时事的名篇，在内容和艺术上都深得杜诗之精髓；宋代著名诗人如王安石、苏轼、黄庭坚、陆游等，对杜甫都推崇备至，他们的诗歌从不同方面各自继承了杜甫的传统。

杜诗的影响不仅仅局限于文学艺术领域。杜甫诗歌的伟大精神千百年来一直影响和感召着一代又一代人为国家和民族的利益而奋斗。宋末民族英雄文天祥被元人俘虏，囚居狱中时，用杜甫的五言诗集诗二百首。他在《集杜诗·自序》中说："凡吾意所欲言者，子美先为代言之。"

康有为几乎能一字不漏地背诵全部杜诗。陈独秀也能背诵杜诗全集而不遗漏一字。他在《答胡适论文学革命书》中说："诗中之杜，文中之韩，均为变古开今之大枢纽。"鲁迅先生说："杜甫似乎不是古人，就好像今天还活在我们堆里似的。"闻一多先生说，杜甫是中国"四千年文化中最庄严、最瑰丽、最永久的一道光彩"。陈寅恪先生说："少陵为中国第一诗人。"

杜甫同时还是一位赢得了国际声誉的伟大诗人。从十三世纪起，杜诗就在日本、朝鲜、越南等国广为流传。十九世纪起，又被介绍到欧洲，受到西方汉学家的关注。1961年在斯德哥尔摩举行的世界和平理事会主席团会议上，杜甫被列为次年纪念的世界文化名人。

为方便读者阅读，这里对杜甫生平及其生活创作的几个阶段予以简略介绍。

杜甫(712—770)，字子美，京兆杜陵(今陕西西安西南)人，生于河南巩县(今河南巩义西南)，为晋代名将杜预之后。杜甫在长安时，曾住在城南少陵附近，所以他在诗中常自称"少陵野老"；因他最后的官衔是检校工部员外郎，故后世又称他为"杜工部"。杜甫自幼生长在文学传统浓厚的家庭中，祖父杜审言是初唐时期的著名诗人，官至膳部员外郎；父亲杜闲，曾任兖州司马、奉天县令。杜甫很小便开始读书习字，七岁即能以凤凰为题作诗。"七岁思即壮，开口咏凤凰。九龄书大字，有作成一囊。"(《壮游》)十五岁时他的文采便引起洛阳名士们的重视。其家庭中"奉儒守官"的文化传统，对他后来的忠君报国、仁民爱物的思想也有着很大的影响。

杜甫的生活从二十岁后大致可分为四个阶段。

第一阶段，漫游时期(731—745)。从唐玄宗开元十九年(731)起，青年杜甫曾进行了两次较长的漫游。第一次是在江南一带，他从洛阳出发，渡江至江宁，游历了金陵、姑苏一带，领略了剡溪、天姥山的秀丽风光。开元二十三年(735)，他回到洛阳投考进士，未中。第二年他又赴齐赵一带开始了第二次漫游："放荡齐赵间，裘马颇清狂。"(《壮游》)这期间他还结识了不少有趣的朋友，如苏源明、高适等人。他们一起纵歌豪饮，结伴打猎谈诗。雄奇峻伟的山川，多元的吴越、齐赵文化，使青年杜甫

开阔了眼界、增长了见识。这一时期,他写下了《望岳》等被后人称为"气骨峥嵘、体势雄浑"的不同凡响的诗歌。

开元二十九年(741),杜甫从山东回到洛阳,在偃师西北的首阳山下建了一座土窑,起名"陆浑山庄"。在这里,杜甫与司农少卿杨怡的女儿杨氏结婚,从此二人患难与共,直至白头。天宝三载(744),杜甫在洛阳与李白相遇,两颗千载一现的诗星在广阔的天宇奇迹般地相遇。他们结伴畅游,其间又恰逢高适,于是三位诗人一同访道寻友,谈诗论文,好不畅快。后杜甫将西去长安,李白则打算重游江东,于是二人在兖州分手,此后再未会面,杜甫为此写下不少怀念李白的感人诗篇。

这时的唐王朝,仓廪充实,国力强盛,但也隐伏着危机。唐玄宗好大喜功,开拓边疆,消耗了大量的人力物力,杜甫对此也有一些预感。但这一时期,他过的主要是游山涉水、高歌游猎的浪漫生活,流传下来的诗作不多,可见的只有二十几首,多是五言律诗和五言古体。

第二阶段,长安时期(746—755)。杜甫受自己家族中"奉儒守官"思想的影响,一直向往仕途,期望求得官职,能借此有所建树,实现自己"致君尧舜上,再使风俗淳"的理想。当时三十五岁的他于天宝五载(746)来到长安,在这里住了整整十年。对于杜甫来说,这是一生中思想、生活和创作都产生了巨大变化的十年。

天宝六载(747),杜甫在京都参加了玄宗诏选技艺之才的一次考试,但因"口蜜腹剑"的中书令李林甫的阴谋破坏,应试者无一人入选。天宝十载(751),玄宗举行祭祀"玄元皇帝"老子、太庙和天地的盛典,杜甫进献"三大礼赋",得到玄宗赏识,命宰相考他的文章,集贤院的学士们都来监考,一时间杜甫声名显赫。但考试结果,仅得到一个"参选列序"资格,这让杜甫大失所望。期间,杜甫生活拮据,父亲的去世更使他失去了经济来源,他只好靠采些草药出售以糊口。为了寻找出路,他不断地写诗投赠权贵,期望得到举荐,但都毫无结果。最后在安禄山叛乱的前夕,才侥幸得到了一个右卫率府兵曹参军的职务。

十年中杜甫目睹了权贵的贪婪骄横、边将的穷兵黩武,人民在租税与征役的盘剥下日益不堪重负、怨声载道。而当年曾励精图治的玄宗到了晚年竟变得昏庸淫佚,整日在宫中寻欢作乐。这一切都使怀着一腔报国壮志的杜甫灰心。长安虽大,却没有诗人的立足之地。为维持生计,他不得不含屈忍辱出入于贵族府邸,陪他们饮酒野游,以获得微薄的资助。"朝扣富儿门,暮随肥马尘。残杯与冷炙,到处潜悲辛"(《奉赠韦左丞丈二十二韵》)是他这一时期卑屈生活的真实写照。自身的遭际使他从思想感情到生活方式都更接近普通百姓，更能理解大众疾苦，这些后来都进入了他诗歌创作的题材。天宝十载(751)以后，他陆续创作出《兵车行》《丽人行》《前出塞》《后出塞》等不朽的名篇，给当时的诗坛增添了新的内容和表达方式。天宝十四载(755)冬，杜甫前往探视寄居在奉先的妻子，又写出了《自京赴奉先县咏怀五百字》的犀利名篇，以"穷年忧黎元，叹息肠内热"的深情，概括了当时社会上"朱门酒肉臭，路有冻死骨"的不平现实。十载长安生活，杜甫亲眼看到了唐朝从盛世走向衰败，他用自己的笔，生动地记录了这一历史过程。这一时期流传下来的杜诗约一百多首，其中优秀的诗篇大多是五七言古体诗。

第三阶段，任职左拾遗与流亡时期(756—759)。就在杜甫前往奉先看望妻子的时候，也就是天宝十四载(755)十一月，安禄山起兵向洛阳进发，"安史之乱"拉开了序幕。唐玄宗闻讯仓皇逃往西蜀，肃宗在灵武即位。杜甫这时正在鄜州，他将家属匆匆安置在城北的羌村，只身北上赴灵武欲投奔肃宗。不料半路被叛军截获，送往长安。在拘押长安的近半年中，杜甫看到京城一片荒凉，生灵涂炭，又听到唐军先后在陈陶、青坂两处全军覆没的噩耗，不禁满腔悲愤，和着泪水写出了《悲陈陶》、《悲青坂》、《春望》、《哀江头》等诗篇。

至德二载(757)四月，杜甫冒着生命危险逃出长安，奔赴肃宗的临时驻地凤翔，受任为左拾遗。这虽然只是个从八品上的小官，但却能常在皇帝身边进谏，杜甫深知责任重大。但好景不长，不久即因直言上疏为房琯说情而触怒了肃宗，竟遭审讯。幸有宰相张镐相救，才免其罪。八月，他回到鄜州探视妻子，写下了一生中的第一长篇、一百四十句的长诗《北征》，此诗不仅宏观地展示了当时社会动乱的现实，抒发了忧国忧民之情，也生动地描绘出一个普通人的生活情态，思想性和艺术性都达到了空前的高度。

这年九月和十月，唐军相继收复了长安和洛阳，肃宗于十月底返京，杜甫也回到长安。乾元元年(758)六月，杜甫因朝中新贵与旧臣的矛盾，被贬为华州(今陕西华州)司功参军，从此与长安永别。乾元二年(759)春，杜甫回河南旧居探望亲朋故旧，一路目睹了乱离时代百姓们在官吏的残酷压榨下蒙受的血泪苦难，写出了无愧于"诗史"称号的著名组诗"三吏"、"三别"。这年秋天，杜甫远去秦州，初冬又赴同谷，继而踏上艰难的蜀道，于年底到达成都。他将沿途的经历写成了催人泪下的纪行诗。

在这短短的四年中，杜甫亲身经历了安史之乱和唐王朝的由盛而衰，由一个皇帝身边的官员，变成了流离在荒凉蜀道上的贫病交加的寒士，不幸的生活折磨着诗人也成就了诗人，这一时期流传下来的诗歌多

达200馀首，大部分是杜诗中的杰作。

第四阶段，漂泊西南时期(760—770)。这一阶段是杜甫生命中的最后十一年，其中在蜀中八年，在荆、湘三年。应该说他在成都最初度过的五年，生活还是相对安定的。唐肃宗上元元年(760)春，他在成都西郊的浣花溪畔筑了草堂，总算有了一个栖身之所，结束了四年流离的生活。刚刚经历过哀鸿遍野的中原战乱，杜甫对眼前的田园美景尤其珍惜，他满怀爱意写下了不少歌咏自然风光和感时忆弟的美丽诗篇。诗人虽自己有了栖身之所，但始终未忘记那些失去家园的人们，他在《茅屋为秋风所破歌》中唱出了"安得广厦千万间，大庇天下寒士俱欢颜"的感人诗句。

唐代宗广德元年(763)正月，安史叛军被灭，消息传到梓州，杜甫惊喜欲狂，写下了《闻官军收河南河北》这篇充满快乐昂扬基调的诗歌。但没多久吐蕃便又大举入侵，一度攻陷长安，杜甫又陷入了深切的忧虑之中。广德二年(764)春，杜甫的好友严武重返成都任成都尹兼剑南节度使，举荐杜甫为节度参谋、检校工部员外郎。这短暂的官场生涯并未给杜甫带来愉快，他难以忍受年轻同僚的嘲笑和排斥，数月后，辞官离开幕府重回草堂。永泰元年(765)四月，年仅四十岁的严武突然病逝，杜甫失去依靠，五月率家人乘舟东下，离开了成都。

九月，杜甫一家到达云安，因病在这里滞留了半年后又迁往夔州。在夔州客居的不到两年时间，是杜甫创作的高产期，在这一时期他写下了四百多首诗歌，约占到他现存诗作的三分之一。这些诗既有记述日常琐事的，也有写当地的风物古迹的，更多是写忧时伤民的惨痛现实的。这部分诗歌为研究杜诗及安史之乱后的唐朝提供了极其珍贵的资料。

夔州恶劣的气候和贫穷拮据的生活使杜甫的健康状况每况愈下，疟疾、肺病、风痹等病痛在不断折磨和缠绕着他。大历三年(768)正月杜甫启程出峡，本想北归洛阳，但因兵乱所阻，只得在江陵住了半年。后移居公安数月，于年底到达岳阳，《岁晏行》这首沉痛的诗歌就是他晚年生活的真实写照。

在生命中的最后两年，诗人居无定所，在岳阳、长沙、衡州、耒阳之间漂泊往来。大历五年(770)冬，贫病交加的诗人伏在湘江之上的一只小舟中，写下了生平的绝笔之作《风疾舟中伏枕书怀三十六韵奉呈湖南亲友》。诗中还在叹息："战血流依旧，军声动至今。"在寒风冷雨中，一颗巨星就这样悄然陨落了。四十多年后，他的孙子才将其灵柩迁回河南的首阳山下，诗人生前曾念念不忘的归乡之愿才得以实现。

四川省杜甫学会会长张志烈先生在纪念杜甫诞辰1290周年的大会

上发表演讲时说:"杜甫精神是指全部杜甫诗文及其立身行事中所体现出来的基本思想感情,简略地说,就是他那以民本思想为基础而融合中国传统文化各种美德的仁民爱物精神。在这个精神体系中,有三个情结最为重要而突出:其一,是忧国忧民、爱国爱民的高尚情操;其二,是自觉的社会良知和社会责任感;其三,是伟大的人道主义精神。"

今天,当我们站在时代精神的高度重新审视杜甫、阅读杜甫,我们就会发现,杜诗博大精深的内容与我们今天的时代精神确实有许多深刻的相通之处。比如,强调以人为本、关注人类的生存状态、强调人与自然生态环境的和谐共生、尊重和关爱生命等等,都是杜诗中常常出现的基本主题,这和人类的基本价值观念是等同的。杜甫以其博大、仁爱的胸怀和知识分子的良知,成为人类基本价值的维护者。他那种以天下为己任的生活目标,那种铁肩担道义的历史使命感,那种知其不可为而为之的牺牲精神,以及他对自我道德完善的孜孜以求,都应当是今人学习的榜样。可以说,杜甫是中国传统文化中理想人格的光辉典范。

本书选诗二百馀首。按照杜甫生活和创作的轨迹分为四个时期,诗歌编序大体按照写作时间顺序排列。不能确定时间的根据内容及体裁适当插入。在本书的编选过程中主要参考了《全唐诗》(上海古籍出版社1986年10月版),清人钱谦益的《钱注杜诗》(上海古籍出版社1979年10月版),清人杨伦笺注的《杜诗镜铨》(上海古籍出版社1980年7月新1版),韩成武、张志民二位先生的《杜甫诗全译》(河北人民出版社1997年10月版),韩兆琦先生的《唐诗选注汇评》(北岳文艺出版社1998年1月版),陈贻焮先生的《杜甫评传》(北京大学出版社2003年7月版)等。解评过程中,参考并吸收了杜诗学界前人及今人的大量研究成果,获益良多,在此一并致以深深的谢意。为方便读者使用此书,末附"杜甫年谱简编"、"杜甫著作重要版本"、"杜甫研究主要著作"及《杜甫集》名言警句"(正文中用着重号标注)。

我深知杜诗学是一门博大精深的学问,自己仅是徘徊门外略窥一二的诗歌爱好者与习作者,还远未步入门径。之所以敢不揣浅陋冒昧解评杜诗,实在是出于内心深处对伟大诗人杜甫的景仰,也想借此机会向诸位前贤学习。本人才疏学浅,解评中难免有谬误之处,还请各位方家和读者不吝赐教。

珍　尔

2008年4月于并州

情圣杜甫（代序）

名家选集卷

杜甫集·代序

梁启超

今日承诗学研究会嘱托讲演，可惜我文学素养很浅薄，不能有什么新贡献，只好把咱们家里老古董搬出来和诸君摩挲一番，题目是《情圣杜甫》。在讲演本题以前，有两段话应该简单说明。

第一，新事物固然可爱，老古董也不可轻轻抹杀。内中艺术的古董，尤为有特殊价值。因为艺术是情感的表现，情感是不受进化法则支配的；不能说现代人的情感一定比古人优美，所以不能说现代人的艺术一定比古人进步。

第二，用文字表现出来的艺术——如诗词歌剧小说等类，多少总含有几分国民的性质。因为现在人类语言未能统一，无论何国的作家，总须用本国语言文字做工具；这副工具操练得不纯熟，纵然有很丰富高妙的思想，也不能成为艺术的表现。

我根据这两种理由，希望现代研究文学的青年，对于本国两千年来的名家作品，着实费一番工夫去赏会他，那么，杜工部自然是首屈一指的人物了。

　　杜工部被后人上他徽号叫做"诗圣"。诗怎么样才算"圣"，标准很难确定，我们也不必轻轻附和。我以为工部最少可以当得起情圣的徽号。因为他的情感的内容，是极丰富的，极真实的，极深刻的。他表情的方法又极熟练，能鞭辟到最深处，能将他全部完全反映不走样子，能像电气一般，一振一荡地打到别人的心弦上，中国文学界写情圣手，没有人比得上他，所以我叫他做情圣。

　　我们研究杜工部，先要把他所生的时代和他一生经历略叙梗概，看出他整个的人格。两晋六朝几百年间，可以说是中国民族混成时代，中原被异族侵入，掺杂许多新民族的血；江南则因中原旧家次第迁渡，把原住民的文化提高了。当时文艺上南北派的痕迹显然，北派真率悲壮，南派整齐柔婉，在古乐府里头，最可以看出这分野。唐朝民族化合作用，经过完成了，政治上统一，影响及于文艺，自然会把两派特性合冶一炉，形成大民族的新美。初唐是黎明时代，盛唐正是成熟时代。内中玄宗开元间四十年太平，正孕育出中国艺术史上黄金时代。到天宝之乱，黄金忽变为黑灰。时事变迁之剧，未有其比。当时蕴蓄深厚的文学界，受了这种激刺，益发波澜壮阔。杜工部正是这个时代的骄儿。他是河南人，生当玄宗开元之初。早年漫游四方，大河以北都有他足迹，同时大文学家李太白、高达夫，都是他的挚友。中年值安禄山之乱，从贼中逃出，跑到甘肃的灵武谒见肃宗，补了个"拾遗"的官，不久告假回家。又碰着饥荒，在陕西的同谷县，几乎饿死。后来流落到四川，依一位故人严武。严武死后，四川又乱，他避难到湖南，在路上死了。他有两位兄弟，一位妹子，都因乱离难得见面。他和他的夫人也常常隔离，他一个小儿子，因饥荒饿死，两个大儿子，晚年跟着他在四川。他一生简单的经历，大略如此。

　　他是一位极热肠的人，又是一位极有脾气的人。从小便心高气傲，不肯趋承人。他的诗道："以兹悟生理，独耻事干谒。"（《奉先咏怀》）

　　又说："白鸥没浩荡，万里谁能驯。"（《赠韦左丞》）可以见他的气概。严武做四川节度，他当无家可归的时候去投奔他，然而一点不肯趋承将就，相传有好几回冲撞严武，几乎严武容他不下哩。他集中有一首诗，可以当他人格的象征："绝代有佳人，幽居在空谷。自云良家子，零落依草木……在山泉水清，出山泉水浊。侍婢卖珠回，牵萝补茅屋。摘花不插发,采柏动盈掬。天寒翠袖薄,日暮倚修竹。"(《佳人》)这位佳人,身份是非常名贵的,境遇是非常可怜的,情绪是非常温厚的,性格是非常高亢的,这便是他自己的写照。

他是个最富于同情心的人。他有两句诗:"穷年忧黎元,叹息肠内热。"(《奉先咏怀》)这不是瞎吹的话,在他的作品中,到处可以证明。这首诗底下便有两段说:"彤庭所分帛,本自寒女出。鞭挞其夫家,聚敛贡城阙。"(同上)又说:"况闻内金盘,尽在卫霍室。中堂舞神仙,烟雾蒙玉质。煖客貂鼠裘,悲管逐清瑟。劝客驼蹄羹,霜橙压香橘。朱门酒肉臭,路有冻死骨。"(同上)这种诗几乎纯是现代社会党的口吻。他做这诗的时候,正是唐朝黄金时代,全国人正在被镜里雾里的太平景象醉倒了。这种景象映到他的眼中,却有无限悲哀。

他的眼光,常常注视到社会最下层,这一层的可怜人那些状况,别人看不出,他都看出;他们的情绪,别人传不出,他都传出。他著名的作品"三吏"、"三别",便是那时代社会状况最真实的影戏片,这些诗是要作者的精神和那所写之人的精神并合为一,才能做出。他所写的是否他亲闻亲见的事实,抑或他脑中创造的影像,且不管他;总之他做这首《垂老别》时,他已经化身做那位六七十岁拖去当兵的老头子,做这首《石壕吏》时,他已经化身做那位儿女死绝衣食不给的老太婆,所以他说的话,完全和他们自己说一样。

他还有《又呈吴郎》一首七律,那上半首是:"堂前扑枣任西邻,无食无儿一妇人。不为困穷宁有此?只缘恐惧转须亲……"这首诗,以诗论,并没什么好处,但叙当时一件琐碎实事———一位很可怜的邻舍妇人偷他的枣子吃,因那人的惶恐,把作者的同情心引起了。这也是他注意下层社会的证据。

有一首《缚鸡行》,表出他对于生物的泛爱,而且很含些哲理:"小奴缚鸡向市卖,鸡被缚急相喧争。家人厌鸡食虫蚁,不知鸡卖还遭烹。虫鸡于人何厚薄,吾叱奴人解其缚。鸡虫得失无了时,注目寒江倚山阁。"

有一首《茅屋为秋风所破歌》,结尾几句说道:"……安得广厦千万间,大庇天下寒士俱欢颜,风雨不动安如山!呜呼!何时眼前突兀见此屋,吾庐独破受冻死亦足!"有人批评他是名士说大话,但据我看来,此老确有这种胸襟,因为他对于下层社会的痛苦看得真切,所以常把他们的痛苦当作自己的痛苦。

他对于一般人如此多情,对于自己有关系的人更不待说了。我们试看他对朋友——那位因陷贼贬做台州司户的郑虔,他有诗送他道:"……便与先生应永诀,九重泉路尽交期。"又有诗怀他道:"天台隔三江,风浪无晨暮。郑公纵得归,老病不识路。……"(《有怀台州郑十八司户》)那位因附永王璘造反长流夜郎的李白,他有诗梦他道:"死别已吞声,生别常恻恻。江南瘴疠地,逐客无消息。故人入我梦,明我长相忆。恐非平生魂,路远不可测。魂来枫林青,魂返关塞黑。君今在罗网,何以有羽翼?落月满屋梁,犹疑照颜色。水深波浪阔,无使蛟龙得。"(《梦李白二首》之一)这些诗不是寻常应酬话,他实在拿郑、李等人当一个朋友,对于他们的境遇,所感痛苦和自己亲受一样,所以做出来的诗句句都带血带泪。

　　他集中想念他兄弟和妹子的诗,前后有二十来首,处处至性流露。最沉痛的如《同谷七歌》中:"有弟有弟在远方,三人各瘦何人强?生别辗转不相见,胡尘暗天道路长。前飞驾鹅后鹙鸧,安得送我置汝旁?呜呼三歌兮歌三发,汝归何处收兄骨?""有妹有妹在钟离,良人早殁诸孤痴。长淮浪高蛟龙怒,十年不见来何时。扁舟欲往箭满眼,杳杳南国多旌旗。呜呼四歌兮歌四奏,林猿为我啼清昼。"

　　他自己直系的小家庭,光景是很困苦的,爱情却是很浓挚的。他早年有一首思家诗:"今夜鄜州月,闺中只独看。遥怜小儿女,未解忆长安。香雾云鬟湿,清辉玉臂寒。何时倚虚幌,双照泪痕干!"(《月夜》)这种缘情旖旎之作,在集中很少见。但这一首已可证明工部是一位温柔细腻的人。他到中年以后,遭值多难,家属离合,经过不少的酸苦。乱前他回家一次,小的儿子饿死了。他的诗道:"……老妻寄异县,十口隔风雪。谁能久不顾?庶往共饥渴。入门闻号咷,幼子饿已卒。吾宁舍一哀?里巷亦呜咽。所愧为人父,无食致夭折。"(《奉先咏怀》)

　　乱后和家族隔绝,有一首诗:"去年潼关破,妻子隔绝久。……自寄一封书,今已十月后。反畏消息来,寸心亦何有……"(《述怀》)其后从贼中逃归,得和家族团聚,他有好几首诗写那时候的光景。《羌村三首》中的第一首:"峥嵘赤云西,日脚下平地。柴门鸟雀噪,归客千里至。妻孥怪我在,惊定还拭泪。世乱遭飘荡,生还偶然遂。邻人满墙头,感叹亦歔欷。夜阑更秉烛,相对如梦寐。"《北征》里头的一段:"况我堕胡尘,及归尽华发。经年至茅屋,妻子衣百结。恸哭松声回,悲泉共幽咽。平生所娇儿,颜色白胜雪。见耶背面啼,垢腻脚不袜。床前两小女,补绽才过膝。海图拆波涛,旧绣移曲折。天吴及紫凤,颠倒在短褐。老夫情怀恶,呕泄卧数日。那无囊中帛,救汝寒凛栗!粉黛亦解苞,衾裯稍罗列。

瘦妻面复光，痴女头自栉。学母无不为，晓妆随手抹。移时施朱铅，狼藉画眉阔。生还对童稚，似欲忘饥渴。问事竞挽须，谁能即嗔喝？翻思在贼愁，甘受杂乱聒。"其后挈眷避乱，路上很苦。他有诗追叙那时情况道："忆昔避贼初，北走经险艰。夜深彭衙道，月照白水山。尽室久徒步，逢人多厚颜。……痴女饥咬我，啼畏虎狼闻。怀中掩其口，反侧声愈嗔。小儿强解事，故索苦李餐。一旬半雷雨，泥泞相牵攀……"（《彭衙行》）他合家避乱到同谷县山中，又遇着饥荒，靠草根木皮活命，在他困苦的全生涯中，当以这时候为最甚。他的诗说："长镵长镵白木柄，我生托子以为命。黄独无苗山雪盛，短衣数挽不掩胫。此时与子空归来，男呻女吟四壁静……"（《同谷七歌》之二）以上所举各诗写他自己家庭状况，我替他起个名字叫做"半写实派"。他处处把自己主观的情感暴露，原不算写实派的做法。但如《羌村》、《北征》等篇，多用第三者客观的资格，描写所观察得来的环境和别人情感，从极琐碎的断片详密刻画，确是近世写实派用的方法，所以可叫做半写实。这种作法，在中国文学界上，虽不敢说是杜工部首创，却可以说是杜工部用得最多而最妙。从前古乐府里头，虽然有些，但不如工部之描写入微。这类诗的好处在：真事愈写得详，真情愈发得透。我们熟读他，可以理会得"真即是美"的道理。

杜工部的"忠君爱国"，前人恭维他的很多，不用我再添话。他集中对于时事痛哭流涕的作品，差不多占四分之一，若把他分类研究起来，不惟在文学上有价值，而且在史料上有绝大价值。为时间所限，恕我不征引了。内中价值最大者，在能确实描写出社会状况，及能确实讴吟出时代心理。刚才举出半写实派的几首诗，是集中最通用的作法，此外还有许多是纯写实的。试举他几首：

　　献凯日继踵，两蕃静无虞。渔阳豪侠地，击鼓吹笙竽。云帆转辽海，粳稻来东吴。越罗与楚练，照耀舆台躯。主将位益崇，气骄凌上都。边人不敢议，议者死路衢。（《后出塞五首》之四）

读这些诗，令人立刻联想到现在军阀的豪奢专横——尤其逼肖奉、直战争前张作霖的状况。最妙处是不著一个字批评，但把客观事实直写，自然会令读者叹气或瞪眼。又如《丽人行》那首七古，全首将近二百字的长篇，完全立在第三者地位观察事实。从"三月三日天气新"，到"青鸟飞去衔红巾"，占全首二十六句中之二十四句，只是极力铺叙那种豪奢热闹情状，不惟字面上没有讥刺痕迹，连骨子里头也没有。直至结尾两句："炙手可热势绝伦，慎莫近前丞相嗔。"算是把主意一逗。但依然不

著议论，完全让读者自去批评。这种可以说是讽刺文学中之最高技术。因为人类对于某种社会现象之批评，自有共同心理，作家只要把那现象写得真切，自然会使读者心理起反应，若把读者心中要说的话，作者先替他倾吐无馀，那便索然寡味了。杜工部这类诗，比白香山《新乐府》高一等，所争就在此。《石壕吏》、《垂老别》诸篇，所用技术，都是此类。

工部的写实诗，什有九属于讽刺类。不独工部为然，近代欧洲写实文学，那一家不是专写社会黑暗方面呢？但杜集中用写实法写社会优美方面的亦不是没有。如《遭田父泥饮》那篇，把乡下老百姓极粹美的真性情，一齐活现。你看他父子夫妇间何等亲热；对于国家的义务心何等郑重；对于社交，何等爽快，何等恳切。我们若把这首诗当个画题，可以把篇中各人的心理从面孔上传出，便成了一幅绝好的风俗画。我们须知道：杜集中关于时事的诗，以这类为最上乘。

工部写情，能将许多性质不同的情绪，归拢在一篇中，而得调和之美。例如《北征》篇，大体算是忧时之作。然而"青云动高兴，幽事亦可悦"以下一段，纯是玩赏天然之美。"夜深经战场，寒月照白骨"以下一段，凭吊往事。"况我堕胡尘"以下一大段，纯写家庭实况，忽然而悲，忽然而喜。"至尊尚蒙尘"以下一段，正面感慨时事，一面盼望内乱速平，一面又忧虑到凭借回鹘外力的危险。"忆昨狼狈初"以下到篇末，把过去的事实，一齐涌到心上。像这许多杂乱情绪并在一篇，调和得恰可，非有绝大力量不能。

工部写情，往往愈掞愈紧，愈转愈深，像《哀王孙》那篇，几乎一句一意，试将现行新符号去点读他，差不多每句都须用"。"符或"；"符。他的情感，像一堆乱石，突兀在胸中，断断续续地吐出，从无条理中见条理，真极文章之能事。

工部写情，有时又淋漓尽致一口气说出，如八股家评语所谓"大开大合"。这种类不以曲折见长，然亦能极其美。集中模范的作品，如《忆昔行》第二首，从"忆昔开元全盛日"起到"叔孙礼乐萧何律"止，极力追述从前太平景象，从社会道德上赞美，令意义格外深厚。自"岂闻一缣直万钱"到"复恐初从乱离说"，翻过来说现在乱离景象，两两比对，令读者胆战肉跃。

工部还有一种特别技能，几乎可以说别人学不到：他最能用极简的语句，包括无限情绪，写得极深刻。如《喜达行在所三首》中第三首的头两句："死去凭谁报，归来始自怜。"仅仅十个字，把十个月内虎口馀生的甜酸苦辣都写出来，这是何等魄力。又如前文所引《述怀》篇的"反畏消息来"五个字，写乱离中担心家中情状，真是惊心动魄。又如《垂老别》里头："势异邺城下，纵死时犹宽。"死是早已安排定了，只好拿期限长些作安慰（原文是写老妻送行时语），这是何等沉痛。又如前文所引的："郑公纵得归，老病不识路。"明明知道他绝对不能归了，让一步虽得归，已经万事不堪回首。此外如：

　　带甲满天地，胡为君远行。（《送远》）

　　万方同一概，吾道竟何之。（《秦州杂诗》）

　　国破山河在，城春草木深。（《春望》）

　　亲朋无一字，老病有孤舟。（《登岳阳楼》）

　　古往今来皆涕泪，断肠分手各风烟。（《公安送韦二少府》）

之类，都是用极少的字表极复杂极深刻的情绪，他是用洗练工夫用得极到家，所以说："语不惊人死不休。"此其所以为文学家的文学。悲哀愁闷的情感易写，欢喜的情感难写。古今作家中，能将喜情写得逼真的，除却杜集《闻官军收河南河北》外，怕没有第二首。那诗道："剑外忽传收蓟北，初闻涕泪满衣裳。却看妻子愁何在？漫卷诗书喜欲狂。白日放歌须纵酒，青春作伴好还乡。即从巴峡穿巫峡，便下襄阳向洛阳。"那种手舞足蹈情形，从心坎上奔迸而出，我说他和古乐府的《公无渡河》是同一样笔法。彼是写忽然剧变的悲情，此是写忽然剧变的喜情，都是用快光镜照相照得的。

　　工部流连风景的诗比较少，但每有所作，一定于所咏的景物观察入微。便把那景物做象征，从里头印出情绪。如："竹凉侵卧内，野月满庭隅。重露成涓滴，稀星乍有无。暗飞萤自照，水宿鸟相呼。万事干戈里，空悲清夜徂。"（《倦夜》）题目是"倦夜"，景物从初夜写到中夜后夜，是独自一个人有心事睡不着疲倦无聊中所看出的光景，所写环境，句句和心理反应。又如："风急天高猿啸哀，渚清沙白鸟飞回。无边落木萧萧下，不尽长江滚滚来……"（《登高》）虽然只是写景，却有一位老病独客秋天登高的人在里头。便不读下文"万里悲秋常作客，百年多病独登台"两句，已经如见其人了。又如："细草微风岸，危樯独夜舟。星垂平野阔，月涌大江流……"（《旅夜书怀》）从寂寞的环境上领略出很空阔很自由的趣味。末两句说："飘飘何所似，天地一沙鸥。"把情绪一点便醒。

所以工部的写景诗，多半是把景做表情的工具。像王、孟、韦、柳的写景，固然也离不了情，但不如杜之情的分量多。

诗歌是笑的好呀还是哭的叫的好？换一句话说：诗的任务在赞美自然之美呀抑在呼诉人生之苦？再换一句话说：我们应该为做诗而做诗呀？抑或应该为人生问题中某项目的而做诗？这两种主张，各有极强的理由；我们不能作极端的左右袒，也不愿作极端的左右袒。依我所见：人生目的不是单调的，美也不是单调的。为爱美而爱美，也可以说为的是人生目的；因为爱美本来是人生目的的一部分。诉人生苦痛，写人生黑暗，也不能不说是美。因为美的作用，不外令自己或别人起快感；痛楚的刺激，也是快感之一；例如肤痒的人，用手抓到出血，越抓越畅快。像情感怎么热烈的杜工部，他的作品，自然是刺激性极强，近于哭叫人生目的那一路；主张人生艺术观的人，固然要读他。但还要知道：他的哭声，是三板一眼的哭出来，节节含着真美；主张唯美艺术观的人，也非读他不可。我很惭愧：我的艺术素养浅薄，这篇讲演，不能充分发挥"情圣"作品的价值；但我希望这位情圣的精神，和我们的语言文字同其寿命；尤盼望这种精神有一部分注入现代青年文学家的脑里头。

梁启超(1873—1929)，字卓如，号任公，又号饮冰室主人，广东新会人，中国资产阶级启蒙思想家，政治活动家、教育家、学术大师。早年参加维新变法运动，失败后致力于介绍西方先进思想。在学术研究特别是中国历史文化的研究方面取得了非凡成就。一生著作宏富，成为一代宗师。本文是梁启超先生于1922年5月21日为诗学研究会所做的演讲。此次据中华书局1962年12月出版的《杜甫研究论文集》第一辑排印，略有删节。

目录

名家选集卷　杜甫集·目录

◎ 第一阶段　漫游时期（731—745）

望　岳

题解

唐开元二十四年(736)，25岁的杜甫背起行囊再次漫游，来到齐赵(今山东东北部和河北南部一带)。"岳"这里指东岳泰山。杜甫"望岳"，心胸豁然开朗，豪情迸发，吟诵出这首千古名篇。

岱宗夫如何？齐鲁青未了。
造化钟神秀，阴阳割昏晓。
荡胸生层云，决眦入归鸟。
会当凌绝顶，一览众山小。

岱宗夫如何？齐鲁青未了——岱宗：又称岱山，即泰山。因其为五岳之首，故云岱宗。夫如何：怎么样呢？"夫"在这里是语气词。诗人先设问，后自答。齐鲁：春秋时的两个古国名，齐国在泰山之东北，鲁国在泰山之西南。青未了：青翠无边无际。"齐鲁青未了"五字生动地体现出泰山那巍然耸立、青翠欲滴而又绵亘天外的浑茫神韵。

造化钟神秀，阴阳割昏晓——造化：大自然和天地万物的主宰者。钟：结聚、集中。割：分割，划分开。阴阳：山北日光照不到处为阴，像是黄昏；山南被日光照亮处为阳，像是拂晓。这两句是说造物主如此钟情于泰山，把神奇和秀美集于它一身，那绵延起伏的峰脊如刀一样分割开了阴阳和晨夕。

荡胸生层云，决眦入归鸟——倒装句。层层叠叠的云飘浮而来，荡涤胸怀，使人胸襟宽阔；极目远眺，看归鸟渐飞渐远隐没于山林中。金圣叹赞其"一句写望之阔，一句写望之远"，"从来大境界非大胸襟未易领略"(《金圣叹选批杜诗》)。眦(zì)：眼角。决眦：形容诗人将目力用尽，竟望到连眼眶都将裂开的地步。

会当凌绝顶，一览众山小——我定要登上山的最高处俯瞰群峰，它们在脚下变得多么矮小！此为千古流传之名句，赢得了后人的交口称赞。诗人以充满豪迈气概的诗句作结，"凌绝顶"的"凌"字用得尤为贴切、传神，借用孔子"登泰山而小天下"之意，抒发了不畏艰险、勇于攀登的壮志豪情，表达了积极进取的人生态度。

这首五言古诗是杜甫诗集中最早的作品。虽然在作此诗的前一年,杜甫曾参加进士考试而落第,但他少年气盛,对自己的前途依旧充满信心。

诗的起首便向大自然发出了探求和质询,与屈原的《天问》有异曲同工之妙。屈原曾大声问道:九天啊,哪里是你的边际? 苍天大地啊,你们又到哪里会合? ……敢于向大自然发出质询的人都是有着不屈不挠、勇于探索精神的人。杜甫极目远眺,眼前山峦起伏、大地苍茫,这雄浑的景色使他的心中陡然涌出万丈豪情,耳边松涛阵阵,远处飞鸟高翔,诗人的心胸豁然开朗,似有八面来风。

诗的一二句写泰山的高峻和自己对它的仰慕,三四句写近望,五六句写遥望,最后两句抒怀。历代咏泰山的诗很多,但都无法与这首《望岳》相比,所以仇兆鳌说:"少陵以前题咏泰山者,有谢灵运、李白之诗。谢诗八句,上半古秀,而下却平浅。李诗六章,中有佳句,而意多重复。此诗劲遒峭刻,可以俯视两家矣。"又说:"龙门及此章,格似五律,但句中平仄未谐,盖古诗之对偶者。而其气骨峥嵘,体势雄浑,能直驾齐梁以上。"《望岳》使一代又一代的读者产生共鸣、感受到生命的活力和高远的境界,不愧为千古名篇。

登兖州城楼

此诗当作于开元二十四年(736),杜甫去兖州(在今山东境内)探望时任兖州司马的父亲杜闲时,登城楼极目远眺,发思古之幽情。

> 东郡趋庭日,南楼纵目初。
> 浮云连海岱,平野入青徐。
> 孤嶂秦碑在,荒城鲁殿馀。
> 从来多古意,临眺独踌躇。

东郡趋庭日,南楼纵目初——首联点明时间,说他刚来到兖州省亲,初次登上城南的楼纵目远望。东郡:兖州为汉之东郡。趋庭:《论语·季氏》中有"鲤趋而过庭"句,讲的是孔子教育其子鲤的故事。因杜甫此来是探父,借子承父教之意,所以说"趋庭"。

浮云连海岱,平野入青徐——颔联写登楼所见的开阔视野和苍茫景色。岱:

指泰山。青、徐：都是兖州邻近的州名。浮云连接起大海和泰山，平坦的田野一直延伸到青州和徐州。

孤嶂秦碑在，荒城鲁殿馀——颈联是以境内的古迹引出下句的怀古之意。孤嶂：指峄山，在山东邹县东南。秦碑：秦始皇曾登此山，留下颂德刻石，相传为李斯所书。荒城：指曲阜故城。鲁殿：指曲阜故城内的鲁灵光殿，为汉景帝之子鲁共王所建。

从来多古意，临眺独踌躇——尾联抒怀：我向来就爱发思古之幽情，今日登临远眺不禁独自感慨万千。

从诗中可感受到青年杜甫开阔的视野和宽广的胸怀。五律的一般写法是前起后结，中间四句两句写景，两句言情。而这首诗前面写眼前所见，后面抒发感怀，可见诗人从青年时代起就既师法古人又敢于创新和突破。杜甫的十三世祖杜预是西晋有名的大臣，能文能武，祖父杜审言也是初唐有影响的著名诗人。杜甫继承家学，宋人说杜甫这首诗中的"闳逸浑雄"是受其先祖诗风的影响，有一定道理。

题张氏隐居二首

这组诗写于开元二十四年(736)杜甫游齐赵时。杜甫晚年曾作过一首名为《别张十三建封》的诗。这里的张氏，可能指诗中所写的兖州人张建封之父张玠。本诗赞美张氏所居的幽美环境以及人品。

其 一

春山无伴独相求，伐木丁丁山更幽。
涧道馀寒历冰雪，石门斜日到林丘。
不贪夜识金银气，远害朝看麋鹿游。
乘兴杳然迷出处，对君疑是泛虚舟。

春山无伴独相求，伐木丁丁山更幽——想游春山没有伴，于是特意将你访求，那丁丁的伐木声，使山谷更显得僻静清幽。

涧道馀寒历冰雪，石门斜日到林丘——踏着涧道上残留着的冰雪，穿过斜阳照射的石门，来到了您的林中茅屋。

不贪夜识金银气，远害朝看麇鹿游——《地镜图》上说，地下埋有金玉的地方，地表上会生出一种气，这种气在夜间可看到，黄金的气是赤黄色的。这句是说张氏并不贪财，住在这里不是为了在夜间观察金银之气，实是为了远避灾祸、欣赏麇鹿闲游。

乘兴杳然迷出处，对君疑是泛虚舟——我乘兴而来，由于迷恋你的淡泊精神以至于忘记了来自哪里，面对你我仿佛乘坐在一只漂浮的小舟上。

这首七律，是初识张君时作，形容他宁静淡泊的人生态度以及他所居的环境之美。诗的意境清新如画，写伐木声映衬出的春山的幽静、林丘的斜阳、涧道上未消的冰雪、山野中悠闲的麇鹿，全诗充满强烈的生活气息。

其　二

之子时相见，邀人晚兴留。
霁潭鳣发发，春草鹿呦呦。
杜酒偏劳劝，张梨不外求。
前村山路险，归醉每无愁。

之子时相见，邀人晚兴留——之子：相当于"这位先生"。时相见：时常见面。看样子诗人与张氏很熟悉很投缘，很晚了还邀诗人留下以便尽兴。

霁潭鳣发发，春草鹿呦呦——颔联化用了两处典故。《诗经·卫风·硕人》："鳣鲔发发。"《诗经·小雅·鹿鸣》："呦呦鹿鸣，食野之苹。我有嘉宾，鼓瑟吹笙。"鳣(zhān)：鱼名。发发：象声词。形容鱼跃的声音。这句是说鱼儿在清潭中欢跳，迎接着新晴，弄出"发发"(泼泼)的声响。鹿群吃着春草在呦呦鸣叫。这里是用典，但一点儿也不显得迂腐呆板，生动地画出山村的清丽晚景。景中含情，承上启下。

杜酒偏劳劝，张梨不外求——此句以幽默的口吻与友人开玩笑，说酒本是我们杜家的(传说酒是杜康发明的)，却偏偏劳您来劝我；梨本是你们张府上的(张公大谷之梨最为有名)，自然在园中就可以摘吃，不必到外边去找。这里用的两个典故恰好切合宾主二人的姓，巧妙而贴切，妙就妙在说得轻灵自然。《杜诗镜铨》说："巧对，蕴藉不觉。"

前村山路险，归醉每无愁——那前村的山路虽然很险，但每次喝醉了酒回家，路走熟了，就不会发愁啦。

这是一首很别致的生活小诗。虽是应酬之作,却饶有情趣。杜甫善用典却又一点儿也不显得学究气,诗句朴素,如同白话,又无一句无来历。这种不露痕迹的用典,同时又能够清新风趣,方是真正的难得。

与任城许主簿游南池

此诗当作于开元二十五年(737)之后,青年杜甫游齐赵期间。任城为旧县名,今辖济宁。主簿:官职名,主管文书和事务。诗中描写南池(今济宁境内)秋色。

秋水通沟洫,城隅进小船。
晚凉看洗马,森木乱鸣蝉。
菱熟经时雨,蒲荒八月天。
晨朝降白露,遥忆旧青毡。

秋水通沟洫,城隅进小船——洫:田间水道。秋水通连沟渠,我们将小船划进了城的一角。

晚凉看洗马,森木乱鸣蝉——傍晚天凉时,看百姓在河边洗马,听林中蝉声响成一片。

菱熟经时雨,蒲荒八月天——菱角经过秋雨成熟了,八月里水边的蒲草也荒了。

晨朝降白露,遥忆旧青毡——明晨就是白露节了,我不禁忆起遥远故乡的旧青毡。旧青毡:典出自《晋书·王献之传》,某夜,小偷进王献之的家行窃,王献之发觉后说,别的东西尽可以拿走,只有青毡是我家旧物,应该留下。小偷惊吓而逃。后人以"青毡"指代故家旧物。

傍晚泛舟城边,看秋水清澈、景物萧疏,想到白露将至,诗人原本愉悦的心情由于季节更替而生出了些淡淡的乡愁。诗人笔下那种生动的生活体验唤起了我们的想象。可见青年杜甫的诗歌已有较高的造诣了。

中国家庭基本藏书

名家选集卷

房兵曹胡马

题解

此诗作于开元二十九年(741)。这年杜甫三十岁,刚从齐鲁游历过后回到洛阳。兵曹是兵曹参军的简称。兵曹参军是唐代州府协助长官分管军事的官。房兵曹其人情况不详。

胡马大宛名,锋棱瘦骨成。
竹批双耳峻,风入四蹄轻。
所向无空阔,真堪托死生。
骁腾有如此,万里可横行。

新解

胡马大宛名,锋棱瘦骨成——胡马:这里泛指塞北或西域产的马。大宛名:以大宛产的马最有名。大宛是汉时西域的国名,以盛产良马著称。这里强调马的瘦骨铮铮带着棱角,是因为良马的评价标准不在于是否多肉,而以神气清劲为佳。

竹批双耳峻,风入四蹄轻——竹批:形容马的耳朵状如斜削的竹筒一样峻峭,四蹄轻盈跑起来像风一样。《齐民要术》云:"耳欲小而锐,如削筒。"

所向无空阔,真堪托死生——所向披靡没有它到不了的地方,真可以把宝贵的生命托付给它。

骁腾有如此,万里可横行——骁腾:指马身形矫健,善跑。有如此骁勇飞腾的良马,完全可以横行万里去建功立业。

新评

杜甫一生特别爱马,多次写诗赞颂马的威武和神勇。当时中国长期与匈奴交战,广泛使用马匹。诗中以咏赞房兵曹的骏马为由,托物言志。前四句写马的形象,后四句写马的品格。诗人写马实际上是在写自己,从歌颂马的矫健外形落笔,表达了自己渴望建功立业、欲驰骋万里、为国效力的远大抱负和雄心壮志。

画　鹰

题解

此诗写作时间不详。估计与《房兵曹胡马》的写作时间接近。诗中前六句赞美了画上苍鹰的生动形象与画家画技的高超,后两句抒情,表达了自己对为民除害的英雄壮举之敬佩。

> 素练风霜起,苍鹰画作殊。
> 掇身思狡兔,侧目似愁胡。
> 涤镟光堪摘,轩楹势可呼。
> 何当击凡鸟,毛血洒平芜。

素练风霜起,苍鹰画作殊——素练:画鹰用的白色丝绢。头两句是说画在白色丝绢上的苍鹰形象生动逼真。仿佛挟带着一股风霜凌空而起。殊:殊异,出色。

掇身思狡兔,侧目似愁胡——掇身:挺身。那苍鹰挺着身子,似乎是在想捕捉狡猾的兔子,它斜着眼睛的样子,活像是愁眉凝视的碧眼猢狲。

涤镟光堪摘,轩楹势可呼——涤:系鹰腿的丝绳;镟:金属制成的转轴,用丝绳系上,以防鹰飞走。轩楹:廊柱,这里指画在苍鹰背后的建筑物。丝绳和金属棍闪着亮光,看样子好像能摘下来;只要有人吆喝一声,苍鹰就会立即应声而起飞离廊柱。

何当击凡鸟,毛血洒平芜——凡鸟:这里比喻奸佞。平芜:平原草地。何不奋然出击凡鸟,把它们的毛血洒在平原草地上呢!

中国历代文人都有写作题画诗的传统,歌咏画作、阐发画意、托物寄情,抒发感慨。这种诗书画结合、多种艺术相得益彰的形式,极受历代人士喜爱,逐步发展成我国视觉艺术的一种独特形式。宋代以后的题画诗,一般都题在画上。唐人还是以诗赞画和以诗评画为主。

杜甫的这类题画诗创作较多,对后世有不小的影响。他笔下的苍鹰,瞪着圆圆的双眼侧目而视,就像凝神焦虑着的猢狲的眼睛,随时准备耸着身子飞扑而下,去和凡鸟和狡兔们去搏斗一番。在这里,杜甫以鹰的形象赞颂的是一种勇于和邪恶势力作斗争的英雄气节。在炼字上,也颇为独特,用了"掇"、"侧"、"摘"、"呼"等富于动感的字眼,给人以鲜活生动之感,笔力苍劲,灵气飞扬。

夜宴左氏庄

此诗大约为开元二十九年(741)杜甫青年时代漫游齐赵时期所作。

风林纤月落，衣露净琴张。
暗水流花径，春星带草堂。
检书烧烛短，看剑引杯长。
诗罢闻吴咏，扁舟意不忘。

风林纤月落，衣露净琴张——林叶在风中作响，一痕纤细的新月落山，琴声起处，清露沾湿了衣裳。张：弹琴。

暗水流花径，春星带草堂——写月落后的庄园夜景。涧水在暗夜中流过花间小径，春星在夜空中映带出草堂的剪影。

检书烧烛短，看剑引杯长——翻检书籍，蜡烛不知不觉短了；看剑饮酒，豪情更长。

诗罢闻吴咏，扁舟意不忘——刚写罢新诗，耳边又听吴音咏诵，勾起我驾一叶扁舟游五湖的遐想。吴咏：以吴音来吟诵诗歌。吴，为春秋时的吴国，在今江浙一带。春秋时，吴越相争，范蠡帮助越王勾践灭吴后，驾一叶扁舟游五湖以归隐。

一首风韵美妙的抒情小诗，纤月、春星、露珠是眼前所见，风声、琴声、流水声是耳边所闻。在这样美的夜里，无论是读书、看剑还是饮酒、赋诗，都惬意而幽静，描绘琐细而不着痕迹，"左氏庄"的"夜宴"令人心旷神怡。堪属杜甫早期作品中的佳作。

赠李白

此诗当作于天宝三载(744)，当时杜甫在洛阳遇到了被唐玄宗"赐金还山"而刚离开长安的李白，遂作此诗相赠。

二年客东都，所历厌机巧。
野人对腥膻，蔬食常不饱。
岂无青精饭，使我颜色好？
苦乏大药资，山林迹如扫。

李侯金闺彦，脱身事幽讨。

亦有梁宋游，方期拾瑶草。

二年客东都，所历厌机巧——东都：洛阳。杜甫说自己在洛阳客居两年，对所遇到的投机取巧之徒很厌恶。

野人对腥膻，蔬食常不饱——野人：在野之人，杜甫自谦之词。腥：指鱼类。膻：指牛羊肉类。我这个在野之士眼看着富人吃大鱼大肉，自己却连粗粮蔬菜都吃不饱。

岂无青精饭，使我颜色好——青精饭：陶隐居《登真隐诀》中说，用南烛草木的叶子同茎皮同煮，取其汁液泡米蒸出青色的米饭，据说食之可长寿。这句说：难道就没有一种能让我脸色好些的青精饭吗？

苦乏大药资，山林迹如扫——大药：金丹。苦于缺少炼丹的资金，所以才未进山林中去。迹如扫：没有足迹。

李侯金闺彦，脱身事幽讨——李侯：即李白，侯是尊称。金闺：金马门，学士待诏之处。李白曾任翰林学士，因此说他是金闺中的才俊。彦：指有才华的人。脱身：指李白离开朝廷。这句是对李白说，你这位金马门的才子，如今离开朝中自由了，可以去山林访幽采药。

亦有梁宋游，方期拾瑶草——梁宋：在今河南开封、商丘一带。杜甫说我也想去梁宋一游，正好我们可以同行，但愿能拾到仙境中的瑶草。

杜甫在东都洛阳待了两年，对上层社会的蝇营狗苟之徒的投机取巧伎俩，实在是厌烦透了。他见李白离开朝廷，既为其才华得不到施展而惋惜，又对其获得了一个自由身、可以进山林求仙访道有些羡慕。

诗的前八句为自叙境况，后四句是对李白的诉说。虽是赠李白的诗，反倒用了三分之二的篇幅说自己，最后四句才是对李白说的。其实前八句表面是在说自身境况，但其实是在为后四句作铺垫。在杜甫眼中，年长十一岁的李白不仅是位才华出众的诗人，还是一位有仙风道骨的飘逸隐士。杜甫本来就佩服李白不肯"摧眉折腰事权贵"的潇洒，又听李白大谈灵芝仙丹、真人道士，益发感兴趣。于是诗中出现了"苦乏大药资，山林迹如扫"这样的出世语。诗的结尾处诗人想去"拾瑶草"，似流露出归隐之意。

名家选集卷

赠李白

此诗大约写于天宝四载(745)秋杜甫游齐赵时,是杜甫现存绝句中创作时间最早的一首。

秋来相顾尚飘蓬,未就丹砂愧葛洪。
痛饮狂歌空度日,飞扬跋扈为谁雄?

秋来相顾尚飘蓬,未就丹砂愧葛洪——秋天来时我们曾相遇,你仍像蓬草一样飘零。喜好炼丹却未炼成,愧对先师葛洪。葛洪是东晋道教理论家、炼丹术家,曾在罗浮山炼丹。

痛饮狂歌空度日,飞扬跋扈为谁雄——你开怀畅饮、狂放地歌唱,任光阴虚度;你这样飞扬跋扈,笑傲王侯,到底为什么如此逞雄?

杜甫比李白年轻十一岁,写这首诗时他还没有经过太多的生活波折,因此对已身经变故、情绪震荡的李白还未能深刻理解。他非常珍惜曾同李白在一起短暂游历的经历和友谊,想加深李白对自己的印象。尽管他对李白的规劝非常真诚、发自肺腑,但在李白看来未免显得稚气而一笑置之。但这首诗却为狂诗人李白画了一幅生动的肖像速写。

◎第二阶段　长安时期（746—755）

春日忆李白

　　此诗写于天宝六载(747)春,时杜甫居长安。这首诗赞扬李白在诗歌上的造诣,表达了诗人间真挚的友情。

白也诗无敌,飘然思不群。
清新庾开府,俊逸鲍参军。
渭北春天树,江东日暮云。
何时一樽酒,重与细论文?

　　白也诗无敌,飘然思不群——首句便对李白的诗热烈赞美,说他之所以"诗无敌",就在于他思想情趣卓异不凡,因而超尘拔俗,无人能比。"也"、"然"两个语助词用得巧,加重了赞美的语气和分量。思:名词,指诗思。

　　清新庾开府,俊逸鲍参军——接着赞美李白的诗像庾信那样清新,像鲍照那样俊逸。庾信、鲍照都是南北朝时的著名诗人。庾信曾在北周官至骠骑大将军、开府仪同三司(司马、司徒、司空),世称庾开府。鲍照曾任刘宋前军参军,世称鲍参军。以上四句,笔力峻拔,热情洋溢,因忆其人而忆及其诗,赞诗亦即忆人。

　　渭北春天树,江东日暮云——第三联写作者和李白各自所在之景。"渭北"指杜甫所在的长安一带;"江东"指李白正在漫游的江浙一带。"春天树"和"日暮云"是想象中的景物。作者遥望南天,唯见天际日暮时分的云彩,于是想象李白此时一定也在翘首北国,唯见远处的青青树色,用"春树"和"暮云"衬托出两人的离别之恨。诗人从赞美李白的诗,转而写离情别意,避免了平铺直叙,使诗意跳跃曲折,显得简洁奇妙。清代黄生说:"五句寓言己忆彼,六句悬度彼忆己。"(《杜诗说》)两句诗,一句是回忆,一句是悬揣,将双方无限的情思巧妙地连接起来。看似平淡,实则含蕴丰富,是历来传诵的名句。清代沈德潜称它"写景而离情自见"(《唐诗别裁集》),明代王嗣奭《杜臆》引王慎中语誉为"淡中之工",极为赞赏。

　　何时一樽酒,重与细论文——末联是诗人的热切希望:何时才能再次欢聚、把酒论诗啊! 以深情的向往作结,与诗的开头呼应。"何时"是诘问的语气,"重与"

是指过去曾经有过的情景,这就使眼前的离情别恨更为悠远,使结尾余意不尽。

杜甫对李白总是赞扬备至,可看出他对李白诗的钦仰和喜爱。清代杨伦评此诗说:"首句自是阅尽甘苦上下古今,甘心让一头地语。窃谓古今诗人,举不能出杜之范围;惟太白天才超逸绝尘,杜所不能压倒,故尤心服,往往形之篇什也。"(《杜诗镜铨》)清代浦起龙说:"此篇纯于诗学结契上立意。"(《读杜心解》)确实道出这首诗内容和结构上的特点。全诗以赞诗起,以"重与细论文"结,由诗转到人,由人又回到诗,转折得极自然,一个"忆"字贯穿全篇,将对人和对诗的怀念与倾慕,结合得水乳交融。以景寓情的手法,更是出神入化,将作者的思念之情,表达得情韵深长、绵绵不绝。

奉赠韦左丞丈二十二韵

此诗作于唐玄宗天宝七载(748),时杜甫三十七岁,正因第二次落第而困居在长安城里。韦济当时官任尚书左丞,对杜甫颇为赏识。这使失意的杜甫感到温暖,更是将他引为知己。在这首诗中,杜甫向韦济阐述自己的远大抱负和怀才不遇,诉说了入仕无门的烦恼。字里行间充满对现实的抨击。此诗可看作是作者这一时期生活和思想感情高度的艺术概括。

> 纨袴不饿死,儒冠多误身。
> 丈人试静听,贱子请具陈。
> 甫昔少年时,早充观国宾。
> 读书破万卷,下笔如有神。
> 赋料扬雄敌,诗看子建亲。
> 李邕求识面,王翰愿卜邻。
> 自谓颇挺出,立登要路津。
> 致君尧舜上,再使风俗淳。
> 此意竟萧条,行歌非隐沦。
> 骑驴十三载,旅食京华春。
> 朝扣富儿门,暮随肥马尘。
> 残杯与冷炙,到处潜悲辛。

主上顷见征，欻然欲求伸。
青冥却垂翅，蹭蹬无纵鳞。
甚愧丈人厚，甚知丈人真。
每于百僚上，猥诵佳句新。
窃效贡公喜，难甘原宪贫。
焉能心怏怏，只是走踆踆。
今欲东入海，即将西去秦。
尚怜终南山，回首清渭滨。
常拟报一饭，况怀辞大臣。
白鸥没浩荡，万里谁能驯？

 纨袴不饿死，儒冠多误身——开首便是激愤之语，可见作者早已是牢骚满腹，长久郁积，此时冲口而出，直抒胸臆。纨袴：穿丝绢裤子的贵族子弟。误身：指进不了仕途。指社会的不公平现象。

 丈人试静听，贱子请具陈——丈人：此处为对前辈的尊称。贱子：杜甫自称。具陈：细细道来。

 甫昔少年时，早充观国宾——观国宾：也可引申为从政者。这里指十三年前自己第一次进京考试去求功名。"宾"在这里用作动词，有"归依皇帝"的意思。

 读书破万卷，下笔如有神——勤奋读书超过万卷，下笔如有神助。此两句已成为出现频率很高的千古名句。

 赋料扬雄敌，诗看子建亲——扬雄：汉代著名的大辞赋家，著有《长杨赋》《羽猎赋》等。子建：曹植，字子建，三国时期魏国的大诗人。料：这里有大概、不相上下的意思。辞赋可与扬雄匹敌，作诗的水平接近曹植。

 李邕求识面。王翰愿卜邻——李邕：当时有名的官僚文人，据《新唐书·杜甫传》记载，杜甫在第二次漫游齐鲁时，时任北海太守的李邕曾"奇其材，先往见之。"王翰：也是唐代著名诗人。"卜邻"：做邻居，"卜"原意是"占卜"，在这里有"选择"的意思。以上八句形容自己才学出众，虽有"自吹自擂"之嫌，却丝毫不使人反感，因为这是发自内心的真实呼号。

 自谓颇挺出，立登要路津——我自认为才能挺拔出众。"要路津"，指重要的渡口，比喻国家政权里的重要位置。

 致君尧舜上，再使风俗淳——我将辅佐君王治理国家，比尧舜时期的效果还要好，教化百姓让社会风俗归于淳朴。

中国家庭基本藏书

此意竟萧条，行歌非隐沦——没想到这美好的心意竟然受到了冷落，我四处奔走作诗，并非甘心沉沦隐居而不愿为国效力。萧条：冷落之意。

骑驴十三载，旅食京华春——十三载：指自己从二十四岁第一次落第，到今年三十七岁，正好十三年。长期旅居长安京城中当食客，送走许多阳春。

朝扣富儿门，暮随肥马尘——早上去敲那些富贵人家的大门，傍晚追随在达官贵人们的肥马后面步人家的后尘。

残杯与冷炙，到处潜悲辛——吃的是剩酒和冷饭，所到之处心中都暗含着说不尽的悲伤与辛酸。以上寥寥数笔，便勾勒出诗人寄人篱下的痛苦和狼狈。

主上顷见征，欻然欲求伸——顷：不久前。见征：指天宝六载唐玄宗下诏让凡有一技之长的人都进京应试一事。欻(xū)然：忽然。求伸：企求实现理想。

青冥却垂翅，蹭蹬无纵鳞——这二句是比喻，上句用鸟，下句用鱼。青冥：天空。蹭蹬：失意的样子。无纵鳞：不能像一条鱼一样畅游。全句是说：皇上下诏选人才，我忽然觉得自己可以一展宏图了。不料飞上天的鸟儿却垂下了翅膀，我无法像一条鱼一样畅游。写自己失意痛苦的心情。

甚愧丈人厚，甚知丈人真——丈人：古时对老年男子的尊称。我非常愧对您对我的厚爱，我理解您对我是一片真心。

每于百僚上，猥诵佳句新——您每每在许多同僚面前朗诵我的新作。猥：在这里是自谦。相当于"蒙"、"承"。

窃效贡公喜，难甘原宪贫——贡公：指贡禹，西汉时人。他刚听到好友王吉(字子阳)做官的消息，便弹去帽子上的灰尘准备上路，因为他知道王吉一定会举荐他，所以有"王阳在位，贡禹弹冠"之说。原宪是孔子的弟子中最穷的，以安贫乐道而闻名。这里是杜甫比喻自己听到韦济夸奖自己时很高兴，心里像贡公一样暗暗高兴，所以很难做到像原宪一样自甘贫穷。

焉能心怏怏，只是走踆踆——踆踆(cūn)：欲行又止。这句是说我怎能因心中怏怏不乐，就慢腾腾地走路呢。

今欲东入海，即将西去秦——秦，指长安。去：这里指离开。如今我想向东而去，到海上去漂泊，即将离开长安城。

尚怜终南山，回首清渭滨——终南山：在当时京城长安的城南，是名胜之地，这里实际是指京城、朝廷。清渭滨，指坐落在渭水边上的长安。自古以来就有"渭水清，泾水浊"的说法，故称渭水为"清渭"。作者就要离开长安了，望着终南山有些不舍，在清清渭水边频频回首。

常拟报一饭，况怀辞大臣——报一饭：韩信早年贫困时，有一漂母曾将自己的饭分给他吃，后来韩信做了楚王，用千金来报答当年的一饭之恩。大臣：这里指韦济。我常常想应该像古人一样报答"一饭之恩"，更何况我辞别的是您这样一位对我有深恩的大臣呢!

白鸥没浩荡,万里谁能驯——没浩荡:消失在浩荡云海中。驯:驯服,这里有束缚之意。我将像一只洁白的海鸥飞腾万里消失在浩荡的云海里,又有谁能束缚我呢?

杜甫在仕途中屡屡失意之后,把希望寄托于结交权贵,期望能通过社交活动使自己的才能得到当权者的赏识,走一条"曲线救国"之路。这对心高气傲的杜甫来说,也是一种碰壁之后无奈的选择。这一时期,他写了不少这类赠人的献诗,大体都是一个模式:前半部分称颂对方的功德,后半部分陈述自己想要济世报国的意愿。但这首诗有别于其他的献诗。因为韦济虽然出身于名门世家,他的祖父韦思谦、伯父韦承庆官至高位,父亲韦嗣立是武后时的宰相,他本人也位居左丞,但他却并非纨绔子弟,而确有才能,早年即以辞翰闻名。韦济很赏识杜甫的才华,早在他任河南尹的时候,就多次打听杜甫的消息,这让杜甫十分感动。再加上杜甫的祖父杜审言诗名很大,与韦家的祖父也早有来往,所以在杜甫的眼里,韦济不仅是官员,更是知心朋友。因而在这首献诗中,诗人能直抒胸臆,畅所欲言,表达内心的真实情感。因而这首诗是杜甫的献诗中写得最好的。

这首诗如同一面镜子,真实地再现出一位恪守儒术、怀才不遇、屡受冷眼和挫折的知识分子在那个被扭曲了的社会中的悲凉命运!诗的结尾,诗人表示要远离江湖、去过一种无拘无束的生活。实际也是希望韦济举荐自己的一种含蓄的表达罢了。诗中直抒胸臆,佳句迭出。其中"读书破万卷,下笔如有神"已成为千古传诵的名句。可以说,这是一篇认识杜甫这一时期生活及其思想状况的极其重要的作品。

饮中八仙歌

此诗作于天宝年间杜甫初到长安时。是作者追忆往事之作。诗中描绘了李白、贺知章、张旭等八位文人墨客醉酒之后的神态,八位酒仙神情各异,憨态可掬,让人忍俊不禁,传达出盛唐时期那种特有的浪漫和豪放的时代气息。

知章骑马似乘船,眼花落井水底眠。
汝阳三斗始朝天,道逢曲车口流涎,
恨不移封向酒泉。左相日兴费万钱,

饮如长鲸吸百川，衔杯乐圣称避贤。
宗之潇洒美少年，举觞白眼望青天，
皎如玉树临风前。苏晋长斋绣佛前，
醉中往往爱逃禅。李白一斗诗百篇，
长安市上酒家眠，天子呼来不上船，
自称臣是酒中仙。张旭三杯草圣传，
脱帽露顶王公前，挥毫落纸如云烟。
焦遂五斗方卓然，高谈雄辩惊四筵。

【新解】

知章骑马似乘船，眼花落井水底眠。汝阳三斗始朝天，道逢曲车口流涎，恨不移封向酒泉——知章：指唐代著名诗人贺知章，字季真，自号"四明狂客"。汝阳：指唐玄宗哥哥李宪的长子汝阳王李琎。朝天：去朝见天子。曲车：装着酒曲的车。移封：另换封地。酒泉：在今甘肃酒泉，传说此地"城下有金泉，泉味如酒"。这五句都是写醉态。贺知章骑着马像乘着船一样摇摇晃晃，醉眼昏花掉进井里还在呼呼大睡。而汝阳王李琎喝了三斗酒才去朝见天子，路遇酒车仍馋得流涎，恨不得将自己的封地移到酒泉去。

左相日兴费万钱，饮如长鲸吸百川，衔杯乐圣称避贤——左相：左丞相李适之。他因遭李林甫的暗算和排挤，作诗云："避贤初罢相，乐圣且衔杯。""日费万钱"，饮如长鲸吸川，可谓豪饮。贤：有讽刺李林甫之意。圣：指清酒。此处杜甫化其语意用之。

宗之潇洒美少年，举觞白眼望青天，皎如玉树临风前——宗之：指曾任侍御史的崔宗之，在金陵谪官时常与李白举杯唱和，神态狂傲。这里写他举杯向天，白眼阅世，满腹牢骚，借酒发挥。皎洁的身躯如玉树临风，潇洒风流。

苏晋长斋绣佛前，醉中往往爱逃禅——苏晋：曾任中书舍人，信佛，常在佛祖的绣像前祈祷，但他却又贪杯纵欲，醉中往往将佛家的戒律抛在脑后。

李白一斗诗百篇，长安市上酒家眠，天子呼来不上船，自称臣是酒中仙——诗人李白更是斗酒诗百篇，常常醉了就睡在长安的酒店里，连天子叫他上船赋诗他都不肯，自称是酒中的神仙。

张旭三杯草圣传，脱帽露顶王公前，挥毫落纸如云烟——大书法家张旭擅写草书，有"三杯草圣"的美名，李颀曾有诗形容其醉后写草书的情形："露顶据胡床，长叫三五声。"写字时将帽子脱掉，哪管什么王公大人在眼前，大笔一挥，纸上顿时涌起云烟。

焦遂五斗方卓然，高谈雄辨惊四筵——焦遂本来口吃，然吃酒五斗后方兴致卓然，高谈阔论、语惊四座。《古事比》载："唐焦遂口吃，对客不能一言，醉后酬答如注射。人目为酒吃。"

此诗以诙谐的口吻，写了李白等八位在当时很有知名度的"好酒之徒"的狂醉之态，他们大多恃才傲物，愤世嫉俗。这些多是有才能的人，却整天沉入醉乡。诗中杜甫没有一字写他们的苦闷，然而透过字里行间我们却能感受到他们的"醉"，其实正是对现实的一种逃避。面对八个醉汉，杜甫此时颇有一种"众人皆醉我独醒"的意味。

杜甫的这首诗专用赋体叙述，反而使诗情益增。这种冷静叙述的艺术表现手法是其诗作的一大特色。作者在叹赏这些人物时，选择了最能代表每个人的典型细节，不拘诗律，不避重韵，运用口语，一气呵成。短短数句，便将"醉仙"们的"醉态"描绘得跃然纸上。表面上他直叙其事，不加任何褒贬，但作者的倾向，却分明可从言外见出。杜甫爱才，才子爱酒，杜甫因爱其才学而觉其醉态之可爱，才人们因不得志而借酒浇愁，因而杜甫此诗亦"醉翁之意"，并不全在酒也。

兵车行

《兵车行》是杜甫创作道路上一个具有里程碑意义的作品。这首诗当作于天宝十载(751)，40岁的杜甫此时正在长安。当时，唐玄宗耽于声色，将朝政委于奸臣，边事委于诸将。不少边将拥兵自重，傲慢轻敌，战争多有失利。鲜于仲通于南诏损兵六万；高仙芝与大食战，三万人全军覆没；安禄山讨契丹的三路兵马六万人，最后只剩下二十骑逃脱。为了补充兵源再战，杨国忠下令抓丁。这样残酷的战争意味着将士很少有生还的希望。杜甫亲眼看到父母妻子拦道牵衣、哭声遍野的惨景。诗人再也难抑心头的愤怒，写下了为人民大声疾呼的这首《兵车行》，诗中表达了对无辜百姓的深切同情和对战争的强烈谴责。

车辚辚，马萧萧，行人弓箭各在腰。
爷娘妻子走相送，尘埃不见咸阳桥。
牵衣顿足拦道哭，哭声直上干云霄。
道旁过者问行人，行人但云点行频。

或从十五北防河，便至四十西营田。

去时里正与裹头，归来头白还戍边。

边亭流血成海水，武皇开边意未已。

君不闻汉家山东二百州，千村万落生荆杞。

纵有健妇把锄犁，禾生陇亩无东西。

况复秦兵耐苦战，被驱不异犬与鸡。

长者虽有问，役夫敢申恨？

且如今年冬，未休关西卒。

县官急索租，租税从何出。

信知生男恶，反是生女好。

生女犹得嫁比邻，生男埋没随百草。

君不见，青海头，古来白骨无人收。

新鬼烦冤旧鬼哭，天阴雨湿声啾啾。

车辚辚，马萧萧，行人弓箭各在腰——辚辚：车轮滚动的声音。萧萧：马的嘶叫声。战车排排，战马嘶鸣；远征的壮丁，个个把弓箭背在腰间。

爷娘妻子走相送，尘埃不见咸阳桥——咸阳桥：即渭桥，在今陕西咸阳西南渭水上，是当时长安去西北的必经之途。爹娘妻子都来送行，踏起的尘土遮蔽了咸阳桥。

牵衣顿足拦道哭，哭声直上干云霄——家属们牵着亲人的衣襟、跺着脚号啕大哭，哭声震天，冲上了九重云霄，其状悲惨。

道旁过者问行人，行人但云点行频——过者：过路的人，这里是诗人的自称。过路人同情地问一个壮丁，壮丁只说是频繁地点名征兵。点行频：指按户籍名册点兵抽丁入伍之事十分频繁。

或从十五北防河，便至四十西营田——从这句以下是行人的答语：有的人只有十五岁，就征去驻守吐蕃侵扰的黄河。到了四十岁，还得到西边去屯田驻防，又种地、又戍边。唐玄宗时，常征调兵力驻扎黄河一带。

去时里正与裹头，归来头白还戍边——里正：当时每百户为一里，百户之长称里正。当年出发尚年幼，还是村长替他扎头巾，归来头白了，还要再去守卫边境。

边亭流血成海水，武皇开边意未已——武皇：即汉武帝，这里指唐玄宗。边境上的战士血流成海，而皇上扩张领土的心意仍然没有满足。

君不闻汉家山东二百州，千村万落生荆杞——汉家：汉朝，此处借指唐朝。山东二百州：唐代华山潼关以东有七道共二百一十七州，这里泛指关东地区。荆杞：

荆棘和杞柳。千村万落，处处长满了野草和荆棘。这里是说穷兵黩武破坏了生产。

纵有健妇把锄犁，禾生陇亩无东西——纵然有健壮的妇女耕地，庄稼也依旧长得横七竖八，连东西阡陌也难分辨。

况复秦兵耐苦战，被驱不异犬与鸡——秦兵：指关中士兵，关中古为秦地，所以称秦兵。秦地的士兵们能忍耐吃苦，与被驱来赶去的鸡狗没什么两样。

长者虽有问，役夫敢申恨——役夫：行役之人的自称。长者虽关切地问我，我哪里敢说出心中的怨恨？

且如今年冬，未休关西卒——未休：未曾放归。关西卒：指函谷关以西的秦地士兵。

县官急索租，租税从何出——县官：这里指天子、朝廷、国家等，泛指统治者。

信知生男恶，反是生女好。生女犹得嫁比邻，生男埋没随百草——信知：现在才相信真是如此。犹得：还可以。生女儿还可以嫁给近邻，生男儿却战死在外，埋进了荒草。

君不见，青海头，古来白骨无人收。新鬼烦冤旧鬼哭，天阴雨湿声啾啾——青海头：青海湖边。唐与吐蕃常在这里发生激战。天阴雨湿：古人传说鬼常在阴雨天哭泣。啾啾：呜咽声。

这首诗是讽世伤时之作，也是杜诗中为历代所推崇的名篇。诗歌旨在讽刺当政者穷兵黩武给人民带来了莫大灾难。诗的开头七句为第一段，写大军急急出发、家人痛哭送别的悲惨情景，描绘了一幅震人心弦的送别图。从"道旁过者问行人"到"被驱不异犬与鸡"为第二段。通过设问，役人直诉从军后妇女代耕，农村萧条零落的境况，讲述战争给人们带来的深重灾难。从"长者虽有问"至结尾为第三段，通过士兵对这种不义战争的议论，表现了百姓强烈的怨恨之情。

全诗注重客观场景的生动描绘，并让当事人现身说法，使诗歌的效果非常逼真感人。在文体上，杜甫化用了乐府诗体，采用了"即事名篇，无复依傍"的做法，不再像其他诗人那样利用乐府古题来写时事，而是自拟题目，这样可以不再受古题的束缚，更直接地反映现实，其实这正是对汉乐府的最好继承。诗中大量借鉴了乐府民歌中的修辞手法，如反复重叠，多处采用顶针格等，具有明显的民歌韵味。整篇诗歌寓情于叙事之中，在叙述中变化有序，诗的字数杂言互见，韵脚平仄互换，声调抑扬顿挫，曲折多变，可谓"新乐府"诗的典范。这种在文体上的发展创造后来为白居易所称道。《兵车行》标志着杜甫诗风的根本转变。即由原来的为个人啼饥号寒、嗟叹呻吟的知识分子，变成了一个将个人遭遇与人民痛苦紧密结合的时代画卷的真实、深刻的书写者。

前出塞九首（选二）

题解

《出塞》是汉乐府旧题。内容为描写边塞将士的军旅征战生活。杜甫先后写过十几首以出塞为题的诗，分为两组。先写的九首为《前出塞》，后写的五首称《后出塞》。这里选的是《前出塞》之三、之六，写于安史之乱前的天宝年间。诗歌谴责了统治者的"开边"政策，表达了诗人反对侵略战争的态度。

其 三

磨刀鸣咽水，水赤刃伤手。
欲轻肠断声，心绪乱已久。
丈夫誓许国，愤惋复何有？
功名图麒麟，战骨当速朽。

磨刀鸣咽水，水赤刃伤手——鸣咽水：指陇头水。《三秦记》："陇山顶有泉，清水四注。俗歌：陇头流水，鸣声幽咽，遥望秦川，肝肠断绝。"磨刀等四句就从这首民歌中点化而来。这句是说，蘸着鸣咽的水磨战刀，看到水色变红才发觉是刀刃伤了手。

欲轻肠断声，心绪乱已久——本想不理会这断肠的声音，可心绪早就乱了。

丈夫誓许国，愤惋复何有——这句是心情矛盾的自我宽解之语：大丈夫发誓以身许国，怨恨的心情哪里还会有？

功名图麒麟，战骨当速朽——只要能建立功名将我的画像放在麒麟阁中，哪怕尸骨很快腐朽也值得。

这首诗通过途中一个役夫磨刀的生活细节的描写，将一位役夫内心的矛盾与痛楚体现得淋漓尽致。正因为心中痛苦才想用磨刀来转移注意力，但分明没用，因为刀伤了手还不知，可见这乱糟糟的心情久久无法平静。只好自我宽慰，但越宽解心情便越激愤，要么成功，要么成仁，一个"当"字更使人见出沉痛。诗人以多变的手法写多变的情绪，有举重若轻的效果。

其 六

挽弓当挽强，用箭当用长。
射人先射马，擒贼先擒王。
杀人亦有限，立国自有疆。
苟能制侵陵，岂在多杀伤？

"挽弓当挽强"四句——挽：拉开。拉弓要拉强弓，用箭当用长箭。射人先射他骑的马，擒贼先要捉住首领。

"杀人亦有限"四句——杀人应该有个限度，各国本来就有各自的疆界，作战的目的重在保卫自己的疆土，只要能制止敌人侵略就行了，又何须过多地杀人呢？

前四句套用了民间流传的民谣谚语，也是讲克敌制胜的经验。后四句诗为议论，表达了诗人的战争观：人们应当各守本土，相安无事；不能借口"反侵略"而对外扩张领土、滥杀无辜。全诗表达了诗人热爱和平、反对战争、怜惜生命的人道主义情怀。全诗立意高，富含哲理意味，语言浅显流畅。

同诸公登慈恩寺塔

慈恩寺塔即今天的西安大雁塔，是唐高宗在做太子时为其母文德皇后所建，故名"慈恩"。寺院于唐贞观二十二年(648)建成，寺内的慈恩寺塔则建于永徽三年(652)。此诗写于唐玄宗天宝十一载(752)秋，此时杜甫第二次落第，正在长安闲居。一同登塔的还有诗人高适、薛据、岑参、储光羲。五位诗人一同登塔，相互唱和。诗题中的"同"就是"和"的意思。

高标跨苍穹，烈风无时休。
自非旷士怀，登兹翻百忧。
方知象教力，足可追冥搜。
仰穿龙蛇窟，始出枝撑幽。
七星在北户，河汉声西流。

羲和鞭白日，少昊行清秋。
秦山忽破碎，泾渭不可求。
俯视但一气，焉能辨皇州？
回首叫虞舜，苍梧云正愁。
惜哉瑶池饮，日晏昆仑邱。
黄鹄去不息，哀鸣何所投？
君看随阳雁，各有稻粱谋。

高标跨苍穹，烈风无时休——高标：此处指高塔。跨苍穹：高耸天外。苍穹：即蓝天。

自非旷士怀，登兹翻百忧——旷士：超然出世。翻百忧：旁人登高是为解忧，而杜甫说自己登高却在内心翻腾起种种忧思。

方知象教力，足可追冥搜——象教：指佛教，佛教以形象教化世人，故称之。追冥搜：探幽寻胜。

仰穿龙蛇窟，始出枝撑幽——龙蛇窟：喻塔中的狭窄曲折。枝撑幽：指塔中楼板的纵横交错。以上八句写登塔的过程。

七星在北户，河汉声西流——以下八句讲登塔所见。七星：北斗。河汉：指天河。形容人在塔中的感觉，好像北斗星近在塔的北门口，能听到天河的流水声，极言塔之高。

羲和鞭白日，少昊行清秋——羲和：太阳神的御者。鞭白日：是说秋天的白昼变短，就像羲和用鞭子抽着太阳下沉一样。少昊：白帝，掌管秋天的神。行：主事。主管清秋。这四句写人在塔上仰观的感觉。

秦山忽破碎，泾渭不可求。俯视但一气，焉能辨皇州——秦山：指终南山。泾渭：二水名。渭水自西向东，过长安城北，东入黄河。泾水由宁夏流来，流经今天的庆阳、彬州，入渭水。泾水浊，渭水清。不可求：难分其清浊。皇州：指长安城。这四句是说，在太阳西沉的昏暗光线下，望山河破碎，泾渭二水浑茫一体、清浊难辨，更看不清长安城的模样。诗人此处表面写的是眼前看到的景物，实际有暗喻唐王朝政治局势面临危亡、前途渺茫之意。

回首叫虞舜，苍梧云正愁——虞舜：古代理想的帝王，这里隐指唐太宗。苍梧：山名，在今湖南。传说舜帝南巡，死于苍梧之野，葬于九嶷山。云正愁：白云为舜帝的死而悲伤。

惜哉瑶池饮，日晏昆仑邱——瑶池：原指昆仑山西王母的宴会，这里指唐明皇和杨贵妃在骊山上的饮酒作乐，迷醉声色。晏：晚。日晏：从白天到夜晚不停止。这四句以舜墓隐指唐太宗的昭陵，有慨叹今世没有贤明君主之意。

黄鹄去不息，哀鸣何所投——黄鹄：天鹅，一种高贵的鸟，这里是诗人的自喻。

君看随阳雁，各有稻粱谋——随阳雁：随冷暖阴晴而迁的候鸟，比喻那些趋炎附势的小人。稻粱谋：为生存而谋划打算。最后四句哀叹自己生不逢时，胸怀大志却无处投身。而那些趋炎附势之徒又只知道为私利打算。表现出诗人对风雨飘摇的唐王朝充满了深深的忧虑。

文朋诗友同题赋诗作文，可谓文学史上的盛事。难怪相隔九百年之后，文人王士祯还羡慕地说："每思高、岑、杜辈同登慈恩塔，李、杜辈同登吹台，一时大敌旗鼓相当。恨不厕身其间，为执鞭弭之役！"

五位诗人中杜甫、高适、岑参三人名垂千古自不必说，就是储光羲和薛据在当时也很有名气。同样的时间和地点，同样的所见所闻，由于诗人的禀赋各异，写出的诗差别很大。薛据的诗已散佚。岑参和储光羲的诗，更关注佛寺中的浮图，注重对佛家的教义进行阐释；高适诗中表现出的济世态度比他们二位要积极些，但也未涉及现实危机，更多的还是关注着个人的前途。单从艺术成就看，高适和岑参的诗确与杜诗"旗鼓相当"。但若论思想深度，杜甫的诗便明显地更胜一筹。

诗的起首，便用语奇崛，展现出高塔凌风、超拔天外的气势。诗人仰观于天，便见北斗、天河、日车；诗人俯视于地，又见秦山、泾渭、城郭；意象纷呈，感染力极强。一切景物，都被现实的愁云惨雾蒙上了暗淡的色彩，映衬出时局飘摇、天下将乱的危机。真正的诗人是民族的先知。当许多人还沉浸在大唐盛世的表面繁华之中时，杜甫却以一个诗人的敏感和直觉，朦胧地预感到了乱世将临。这是非常难能可贵的。

丽人行

此诗作于天宝十二载(753)三月。当时杜甫居住在长安。诗中描写杨国忠(杨贵妃的哥哥、时任右丞相)兄妹春游时的华丽场景，揭露了权贵们势倾朝野、骄奢淫逸的恶行，曲折地反映了君王的昏庸和时政的腐败。

三月三日天气新，长安水边多丽人。
态浓意远淑且真，肌理细腻骨肉匀。

绣罗衣裳照暮春，蹙金孔雀银麒麟。
头上何所有？翠为匎叶垂鬓唇。
背后何所见？珠压腰衱稳称身。
就中云幕椒房亲，赐名大国虢与秦。
紫驼之峰出翠釜，水精之盘行素鳞。
犀箸厌饫久未下，鸾刀缕切空纷纶。
黄门飞鞚不动尘，御厨络绎送八珍。
箫鼓哀吟感鬼神，宾从杂遝实要津。
后来鞍马何逡巡，当轩下马入锦茵。
杨花雪落覆白蘋，青鸟飞去衔红巾。
炙手可热势绝伦，慎莫近前丞相嗔！

三月三日天气新，长安水边多丽人——三月三日：上巳节。古代的风俗，在这一天要到水边去祭祀求福、驱除不祥，后来便成了春游的日子。水边：指长安东南的曲江。丽人：泛指贵妇人。

态浓意远淑且真，肌理细腻骨肉匀——这些美人姿色浓艳、神气高远，肌肤细腻、身材匀称。

绣罗衣裳照暮春，蹙金孔雀银麒麟——蹙金：即绣金。绣花的绫罗衣裳映衬着暮春的美景风光，上面有金丝线绣成的孔雀和银丝线刺成的麒麟。

头上何所有？翠为匎叶垂鬓唇——头上有什么？翡翠片做的花叶垂到鬓角边。匎(è)叶：妇女头饰上的花叶。

背后何所见？珠压腰衱稳称身——腰衱(jié)：裙带。缀满珠宝的裙腰稳当合身。

就中云幕椒房亲，赐名大国虢与秦——就中：犹其中。云幕：瑰丽如彩云的帷幕，借指后妃居住之处。椒房：汉代皇后居室用椒和成泥涂抹墙壁，使其有香气，故后世称皇后为椒房，称皇后的亲属为椒房亲。唐玄宗赐封杨贵妃的大姐为韩国夫人，三姐为虢国夫人，八姐为秦国夫人。

紫驼之峰出翠釜，水精之盘行素鳞——紫驼之峰：骆驼背上的肉，是名贵的菜肴。翠釜：有着翠玉颜色的锅。水精：即水晶。素鳞：白色的鱼。

犀箸厌饫久未下，鸾刀缕切空纷纶——犀箸：犀牛角做的筷子。厌饫：吃腻了。鸾刀：带有小铃的刀，这里指御膳房的炊具。空纷纶：白白地忙乱。这几句形容虽有名贵的菜肴，但吃腻了山珍海味的犀角筷子久久不动，让那些用鸾刀精工细切的厨师们空忙了一场。

黄门飞鞚不动尘,御厨络绎送八珍——黄门:指宦官。鞚(kòng):马笼头。八珍:泛指精美珍奇的食品。太监们骑马回宫飞快地报信却扬不起一点尘土,御厨们络绎不绝送来海味山珍。

箫鼓哀吟感鬼神,宾从杂遝实要津——杂遝(tà):杂乱。要津:重要渡口,这里比喻朝廷的要害部门。笙箫鼓乐缠绵婉转能感动鬼神,宾客随从满座皆是在重要部门掌权的达官贵人。

后来鞍马何逡巡,当轩下马入锦茵——逡巡:欲进不进,大摇大摆。轩:古代一种有帷幕的车。锦茵:织锦垫。姗姗来迟的骑马者是丞相杨国忠,他踌躇满志,大摇大摆下得马来便踏着锦垫钻进有帷幕的华美小车中。

杨花雪落覆白蘋,青鸟飞去衔红巾——白雪似的杨花飘落覆盖了浮萍,使者像传情的青鸟一样勤送红手巾。这里似是实写眼前景物,其实是暗喻杨国忠与其堂妹虢国夫人的暧昧关系。青鸟:神话传说中西王母的信使,后多用来指传递爱情消息的媒介。

炙手可热势绝伦,慎莫近前丞相嗔——丞相的权势炙手可热、不可一世,人们啊,千万不要走近前去惹怒了丞相。

这是一首著名的政治讽刺诗。通过描写杨氏国戚之骄纵荒淫,侧面反映了玄宗的昏庸和朝政之腐败。开首十句描写上巳日曲江水边踏青的丽人如云,体态娴雅,姿色优美,衣着华丽。中间十句为第二段,具体写出丽人中的虢、秦、韩等皇亲国戚酒宴的豪华排场,器皿的雅致,肴馔的精美。后六句为第三段,写杨国忠的权势显赫,意气骄横,不可一世。

虽是讽刺诗,但诗人采取了像《陌上桑》那样乐府民歌中常用的正面咏叹的方式,用工笔画细腻地描写了美人们衣着的鲜艳富丽,场面的金碧辉煌,意态的娴雅优美。没有油滑的笔墨,也没有漫画式的夸张,这种真实反而更具强烈的艺术批判力量。难怪浦起龙赞赏此诗:"无一刺讥语,描摹处,语语刺讥;无一慨叹声,点逗处,声声慨叹。"(《读杜心解》)

全诗语极铺排,富丽华美中蕴含清刚之气。在惟妙惟肖的描摹中,讥讽的锋芒和强烈的爱憎便自在其中。在艺术形式上民歌韵味很浓,但用词也有堆砌之嫌。正如陆时雍所论:"色古而厚,点染处,不免墨气太重。"(《杜诗详注》引)这首诗和《兵车行》一样,都应看作是杜甫诗歌创作的里程碑之作。

名家选集卷

陪郑广文游何将军山林十首（选四）

题解

这组诗作于天宝十二载(753)春，时杜甫在长安。郑广文指郑虔，幼时家贫，以柿叶代纸练书法，多才多艺，书画皆工，玄宗时曾任广文馆博士。与杜甫有深交。何将军，名不详，其山林在长安城南，韦曲之西。大约是何将军邀郑去他的山林别墅去作客，同时也邀了杜，因而说是"陪"郑去的。

其 一

不识南塘路，今知第五桥。
名园依绿水，野竹上青霄。
谷口旧相得，濠梁同见招。
平生为幽兴，未惜马蹄遥。

 新解

不识南塘路，今知第五桥——一开始便点明是初次来游。张礼《游城南记》载："第五桥在韦曲西，桥以姓名。"（第五是复姓）。

名园依绿水，野竹上青霄——此联写远望之景，依依绿水，青翠竹林，引人入胜。

谷口旧相得，濠梁同见招——谷口：出自扬雄《法言》："谷口郑子真耕于岩石下，名震京师。"郑子真，名郑朴，字子真，是汉成帝时人。这里是以郑子真比喻郑虔。谷口旧相得：是说他们从前在乡下时早就有交情了。濠梁：用《庄子·秋水》"庄子与惠子游于濠梁之上"喻他俩同游之乐。

平生为幽兴，未惜马蹄遥——说自己一向有兴致探幽访胜，骑着马游就更不会嫌路远了。骑马出游，可见山林之大。

其 二

百顷风潭上，千章夏木清。
卑枝低结子，接叶暗巢莺。
鲜鲫银丝脍，香芹碧涧羹。
翻疑舵楼底，晚饭越中行。

百顷风潭上，千章夏木清——首联是远望之景，百顷潭水凉风习习，千棵大树垂下浓荫。如同一幅水墨渲染的写意画。章：指大树。

卑枝低结子，接叶暗巢莺——颔联写近景。低低的枝头上结着果子，茂密相连的树枝间暗藏着黄莺的窝。如同工笔勾勒的画，细腻而有情调。

鲜鲫银丝脍，香芹碧涧羹——写设宴林间的鲜美，鲜活的鲫鱼切成细细的银丝，碧绿的涧水煮出的芹羹香味袭人，色香味俱全，令人馋涎欲滴，可看出将军的雅致。

翻疑舵楼底，晚饭越中行——末两句出人意料，由鲜鲫和香芹想到当年南游时，曾在大船的舵楼底进晚餐时吃过此物，触景生情，恍若此身犹在越中水面上行走。

其　五

剩水沧江破，残山碣石开。
绿垂风折笋，红绽雨肥梅。
银甲弹筝用，金鱼换酒来。
兴移无洒扫，随意坐莓苔。

剩水沧江破，残山碣石开——首联写山林景物，为远望之景。因这里的水是沧江支流，因而说"剩水"。这里的山属碣石山的一部分，因而说"残山"。

绿垂风折笋，红绽雨肥梅——颔联写近看之景。这两句均为倒装。本意是"风折笋(而)绿垂，雨肥梅(而)红绽"。如平铺直叙，便会有失别致。诗人既保留了生活实感，又有意地写出了这种细微的感知差异，便使读者有耳目一新之感。倒装句重要的是要做到句意完整，浑然一体。如一味猎奇，追求形式的古怪，就成画蛇添足、本末倒置。

银甲弹筝用，金鱼换酒来——将军套上银制的指甲弹起了玉筝，又解下所佩的金鱼换来美酒。

兴移无洒扫，随意坐莓苔——兴致来了便随意地席地而坐，无须洒扫地上的莓苔。形象地写出了将军待客的豪情与大家的勃勃兴致。

其　六

风磴吹阴雪，云门吼瀑泉。

酒醒思卧簟,衣冷欲装绵。

野老来看客,河鱼不取钱。

只疑淳朴处,自有一山川。

新醉

风磴吹阴雪,云门吼瀑泉——磴:指石桥。云门:闸门。因水涌如云之状故称"云门"。这句是说石桥下大风吹着阴雪,水闸中泉水吼叫如瀑如云。此联写景,很有气势。

酒醒思卧簟,衣冷欲装绵——簟(diàn):竹席。酒醒后感觉是睡在凉席上一样,衣衫单薄寒冷真想装点棉花进来。写诗人醉卧山林酒醒后的真实感受,状山林之高寒。

野老来看客,河鱼不取钱——村民来看我们这些客人,送了河鱼却不肯收钱。

只疑淳朴处,自有一山川——民风之淳朴,让人疑是身在桃花源之中。

新评

杜甫的这组诗可看作是一组完整的游记。或赋景、或回忆、或抒情,经纬错综,曲折变幻,读来兴味无穷。杜甫这些年来命运蹭蹬,心力交瘁,偶然来到何园这样幽美之处,主人一家既儒雅又豪爽好客,当然使诗人十分开心尽兴。他们骑着马到处探幽访胜,累了就在山林中席地而坐,"兴移无洒扫,随意坐莓苔"。饿了有时鲜的蔬菜和鲜美的鱼野餐,"鲜鲫银丝脍,香芹碧涧羹"。醉了就在山林中又唱又跳,或者睡一觉,直睡到"酒醒思卧簟,衣冷欲装绵"。过了几天"坐对秦山晚,江湖兴颇随"的舒心日子,诗人怎能不难舍难分呢? 但回去以后又如何? 等待着他的还是"自笑灯前舞,谁怜醉后歌"的日子。从杜甫清新、自然的诗句的字里行间,从他表面欣喜的佯狂之态下,我们仍然不难体味出他内心隐藏着的深刻的忧愁和苦闷。

重过何氏五首(选三)

题解

这组诗当写于天宝十三载(754)春。时杜甫在长安。何氏,即前诗提到的何将军。诗歌写重访何将军山林的感受。

其 一

问讯东桥竹,将军有报书。

倒衣还命驾，高枕乃吾庐。
花妥莺捎蝶，溪喧獭趁鱼。
重来休沐地，真作野人居。

问讯东桥竹，将军有报书——这首诗写重访何将军山林的由来和喜悦。开头先说重访的缘由，是因我去信问东桥边竹林的情况，将军遂复信邀我前往。东桥：即前诗所记第五桥。

倒衣还命驾，高枕乃吾庐——衣服都穿颠倒了还是急急地命驾启程，就像是回我那高枕无忧的自己的家。形象地表现了诗人重访何园的激动，"吾庐"说明熟悉、有老感情。

花妥莺捎蝶，溪喧獭趁鱼——这两句写园林中之景物。妥：掉下。黄莺追蝶竟不小心碰落了花朵。水獭追赶鱼儿弄得溪水喧哗。这句更衬出山林中之静。

重来休沐地，真作野人居——再次来到淳朴的休憩胜地，真会让人觉得这里是村野之人居住的好地方。

其 三

落日平台上，春风啜茗时。
石栏斜点笔，桐叶坐题诗。
翡翠鸣衣桁，蜻蜓立钓丝。
自今幽兴熟，来往亦无期。

落日平台上，春风啜茗时——在平台上欣赏落日，春风里品味香茶。啜(chuò)茗：喝茶。

石栏斜点笔，桐叶坐题诗——斜倚着石栏，用笔蘸上墨汁，在捡起的桐树叶上题写诗章。

翡翠鸣衣桁，蜻蜓立钓丝——翡翠鸟在晒衣竿上快乐地鸣叫，蜻蜓悠闲地立在钓丝上。衣桁(héng)：晒衣竿。

自今幽兴熟，来往亦无期——从此我的幽兴更大，希望今后我们的来往将更多。这首诗写得清新而潇洒。杜甫多次表示他喜欢庾信的风格，既清新又老成，这首诗可以说是体现这种风格的一篇较早较好的佳作。

其　五

到此应常宿，相留可判年。
蹉跎暮容色，怅望好林泉。
何日沾微禄，归山买薄田？
斯游恐不遂，把酒意茫然。

到此应常宿，相留可判年——到这里就该常住，最好能留上半年。

蹉跎暮容色，怅望好林泉——岁月蹉跎、容颜老去，临别我惆怅地望着美好的林泉。

何日沾微禄，归山买薄田——何时才能当个小官得点微薄的俸禄，以便在归隐山川时能买得起几亩薄田。此句透露出诗人的窘境，报国无望，转思归隐，然而即便归隐也需有一定的经济基础，像杜甫这样的穷诗人，连买几亩薄田过恬淡的日子也成了一种奢望，读来怎不让人心酸？

斯游恐不遂，把酒意茫然——这种奢望恐难如愿，举起杯来我心意茫然。结尾沉重而悲凉。

这组诗写了杜甫旧地重游的喜悦。诗人这次未与郑虔同来，但在随意行吟之中，每每沉浸在对往事的回忆之中。林居的幽致、远眺所见的阴晴多变的春山，都勾起诗人重游的喜悦。诗笔清新自然，在看似轻描淡写的挥洒中，表现出有声有色的况味，处处给人以身临其境之感。特别是第三首写得最为潇洒，历来受到诗评家们的称赞，认为其最能体现老杜独特的美学趣味和清丽的艺术风格。

陪诸贵公子丈八沟携妓纳凉晚际遇雨二首

此诗应作于天宝末期、安史之乱前，当时杜甫在长安。丈八沟：《通志》载，长安下杜城西有第五桥、丈八沟。丈八沟其实就是当时官员开的广运潭的漕渠，可行船。宽八尺，深一丈。诗写傍晚放船纳凉的情事。

其　一

落日放船好，轻风生浪迟。

竹深留客处，荷静纳凉时。
公子调冰水，佳人雪藕丝，
片云头上黑，应是雨催诗。

"落日放船好"四句——傍晚放船纳凉，风轻浪柔，竹林深密，荷花艳美。起联写泛舟，次联写纳凉。"竹深留客处，荷静纳凉时"二句，意境最佳。

"公子调冰水"四句——公子调出清凉的冰水，美人洗出洁白的藕丝。头上乌云翻滚，仿佛在催促诗人快快成诗。三联写诗人作为清客陪公子携妓，末句写风雨将至。

其 二
雨来沾席上，风急打船头。
越女红裙湿，燕姬翠黛愁。
缆侵堤柳系，慢卷浪花浮。
归路翻萧飒，陂塘五月秋。

"雨来沾席上"六句——写舟中仓皇避雨之状。风急雨猛，美人的红裙湿了，眉眼含愁，小船系在堤岸随浪花起伏。诗中的"佳人、越女、燕姬"，均泛指陪游的歌妓。

归路翻萧飒，陂塘五月秋——结联写归时天气转凉，虽然只是五月，却有了深秋的萧瑟。

以上两首诗写的是同一件事，全诗如同一篇简洁的游记，叙事清楚，画面感很强。历来诗家选杜甫诗多偏重思想性，多选他关注民生疾苦的诗篇。像这种写文人雅士的小情趣的内容则所选甚少。这两首小诗在杜甫诗中所见不多，然意境很美，最能见出唐代京师上层社会风尚和贵公子、清客们的行径和身份，别有韵味。

城西陂泛舟

此诗当作于天宝十三载(754)，时杜甫居于长安下杜城。陂：湖塘。西陂：即渼陂,在长安京兆府鄠县(今陕西鄠邑)西五里处,水面宽阔,是当时的游览胜地之一。诗中写达官贵人们携妓春游、在楼船上大宴宾客的狂欢场面。

> 青蛾皓齿在楼船,横笛短箫悲远天。
> 春风自信牙樯动,迟日徐看锦缆牵。
> 鱼吹细浪摇歌扇,燕蹴飞花落舞筵。
> 不有小舟能荡桨,百壶那送酒如泉?

青蛾皓齿在楼船,横笛短箫悲远天——青青蛾眉、白亮牙齿的歌妓们站在楼船上,她们吹出的横笛短箫声是那样悲凉悠远、直上云天。一个"悲"字使这个华丽热闹的场面不再轻飘浮华,似乎传达出另外一种含蓄的意味。

春风自信牙樯动,迟日徐看锦缆牵——牙樯:用象牙做的桅杆。锦缆:锦彩做的缆绳。此处极言其华美,说象牙做的桅杆在春风里徐徐而动,锦彩做的缆绳在春日里缓缓而牵。"自信"二字用得妙,船未动,但因有风有桅杆,因而感觉是动的。

鱼吹细浪摇歌扇,燕蹴飞花落舞筵——鱼儿游动的细浪中映出歌妓们手中的扇子的倒影,燕子踏落的飞花飘然落在歌舞筵席中间。

不有小舟能荡桨,百壶那送酒如泉——没有荡桨的小舟,哪能送来这美酒百壶涌如泉?

此诗写了船宴的盛大场面。船宴是旅游宴席的一种。我国古代帝王贵族于时令佳节,每乘舟泛于水上,一边观赏风景,一边歌舞宴乐,是饮宴与旅游活动的结合,历史悠久。杜甫的这首诗真实记录了盛唐时期歌舞升平、达官贵人醉生梦死的狂欢场面,为我们留下了真实形象的资料,颇有认识价值。诗笔委婉曲折,淋漓尽致,艺术上很有特色。

渼陂行

此诗当作于天宝十三载(754),时杜甫居长安下杜城。陂:湖塘。渼陂:在长安京兆府鄠县(今陕西鄠邑)西五里处,离长安城上百里,水面辽阔,为游览胜地。这首诗写诗人与岑参兄弟同游的所见所闻。

岑参兄弟皆好奇，携我远来游渼陂。

天地黯惨忽异色，波涛万顷堆琉璃。

琉璃汗漫泛舟入，事殊兴极忧思集。

鼍作鲸吞不复知，恶风白浪何嗟及。

主人锦帆相为开，舟子喜甚无氛埃。

凫鹥散乱棹讴发，丝管啁啾空翠来。

沉竿续蔓深莫测，菱叶荷花净如拭。

宛在中流渤澥清，下归无极终南黑。

半陂以南纯浸山，动影袅窕冲融间。

船舷暝戛云际寺，水面月出蓝田关。

此时骊龙亦吐珠，冯夷击鼓群龙趋。

湘妃汉女出歌舞，金支翠旗光有无。

咫尺但愁雷雨至，苍茫不晓神灵意。

少壮几时奈老何，向来哀乐何其多！

【新解】

岑参兄弟皆好奇，携我远来游渼陂——岑参：以边塞诗著名的唐代诗人，兄弟五人依次为：渭、况、参、秉、亚。皆好奇：都是喜好寻幽访胜的人，所以才携诗人跑上百里远路来渼陂游玩。

天地黯惨忽异色，波涛万顷堆琉璃——夏季的天气变化莫测，忽然间阴云密布，天色昏暗变色，湖上的万顷波涛如碧绿的琉璃堆积在一起，阴森可怖。

琉璃汗漫泛舟入，事殊兴极忧思集——汗漫：无边无际。面对无边的琉璃却偏要放舟而入，他们的这种特别的兴致真叫我忧思聚集。

鼍作鲸吞不复知，恶风白浪何嗟及——鼍：也叫鼍龙、扬子鳄，俗称猪婆龙，像鳄鱼。这句是担心小舟被风浪打翻，人说不定喂了水怪，鼍龙可以像鲸一样将人囫囵吞下，到时连叹息都来不及。

主人锦帆相为开，舟子喜甚无氛埃——没想到很快又风平浪静了，主人张开锦帆，船工也为这没有尘埃的清新空气而高兴。

凫鹥散乱棹讴发，丝管啁啾空翠来——棹歌声惊得水鸟乱飞，丝管声鸟鸣声在晴空里清脆地响起。

沉竿续蔓深莫测，菱叶荷花净如拭——将竹竿和绳子沉到水下，湖水深不可测；雨后的菱叶和荷花干净得如同擦拭过一般。

宛在中流渤澥清，下归无极终南黑——船到湖心感觉就像到了清澈辽远的渤海，湖水下边是没有尽头的终南山的黑影。

半陂以南纯浸山，动影袅窕冲融间——这是写看见水中山峰倒影而引发的幻觉和想象：南半湖中浸着终南山的倒影，山影轻摇如同袅娜窈窕的女子的倩影融入了水波。

船舷暝戛云际寺，水面月出蓝田关——黄昏时分船舷擦过云际山的大定寺，蓝田关上月亮浮出水面。这两句也是想象之景，云际寺指云际山的大定寺，在鄠县（今陕西鄠邑）东南六十里，而渼陂在其西五里，相隔甚远，不可能经过。所以有诗家分析此是就水中倒影而言，船舷是实，山寺倒影为虚，虚实相碰，是奇妙的想象，足见构思之巧。蓝田关：在蓝田东南六十八里，位于渼陂东南。

此时骊龙亦吐珠，冯夷击鼓群龙趋——这两句写月下亲见之景：灯火遥映如骊龙吐珠，音乐传来如冯夷击鼓，晚舟移棹如群龙争趋。骊龙：传说中的黑龙，颔下有珠。冯夷：传说中的水神。《搜神记》载："宋时，弘农冯夷，华阴潼乡堤首人也，以八月上庚日渡河，溺死。天帝署为河伯。"

湘妃汉女出歌舞，金支翠旗光有无——湘妃：《列女传》载，舜帝崩于苍梧之野，二妃娥皇、女英赶至南方，死于江湘之间。汉女：《列女传》载，郑交甫游汉江，见二女解佩以赠。金支：乐器上的金饰。翠旗：用翠羽装饰的旗帜。这两句是说游赏乐事推向了高潮：鼓乐声大作，船上女子载歌载舞，一个个如同湘妃汉女，她们衣着亮丽，好像是金支翠旗的光芒闪烁不定。

咫尺但愁雷雨至，苍茫不晓神灵意——此处是一个转折，说咫尺之间，天气忽然大变，雷雨将至，一片苍茫，不晓得神灵是什么意思。

少壮几时奈老何，向来哀乐何其多——最后诗人由天气的变化莫测联想到人生的祸福难定，不由发出乐极生悲的感慨：少壮能几时，奈何人已老，人生的哀乐真是和这天气一样变化无常啊！杜甫内心的悲苦总是在不经意间流露，以深沉的慨叹结束了全篇。

杜甫的这首诗是写了奇人、奇景、奇观的奇文。同游的岑参兄弟"皆好奇"，因而才有这次历险，于是杜甫才有缘见到这奇景。湖上的种种奇观使杜甫诗兴大发，再加上同伴也是大诗人，互相唱和，游兴更增，于是才写出这一篇"淼漾飘忽，千态并集，极山岫海潮之奇，全得屈骚神境"（杨伦语）的奇诗来。好诗如同人生的某种机缘，同样是可遇而不可求的。这首诗充满绮丽华美的景物描绘，又有神奇诡异的想象和比喻，才情迸发，极有艺术特色，是杜甫这一时期的记游诗中最为出色的作品。

叹庭前甘菊花

此诗当作于天宝十三载(754)重阳节,时杜甫居长安下杜城。诗人借庭前菊花晚开,喻自己迟暮不遇,以野外众芳喻小人得宠。

> 庭前甘菊移时晚,青蕊重阳不堪摘。
> 明日萧条醉尽醒,残花烂漫开何益。
> 篱边野外多众芳,采撷细琐升中堂。
> 念兹空长大枝叶,结根失所缠风霜。

庭前甘菊移时晚,青蕊重阳不堪摘——庭前的甘菊花因为移栽得晚,到重阳节时花蕊还是青的没有开花,不能摘来观赏。甘菊:菊花有甘、苦两种,甘菊可入药。

明日萧条醉尽醒,残花烂漫开何益——等到明天秋景萧瑟人们从酒醉中清醒了,你再开出些残花来有什么用呢?

篱边野外多众芳,采撷细琐升中堂——篱笆边的野地里开了许多杂花,人们将这些细碎琐屑的花采了摆在中堂上观赏。

念兹空长大枝叶,结根失所缠风霜——感念你空长了大大的枝叶,只因根扎得不是地方才不幸为风霜所侵。

杜甫看到庭前迟开的甘菊花,不禁联想到自己的身世。自己来到长安很久了,一身才学却得不到重用,就如同这迟迟不开的甘菊花一样,空有大大的枝叶,又有什么用呢?反倒是那些细琐的“众芳”占据了显赫的位置,这个世界真是太不公平了。诗人用比喻和白描的手法,明写花而实写人,叹息自己老大无成、怀才不遇,含蓄地表达了心中的愤懑之情。诗句朴实,自然,含不尽之意于言外。

秋雨叹三首

史载,天宝十三载(754)秋,连绵阴雨下了六十多日。当时杜甫居住在长安下杜城。诗人为国为民而忧,发出深沉的叹惋。

其　一

雨中百草秋烂死,阶下决明颜色鲜。
著叶满枝翠羽盖,开花无数黄金钱。
凉风萧萧吹汝急,恐汝后时难独立。
堂上书生空白头,临风三嗅馨香泣。

　　雨中百草秋烂死,阶下决明颜色鲜——起首两句便以秋雨中烂死的百草与生命力顽强的决明子相对比,给人留下鲜明印象。决明:一年生草本植物,夏秋开黄花,果实为"决明子",可入药,有清肝明目之功效。

　　著叶满枝翠羽盖,开花无数黄金钱——形容决明开花的颜色和样子,黄花绿叶,枝叶繁茂如盖,黄花如金钱。

　　凉风萧萧吹汝急,恐汝后时难独立——这句是诗人为决明担心,怕它随着天气的变冷而难以自立。

　　堂上书生空白头,临风三嗅馨香泣——诗人形容自己一介书生,空长了一头白发,却只能在风前嗅着花香为其落泪。诗人是担心秋雨成灾,决明会为风雨所摧。

其　二

阑风伏雨秋纷纷,四海八荒同一云。
去马来牛不复辨,浊泾清渭何当分?
禾头生耳黍穗黑,农夫田妇无消息。
城中斗米换衾绸,相许宁论两相直?

　　"阑风伏雨秋纷纷"四句——写阴雨的景象,秋雨纷纷,阴云密布,雨雾茫茫分辨不出牛和马,泾渭清浊当然也无法分清。

　　"禾头生耳黍穗黑"四句——写庄稼在秋雨中霉烂变质,灾情却无法让皇上知道。城中发生了饥荒,一斗米可换一床被褥,只要双方认可,也顾不得计较价值是否相当。据《资治通鉴》记载,天宝十三载八月,雨多伤了庄稼,杨国忠却拿了好的禾苗给玄宗看,玄宗便相信了。而如实汇报灾情的房琯却被问罪,于是这一年再无人敢向皇上报告灾情了。"农夫田妇无消息"正是诗人对此现状的感叹。

其　三

长安布衣谁比数,反巢衡门守环堵。
老夫不出长蓬蒿,稚子无忧走风雨。
雨声飕飕催早寒,胡雁翅湿高飞难。
秋来未曾见白日,泥污后土何时干?

长安布衣谁比数,反巢衡门守环堵——诗人说自己一介布衣又有谁来关心死活呢? 只能反锁着门守着四面墙壁罢了。衡门: 横木为门,言居所简陋。环堵: 四面有墙。

老夫不出长蓬蒿,稚子无忧走风雨——老了久不出门,院中都长出了蓬蒿,只有小孩子能无忧无虑地在风雨中奔跑。

雨声飕飕催早寒,胡雁翅湿高飞难——雨声飕飕催得寒气早早降临,北来的大雁翅膀湿了想要高飞也难。有自比之意。

秋来未曾见白日,泥污后土何时干——入秋以来也没见过太阳,泥污的大地几时才能变干呢? 后土: 大地。

杜甫的《秋雨叹三首》生动而真实地写出了当时因天灾人祸、物价暴涨,人民生活陷于困境的状况。第一首借台阶上生长着的决明,假物寓意,叹自己老大无成。第二首写久雨的危害;第三首叹息自己被雨所困的情景,童稚的无忧更反衬出诗人的忧心如焚,体现了诗人总是将民间疾苦挂在心上的平民情怀。

官定后戏赠

此诗当作于天宝十四载(755)十月,时杜甫在长安。题下原注:"时免河西尉,为右卫率府兵曹。"这首诗是杜甫的官职定下来后赠给自己的戏语。

不作河西尉,凄凉为折腰。
老夫怕趋走,率府且逍遥。
耽酒须微禄,狂歌托圣朝。

故山归兴尽，回首向风飙。

不作河西尉，凄凉为折腰——首两句解释自己不愿接受河西尉这一官职的原因，是因为做县尉就难免要向人"折腰"，这是杜甫的清高气节所不愿意的。有发牢骚之意。

老夫怕趋走，率府且逍遥——老夫我怕四处奔走，这率府兵曹是个闲职，还算逍遥自在。

耽酒须微禄，狂歌托圣朝——我爱喝酒，总得有些微薄的俸禄才好，要纵情高歌还得仰仗圣朝。

故山归兴尽，回首向风飙——回归故里的兴致已没有了，我回过头来面向着狂风。

杜甫在长安困居了十年之后，才算等来了河西尉这个小官，但他没有接受，因为县尉只是个风尘小吏，官阶九品。官不大但迎来送往的事挺多，难免要看人的眼色，这对杜甫这样不愿为五斗米折腰的人来说是痛苦的，他拒绝了。不久又改任右卫率府兵曹参军，虽然这只是个看守兵甲器仗、管理门禁锁钥的小官，官位为从八品下，比县尉的级别略升了一点，但总算有了个吃"皇粮"的饭碗，有个领俸禄的地方，可以有钱买酒喝。因而杜甫接受了。他以自嘲的口吻、戏弄的笔墨写下了这首诗。从中可看出杜甫耿介正直、恃才傲物的性格。

自京赴奉先县咏怀五百字

此诗写于安史之乱前夕，唐玄宗天宝十四载(755)。此时杜甫已困居长安十年，刚刚得了一个名为右卫率府兵曹参军的小官。十一月，他由长安前往奉先县(今陕西蒲城)探望家人，此时安禄山已在范阳起兵叛乱，消息尚未传来，但诗人已预感到了时局危机四伏，沿途又目睹了民生的艰辛，诗人忧国忧民之痛遂化成了沉郁苍凉的诗篇。诗中融叙事、抒情、状物、议论为一炉，将旅途所见、内心所感紧密地结合起来，使这首诗成为极具"诗史"价值的代表作。

杜陵有布衣，老大意转拙。
许身一何愚？窃比稷与契。

居然成濩落，白首甘契阔。
盖棺事则已，此志常觊豁。
穷年忧黎元，叹息肠内热。
取笑同学翁，浩歌弥激烈。
非无江海志，潇洒送日月。
生逢尧舜君，不忍便永诀。
当今廊庙具，构厦岂云缺？
葵藿倾太阳，物性固难夺。
顾惟蝼蚁辈，但自求其穴。
胡为慕大鲸，辄拟偃溟渤？
以兹误生理，独耻事干谒。
兀兀遂至今，忍为尘埃没。
终愧巢与由，未能易其节。
沉饮聊自遣，放歌破愁绝。

杜陵有布衣，老大意转拙——杜陵：地名，在陕西长安城东南，秦时为杜县。因此地有汉宣帝陵，也称杜陵。汉宣帝许后的墓在东南方向，称少陵。杜甫的远祖杜预就是杜陵人，杜甫也在这附近住过，所以他常常自称为"少陵野老"或"杜陵布衣"。布衣即平民。老大意转拙，意为年龄大了变得愚笨了。

许身一何愚？窃比稷与契——我的期望何等愚昧，竟自比稷、契这样的贤臣。许身：以身自许，期望。稷，是周代祖先，教人们播五谷。契，商代祖先，提倡文化教育。都是舜时的贤臣。

居然成濩落，白首甘契阔——濩(huò)落：瓠落，大而无用之意。契阔：这里指困顿，辛苦。这句是说自己没什么成就，愿望落空，如今头发白了还是如此辛勤而甘之如饴。

盖棺事则已，此志常觊豁——觊豁，希望实现，达到。只有到盖棺事情才算完，不然这个志向总希望达到。

穷年忧黎元，叹息肠内热——穷年：一年到头，终年。黎元，黎民百姓。整年为百姓担忧，叹息到心情激动，热血沸腾。

取笑同学翁，浩歌弥激烈——同学翁：同辈人。这几句是说，我一年到头为百姓忧伤，难免被同代人取笑，但我的理想之歌却越唱越高亢了。

非无江海志，潇洒送日月——我并非没有隐逸江湖、潇洒度日的想法。

中国家庭基本藏书

生逢尧舜君，不忍便永诀——身逢盛世有尧舜这样的明君，我不忍离去啊。

当今廊庙具，构厦岂云缺——廊庙，本意是庙堂，这里比喻朝廷。具，才具，人才。这里指栋梁之材。如今朝廷的大厦难道缺少栋梁之材吗？

葵藿倾太阳，物性固难夺——葵：葵花；藿：豆叶。这里借葵花向阳比喻自己的忠心耿耿。物性固难夺：固然是本性难移。

顾惟蝼蚁辈，但自求其穴——蝼蚁辈，指庸庸碌碌的人。回头看像蝼蚁一样活着的庸庸碌碌的人，哪个不是只想着自己的安乐窝。

胡为慕大鲸，辄拟偃溟渤——我又何必羡慕大鲸总想去搏击大海呢？辄拟：常常打算。偃，仰。溟渤，无边无际的海洋。

以兹误生理，独耻事干谒——虽然从庸人身上悟出了谋生的道理，我却总以巴结权贵为耻。以兹：因这个。悟生理，领悟生活的道理。干谒：求见，拜见，指投靠有权有势的人。

兀兀遂至今，忍为尘埃没——兀兀，穷困的样子。我穷困至今，只好忍受为世俗的尘埃所淹没。

终愧巢与由，未能易其节——惭愧自己因有一官半职在身，不能像巢父和许由那样走隐居避世之路，改变自己入世的志向。巢与由：巢父和许由，唐代的两个避世隐居的高士。

沉饮聊自遣，放歌破愁绝——姑且以饮酒沉醉来消遣解愁，以放声歌唱来消除郁闷。愁绝：愁苦到极点。

岁暮百草零，疾风高冈裂。
天衢阴峥嵘，客子中夜发。
霜严衣带断，指直不能结。
凌晨过骊山，御榻在嵽嵲。
蚩尤塞寒空，蹴踏崖谷滑。
瑶池气郁律，羽林相摩戛。
君臣留欢娱，乐动殷胶葛。
赐浴皆长缨，与宴非短褐。
彤庭所分帛，本自寒女出。
鞭挞其夫家，聚敛贡城阙。
圣人筐篚恩，实欲邦国活。
臣如忽至理，君岂弃此物？

多士盈朝廷，仁者宜战栗。
况闻内金盘，尽在卫霍室。
中堂舞神仙，烟雾蒙玉质。
煖客貂鼠裘，悲管逐清瑟。
劝客驼蹄羹，霜橙压香橘。
朱门酒肉臭，路有冻死骨。
荣枯咫尺异，惆怅难再述。

岁暮百草零，疾风高冈裂——岁末寒冬，百草凋零，强劲的风刮得高岗崩裂。

天衢阴峥嵘，客子中夜发——衢：四通八达的路。天衢：天街。这里喻长安城的空旷。客子：出门在外的人。中夜：半夜。这两句是说诗人在半夜从长安动身。

霜严衣带断，指直不能结——天寒霜冷衣带都断了，指头冻僵无法系好。

凌晨过骊山，御榻在嵽嵲——骊山：在今陕西临潼，距长安六十里，山脚建有华清宫，唐玄宗和杨贵妃常在这里洗温泉避寒。御榻：皇帝的卧床，代指行宫。嵽嵲(diéniè)：形容山高。

蚩尤塞寒空，蹴蹋崖谷滑——蚩尤：古代传说中的一个部落酋长，曾和黄帝作战，据说能作法造出大雾。一说蚩尤坟墓里飘出赤气时便预示着会有战争。作者暗示安禄山叛乱即将发生。蹴蹋：践踏。形容山里雾气弥漫，崖陡路滑脚下需要小心。

瑶池气郁律，羽林相摩戛——瑶池：神话传说中西王母宴饮之处。这里借指骊山华清池。气郁律：温泉水蒸腾弥漫的样子。羽林，即羽林军，皇帝的卫队。摩戛：摩擦碰撞。这里形容羽林军人数众多。

君臣留欢娱，乐动殷胶葛——皇帝和大臣们都在娱乐，乐声震天。殷：盛。胶葛：空旷深远。

赐浴皆长缨，与宴非短褐——长缨：长帽带。这里以贵族服饰借指来洗浴者都是权贵，入宴的没有平民百姓。短褐：粗布短衣，借指百姓。

彤庭所分帛，本自寒女出——彤庭：有红色柱子的殿堂，指朝廷。帛：丝织品。朝廷分赏给臣子们的绢帛，本来都是贫寒妇女所织的。

鞭挞其夫家，聚敛贡城阙——是官吏们鞭挞他们的夫家，搜刮聚集来呈献给京城。城阙：京城。

圣人筐篚恩，实欲邦国活——圣人：唐代将皇帝称为圣人，这里指唐玄宗。筐篚(fěi)：竹制的容器，方形称为筐，圆形称为篚。筐篚恩：是说唐玄宗将绢帛放在竹筐里赏赐的恩情，是为了使国家昌盛。邦国活：国家得到治理。

臣如忽至理，君岂弃此物——忽至理：忽视尽忠报国的重要道理。这句说大臣如果忽视了皇上的苦心，君王岂不是将东西白扔了？

多士盈朝廷，仁者宜战栗——这么多朝廷大臣，如果有良心的仁者，看到他们只要赏赐而不为国分忧，那该有多可怕。

况闻内金盘，尽在卫霍室——内金盘：宫内所用金盘。此处泛指皇家的金银宝器。是说皇宫所藏贵重器皿，都送到外戚权贵卫、霍的家了。卫霍：卫青、霍去病，西汉著名的两位皇室外戚。卫青是汉武帝卫皇后之弟，霍去病是卫青的外甥。此处暗指杨贵妃的亲属。

中堂舞神仙，烟雾蒙玉质——大厅中有美丽的乐伎翩翩起舞，烟雾般的轻纱舞衣罩着她们的玉体。玉质：指美人洁白的肌肤。

煖客貂鼠裘，悲管逐清瑟——煖（nuǎn）：温暖。宾客们穿着珍贵的貂鼠毛皮衣服，听着清雅动人的音乐。悲管逐清瑟：指管弦奏出的音乐时而悲壮、时而清雅。

劝客驼蹄羹，霜橙压香橘——驼蹄羹：用骆驼的蹄做成的羹汤。霜橙和香橘挤压在一起，言待客的菜肴之名贵丰盛。

朱门酒肉臭，路有冻死骨——朱门：古代王侯多将门涂成朱红色，因而朱门就成为富贵豪门的代名词。富贵人家的酒肉多得发臭，路边却有冻死的骸骨。

荣枯咫尺异，惆怅难再述——咫尺异：相隔很近却有天地之别。周代以八寸为咫，约合今天的六寸二分二厘。荣华和贫困只是咫尺相隔便有这样大的差异，真让人满腹惆怅难以诉说。

> 北辕就泾渭，官渡又改辙。
> 群冰从西下，极目高崒兀。
> 疑是崆峒来，恐触天柱折。
> 河梁幸未坼，枝撑声窸窣。
> 行旅相攀援，川广不可越。
> 老妻寄异县，十口隔风雪。
> 谁能久不顾？庶往共饥渴。
> 入门闻号啕，幼子饿已卒。
> 吾宁舍一哀？里巷亦呜咽。
> 所愧为人父，无食致夭折。
> 岂知秋禾登，贫窭有仓卒。
> 生常免租税，名不隶征伐。

抚迹犹酸辛，平人固骚屑。

默思失业徒，因念远戍卒。

忧端齐终南，澒洞不可掇。

北辕就泾渭，官渡又改辙——北辕：驾车向北。就：靠近。泾渭：指泾水和渭水。二水汇合于陕西临潼。官渡：官家设的渡口。杜甫此行由长安向东，经昭应（今陕西临潼）准备北渡泾渭往奉先而去。因水势变化，渡口也常移位置。

群冰从西下，极目高崒兀——层层冰块从西漂流而下，放眼望去，高耸的冰凌很险。崒兀(zúwù)：险峻突起之状。

疑是崆峒来，恐触天柱折——让人怀疑是崆峒山顺水漂来，真担心它会撞折了天柱。崆峒：山名，在今甘肃平凉西郊。天柱：古代神话传说中，天是由五根柱子支撑着。

河梁幸未坼，枝撑声窸窣——坼(chè)：裂开，这里指被冰块撞断。河上的桥梁幸好未裂，但已听到桥下的支柱在窸窣作响。

行旅相攀援，川广不可越——旅行中人们相互扶着走在上面，真担心这么宽的河会过不去。

老妻寄异县，十口隔风雪——异县：外县，此处指老妻寄居的奉先。风雪隔开了一家十口人。

谁能久不顾？庶往共饥渴——谁能长久地不挂念她们？我希望去和她们同受饥渴。庶往：希望前往。

入门闻号咷，幼子饿已卒——号咷：放声大哭。卒：死。

吾宁舍一哀？里巷亦呜咽——宁：纵然能。舍一哀：忍住失子的悲痛。里巷：邻居。即便我能强忍悲痛，邻居也为之哭泣。

所愧为人父，无食致夭折——惭愧自己这个做父亲的，竟使孩子因没有饭吃而夭折。

岂知秋禾登，贫窭有仓卒——贫窭(jù)：贫穷。仓卒：本意指匆忙，这里是指突然发生的变故。哪里知道秋收刚过，贫苦人家就出这样的意外。

生常免租税，名不隶征伐——我们这样的家庭可以免交租税，也不用去当兵。杜甫出身士大夫家庭，享有免租税的特权。

抚迹犹酸辛，平人固骚屑——抚迹：追思往事，此处指幼子饿死事。平人：平民百姓。因当时避唐太宗李世民的"民"字之讳，故将平民称为平人。骚屑：骚动、不宁之状。这句是说像我们这样有一定身份的人家日子还这样辛酸，平民百姓的日子就更无法安宁了。

默思失业徒,因念远戍卒——默想那些失去产业的人,还有那些远离家乡守边的士兵。

忧端齐终南,澒洞不可掇——我的一腔忧愤可以和终南山比高,如海水一样汹涌无法停止。澒(hòng)洞:水面浩瀚无际的样子。掇:收拾,终止。

全诗可分为三段。第一段从开头到"放歌破愁绝",是诗人的自述,是诗人缅怀往事百感交集时内心深处的痛苦独白。第二段从"岁暮百草零"到"惆怅难再述",写诗人途经骊山时,眼前是百草凋零、寒风呼啸,百姓啼饥号寒的场景;而玄宗、贵妃却在华清宫里洗温泉,寻欢作乐,就连羽林军的兵器相撞的细微声响都能隔墙听到。咫尺天涯的巨大反差令诗人浮想联翩、感慨万千。诗人预感到乱世将临,忧愁更甚。从"北辕就泾渭"开始的第三段,诗人又重新回到追述途中的仓皇情状中。写过河时那种如临深渊、如履薄冰的惊悸之感,回家后丧失幼子的悲痛,由己及人更想到民生社稷之安危,诗人悲情难抑,显示出诗人关注现实、心系百姓的人道主义情怀。

此诗字字酸楚,句句悲痛,是杜甫诗中极有代表性的篇目。全诗以"忧黎元"为核心,以途中的所见所感为线索,以言志抒怀为主体,尖锐抨击了统治阶级的奢侈腐败,表达了诗人对国家前途的深深忧虑和对人民疾苦的真切关怀。

在唐代的五言古诗中,这首诗篇幅之宏大、内容之广阔、形式之严谨、气势之磅礴,都称得上是具有开创性的不朽篇章。全诗情感浓郁、冲击力强;语言上淋漓挥洒,自然畅达,最能体现出杜诗"沉郁顿挫"的艺术风格,可看作是诗人旅居京华十年的一个全面总结,代表了他这一时期在思想和艺术上达到的最高成就。

后出塞五首(选一)

《后出塞》共五首,写于安史之乱前的天宝十四载(755)冬。这里选的是第二首,描写军营的威严肃杀景象。

> 朝进东门营,暮上河阳桥。
> 落日照大旗,马鸣风萧萧。
> 平沙列万幕,部伍各见招。
> 中天悬明月,令严夜寂寥。

悲笳数声动，壮士惨不骄。

借问大将谁，恐是霍嫖姚。

朝进东门营，暮上河阳桥——东门营：设在洛阳城东门的军营。河阳桥：黄河上的一座浮桥，以船为脚。在河南孟津，为晋代杜预所建。唐代时是洛阳通往河北的要道。

落日照大旗，马鸣风萧萧——大旗：指大将所用的旗帜。《通典》记载："陈将门旗，各任所色，不得以红，恐乱大将。"此为杜诗中的名句，景色雄浑而悲壮，是诗中人物眼中之景，与主人公的情绪和整首诗的情调相吻合。既是触景生情，又是景随情变。

平沙列万幕，部伍各见招——在广阔的平原上，排列着许多军帐。各部的士兵分别被召集到所住的营中。

中天悬明月，令严夜寂寥——当空悬挂着一轮明月，军令森严更显得夜格外寂寥。

悲笳数声动，壮士惨不骄——笳：军队中发号施令用的管乐器。悲凉的笳声响过几声之后，战士们心中满是敬畏和凄凉，骄气全消。

借问大将谁，恐是霍嫖姚——霍嫖姚：是指汉武帝时的名将霍去病，他曾任嫖姚校尉。

这首诗写军营的威严和气势，画面感极强，有声有色，有动有静。如写声音的有：风声、马嘶、笳鸣等；写色彩的有：落日，大旗，明月。军令森严，悲凉的胡笳声更衬托出了战士们既敬畏、又凄凉的复杂心境，是描写军营行伍少见的力作。作者善于通过抒情主人公的眼睛去摄取景物，景物反过来又衬托出人物的精神状态和心理变化，有很高的艺术成就。

◎第三阶段　任职左拾遗与流亡时期（756—759）

（一）在奉先、鄜州、长安、凤翔
（756年正月—758年六月）

月　夜

题解

　　此诗为杜甫被俘送到长安后写的现存最早的名篇，当作于至德元年(756)八月。唐肃宗在灵武(今宁夏境内)即位，杜甫在羌村听到这个消息，便只身前往投奔，不料途中为安史叛军所俘，押回长安。正值中秋佳节，杜甫身在沦陷之地，望月思亲，心情倍加愁苦，于是写下了这首著名的五律。

> 今夜鄜州月，闺中只独看。
> 遥怜小儿女，未解忆长安。
> 香雾云鬟湿，清辉玉臂寒。
> 何时倚虚幌，双照泪痕干！

新解

　　今夜鄜州月，闺中只独看——鄜州：在今陕西富县。杜甫的家属当时寄居在鄜州西北三十里的羌村，这里以鄜州代称之。闺中：指自己的妻子。诗人在夜晚望着皎洁的月亮，恍惚中仿佛看见妻子此时也在面对着这轮圆月。一个"独"字，更衬托出妻子看月时的孤独感。

　　遥怜小儿女，未解忆长安——长安：以自己被拘禁之地名代称自己。想起遥远的家中那可爱的小儿女们，还不懂得什么叫思念，更映衬出妻子的孤单。

　　香雾云鬟湿，清辉玉臂寒——诗人设想妻子在月下一定站得很久了，她那梳成环形的头发也被秋夜的雾露沾"湿"了，洁白如玉的手臂也被清冷的月光映"寒"了。

　　何时倚虚幌，双照泪痕干——虚幌：细而薄的床帐。何时夫妇二人才能共倚薄幔，同诉离情，让月光照干脸上的泪痕呢！

露水，月光，乌云似的头发，如玉的臂膀，满是泪痕的脸庞，诗人为我们描绘出的是一幅何等感人的画面！望月思亲，自古皆然。然而诗人不写自己望月怀妻，却反过来设想妻子望月怀念自己。又以幼小的儿女"未解"母亲"忆长安"之意，反衬出妻子形单影只的孤独和凄苦，进而又想象聚首相倚、双双团圆的画面。此诗艺术手法上极有特色，和李商隐的"何当共剪西窗烛，却话巴山夜雨时"有异曲同工之妙。

《月夜》构思新颖，笔法婉曲。它先作反叙，再行旁衬，充满想象，首尾照应，艺术上达到了炉火纯青的境界。被前人奉为五律之圣。词旨婉切，语丽情悲。写离情别绪，感人肺腑。反映了离乱时期百姓的痛苦。是杜诗中被广为传诵的爱情名篇。

哀王孙

作于至德元年(756)九月。此时杜甫身陷长安。诗中通过描写未及随玄宗逃走的王孙的悲惨遭遇，写出了长安当时的血腥和苦难的现实。

> 长安城头头白乌，夜飞延秋门上呼。
> 又向人家啄大屋，屋底达官走避胡。
> 金鞭断折九马死，骨肉不待同驰驱。
> 腰下宝玦青珊瑚，可怜王孙泣路隅。
> 问之不敢道姓名，但道困苦乞为奴。
> 已经百日窜荆棘，身上无有完肌肤。
> 高帝子孙尽隆准，龙种自与常人殊。
> 豺狼在邑龙在野，王孙善保千金躯。
> 不敢长语临交衢，且为王孙立斯须。
> 昨夜东风吹血腥，东来骆驼满旧都。
> 朔方健儿好身手，昔何勇锐今何愚！
> 窃闻天子已传位，圣德北服南单于。
> 花门劗面请雪耻，慎勿出口他人狙。
> 哀哉王孙慎勿疏，五陵佳气无时无。

长安城头头白乌,夜飞延秋门上呼。又向人家啄大屋,屋底达官走避胡——延秋门:长安城西门。天宝十五载六月九日,潼关失守。十二日凌晨,唐玄宗等人从此门出逃向西。长安城头,伫立着一只白头乌鸦,夜暮了,还飞进延秋门哇哇怪叫,又向大官的宅邸啄个不停,屋里的达官们为避开胡人的侵扰已逃走了。

金鞭断折九马死,骨肉不待同驰驱。腰下宝玦青珊瑚,可怜王孙泣路隅——玄宗仓皇出奔,折断金鞭累死九马,皇亲国戚们来不及和他一同逃走。那个腰间佩带玉块和珊瑚的少年真可怜呵,他在路旁哭得嗓子嘶哑。

问之不敢道姓名,但道困苦乞为奴。已经百日窜荆棘,身上无有完肌肤——问他也不肯说出自己的姓名,只说是因生活困苦情愿为人做奴。他已有一百多天逃窜于荆棘丛下,体无完肤,到处是伤痕。

高帝子孙尽隆准,龙种自与常人殊。豺狼在邑龙在野,王孙善保千金躯——高帝:汉高祖刘邦。隆准:高鼻梁。凡是高帝的子孙,大都是鼻梁高直,龙种自然和一般人不同。豺狼在城中称帝,龙种却流落荒野,王孙呵,你一定要珍重自己的千金之体。

不敢长语临交衢,且为王孙立斯须。昨夜东风吹血腥,东来骆驼满旧都——交衢:四通八达的交叉路口。东来:指从洛阳而来,安禄山称帝时定都在洛阳。在十字路口,我不敢与你长时交谈,只能站立片刻交代你几句话。昨天夜里,东风吹来阵阵血腥味,长安东边来了很多骆驼和车马。

朔方健儿好身手,昔何勇锐今何愚。窃闻天子已传位,圣德北服南单于——"朔方健儿",是说当时哥舒翰率河陇朔方兵及番兵20万人在潼关大败之事。"天子已传位":据史书载,七月十三日,李亨即位于灵武。一个月后,玄宗传位给李亨。北方军队一贯是交战的好身手,往日勇猛,如今何以就被打得落花流水?我私下听说皇上已把皇位传给了太子,肃宗的圣德已使南单于钦服了。

花门剺面请雪耻,慎勿出口他人狙。哀哉王孙慎勿疏,五陵佳气无时无——花门:回纥。剺(lí):用刀划。五陵:汉代的五个陵墓,指长陵、安陵、阳陵、茂陵、平陵,位于长安城北面,唐时为贵族的居住地。这几句的意思是,回纥人割面请求雪耻上前线,你要守口如瓶,以防暗探缉拿。可怜的王孙啊,你可千万不要疏忽大意,须知五陵的佳气永远不灭,大唐中兴已为时不远了!

唐玄宗天宝十五载(756)六月九日,潼关失守,十三日玄宗仓皇逃奔蜀地,仅携贵妃姊妹几人,其馀妃嫔、皇孙、公主皆来不及逃走。七月,安禄山的部将孙孝哲攻陷长安城，先后杀戮霍长公主等百馀人。这首诗中所提到的王孙，可能是大难中的幸存者。

诗歌先追忆了安史之乱发生前的种种征兆；接着写达官们匆促出奔的狼狈，公子王孙流落民间的痛苦；最后叮咛王孙自珍，请他审时度势，等待河山的光复。从字面上看，杜甫写的是达官们的仓皇避胡，实际是写唐玄宗出逃。因为"金鞭"、"九马"，都是天子所御。也许明言皇帝会惹祸，杜甫这是在绕着弯子抨击皇帝吧。全诗写景写情，皆由亲自耳闻目睹得来，因而更觉情真意切，朴实感人。在叙事手法上，干净利落，寥寥数笔，格外传神，当时情景，如在眼前。

对于此诗，古人从封建主义的观念出发，赞赏的是诗中所表露的"忠臣之盛心"，因而评价甚高；而今人又往往以反封建为由，有许多选本不选此诗，其实这两种态度都有偏颇。我们跳出过去以阶级观点划分的陈腐框架来看，杜甫对王孙的爱也是以对人的仁爱为出发点的，这是一种深广博大的人类之爱。杜甫虽然不敢在诗中明谴皇帝，但内心已深含了讽刺意味，这对一个封建意识较浓的士大夫来说已属不易，我们又怎能简单地贬斥其有"封建的忠君思想"呢？诗人身在难中而心怀天下，其爱国热忱可敬可佩。在艺术上，这首诗娴熟地运用了古乐府手法，全景是写意式的，用大笔涂抹；而细节是工笔画，精心描画点缀；生动地再现了劫后长安之惨状，是唐诗中的力作。

悲陈陶

唐肃宗至德元年(756)冬作。陈陶，地名，即陈陶斜，又名陈陶泽，在长安西北。唐军跟安史叛军在这里作战，唐军四五万人几乎全军覆没。景象惨烈。杜甫在长安听到这个消息，又见到那些得胜回城、气焰嚣张的叛军在狂歌纵饮，十分哀伤愤怒，于是写下了这首诗。

孟冬十郡良家子，血作陈陶泽中水。
野旷天清无战声，四万义军同日死。
群胡归来血洗箭，仍唱胡歌饮都市。
都人回面向北啼，日夜更望官军至。

孟冬十郡良家子，血作陈陶泽中水——孟冬指阴历十月。来自陕西十郡的良家子弟，血流成河染红了陈陶泽。

野旷天清无战声，四万义军同日死——同日：指至德元年十月二十一日，宰相房琯亲自率兵收复两京，遇敌于陈陶斜。在监军宦官邢延恩的催促下，草率出战，又因不切实际地妄效古代的车战法，以牛车两千乘，夹杂步兵骑兵一起进攻，结果遭遇火攻，人畜大乱，官军死伤四万多人，幸存者仅数千。"野旷天清"，悄无声息，是写诗人的主观感受：战争结束了，原野空旷，天地肃穆，好像同在为四万义军沉痛哀悼，有一种"天地同悲"的压抑气氛。

群胡归来血洗箭，仍唱胡歌饮都市——叛军归来，兵器上像是用鲜血洗过，他们唱着胡人的歌在长安市上狂饮作乐。上句"血洗箭"写出了战争的惨烈，下句活画出叛军的得志骄横之态。

都人回面向北啼，日夜更望官军至——长安都市的百姓们都背过脸去面向肃宗所在的北边彭原方向啼哭，日夜盼望着官军能早日回来收复国都。这一"哭"一"望"，而且中间着一"更"字，充分写出了百姓心底那种"不屈服"的悲壮之美，在悲哀中给人们以力量。

这是血淋淋的真实的历史记录，是诗人内心剧痛的倾吐。对这场遭到惨重失败的战役，杜甫没有正面去描述唐军尸横郊野的惨状，起首第一句就用了"十郡良家子"点明牺牲者的籍贯和身份，让人们觉得这么多良家子弟无辜地白白送死，更加痛心疾首。陈陶之战伤亡是惨重的，但是杜甫从战士的牺牲中，从宇宙的肃穆气氛中，从人民流泪的悼念中看到了复仇的希望和信心，正义的战争必胜，所以他在诗的结尾写出了人心向背，这是黑暗中的曙光，也是杜甫内心斗志不灭的表露，在创作思想上有很高的境界。

悲青坂

此诗写作时间比《陈陶斜》稍后。房琯所率之军首战失利后，于十月二十三日又与叛军交战于青坂，再次失败。本诗写诗人闻讯后的焦虑与哀痛。青坂：地址不详，当离陈陶斜不远。

我军青坂在东门，天寒饮马太白窟。
黄头奚儿日向西，数骑弯弓敢驰突。
山雪河冰野萧瑟，青是烽烟白人骨。

焉得附书与我军，忍待明年莫仓卒。

我军青坂在东门，天寒饮马太白窟——太白：山名，在陕西武功。房琯兵分三路，中军从武功进兵。这里是泛指山地，说我军驻扎在青坂的东门，天寒地冻在荒山中饮马。

黄头奚儿日向西，数骑弯弓敢驰突——黄头：是契丹别种室韦的一个部落。奚与室韦并非一族(详见《新唐书·北狄传》)。《安禄山事迹》载："禄山反，发同罗、奚、契丹、室韦、曳落河之众，号父子军。"本句中的黄头奚儿只是泛指胡人，描写叛军的悍勇和骄横，只有几匹马也敢弯弓驰突。

山雪河冰野萧瑟，青是烽烟白人骨——这句是诗人想象中的阴惨景象：冰雪覆盖、大野萧瑟，青色的是烽烟，白色的是人骨。

焉得附书与我军，忍待明年莫仓卒——如何才能捎信给我军？请你们忍痛待明年再战，莫要这么仓促应战。卒：同猝。诗人关心军国大事，提出正确建议，可见其远见卓识。

《悲青坂》画出了惨烈的战争场面。首联交代了战场的形势，突出了唐军处境的艰难；颔联以叛军的骄横，衬托出唐军的溃败；颈联虽是想象中的唐军败后的惨景，却有强烈的真实感，读来令人触目惊心；尾联总结失败的原因，提出了正确建议，富有见地，代表了众多百姓的心声。

对 雪

此诗写于至德元年(756)冬，时杜甫身禁长安。诗中写战乱之忧。

战哭多新鬼，愁吟独老翁。
乱云低薄暮，急雪舞回风。
飘弃樽无绿，炉存火似红。
数州消息断，愁坐正书空。

战哭多新鬼，愁吟独老翁——哭泣的大多是新近在战争中死去的冤鬼，愁苦地吟诗的只有我这孤苦的老头。无限伤感和凄凉尽在这一"多"一"独"中。

乱云低薄暮，急雪舞回风——诗人仰首窗外，又是个令人压抑的鬼天气：乱云低垂，风急雪舞，天色昏暗。

瓢弃樽无绿，炉存火似红——绿：指绿色酒浆。酒没了，舀酒的瓢自然弃之不用了。天冷难耐，想要靠近火炉。此句最妙是诗人的想象：炉中无火，却幻想它有火而且红通通的。诗人只能靠想象中的火去寻找心理上的温暖和慰藉。穷愁苦恨的生活可想而知。这独特的意象如没有真切的生命体验是写不出的。

数州消息断，愁坐正书空——各州的消息都断了，只能愁坐，在空中写字。书空：典出《世说新语》，晋人殷浩因治军无力被解职，终日以手在空中画"咄咄怪事"四个字。后人常以"书空"表示愤懑不解。尾联是对开头的呼应，说作者急切地关心着前方的战事。"书空"的典故，表示作者对眼前事的不解和气愤：国家因何成了这个样子？

诗人见官军新败而贼势正盛，内心愁苦。他对雪独坐，身心俱寒。幻觉中，那炉中似有红红的火在燃，诗人只能借此度过眼前的严寒。这种悲凉的想象之景与安徒生童话中《卖火柴的小女孩》中的情景有异曲同工之妙。战乱频仍、山河破碎、民不聊生之愁跃然纸上。

春　望

唐玄宗天宝十五载(756)七月，安史叛军攻陷长安，肃宗在灵武即位，改元至德。杜甫在投奔灵武途中，被叛军俘至长安，次年(至德二载)春写作此诗。目睹沦陷后的长安之萧条零落，虽然春天又至，但诗人思家念国，愁肠百结，无限情感涌上笔端，于是写下了这首千古名篇。

国破山河在，城春草木深。
感时花溅泪，恨别鸟惊心。
烽火连三月，家书抵万金。
白头搔更短，浑欲不胜簪。

国破山河在，城春草木深——长安沦陷，国家破碎，只有山河依旧。春天来了城空人稀，草木茂密而幽深。

感时花溅泪，恨别鸟惊心——感伤国事，面对繁花，总觉得花上的露水也像是悲伤的泪珠。由于亲人离散，因"恨别"而痛苦，所以觉得鸟叫声也仿佛有许多伤心事，听了使人落泪惊心。

烽火连三月，家书抵万金——立春以来战火频仍，已经蔓延数月(这年春天，李光弼与史思明等大战于太原，郭子仪与崔乾祐等大战于河东，烽火不断)。家在远方音讯难得，一封家信顶得上万两黄金。

白头搔更短，浑欲不胜簪——愁长的思绪使稀疏的白发越搔越短，简直无法插簪了。

诗题《春望》，就是望春。全诗以"望"字贯穿始终。诗的首联，饱含叹惋：自然界本是大地回春的季节，然而长安沦陷、国家破碎，人心无法感受到春意。"国破"的残垣断壁与"城春"的草木疯长形成鲜明对比。宋朝司马光十分欣赏这一联："古人为诗，贵于意在言外，使人思而得之……近世诗人惟杜子美最得诗人之体。如，此言'山河在'，明无馀物矣；'草木深'，明无人矣。"(见《温公续诗话》)领联由远望收到眼前，将全景推向特写。究竟是谁在"溅泪"？谁在"惊心"？是花、鸟、还是诗人自己？历来的诗评家总在争论。一种认为是诗人自己对花而溅泪，闻鸟而惊心。另一种解释则说"花"和"鸟"是主语，是花因"感时"在溅泪，鸟为"恨别"而惊心。这在诗中其实是用了"移情法"。花、鸟本是自然物，由于诗人的特殊心境和感受，使得花鸟也通人性。这样写，比直抒胸臆效果更浓烈。就如同我们说"天地含愁，草木同悲"，其实就是人的感情转移到了大自然上。诗人眷念亲人离散，伤悼国家残破，"感时"与"恨别"交织成满腔愁绪。因而才看到花在"溅泪"，听到鸟在"惊心"。颈联从远望、近望转向了低头沉思，直抒胸臆。"烽火连三月"指战祸延续很久，诗人身陷长安，妻儿、弟妹生死不明，因而发出了"家书抵万金"的慨叹。尾联寥寥十字，使一位愁绪满怀的白发老人的形象兀立眼前。尽管诗人这时才四十五岁，但因终日愁情熬煎，头发愈来愈稀，竟连簪子也插不住了。诗人用"搔"这一下意识的动作，将满腔愁情变成了一个可见可感的生动形象，使人产生共鸣。

本诗格律属五言仄起式，中间两联对仗工整。起句"国破"的"国"属古入声字。入声"短促急收"，适于表现激愤和愁绪。深沉的忧患意识，更使全诗有一种敲击人心的力量。

哀江头

此诗作于至德二载(757)春。当时杜甫仍被禁在安史叛军占据下的长安城内，但尚有行动自由。"江头"，是指唐代长安的游览胜地曲江之滨。秦时称为宜春苑，汉时称乐游苑。作者于春日行于曲江池边，触物伤怀，为王室的衰落唱出了一首凄凉的挽歌。

> 少陵野老吞声哭，春日潜行曲江曲。
> 江头宫殿锁千门，细柳新蒲为谁绿？
> 忆昔霓旌下南苑，苑中万物生颜色。
> 昭阳殿里第一人，同辇随君侍君侧。
> 辇前才人带弓箭，白马嚼啮黄金勒。
> 翻身向天仰射云，一箭正坠双飞翼。
> 明眸皓齿今何在，血污游魂归不得。
> 清渭东流剑阁深，去住彼此无消息。
> 人生有情泪沾臆，江水江花岂终极？
> 黄昏胡骑尘满城，欲往城南望城北。

少陵野老吞声哭，春日潜行曲江曲——少陵野老：是诗人的自指。少陵是汉宣帝许皇后的陵墓，在今西安市东南。因杜甫曾在这一带住过，因而自称"少陵野老"。潜行：因在禁中，所以不敢公然大摇大摆地出行。曲江曲：指曲江深处。

江头宫殿锁千门，细柳新蒲为谁绿——江头的宜春苑、芙蓉苑、杏苑都紧锁着门，冷冷清清，轻柔的柳丝、娇嫩的新蒲又是为谁而绿？

忆昔霓旌下南苑，苑中万物生颜色——霓旌：画着云彩的旌旗。这里指天子出行的仪仗。南苑：指芙蓉苑，因它在皇宫大明宫的东南而得名。想当年天子的仪仗来到了芙蓉苑，苑中的花树和万物似乎都焕发出了异样的光彩。

昭阳殿里第一人，同辇随君侍君侧——昭阳殿：汉成帝的皇后赵飞燕居住的宫殿，这里借指唐玄宗的后宫。第一人：指最受皇上宠爱的杨贵妃，她总是与皇上同车出入陪伴左右如影随形。

辇前才人带弓箭，白马嚼啮黄金勒——才人：宫中的女官人。黄金勒：黄金做的马嚼子。御车前的女官人带着弓箭，白马嘴里衔着的嚼子都是用黄金做成。

翻身向天仰射云，一箭正坠双飞翼——才人转身仰面向天对着云空射出一箭，立时有一双大雁坠落下来。

明眸皓齿今何在，血污游魂归不得——明眸皓齿：明亮的眸子、洁白的牙齿，形容美貌，此处代指杨贵妃。"血污游魂归不得"：指唐明皇向西蜀逃跑至马嵬坡时发生兵变，被迫将杨贵妃赐死一事。

清渭东流剑阁深，去住彼此无消息——清渭东流：清清的渭水河滚滚东流，这里暗指杨贵妃被埋的地方，即渭水河边的马嵬坡，在今陕西兴平境内。剑阁：指剑门关，是当时由关中入蜀的必经之地，在今四川剑阁县境。渭水东流，流过了贵妃的墓地，剑阁峥嵘，皇上西行已越走越远，走的走了，埋的埋了，君王和妃子彼此之间再也无法互传音讯。

人生有情泪沾臆，江水江花岂终极——人生有情啊，生离死别有谁能不泪落满襟？江水长流、花草年年变绿岂有尽头？

黄昏胡骑尘满城，欲往城南望城北——黄昏时胡人的骑兵又踏出满天尘埃，我想往南回家去却不由得回头向北张望！这首诗的原注有"甫家居城南"句，因而"欲往城南"即是回家。"望城北"也有版本作"忘南北"，可解释为杜甫内心痛苦、呈精神迷乱之态。

诗人回忆唐玄宗、杨贵妃当年在这里游乐时的富贵尊荣，对比眼前曲江的萧条冷清，痛感物是人非。诗中似有哀悼贵妃之死意，无奈却不敢直言，故借当年行幸江头为题来说事。诗的开首先写作者潜行曲江，昔日的繁华与今天的萧条零落形成了鲜明的对比。进而又追忆贵妃生前游幸曲江的盛事。然后转入叙述贵妃已死，玄宗去蜀，描绘了生离死别的悲惨。全诗以"哀"字为核心统领全篇。开篇第一句"吞声哭"，就创造出强烈的哀伤氛围，接着写春日潜行是哀，睹物伤怀还是哀，最后，哀伤到了不辨南北的地步。可看作是李唐盛世的一曲挽歌，诗的结构跌宕，纡曲有致。以"哀"起写，事事是哀。哀极生乐，写李、杨极度骄奢的生活，又乐极生悲，写人死国亡，把哀恸推向高潮，读之令人肝肠俱焚。

自京窜至凤翔喜达行在所三首

这组诗当作于至德二载(757)四月。诗中写了杜甫冒着生命危险从长安逃出后，抵达肃宗所在地凤翔后的喜悦心情。行在所：朝廷的临时驻地。

其 一

西忆岐阳信,无人遂却回。
眼穿当落日,心死著寒灰。
雾树行相引,连峰望忽开。
所亲惊老瘦,辛苦贼中来。

西忆岐阳信,无人遂却回——岐阳:凤翔是古岐地,在岐山南,山南为阳,故称岐阳。又因凤翔在长安西,故云西忆。这句是说总是盼望凤翔有消息来,却无人来报,于是下决心逃过去。

眼穿当落日,心死著寒灰——向西逃跑的路上,当然是面对着落日的。望眼欲穿,说明心情之急迫;心如死灰,说明处境之危险。

雾树行相引,连峰望忽开——在雾中凭着驿道旁种的树木指引方向,望着连绵的山峰正愁无路可走,忽然两峰开处有路显现出来,诗人不觉松了一口气。只有身临其境之人才会有如此真切的感受。

所亲惊老瘦,辛苦贼中来——这是从亲友的角度看自己的形容枯槁、心力交瘁之状。说亲友们看到他又老又瘦的样子十分惊讶,说你如此辛苦从贼营中逃出来是多么不容易啊。

其 二

愁思胡笳夕,凄凉汉苑春。
生还今日事,间道暂时人。
司隶章初睹,南阳气已新。
喜心翻倒极,呜咽泪沾巾。

愁思胡笳夕,凄凉汉苑春——这两句是诗人回忆当年在长安时,夜听胡笳声而发愁,春游曲江而心中凄凉。汉苑:指京都曲江、南苑等地。唐人常以汉称唐。

生还今日事,间道暂时人——这二句倒叙。活着回来只是今天的事,昨天在小道随时都可能成为鬼啊。

司隶章初睹,南阳气已新——司隶:光武帝刘秀曾任司隶校尉。这里是将肃宗和光武帝刘秀相比,说肃宗讨伐逆贼重建起大唐的典章制度,凤翔城已看出些中兴气象。这就像当年光武帝刘秀将汉王朝从王莽手中恢复一样。因光武帝是南阳人,故云"南阳气已新"。这也是以光武比肃宗。

喜心翻倒极,呜咽泪沾巾——这句是说诗人乐极生悲,喜极而泣,老泪沾巾。翻倒极:到了极点而翻转过来,形容极其反常。

其 三

死去凭谁报,归来始自怜。
犹瞻太白雪,喜遇武功天。
影静千官里,心苏七校前。
今朝汉社稷,新数中兴年。

死去凭谁报,归来始自怜——这是诗人事后想起来的后怕心理,说如果自己死在逃亡路上又有谁能给家人报个信呢? 回来才想起自己可怜自己。

犹瞻太白雪,喜遇武功天——我今天大难不死,还能看到太白山上的雪,看到武功山顶的天空真是太高兴了。太白、武功均为山名,在凤翔附近。太白山峰顶终年有积雪。《三秦记》:"武功太白,去天三百。"

影静千官里,心苏七校前——我的影子又静静地出现在众多朝班的官员队伍里,我的心也复苏在皇上的侍卫面前。七校:汉武帝曾置七校尉。这里借指肃宗的御前侍卫。"官"指文臣,"校"乃武卫。这两句流露出诗人经过乱中奔波终于有了恬适和欣慰的感觉。表达了一种细腻的心理。

今朝汉社稷,新数中兴年——从今往后的大唐社稷,将重新来数中兴的年份啦。写出诗人对未来的信心。

诗人从长安沦陷区里逃出来,一路上担惊受怕,历尽艰辛,终于到达凤翔。这首诗就详细地记述了他死里逃生的经过和到达后的喜悦心情。其一说陷贼和逃归的经过。其二叙初抵行在所的激动心情。其三讲痛定思痛后的所思所想以及对大唐中兴的盼望。

玄宗仓皇离京后,有不少朝官都不知去向,有的甚至归降了安禄山接受了伪职。像杜甫这样官职不高却能不辞艰险奔赴行在确实难能可贵,从中可看出其顽强的毅力和忠诚的品格。诗写得真实、细腻,读之若身临其境。

述　怀

题解

　　此诗当作于至德二载(757)夏,时杜甫在凤翔供职,诗述一年来的经历以及对家人的思念。

　　　　去年潼关破,妻子隔绝久。
　　　　今夏草木长,脱身得西走。
　　　　麻鞋见天子,衣袖露两肘。
　　　　朝廷愍生还,亲故伤老丑。
　　　　涕泪授拾遗,流离主恩厚。
　　　　柴门虽得去,未忍即开口。
　　　　寄书问三川,不知家在否?
　　　　比闻同罹祸,杀戮到鸡狗。
　　　　山中漏茅屋,谁复依户牖。
　　　　摧颓苍松根,地冷骨未朽。
　　　　几人全性命,尽室岂相偶?
　　　　嵚岑猛虎场,郁结回我首。
　　　　自寄一封书,今已十月后。
　　　　反畏消息来,寸心亦何有。
　　　　汉运初中兴,生平老耽酒。
　　　　沉思欢会处,恐作穷独叟。

　　去年潼关破,妻子隔绝久——天宝十五载(756)六月安禄山攻破潼关。七月,唐肃宗在灵武即位,改年号为至德。八月,杜甫在投奔灵武途中被俘,从此与家人隔绝。前后有一年了,故云"隔绝久"。

　　今夏草木长,脱身得西走——至德二载,在草木茂盛的四月,杜甫得以逃出长安前往肃宗所在地凤翔。因凤翔在长安西,故云西走。

　　麻鞋见天子,衣袖露两肘——写奔走流离的惨相:衣衫褴褛,两肘露出破洞,穿着草鞋去见皇帝。

朝廷愍生还，亲故伤老丑——愍（mǐn）：怜悯。朝廷为我活着回来表示怜悯，亲友故人看到我又老又丑的样子很伤心。

涕泪授拾遗，流离主恩厚——至德二载五月十六日唐肃宗授杜甫左拾遗官职。唐制有左右拾遗各二人，属门下省。官阶虽只是从八品，但因系谏官，能常在皇帝左右，可向皇帝提出不同意见。这句是说自己流着热泪接受了官职，因处在流离动荡之中，更加感觉主上恩德之厚，所以感激涕零。

柴门虽得去，未忍即开口——柴门：以树枝搭成的门，形容贫寒人家，此杜甫代指自己在鄜州的穷家。他想回家看看，但刚接受了官职，不忍心立即开口。

寄书问三川，不知家在否——三川：县名，属鄜州。想寄封信到三川，但不知家属是否还在那里。

比闻同罹祸，杀戮到鸡狗——比闻：近闻。罹祸：遭难。最近听说那里同样遭了殃，叛军在那里杀得鸡犬不留。

山中漏茅屋，谁复依户牖——山中：指鄜州山区。复：还。牖（yǒu）：窗户。这两句是说我那个坐落在山中的漏雨的破茅屋里，不知道还有没有人活着。

摧颓苍松根，地冷骨未朽——摧颓：毁废。这句是形容新死者众多，埋葬时连松树根也被掘伤；地气寒冷，骨头尚未腐朽。

几人全性命，尽室岂相偶——这年月有几个人能保全性命？所有的人家哪能都夫妻两全？

嶔岑猛虎场，郁结回我首——嶔岑（qīnyín）：山高峻貌。猛虎：喻贼寇。这句说山险正是老虎出入的场所，比喻乱世。郁结：心事重重结成疙瘩。回我首，摇头叹气。

自寄一封书，今已十月后——自从上次寄了一封家书，到今天已是十个月之后了。

反畏消息来，寸心亦何有——这两句写心理矛盾，极深刻，也极真实。消息不来，还有个盼头，可万一来得是坏消息呢？希望很可能变成绝望，所以反而害怕消息来，害怕这方寸之心会承受不了。有"近乡情更怯，不敢问来人"的心理。

汉运初中兴，生平老耽酒——以汉喻唐。现在大唐已开始中兴了，我平生最喜欢喝酒。耽酒：嗜酒。

沉思欢会处，恐作穷独叟——我总是想象着一家人欢乐相会的时光，唯恐自己变成一个穷困孤独的老头。这句暗含着担心家人遭到不测，只剩自己这个孤老头的恐惧心理。

杜甫逃脱安史叛军后，惊魂稍定，想到叛军曾在长安、鄜州一带大肆烧杀抢掠，家人又多日来音讯全无，妻子生死不明，特别想回家看望。但刚刚接受了左拾遗的官职，官虽不大，但近在皇帝身旁，位置重要，正可报效国家，况且皇帝在诰命中还夸奖他说："尔之才德，朕深知之。"这就更使杜甫感恩不尽。哪里还好意思在这时提出探家的要求？这首诗先写自己"捉襟见肘"、狼狈逃窜的艰辛，次写思家而不忍开口的矛盾心理，接着写百姓的现状之悲惨，最后表达自己微妙而复杂的心理活动。一唱三叹，很见功力。

独酌成诗

此诗当作于至德二载(757)八月，时杜甫离开凤翔前往鄜州省亲，为途中旅居时所作。

> 灯花何太喜，酒绿正相亲。
> 醉里从为客，诗成觉有神。
> 兵戈犹在眼，儒术岂谋身？
> 苦被微官缚，低头愧野人。

新解

灯花何太喜，酒绿正相亲——灯芯：灯心草燃成的馀烬，常结成灯状物，并爆裂出火星，古人认为灯花是一种喜事的预兆。所以杜甫说灯花为什么这样高兴？原来是有了我所喜爱的酒在等我。

醉里从为客，诗成觉有神——醉了就任凭在外做客吧，诗歌写成总是觉得若有神助。

兵戈犹在眼，儒术岂谋身——眼前兵戈满地战争不断，儒家学术岂能成为谋生之道？

苦被微官缚，低头愧野人——苦于被这微小的官职束缚，使我不能施展抱负拯救百姓于水火，我真是愧对乡间父老啊。

杜甫回乡省亲途中，看遍地战乱，心情郁闷，于是独酌以消愁。前半首写初喝酒时，总想将一切心事都放下，一醉解千愁。后半首写终是放不下，"举杯消愁愁更愁"，于是百感交集，随口吟出此诗，表达了诗人难解的寂寞、孤独与愁苦。作为一个有良知的知识分子，杜甫总认为自己遭逢乱世更应当有所作为，为国效力。但无奈的现实使他有一种深深的负疚感，常感到愧对父老。这种强烈的社会责任感非常可贵,发自肺腑,感人至深。

羌村三首

羌村是当时鄜州(今陕西富县)境内的一个小山村。此诗作于至德二载(757)。
这年五月,杜甫所敬重的朋友房琯被贬,杜甫为其说情,唐肃宗大怒,幸亏宰相张
镐相救才免其罪。八月,他获准离开凤翔前往鄜州回家探亲。《羌村》写的就是此
次回家见到亲人时悲喜交加的感受。

其 一

峥嵘赤云西,日脚下平地。
柴门鸟雀噪,归客千里至。
妻孥怪我在,惊定还拭泪。
世乱遭飘荡,生还偶然遂。
邻人满墙头,感叹亦歔欷。
夜阑更秉烛,相对如梦寐。

“峥嵘赤云西”四句——写诗人在夕阳西下时分抵达羌村的情景。峥嵘:形容
山的高峻。赤云:夕阳映红了暮云。日脚:夕阳透过云层射到地面的光柱,如太阳
的脚。“日脚下平地”一句,既融入口语又颇有拟人化色彩。“柴门鸟雀噪”是典型
的乡村景色,鸟儿喧哗反衬出村落的萧索。归客:诗人自指。暗含“近乡情更怯”
的忐忑不安。

“妻孥怪我在”四句——写妻子儿女突然见诗人归来惊喜疑惑、如在梦中。遂:
如愿。

“邻人满墙头”四句——写诗人归乡,邻里赶来探望,但不忍搅扰这一家人幸
福而又心酸的团聚,于是凭墙相望。歔欷:叹息悲泣。夜阑:夜深。秉烛:点着蜡烛。
夜深了,一家人还沉醉在团聚的兴奋中秉烛对坐,恍如梦中。短短数语,呈现出一
幅极富人情味而又含蓄的图画。

其 二

晚岁迫偷生,还家少欢趣。

娇儿不离膝，畏我复却去。

忆昔好追凉，故绕池边树。

萧萧北风劲，抚事煎百虑。

赖知禾黍收，已觉糟床注。

如今足斟酌，且用慰迟暮。

"晚岁迫偷生"四句——写老年还家后矛盾苦闷的心情。此次奉旨还家，无异于放逐，自觉苟且偷生，缺乏欢趣。连孩子也有所察觉："娇儿不离膝，畏我复却去"，这个细节更表现了诗人的郁悒寡欢。

"忆昔好追凉"四句——诗人初来羌村时，夏季天热而思乘凉。现在虽已入秋，但心中煎熬如煮。"萧萧北风劲"，更衬托出内心的烦忧凄苦。

"赖知禾黍收"四句——写秋收已毕，新酒未曾酿出，却指日可待，似乎可感到它从糟床汩汩流出。"赖知"、"已觉"均是想象。糟床是榨酒的器具。已觉糟床注：是说仿佛听到了榨酒的糟床上有酒液流下来的声音。说酒是因愁，深切表现出诗人矛盾苦闷的心理——他其实是"醉翁之意不在酒"啊。

其 三

群鸡正乱叫，客至鸡斗争。

驱鸡上树木，始闻叩柴荆。

父老四五人，问我久远行。

手中各有携，倾榼浊复清。

莫辞酒味薄，黍地无人耕。

兵革既未息，儿童尽东征。

请为父老歌，艰难愧深情。

歌罢仰天叹，四座泪纵横。

"群鸡正乱叫"四句——写邻人来访，庭院里的鸡叫声淹没了客人叩柴门的声音。黄河流域有着让鸡栖息在树上的习俗，"驱鸡上树木"也就是把鸡赶回窝的意思。鸡上树后院内静下来，才听见叩门声。此细节颇具村野生活情趣。

"父老四五人"四句——四五位父老携酒而来，酒色清浊不一，各表心意。这艰难岁月中的情意难能可贵，表现了淳厚的民风。榼：古代盛酒的器具。

"莫辞酒味薄"四句——以来客不经意的口吻道出时事,由谦称"酒味薄",说到生产的破坏,再引出"兵革既未息,儿童尽东征"之世事艰难。

"请为父老歌"四句——父老的一席话触动了诗人内心忧国忧民的情愫,他愧对这一片深情,于是强为欢颜,答谢作歌,"歌罢"又仰天长叹。虽然未写歌的内容,但从"四座泪纵横"的效果,可想象出诗人内心的沉痛,绘出一幅感人的图景。

《羌村三首》是杜诗中的名篇。

中国古典诗歌一向长于抒情,弱于叙事。然而这首诗却将"赋"的手法开拓得出神入化,凸显出严格的写实精神。尤其值得称道的是诗歌语言的淳朴自然、叙事的畅达明快。诗人以接近口语化的朴素诗句描写了农村的景物、村邻的情谊,以及家人相见时的惊喜之态,刻画精细入微,令人有身临其境之感。

这组诗,每章独立成篇,又相互连接,构成一个完整的统一体。第一首初见家人,是组诗的总起,三首中唯有此章是以兴开篇。第二首叙还家后的情景。第三首写邻人的交往。最终归结到忧国忧民、伤时念乱,成为组诗的结穴。这样的组诗,通常又称为"连章体"。每章中有一个典型而又形象的生活片段,虽用白描笔法却给人留下深刻印象。"夜阑更秉烛,相对如梦寐"等句,穷极人物情态,被后世诗人词客屡屡化用。如司空曙"乍见翻疑梦,相悲各问年";晏几道"今宵剩把银钉照,犹恐相逢是梦中";陈师道"了知不是梦,忽忽心未稳"等。恰如前人评赞:"一字一句,镂出肺肠,才人莫知措手;而婉转周至,跃然目前,又若寻常人所欲道者。"(见《杜诗镜铨》引王慎中语)这组诗语言平易中见凝练,音韵谐调中显深情,在杜诗中占有重要的地位。

北　征

本诗写于唐肃宗至德二载(757)秋。当时长安仍被安史叛军所占据,唐肃宗的临时都城驻扎在今陕西凤翔。杜甫于这年四月从长安逃出投奔肃宗,任左拾遗。不久,又因为宰相房琯说情而惹怒了肃宗,幸由宰相张镐说情才免于治罪。八月,杜甫获准回鄜州(今陕西富县)去探亲,期间写了这首诗。因鄜州在凤翔东北,所以诗名为《北征》。这是杜甫作品中一篇极有影响的政治抒情诗,长达一百四十句,对安史之乱这场空前劫难作了真实生动的描绘和概括,堪称"诗史"。此诗与《咏怀五百字》均为杜甫五古长篇的著名代表作。

皇帝二载秋，闰八月初吉。
杜子将北征，苍茫问家室。
维时遭艰虞，朝野少暇日。
顾惭恩私被，诏许归蓬荜。
拜辞诣阙下，怵惕久未出。
虽乏谏诤姿，恐君有遗失。
君诚中兴主，经纬固密勿。
东胡反未已，臣甫愤所切。
挥涕恋行在，道途犹恍惚。
乾坤含疮痍，忧虞何时毕！

皇帝二载秋，闰八月初吉——肃宗皇帝至德二载秋天，闰八月的阴历初一，点明时间。

杜子将北征，苍茫问家室——我将向北远行去探家。苍茫：这里有匆忙、仓促之意。

维时遭艰虞，朝野少暇日——国家正在艰难之际，朝野上下都少有空闲。艰虞：艰苦和忧患。

顾惭恩私被，诏许归蓬荜——恩私被：蒙享了皇上的恩情。被：同披。蓬荜：蓬门荜户，穷人住的草房，这里指杜甫自己的家。这句是说皇上特许自己探望穷家，为受到皇上的特殊礼遇而内心惭愧。

拜辞诣阙下，怵惕久未出——诣：到。阙：宫阙，指朝廷。怵惕：恐惧的样子。这里说自己辞别天子时谨慎小心、惶恐地久久站立没有离开。

虽乏谏诤姿，恐君有遗失——谏诤：给皇帝提出不同的意见和建议。说自己不算称职，担心君主会有闪失。

君诚中兴主，经纬固密勿——当今君王确实是中兴之主，为国家大事殚精竭虑。经纬：指考虑和安排国家大事。密勿：勤劳。

东胡反未已，臣甫愤所切——叛军还在作乱，这是为臣我最切齿痛恨的。

挥涕恋行在，道途犹恍惚——我挥泪恋恋不舍地离开行宫，走在路上仍心情恍惚。恍惚：昏昏沉沉，头脑不清醒的样子。这句不能简单地理解为对皇帝的依恋，而是杜甫作为一个有责任感的忠臣，想到自己暂时不能尽忠职守，心中惭愧。

乾坤含疮痍，忧虞何时毕——天地间到处疮痍满目，这忧患何时才能结束！

此为本诗的第一段，写"北征"的缘起。叙述自己"拜辞阙下"的不安，婉转表达了内心的郁结。

> 靡靡逾阡陌，人烟眇萧瑟。
> 所遇多被伤，呻吟更流血。
> 回首凤翔县，旌旗晚明灭。
> 前登寒山重，屡得饮马窟。
> 邠郊入地底，泾水中荡潏。
> 猛虎立我前，苍崖吼时裂。
> 菊垂今秋花，石戴古车辙。
> 青云动高兴，幽事亦可悦。
> 山果多琐细，罗生杂橡栗。
> 或红如丹砂，或黑如点漆。
> 雨露之所濡，甘苦齐结实。
> 缅思桃源内，益叹身世拙。
> 坡陀望鄜畤，岩谷互出没。
> 我行已水滨，我仆犹木末。
> 鸱鸮鸣黄桑，野鼠拱乱穴。
> 夜深经战场，寒月照白骨。
> 潼关百万师，往者散何卒？
> 遂令半秦民，残害为异物。

靡靡逾阡陌，人烟眇萧瑟——我没精打采地走在田间路上，见人烟稀少，一片萧瑟。靡靡：漫长，迟缓。逾：越过。阡陌：田间道路。眇萧瑟：人烟稀少，凄凉的样子。

所遇多被伤，呻吟更流血——所遇到的人多数带着伤痛，呻吟着，流着血。

回首凤翔县，旌旗晚明灭——回首望天子驻扎的凤翔县，旌旗在暮色中忽隐忽现。明灭：忽隐忽现。

前登寒山重，屡得饮马窟——翻越重重叠叠的寒山，屡屡看到有军人留下的饮马窟。

邠郊入地底，泾水中荡潏——邠州郊野地势低洼，混浊的泾水从中间流过。

邠(bīn)：邠州，即今陕西彬县，地处盆地之中，故有"入地底"之说。泾水：渭河的支流。荡潏(yù)：水涌的样子。

猛虎立我前，苍崖吼时裂——苍崖怪石裂开大口，像是猛虎吼叫着立在我面前。

菊垂今秋花，石戴古车辙——菊花绽开了今秋的花瓣，石路上印着古时的车辙。

青云动高兴，幽事亦可悦——站在高处生出些兴致来，幽静的风光可以悦人心怀。青云：借指高空。动高兴：引发愉悦之情。

山果多琐细，罗生杂橡栗——山果结出不少细碎的果实，与栎树的果实夹杂在一起。橡：栎实，似栗而小。

或红如丹砂，或黑如点漆——点漆：黑而小。有的红如丹砂，有的黑如点漆。

雨露之所濡，甘苦齐结实——它们在雨露的滋润下，不论甘苦都结出了果实。

缅思桃源内，益叹身世拙——我真缅怀那世外的桃源，益发感叹处世艰难。缅思：遥想。桃源：晋人陶渊明写的《桃花源记》中描绘的那个世外太平的无忧无虑的理想社会。身世拙：言自己不会为人处世。

坡陀望鄜畤，岩谷互出没——远望山冈起伏、岩谷交错的地方，就是鄜州了。坡陀：高低不平。鄜畤：秦汉时历代帝王在鄜州祭天的祭台，这里指鄜县。

我行已水滨，我仆犹木末——我已到了山下水滨，仆人却还在半山腰走着，仰望他的身影就好像走在树梢上一般。

鸱枭鸣黄桑，野鼠拱乱穴——鸱枭在黄桑树上悲鸣，野鼠在乱坟堆中拱着洞穴。鸱枭(chīxiāo)：同鸱鸮，鸟名。

夜深经战场，寒月照白骨——我在深夜里路经这片古战场，看寒冷的月光照着将士的累累白骨。

潼关百万师，往者散何卒——潼关：古关名，在今陕西潼关西北。散何卒：失败得为何这么快？这件事是指天宝十四载(755)安禄山造反后，唐王朝派哥舒翰驻守潼关，拒贼西进。天宝十五载(756)六月，因杨国忠屡次逼迫哥舒翰出关迎敌，致使全军覆没，长安失守，秦地沦丧。

遂令半秦民，残害为异物——以至于使秦地的半数老百姓，都遭到叛军的残害沦为异物。第二段描写"北征"探亲途中诗人亲眼看到田园荒芜、民生艰辛的惨状，控诉战争带给人民的痛苦。

况我堕胡尘，及归尽华发。

经年至茅屋，妻子衣百结。

恸哭松声回，悲泉共幽咽。

平生所娇儿，颜色白胜雪。

见耶背面啼，垢腻脚不袜。
床前两小女，补绽才过膝。
海图拆波涛，旧绣移曲折。
天吴及紫凤，颠倒在短褐。
老夫情怀恶，呕泄卧数日。
那无囊中帛，救汝寒凛栗！
粉黛亦解苞，衾裯稍罗列。
瘦妻面复光，痴女头自栉。
学母无不为，晓妆随手抹。
移时施朱铅，狼藉画眉阔。
生还对童稚，似欲忘饥渴。
问事竞挽须，谁能即嗔喝？
翻思在贼愁，甘受杂乱聒。
新妇且慰意，生理焉得说？

况我堕胡尘，及归尽华发——况且我遭到叛军的囚禁，归来时满头白发。堕胡尘：指至德元年(756)秋，杜甫由鄜州去投肃宗时被叛军所俘后带回长安这件事。

经年至茅屋，妻子衣百结——经年：去年秋天离开鄜州，至今正好经过了一年。回到茅屋里，见妻儿衣衫褴褛，打满补丁。

恸哭松声回，悲泉共幽咽——大家抱头恸哭，松涛声回应着哭声，悲凉的泉水也一起发出幽咽。

平生所娇儿，颜色白胜雪——一向娇惯的小儿，脸色苍白如雪。

见耶背面啼，垢腻脚不袜——耶：同爷。这里指爹。见到父亲背过脸去哭泣，浑身泥垢，脚上连双袜子也没穿。

床前两小女，补绽才过膝——床前站着两个小女儿，千补万缀的衣服短得刚能遮住膝盖。

海图拆波涛，旧绣移曲折——海图：刺绣着海涛图案的帐幔。家贫得衣不蔽体，只好用旧物拆拆补补。那些补丁是从旧的绣物上拆下来的布块，海图的波涛被拆碎了。

天吴及紫凤，颠倒在短褐——水神天吴及紫色凤凰，颠三倒四地补在短衫上。

老夫情怀恶，呕泄卧数日——老夫我心情不好，又吐又泄躺了数日。

那无囊中帛，救汝寒凛栗——帛：丝织品，当时可以作为流通物。这里是指钱。

自己身为父亲和丈夫，哪能不取出囊中的一点很少的钱，去拯救她们的饥寒呢？寒凛栗：冷得哆嗦。

粉黛亦解苞，衾裯稍罗列——粉黛：化妆品。衾裯：被、帐。带回的一些小化妆品从包中拿出来了，被褥也稍有添置。

瘦妻面复光，痴女头自栉——瘦弱的妻子脸上恢复了一点光彩，娇痴的小女儿自己学着梳头。痴女：对女儿的爱称。栉(zhì)：梳头。

学母无不为，晓妆随手抹——她们没有一件事不是学着母亲的样子，早上梳妆时也随手在脸上乱抹。

移时施朱铅，狼藉画眉阔——移时：用了很长时间才打扮完了，把眉毛画得又乱又粗。

生还对童稚，似欲忘饥渴——我能活着回来面对这天真童稚的孩子，似乎高兴得都忘了饥渴。

问事竞挽须，谁能即嗔喝——孩子们向我问长问短，还竞相揪我的胡须，虽说不成体统，但谁又忍心呵斥他们？嗔喝：嗔怪、呵斥。

翻思在贼愁，甘受杂乱聒——回想起在囚禁中的愁苦生活，我甘愿忍受这耳边的聒噪与纠缠。聒：吵。

新妇且慰意，生理焉得说——暂且像新媳妇一样过几天舒心日子吧，哪能考虑日后长远的生活安排呢？且慰意：暂且心里舒畅。生理：日后的长期生活安排。

第三段主要写回到家中与妻儿相聚时的生活场景。妻子的欢悦，儿女的娇憨，诗人的慈爱，都描绘得神形毕肖，显示出浓郁的生活气息。穷困哀伤与团圆时的快乐相互交织映衬，短暂的欢乐更映出长久的痛楚，将离乱时代家庭的不幸一一呈现。极富艺术感染力。

> 至尊尚蒙尘，几日休练卒？
> 仰观天色改，坐觉妖氛豁。
> 阴风西北来，惨澹随回纥。
> 其王愿助顺，其俗善驰突。
> 送兵五千人，驱马一万匹。
> 此辈少为贵，四方服勇决。
> 所用皆鹰腾，破敌过箭疾。
> 圣心颇虚伫，时议气欲夺。
> 伊洛指掌收，西京不足拔。
> 官军请深入，蓄锐可俱发。

此举开青徐，旋瞻略恒碣。

昊天积霜露，正气有肃杀。

祸转亡胡岁，势成擒胡月。

胡命其能久？皇纲未宜绝。

至尊尚蒙尘，几日休练卒——天子还在蒙受耻辱，何时才能结束战争？休练卒：指战争结束，士兵解甲。

仰观天色改，坐觉妖氛豁——仰观天象已有改变，觉得妖氛已散去。古代认为观天象可以辨吉凶。坐觉：突然感到。豁：开朗、清澄。

阴风西北来，惨澹随回纥——惨淡的阴风从西北吹来，追随着回纥的兵马。回纥：少数民族名，当时住在乌兰巴托以西。唐肃宗为平定国内叛乱，曾向回纥借兵助战，条件几近于卖国。所以杜甫十分担心，因而在诗中用了"阴风"、"惨淡"等词。

其王愿助顺，其俗善驰突——回纥的首领怀仁可汗愿顺应天意帮助我们平叛，他们的习俗善于骑射和冲锋。助顺：顺应天理。驰突：骑马奔驰。

送兵五千人，驱马一万匹——回纥送来五千精兵，还有一万匹战马。

此辈少为贵，四方服勇决——他们以年少为贵，四方的人都佩服他们的勇敢善战。匈奴人的习俗，重视青壮年。回纥人是匈奴人的后裔。

所用皆鹰腾，破敌过箭疾——鹰腾：像鹰一样飞腾，形容勇猛迅捷。出击敌人的速度比箭还快。

圣心颇虚伫，时议气欲夺——尽管皇上能虚心地包容，但那些不同意借兵的议论也还是被皇上的威严所震慑不敢再说。虚伫，虚心地包容。时议：当时群臣们的议论。气欲夺：气势被震慑，不敢多言。

伊洛指掌收，西京不足拔——伊洛：指伊水和洛水，伊水流入洛水，洛水流经洛阳。这里代指洛阳。东都洛阳已收复在指掌之间，西京就更不值得一攻。

官军请深入，蓄锐可俱发——官军士气高涨，请求深入敌阵。俱发：各路同时进攻。李泌当时曾建议南取长安、洛阳，同时北路自塞北直取叛军的老巢范阳。

此举开青徐，旋瞻略恒碣——青徐：青州和徐州，即今天的山东青州和江苏的徐州。旋瞻：眼看。略：攻取。恒碣：二山名。恒山在今山西浑源境内，碣石山在今河北昌黎境内。一举攻下青州和徐州，眼看将收复恒山和碣石。

昊天积霜露，正气有肃杀——昊：指天。秋天霜露正重，天象有一种肃杀的正气。

祸转亡胡岁，势成擒胡月——叛军灭亡的大局已定，是擒拿胡人的时候了。

胡命其能久？皇纲未宜绝——叛军的命运岂能长久？大唐王朝的纲纪不会断绝。皇纲：指帝业、国运。

名家选集卷

此为第四段,写杜甫对时局的关心与忧虑。他对政府收复失地感到由衷的欣喜,但同时也对唐王朝借助回纥的势力来平叛有顾虑。战争不结束,人民就得为战争继续作出牺牲。平定叛乱,是当时人民的共同愿望。在这段文字中,杜甫高度赞扬了回纥出兵助唐这件事,认为这加强了唐王朝的军事实力,有利于战局。此段文字写得有声有色,满含浓情。

> 忆昨狼狈初,事与古先别。
> 奸臣竟菹醢,同恶随荡析。
> 不闻夏殷衰,中自诛褒妲。
> 周汉获再兴,宣光果明哲。
> 桓桓陈将军,仗钺奋忠烈。
> 微尔人尽非,于今国犹活。
> 凄凉大同殿,寂寞白兽闼。
> 都人望翠华,佳气向金阙。
> 园陵固有神,洒扫数不缺。
> 煌煌太宗业,树立甚宏达!

忆昨狼狈初,事与古先别——指天宝十五载(756)叛军逼近长安、唐玄宗狼狈地弃城出逃一事。

奸臣竟菹醢,同恶随荡析——奸臣:指当时为宰相的杨贵妃之堂兄杨国忠。菹醢(zūhǎi):剁成肉酱。这里指马嵬事件中杨国忠为乱兵所杀。荡析:被扫荡而分崩离析。这句说果断地处决了奸臣,连同恶势力一起荡尽。

不闻夏殷衰,中自诛褒妲——夏殷指夏桀王和殷纣王。中自:主动。褒妲:褒姒和妲己。古代传说中被说成是善于迷惑君王、致使西周和殷朝灭亡的美女。

周汉获再兴,宣光果明哲——宣光:周宣王和汉光武帝。都是古代有名的能挽救国家危亡的中兴之主。这里喻肃宗是像他们那样能使国家再获中兴的明主。

桓桓陈将军,仗钺奋忠烈——桓桓:英武之状。陈将军:即陈玄礼,他是马嵬驿事件中代表军队向唐明皇请命要求杀掉杨国忠和杨贵妃的人,时任禁卫军统帅。仗钺:指统领军队讨伐逆乱。钺:一种特制的大斧,也是权力的象征。帝王在将帅出征时,授以节钺,让其有生杀大权。奋忠烈:指讨伐杨国忠奸党。这二句说,威武的陈将军啊,举起你的斧钺,以忠烈之气清除奸臣吧。

微尔人尽非,于今国犹活——微:没有。尔:指陈玄礼。人尽非:人事局面不同,指国家灭亡。假如没有你，国家就会灭亡；如今有了你，国家才能生存。

凄凉大同殿，寂寞白兽闼——大同殿：唐朝一宫殿的名称，在兴庆宫的勤政楼北面。白兽闼：唐王朝太极宫的南门，名为白兽门。如今长安还未收复，大同殿和白兽门还是一片寂寞和凄凉。

都人望翠华，佳气向金阙——翠华：用翠鸟羽毛做的装饰，这里指唐肃宗的车驾。佳气：祥瑞之气。京都的人们还盼望着皇上的翠华仪仗归来，祥云瑞气将飘向皇帝的宫阙。

园陵固有神，洒扫数不缺——园陵：唐开国以来列祖列宗的陵墓。数不缺：礼数不能缺少。祖宗园陵的神灵在护佑着我们，收复后我们祭奠和洒扫的礼数不能缺少。

煌煌太宗业，树立甚宏达——唐太宗创立的光辉基业啊，一定会重振雄风、前程远大发达！最后这一段，诗人对陈玄礼发动马嵬驿事件、杀死杨国忠、逼迫唐明皇将杨贵妃赐死这一重大事件表示了自己态度鲜明的称颂和赞许。"安史之乱"的发生，是天宝末年政治腐败的结果。"马嵬事变"是唐王朝在战乱发生后内部进行的一次整顿。杜甫认为这样处置可挽救时局，不再蹈历史上亡国的覆辙。诗人是在用诗歌鼓舞士气，对唐室中兴寄予了强烈的希望。一个身陷困境、仍时刻将国家和百姓的安危挂在心上的忠心耿耿的士大夫形象跃然纸上。

有人说《北征》是杜甫人生中的第一大篇，此言不谬也。这首长达一百四十行的长诗，意重情浓，语调沉痛，继承了太史公纪传体的优良传统，为我们树立了"诗史"的典范。

作为一个正直善良、关心社稷民生的知识分子，杜甫无疑是值得称赞的。但是，作为一个封建时代的文人，他也不免有酸腐的一面。如他对女人的看法，就很值得商榷。他赞同除掉杨贵妃，认为她和历史上的褒姒和妲己一样是祸水，是亡国的根源，但他却不指责唐明皇，认为这一切都是女人的错。这种看法就比较迂腐。

《北征》毕竟是杜诗中的长篇，他用巨笔将当时的社会生活浓缩于其中，使后人得以在诗中形象地了解唐代的兴衰历程。历代文人对此诗都给予极高评价。正如胡小石先生在《杜甫〈北征〉小笺》中所说："《北征》为杜诗中大篇之一。盛唐诗人力破齐梁以来宫体之桎梏，扩大诗之领域，或写山水，或状田园，或咏边塞，较前此之幽闭宫闱低回思怨者，有如出永巷而骋康庄。至杜甫兹篇，则结合时事，加入议论，撤去旧来藩篱，通诗与散文而一之，波澜壮阔，前所未见，亦当时诸家所不及，为后来古文运动家以'笔'代'文'者开其先声。"

《北征》的重要成就，还在于它艺术上的独创性。诗人将叙事、议论、写景、抒

中国家庭基本藏书

情包括在洋洋洒洒的长篇诗作中，曲折尽情，前所未见。有人说它是"变赋入诗"（胡小石《杜甫〈北征〉小笺》），有人说它是"韵记为诗"（王嗣奭《杜臆》），也有人说它是"穷极笔力，如太史公纪、传，此固古今绝唱"（叶梦得《石林诗话》）。这些都有一定的道理，但都难以概括《北征》的全貌。杜甫的《北征》吸收了各种写作手法，采用散文句法入诗，别具特色。它虽是从个人经历的角度记述的，却深刻地反映了一个时代，更具有"诗史"的价值，成为影响历代诗歌的鸿篇巨制。

奉和贾至舍人早朝大明宫

此诗当作于肃宗乾元元年(758)春，时杜甫任左拾遗。中书舍人贾至去大明宫上朝，见眼前一派升平气象，就写了首题为《早朝大明宫呈两省僚友》的七律，诗写得雍容华贵。在他的首倡下，同在朝中做官的王维、岑参、杜甫等相继唱和。这首诗在杜甫所作的华丽宫廷诗中很有代表性。

> 五夜漏声催晓箭，九重春色醉仙桃。
> 旌旗日暖龙蛇动，宫殿风微燕雀高。
> 朝罢香烟携满袖，诗成珠玉在挥毫。
> 欲知世掌丝纶美，池上于今有凤毛。

五夜漏声催晓箭，九重春色醉仙桃——漏：古时用以计时的漏壶。箭：指壶中刻有时辰的浮标。首句点出早朝的时间是五更时分，漏壶的滴水声催动着计时的箭牌在上升。第二句点明季节是在春天，当时殿庭中多植桃柳，所以这里说春色仙桃是实有其景。

旌旗日暖龙蛇动，宫殿风微燕雀高——颔联写宫内景色：有龙蛇图案的旗在暖阳下飘动，微风中燕雀在宫殿上空盘旋鸣叫。据《周礼》载，析羽为旌，交龙为旂，熊虎为旗，龟蛇为旐。"龙蛇"是指旗上画的图形。

朝罢香烟携满袖，诗成珠玉在挥毫——退朝归来时，袖中携满了宫中香烟的气味，挥毫写诗，诗句闪着珠玉的光泽。

欲知世掌丝纶美，池上于今有凤毛——丝：细缕；纶：粗绦。《礼记·缁衣》："王言如丝，其出如纶。"是说帝王的一句微言也会产生巨大作用。后因以"丝纶"称皇帝的诏书。中书舍人一职是为皇帝写诏书的官，即所谓"掌丝纶"。世掌丝纶：

是因贾至的父亲贾曾也做过中书舍人，故称。池：指凤凰池，即中书省。凤毛：古人将儿子文采风姿似其父称为有凤毛。杜甫在这里也用了这一典故，很恰当。

杜甫这一段时间像是暂时做稳了京官，虽仍是任拾遗这个不大的官职，但他感到自己也算得到了身为近臣的荣宠，心中高兴，就接二连三地写起了华丽的宫廷诗。与贾至唱和的这首诗，写得花团锦簇，玉润珠圆，艺术上也音韵铿锵。单看字面，仿佛此时已是太平盛世，其实不然，两京刚刚收复，战乱远未结束，但肃宗却扮演起了盛世明君的角色，大搞祭祀、上尊号、封赏等活动。这一时期粉饰太平的诗多了起来，杜甫也未能免俗，读这首诗不仅有艺术上可资借鉴之处，而且可以形象地了解当时的宫廷生活和一些封建士大夫们渴望"中兴"的盲目乐观情绪。客观上有一定认识价值。

春宿左省

这首诗当作于乾元元年(758)春，时杜甫从鄜州到京，仍任左拾遗。此诗描写在门下省值夜时的心情，表达了他忠勤为国的思想。诗题中的"宿"，指值夜。"左省"，即左拾遗所属的门下省，和中书省同为掌机要的中央政府机构，因在殿庑之东，故称"左省"。

花隐掖垣暮，啾啾栖鸟过。
星临万户动，月傍九霄多。
不寝听金钥，因风想玉珂。
明朝有封事，数问夜如何？

花隐掖垣暮，啾啾栖鸟过——起首两句描绘开始值夜时黄昏的景色。朦胧的暮色中，花朵隐约可见，投林栖息的鸟儿从天空中飞鸣而过。花、鸟是紧扣诗题中的"春"字；"花隐"和"栖鸟"又和"宿"关联；"掖垣"本意是"左掖"（即"左省"）的矮墙，这里是交代值夜的所在地，两句字字点题。

星临万户动，月傍九霄多——此联由暮至夜，写夜中之景。星光照临，宫殿中千门万户都似在闪动；宫殿高入云霄，依傍着月亮，当然得到的月光多。这两句写出了星月映照下的宫殿的巍峨清丽，寓含着帝居高远之意，虚实结合，形神兼备。

不寝听金钥，因风想玉珂——写夜中值宿的感受。金钥，即金锁。玉珂，即马铃。说自己值夜时睡不着觉，仿佛听到有人开宫门的钥匙声；风吹檐间铃铛，好似听到了百官骑马上朝的马铃响。这些都是想象之景，细致传神地表达了诗人勤于政事，唯恐次晨耽误上朝的心情。诗题中是要写"宿"，却反写"不寝"，这种意识的流动，更显得含意深蕴，笔法空灵。

明朝有封事，数问夜如何——最后两句交代"不寝"的原因，是因第二天早朝要上封事，心绪不宁，因此好几次探问时辰几何？后句化用了《诗经·小雅·庭燎》中的诗句："夜如何其？夜未央。"非常贴切自然。"数问"，更形象地说明了诗人寝卧不安的敬业精神。

这首诗真实地记叙了杜甫在左拾遗任上忠诚值宿、夜不敢寐的心境，再现了诗人小心谨慎、报国尽忠的赤子之心。诗的开头两联写景，后两联写情。从暮写到夜，又从夜写到将晓，再联想至明朝，心理刻画细腻而传神，语句矫健有力，词意含蓄隽永。

题省中壁

此诗当作于乾元元年(758)春。诗写受到排挤的苦闷心情，是一首值得注意的拗体七律。

> 披垣竹埤梧十寻，洞门对霤常阴阴。
> 落花游丝白日静，鸣鸠乳燕青春深。
> 腐儒衰晚谬通籍，退食迟回违寸心。
> 衮职曾无一字补，许身愧比双南金。

披垣竹埤梧十寻，洞门对霤常阴阴——埤：同"卑"，低。垣指高墙，埤指低墙，都是说墙。寻：古时以八尺为一寻。霤(liù)：屋檐下接雨的长槽。这句是说：省院的院墙被高大的梧桐树和低矮的竹丛覆盖，阴森的洞门有接雨的长槽相对。形容省署的环境。

落花游丝白日静，鸣鸠乳燕青春深——写诗人身居华屋，看落花游丝，听鸣鸠乳燕，这安静幽美的暮春越发勾起内心的孤寂，景中有情，写出了微妙的感觉。

腐儒衰晚谬通籍，退食迟回违寸心——我这个迂腐书生到衰晚之年又荒谬地有了官职，每次退朝吃饭总是迟迟不想回去，觉得有违我报国的初衷。通籍：在朝中有了名籍，指初做官。

　　衮职曾无一字补，许身愧比双南金——衮：天子之服。衮职，即天子。南金：南方出产的铜，也借指贵重物。张载《拟四愁诗》："美人赠我绿绮琴，何以报之双南金。"这两句说，对于天子的政事我还未曾有过一个字的补益，我曾自比"双南金"真是叫我心中惭愧。

　　前一阶段，诗人惑于收京之初的"中兴"假象，曾盲目地以为自己做了京官就可以兼济天下了，因此写了一些赞美朝中升平盛事的宫廷诗。由于宦官李辅国唆使肃宗排挤玄宗旧臣，杜甫身为谏官却无补朝政，遭到冷落。几经碰壁后，他清醒了，从这首诗开始，又逐渐回到了清醒的现实中来。此诗前半写省中景，华丽的景物中透露出内心的寂寞；后半述怀，写自己内心的矛盾和痛苦。用拗体写七律，是杜甫在艺术上的探索。

曲江陪郑八丈南史饮

　　此诗当作于乾元元年(758)春，时杜甫在左拾遗任上。郑八丈，当为朝廷史官。南史是春秋时齐国的史官，以不畏强权、直书史实而著称。这里将郑八丈称为南史有赞美之意。这首诗写诗人官场失意、生退隐之念。

　　　　雀啄江头黄柳花，鸂鶒鸂鶒满晴沙。
　　　　自知白发非春事，且尽芳樽恋物华。
　　　　近侍即今难浪迹，此身那得更无家？
　　　　丈人才力犹强健，岂傍青门学种瓜？

　　雀啄江头黄柳花，鸂鶒鸂鶒满晴沙——起句以奇特琐细的景物写出了季节。一联中出现了三种鸟。雀啄柳花已属奇事，而"黄柳花"就更奇。鸂鶒(jiāojīng)：即池鹭，水鸟名。鸂鶒(xīchì)：俗称紫鸳鸯。晴日、沙滩、水鸟，一派艳阳春景。

　　自知白发非春事，且尽芳樽恋物华——自知我这满头白发与这春色太不相称，且陪您饮酒不过是贪恋物华、聊表心意罢了。

近侍即今难浪迹，此身那得更无家——为皇上当近侍至今，也很难再漂泊下去了，一辈子哪能总是浪迹天涯没个安定的家？

丈人才力犹强健，岂傍青门学种瓜——丈人：对长者的尊称。您老才情和实力都还强健，何必学古人到青门旁边去种瓜呢？青门：用《三辅黄图》典，汉朝初年，故秦东陵侯邵平种瓜于长安城东门外，其门涂青色，故称青门。

此诗可看出杜甫的情绪低落。比起他此前写的宫廷唱和诗来，更见诗人之真性情。宫廷中复杂的人际关系和受排挤的现实，使杜甫不再对昏庸的皇帝充满幻想，诗句中也不再有那种飘飘然的盲目乐观。诗人满怀心事，吞吞吐吐，想说而又不忍多说，因而显得语言流曲委婉。特别是结尾处，劝他人不去"青门种瓜"，自己却分明流露了引退之意，可见其思想很矛盾，有着难言之隐。

曲江二首

题解

这组诗当作于乾元元年(758)春。前一年秋，唐军刚刚打败了安史叛军，长安和洛阳相继收复，举朝一片欢腾。许多官僚贵族又抖起了威风，重新过起纸醉金迷的生活。杜甫在这首诗中也歌颂了春光的美好，慨叹人生苦短，主张及时行乐。主题虽然陈旧，但由于这首诗的写作技巧很高超，历来受到人们的赞赏。

其 一

一片花飞减却春，风飘万点正愁人。
且看欲尽花经眼，莫厌伤多酒入唇。
江上小堂巢翡翠，苑边高冢卧麒麟。
细推物理须行乐，何用浮名绊此身！

一片花飞减却春，风飘万点正愁人——减却：减去。一个花瓣落下来就能使春色减退，更何况风中飘着万点春花，怎能不让人愁？

且看欲尽花经眼，莫厌伤多酒入唇——欲尽花：快要落尽的花。伤多酒：过多的酒伤人，是"酒多伤"的倒装。花快谢了要及时赏，不要怕酒喝多了会伤人。

江上小堂巢翡翠，苑边高冢卧麒麟——江上：曲江两侧。巢：居住。翡翠：一种名贵的鸟。这里代指那些衣着艳丽的富人。苑边：指曲江西南的芙蓉苑外。高冢卧麒麟：石马倒卧，比喻荒坟年久失修。江边的华屋如今成了鸟儿的巢穴，荒坟无人祭扫，石麒麟倒在一边。这是以丽句写荒凉。

细推物理须行乐，何用浮名绊此身——物理：事物兴衰无常之理。浮名：虚名。这里含有自嘲之意，因自己身为谏官，意见却不被皇上采纳，只是徒有虚名而已。绊：羁绊，阻碍。事物的规律就是兴衰交替，应及时行乐，何必让虚名束缚自己的身心呢。

其　二

朝回日日典春衣，每日江头尽醉归。
酒债寻常行处有，人生七十古来稀。
穿花蛱蝶深深见，点水蜻蜓款款飞。
传语风光共流转，暂时相赏莫相违。

朝回日日典春衣，每日江头尽醉归——典：以物为抵押借钱。这里是说自己每天入朝回来都将春衣典当了去换得酒醉。

酒债寻常行处有，人生七十古来稀——行处：到处。说自己酒债走到哪欠到哪。

穿花蛱蝶深深见，点水蜻蜓款款飞——深深见：翩翩然时隐时现的样子。款款：悠闲舒缓之态。蝴蝶隐现、蜻蜓起落的情景。

传语风光共流转，暂时相赏莫相违——传语：传告。拟人法。共流转：一同逍遥。人生苦短，还是暂时和春光一起逍遥快活吧！

慨叹人生短暂，提倡及时行乐，这种思想历来被人们认为太消极。其实了解杜甫的人应当知道，他原本是极有忧患意识和责任感的。之所以写出这样的诗句，其实诗句背后隐藏着的是他内心深处无可奈何的悲凉。作为一个谏官，他的耿直敢言换来的却是被贬，"风飘万点正愁人"，他除了借酒浇愁、"沉醉聊自遣"又能做些什么呢？

此诗有很高的艺术欣赏价值。其状物写景，借景抒情，遣词造句，无一不精。"穿花蛱蝶深深见，点水蜻蜓款款飞"两句中的"深深"和"款款"，其状格外传神。而"穿花"和"点水"中"穿"和"点"这两个动词，更于精微之处见其功力。

（二）在华州、秦州、同谷、成都
（758年六月—762年七月）

九日蓝田崔氏庄

 题解

　　此诗当作于乾元元年(758)中秋。当时杜甫任华州司功参军。华州的州治在今陕西华州。蓝田是华州下属的县名，距华州西南百里，位于秦岭北麓，县治就在今陕西蓝田。崔氏庄，据今人陈贻焮先生考证，就是"崔氏东山草堂"。崔氏，名崔季重，是王维舅父之子。诗人写他在崔氏庄过中秋节的情景。

> 老去悲秋强自宽，兴来今日尽君欢。
> 羞将短发还吹帽，笑倩旁人为正冠。
> 蓝水远从千涧落，玉山高并两峰寒。
> 明年此会知谁健？醉把茱萸仔细看。

新解

　　老去悲秋强自宽，兴来今日尽君欢——人老悲秋，只好勉强自我宽慰，今日有兴致就且尽情与君欢乐吧。

　　羞将短发还吹帽，笑倩旁人为正冠——吹帽：指东晋名士孟嘉的故事。据《晋书·孟嘉传》载，孟嘉做桓温(当时的权臣，征西将军)的参军时，桓温很器重他。九月九日重阳节那天在龙山的宴会上，一阵风将孟嘉的帽子吹落了，这本是件很失礼的事，但孟嘉却装作不知道的样子，依旧谈笑风生，直到桓温派人给他捡起来。后桓温让孙盛作文嘲笑他。这里是反用其典故。倩：请。旁人：旁边的人。这句是说头发稀疏，要是帽子掉了该多难为情，最好还是请旁边的人为我戴得结实些为好。

　　蓝水远从千涧落，玉山高并两峰寒——蓝水：水名，据《三秦记》载，蓝田有川，方三十里，其水北流，出玉石，合溪谷之水，为蓝水。玉山：即蓝田山，因山中产玉而闻名。两峰：指华山东北的云台山。山头有终年不化的积雪，故用"寒"字。

　　明年此会知谁健？醉把茱萸仔细看——茱萸：植物名。有香味，可入药。旧时重阳节人们有插一支茱萸在头上以避邪的风俗。这是感叹人生的不可逆料：谁知明天又有几人健在？于是醉眼蒙胧端详起手中的茱萸来。

杜甫写作此诗时其实只有四十七岁,但已将"老"字时时挂在嘴上了。作品描述了重阳节时他在崔氏别墅做客所看到的山川景物,写山高水长、天地永生,更反衬出人寿几何、朝露无常。写宾主欢宴的情景,又将典故顺手拈来,虽感叹老之将至,却又不失幽默风趣,读来颇有意味。

赠卫八处士

此诗作于唐肃宗乾元二年(759)春,杜甫由洛阳回华州的路上。卫八处士,是诗人的好友,其况不详。处士,是指隐居不仕的人。卫,是此人的姓;八,是他的排行。此诗写在战乱流离中突然见到老朋友的喜悦,抒发了对人生离散多而相聚少的感叹,是杜诗中的名篇。

> 人生不相见,动如参与商。
> 今夕复何夕,共此灯烛光。
> 少壮能几时?鬓发各已苍!
> 访旧半为鬼,惊呼热中肠。
> 焉知二十载,重上君子堂。
> 昔别君未婚,儿女忽成行。
> 怡然敬父执,问我来何方。
> 问答未及已,驱儿罗酒浆。
> 夜雨剪春韭,新炊间黄粱。
> 主称会面难,一举累十觞。
> 十觞亦不醉,感子故意长。
> 明日隔山岳,世事两茫茫。

人生不相见,动如参与商——动如:往往像。参和商,都是星宿名,参星在西,商星在东,二星此起彼落,永远不可能相聚,因而古人常以此二星来比喻人们之间的相会之难。

今夕复何夕,共此灯烛光——从《诗经·唐风·绸缪》中"今夕何夕?见此良人"的诗句中化用而来,以表达老友相见的惊喜之情。

少壮能几时? 鬓发各已苍——青春易逝,忽然间各自都鬓发苍苍。

访旧半为鬼,惊呼热中肠——故人多已作古,阔别二十年后老友相见心中涌起热流。

焉知二十载,重上君子堂——君子堂,指卫八处士的家。哪里想到二十年后我又重登你的家门。

昔别君未婚,儿女忽成行——当年握别时尚未成亲的你,忽然就儿女成行了。成行:形容儿女众多。

怡然敬父执,问我来何方——父执:出自《礼记·曲礼》:"见父之执。"意即父亲的挚友。执是接的借字,指接近之友。

问答未及已,驱儿罗酒浆——没说完便让儿女们摆酒筵。罗:排列之意。

夜雨剪春韭,新炊间黄粱——割来了鲜嫩带雨的春韭,烧好了喷香的黄米饭。间:糅,混杂着。黄粱:黄小米。

主称会面难,一举累十觞——累:接连。觞:酒杯。主人感叹见面不易,一口气喝下了十几杯。

十觞亦不醉,感子故意长——难得一醉呵,谢谢你对故友的情深意长。

明日隔山岳,世事两茫茫——明朝你我又将分手被山岳阻隔,人情世事竟然都如此渺茫!

诗人被贬华州司功参军之后,在飘零之际路经蒲州(今山西永济)时,偶遇一位姓卫的儿时好友,喜不自禁,感慨万千。

诗的开头四句,写久别重逢,从离别说到聚首,亦悲亦喜,悲喜交集。第五至八句,从生离说到死别。透露了干戈乱离、人命危浅的现实。从"焉知"到"意长"十四句,写与卫八处士的重逢聚首以及主人及其家人的热情款待。表达诗人对生活美和人情美的珍视。最后两句抒写了对人生聚散难定、世事渺茫难料的无限感慨。在语言上,娓娓道来,连接得自然巧妙,诗中用了民歌中的接字法,如"一举累十觞,十觞亦不醉"等,使全诗读起来极上口,流利婉转,如喷珠玉。

新安吏

这是杜甫名篇"三吏"之一。作于乾元二年(759)三月。新安,县名,即今天的河南新安。这年的三月初三,郭子仪、李光弼、王思礼等九个节度使合兵围攻安禄山之子安庆绪于邺城。因肃宗未在军中设主帅,以致群龙无首指挥不力。再加上叛将史思明从河北前来解邺城之围,导致唐军大败。为补充兵力,唐军一路抓丁。这首《新安吏》就是写未成年人被征入伍的情景。

> 客行新安道,喧呼闻点兵。
> 借问新安吏:县小更无丁?
> 府帖昨夜下,次选中男行。
> 中男绝短小,何以守王城?
> 肥男有母送,瘦男独伶俜。
> 白水暮东流,青山犹哭声。
> 莫自使眼枯,收汝泪纵横。
> 眼枯即见骨,天地终无情。
> 我军取相州,日夕望其平。
> 岂意贼难料,归军星散营。
> 就粮近故垒,练卒依旧京。
> 掘壕不到水,牧马役亦轻。
> 况乃王师顺,抚养甚分明。
> 送行勿泣血,仆射如父兄。

　　客行新安道,喧呼闻点兵——客:诗人自指。喧呼:人声喧哗。点兵:点着名征兵。

　　借问新安吏:县小更无丁——县小:指新安是个小县,人口不多。更无丁:难道再无成年男人了吗?

　　府帖昨夜下,次选中男行——府帖:征兵的文书。因主管征兵的叫折冲府,故称"府帖"。次选:依次往下选。中男:未成年的男子。当时二十三岁为成丁,十八至二十二岁算中男。

　　中男绝短小,何以守王城——王城:即洛阳。西周成王时建为首都,故称"王城"。

　　肥男有母送,瘦男独伶俜——伶俜:孤单的样子。家境好些的"肥男"还有母亲送,穷人家的"瘦男"连送的人也没了,可见当时死人之多,人生之惨。

　　白水暮东流,青山犹哭声——白水:黄河水在夕照下呈白色。青山犹哭声:青山也在恸哭。这二句是比喻手法。

　　莫自使眼枯,收汝泪纵横——诗人对未成年的孩子被迫上战场深感痛惜,但又无可奈何,只好宽慰他们,说天地无情,还是收住泪水吧,免得哭瞎眼睛。

眼枯即见骨，天地终无情——以天地影射朝廷。

我军取相州，日夕望其平——相州：即邺城，在今河南安阳。日夕："早晚之间"，快速之意。平：克复。

岂意贼难料，归军星散营——归军：败军。这里不敢说"败军"而说"归军"是一种忌讳。星散营：如流星散开。

就粮近故垒，练卒依旧京——旧京：指洛阳。以下是宽慰之语。说伙食就在旧营垒附近供应，训练也在洛阳近郊。

掘壕不到水，牧马役亦轻——挖战壕也是浅浅的不见水，放牧战马的活也不算太重。

况乃王师顺，抚养甚分明——况乃王师顺：这里的"顺"指的是师出有名，名正言顺之意。抚养：指军官体恤士兵。

送行勿泣血，仆射如父兄——仆射：官名，指郭子仪。劝送行的人不必太悲伤，郭将军对待士兵就像父兄一样仁爱。

此诗写新安县的县吏为了给前方补充兵员，奉命征集壮丁的情景。杜甫在诗中说了许多宽慰的话也是出于无奈，因为他知道平叛的战场上急需增人，而百姓中的成年男子已全都上了战场，接下来当然是这些"中男"了。口气虽然是劝慰，但字里行间流露出的焦虑和爱莫能助的复杂心情还是很明显的。他上悯国难，下痛民穷，因而心情十分矛盾。读来惊心动魄。

石壕吏

石壕：村名，在今河南陕州东七十里。杜甫离开新安县继续西行，投宿在此。夜里亲眼看到当地官吏深夜抓人当兵的情景，写下了这首流传很广的名篇。

> 暮投石壕村，有吏夜捉人。
> 老翁逾墙走，老妇出门看。
> 吏呼一何怒！妇啼一何苦！
> 听妇前致词：三男邺城戍。
> 一男附书至，二男新战死。
> 存者且偷生，死者长已矣。

室中更无人，惟有乳下孙。
孙有母未去，出入无完裙。
老妪力虽衰，请从吏夜归。
急应河阳役，犹得备晨炊。
夜久语声绝，如闻泣幽咽。
天明登前途，独与老翁别。

"暮投石壕村"四句——可看作第一段。开门见山，点明了投宿的时间和地点，交代了兵荒马乱的社会环境。浦起龙说此诗"起有猛虎攫人之势"（《读杜心解》），就是指其典型环境的烘托而言。不说"征兵"而说"捉人"，便有了揭露、批判之意。一个"夜"字，说明白天"捉"不到，可见县吏"捉人"的手段之狠，要在百姓入睡的夜晚采取突然袭击。老翁听到动静立刻"逾墙"逃走，由老妇出门周旋应付，说明百姓已长期深受抓丁之苦。

"吏呼一何怒"至"犹得备晨炊"——可看作第二段。"吏呼一何怒"和"妇啼一何苦"两句中的一"呼"、一"啼"，一"怒"、一"苦"，形成了强烈反差，渲染出县吏如狼似虎的横蛮和老妇的弱小和悲哀。从"三男邺城戍"到"死者长已矣"的哭诉，是第一次转折。老妇本希望博得县吏同情，让其高抬贵手。不料县吏仍不肯罢休，她只得再说："室中更无人，惟有乳下孙。"老妇又担心守寡的儿媳被抓，饿死孙儿，于是只好挺身而出："老妪力虽衰，请从吏夜归。急应河阳役，犹得备晨炊。"

"夜久语声绝"四句——为最后一段，照应开头，写出了事情的结局。"夜久语声绝"，表明老妇已被抓走；"如闻泣幽咽"中"如闻"二字既是实写百姓们的悲泣，也说明诗人通宵悲愤难眠。"天明登前途，独与老翁别"虽未具体写一句安慰的话，但作者的无限同情和关切尽在其中，给读者留下了广阔的想象空间。

仇兆鳌在《杜少陵集详注》中说："古者有兄弟始遣一人从军。今驱尽壮丁，及于老弱。诗云：三男戍，二男死，孙方乳，媳无裙，翁逾墙，妇夜往。一家之中，父子、兄弟、祖孙、姑媳惨酷至此，民不聊生极矣！当时唐祚，亦岌岌乎危哉！"

"民为邦本"，百姓苦情如此，统治者的宝座也就岌岌可危了。杜甫从士人的良知出发，用现实主义的手法，不美化、不粉饰，用手中的诗笔真实地揭露了当局政治的黑暗，是值得高度评价的。诗中运用了藏问于答的手法，表面看并没有"吏"的问句，只有妇人的答语，但"吏"的问话隐含其中，"吏"的凶暴冷漠可以想见。诗中也没有出现一句作者的议论褒贬，只是纯客观地叙事，靠故事本身来打动人,笔墨极其精炼,但作者的爱憎分明皆在诗中。全诗一百二十个字,便在惊人的广度与深度上反映了当时的社会现实和矛盾,难怪陆时雍赞曰:"其事何长!其言何简!"

新婚别

此诗以一位新娘子的口吻,讲述了一个凄婉动人的故事。一对新婚夫妻,头天结婚,第二天新郎就被抓去当兵。反映了当时社会动乱给普通百姓带来的悲惨境遇。

兔丝附蓬麻,引蔓故不长。
嫁女与征夫,不如弃路旁。
结发为君妻,席不暖君床。
暮婚晨告别,无乃太匆忙。
君行虽不远,守边赴河阳。
妾身未分明,何以拜姑嫜?
父母养我时,日夜令我藏。
生女有所归,鸡狗亦得将。
君今往死地,沉痛迫中肠。
誓欲随君去,形势反苍黄。
勿为新婚念,努力事戎行。
妇人在军中,兵气恐不扬。
自嗟贫家女,久致罗襦裳。
罗襦不复施,对君洗红妆。
仰视百鸟飞,大小必双翔。
人事多错迕,与君永相望。

兔丝附蓬麻,引蔓故不长——兔丝:菟丝子,一种蔓生植物,多依附在别的植物上生长。蓬麻:蓬蒿和大麻,两种都是矮小的植物。这里是新娘用来比喻自己就像菟丝子附在蓬麻上一样,意谓嫁了个无权无势的丈夫。引蔓故不长:所以难以得到长久的依靠。

嫁女与征夫，不如弃路旁——这句是发牢骚说：将女儿嫁给一个出征打仗的人，还不如扔在路边。

结发为君妻，席不暖君床——结发：古代成婚时要男左女右将头发束起来，所以成婚又称"结发"。席不暖君床：喻婚后生活短暂，床还未睡热就要走了。

暮婚晨告别，无乃太匆忙——无乃：岂不是。

君行虽不远，守边赴河阳——河阳：今河南孟州，当时为郭子仪驻防之地。

妾身未分明，何以拜姑嫜——刚结婚一天，身份还未确定。古时的礼制，女子要在嫁到婆家三天时，告庙上坟，才算确定了人妻的身份，才可称丈夫的父母为姑嫜。姑嫜：即公婆。

父母养我时，日夜令我藏——古代女子未嫁前藏在闺阁中不轻易见人。

生女有所归，鸡狗亦得将——有"嫁鸡随鸡，嫁狗随狗"之意。将：跟随。

君今往死地，沉痛迫中肠——死地：生死莫测之地。

誓欲随君去，形势反苍黄——苍黄：本指青黄两种颜色，这里是指形势变化莫测，无法跟着去。

勿为新婚念，努力事戎行——戎行：军队。新娘转而劝勉丈夫专心军中事务而不要牵挂自己，是无可奈何之语。

妇人在军中，兵气恐不扬——恐女人在军中影响士气。

自嗟贫家女，久致罗襦裳——感叹自己因家贫，置办嫁衣用了较长的时间。

罗襦不复施，对君洗红妆——施：穿。"女为悦己者容"，新娘表示丈夫走后自己不再打扮化妆，是表达自己没有二心。

仰视百鸟飞，大小必双翔——仰望空中的鸟儿双双对对地飞，有羡慕之意。

人事多错迕，与君永相望——错迕：不如意。人间不如意的事太多，但会永远等着丈夫归来。表达了新娘的感叹与忠贞。

此篇为杜甫"三别"诗中的一篇。全诗共分三层。第一层是新娘诉说自己嫁给一个出征打仗的征夫感到委屈，和刚刚新婚就要与丈夫分别的心酸。第二层回忆自己在娘家时深居闺阁，如今也只好嫁鸡随鸡，嫁狗随狗了。随即又强忍悲伤安慰丈夫，说自己本想跟随丈夫一同前往军中，但又怕妇女在军中影响士气。第三层，说要当着丈夫的面洗去脂粉，不再穿漂亮的嫁衣，心永远和丈夫在一起，表达了自己忠贞不渝的爱情。全诗以新娘自述的口吻，语义多情而缠绵，心理刻画细腻传神。惟妙惟肖的神态跃然纸上。

垂老别

题解

　　这是杜甫《三别》组诗中的第二首。写于唐肃宗乾元二年(759)由洛阳回华州的路上。全诗以一位老人自述的口吻,描绘出一个"子孙阵亡尽"的老人竟然也被征去当兵,与他的老伴悲壮地告别时的情景。

四郊未宁静,垂老不得安。
子孙阵亡尽,焉用身独完?
投杖出门去,同行为辛酸。
幸有牙齿存,所悲骨髓干。
男儿既介胄,长揖别上官。
老妻卧路啼,岁暮衣裳单。
孰知是死别,且复伤其寒。
此去必不归,还闻劝加餐。
土门壁甚坚,杏园度亦难。
势异邺城下,纵死时犹宽。
人生有离合,岂择衰盛端。
忆昔少壮日,迟回竟长叹。
万国尽征戍,烽火被冈峦。
积尸草木腥,流血川原丹。
何乡为乐土?安敢尚盘桓?
弃绝蓬室居,塌然摧肺肝。

新解

　　四郊未宁静,垂老不得安——洛阳城四郊战事尚未平静,老人不得安宁。垂老:将近老年。

　　子孙阵亡尽,焉用身独完——焉用:何必要。完:完好无损。子孙都死在战场上了,我又何必留着这条老命独自活着呢?

　　投杖出门去,同行为辛酸——投杖:扔掉拐杖。一同行走的人也为我感到辛酸。

　　幸有牙齿存,所悲骨髓干——骨髓干:形容身体衰老,精神枯竭。

男儿既介胄,长揖别上官——介胄:铠甲和头盔。长揖别上官:拱手高举,自上而下地对地方长官行礼告别。

老妻卧路啼,岁暮衣裳单——老伴在路边伤心地哭,身上穿着单薄的衣衫。

孰知是死别,且复伤其寒——孰知:谁知。明知与她是死别,仍为她的寒冷而伤心。

此去必不归,还闻劝加餐——加餐:多吃饭,多保重之意。她也明知我此去不会回来了,但还是劝我多保重。

土门壁甚坚,杏园度亦难——土门:土门口,在今河南孟州附近,是唐军把守的要地。杏园:今河南卫辉东南的一个镇,唐代称杏园渡,也是唐代军队镇守的要地。土门口的墙壁很坚固,杏园水流湍急敌人要渡也很难。

势异邺城下,纵死时犹宽——势异:这里是说眼前的军事形势和邺城溃败时不同,自己即便是死也不会马上就战死。

人生有离合,岂择衰盛端——人生总有离合聚散,哪能选择衰年还是盛年?

忆昔少壮日,迟回竟长叹——老人在少壮时,应是唐玄宗时国泰民安的时代,因此回忆往日,不由得要长长叹息。迟回:犹豫徘徊,内心茫然。

万国尽征戍,烽火被冈峦——到处都在征兵,烽火燃遍了每一座山峦。

积尸草木腥,流血川原丹——尸骨成山草木都散发着腥气,鲜血淌红了山川原野。

何乡为乐土?安敢尚盘桓——哪里还能有一块安居的土地呢?我怎敢再留恋故乡?盘桓:徘徊不前,留恋之意。

弃绝蓬室居,塌然摧肺肝——丢掉自己的穷家,我忧伤的心肝肺都轰然破碎了。

全诗共分四层,从开头到"长揖别上官"为第一层,写老人扔掉拐杖从军。从"老妻卧路啼"到"还闻劝加餐"为第二层,写老人和老伴告别的情景。从"土门壁甚坚"到"迟回竟长叹"是第三层,写老人努力劝解老伴放宽心。第四层从"万国尽征戍"到结尾,写老人对国家形势和自己责任的认识。

诗歌反映了安史之乱给百姓带来的痛苦,既写了老人弃家别妻时的凄苦和悲壮,同时也表现了下层百姓舍己救国、支持平叛的爱国精神。诗句曲婉情悲,感人肺腑。

无家别

此诗作于唐肃宗乾元二年(759),是"三别"组诗中的第三首。诗中描写一个从邺城前线战败归乡的老兵，又被县吏召去本州服役的情景。全诗以老兵自述的口吻写成。

寂寞天宝后，园庐但蒿藜。
我里百馀家，世乱各东西。
存者无消息，死者为尘泥。
贱子因阵败，归来寻旧蹊。
久行见空巷，日瘦气惨凄。
但对狐与狸，竖毛怒我啼。
四邻何所有？一二老寡妻。
宿鸟恋本枝，安辞且穷栖。
方春独荷锄，日暮还灌畦。
县吏知我至，召令习鼓鞞。
虽从本州役，内顾无所携。
近行止一身，远去终转迷。
家乡既荡尽，远近理亦齐。
永痛长病母，五年委沟溪。
生我不得力，终身两酸嘶。
人生无家别，何以为蒸黎？

寂寞天宝后，园庐但蒿藜——天宝：唐玄宗的年号。天宝十四载(755)十一月，安禄山起兵造反，中原沦陷，人口锐减，田园荒芜。天宝后，这里指安史之乱后。园庐：指村落。蒿藜：野草。这几句是说，安史之乱后，萧条冷落的田园中只剩下了野草。

我里百馀家，世乱各东西——村里的一百馀户人家，在乱世中各奔东西。

存者无消息，死者为尘泥——活着的人没消息，死去的已化为尘泥。

贱子因阵败，归来寻旧蹊——贱子：败兵的自称。阵败：邺城之败。旧蹊：旧路，代指故居。

久行见空巷，日瘦气惨凄——走很久巷内都空无一人，形容荒凉。日瘦：日色暗淡无光。是融情入景手法。

但对狐与狸，竖毛怒我啼——形容人烟稀少，狐狸等野兽出没横行。

四邻何所有？一二老寡妻——哪里还有街坊四邻？只剩下一两个寡妇老妻。

宿鸟恋本枝，安辞且穷栖——鸟儿还恋着旧枝呢，我姑且穷困地居住吧。

方春独荷锄，日暮还灌畦——方春：时当春季。荷锄：扛着锄头。灌畦：浇灌田地。

县吏知我至，召令习鼓鼙——习鼓鼙：重召入伍。

虽从本州役，内顾无所携——本州役：在本州的军队服役。携：牵挂、顾念。

近行止一身，远去终转迷——终转迷：辨不清方向。这句是说只有我一人被派兵役，走远了会迷路，不知会漂泊何处。

家乡既荡尽，远近理亦齐——家乡空空荡荡没人了，其实远近都一样。

永痛长病母，五年委沟溪——痛惜母亲已死去五年了，安史之乱至此正好五年。委沟溪：指人死后在沟溪里无人安葬的惨状。

生我不得力，终身两酸嘶——这句是说母亲养儿子沾不上光得不到奉养。两酸嘶：母与子二者都酸楚地号哭。

人生无家别，何以为蒸黎——蒸：众多。黎：黎民百姓。这句是说人活着都惨到无家可别了，这还算得上是天子的百姓吗？

全诗可分为三个层次。第一层，从开头到"一二老寡妻"句，写败兵回来在故乡的所见。第二层从"宿鸟恋本枝"到"日暮还灌畦"，写败兵述说自己回乡后的生活。第三层从"县吏知我至"到结尾，写败兵又被征召入伍离开了空无一人的家。这首诗写出了家园在战乱中的凋零破败，真切地写出了人们失去家园和亲人的惨痛之状。

比起杜甫的"三别"中其他两个主人公来，《无家别》的主人公的遭遇更加令人同情，因为他早就去了前线，战败回来时故乡已面目全非，人烟稀少，田园荒芜，亲人没有了，只落到形影相吊、无家可归的境地。为了活命，他独自开始了耕作。然而，县吏知道了他回乡的消息，又要召他去当兵。收拾行囊吗？"内顾无所携"；与人告别吗？无家可别了；想到生病的母亲委骨沟壑已经五年了，作为儿子，生时不能奉养，死时未能安葬，只有抱恨终身而已。与汉乐府中的名篇《十五从军行》相近，同是写主人公征战归来后对家乡的陌生感，还有人生无常、不见亲人的孤独感，但杜甫的诗更为沉痛，因为连这陌生和孤独感也不能保持了，主人又将漂泊在外，不知所终。所以结尾他悲愤地诘问："人生无家别，何以为蒸藜？"表达了千百万苦难百姓的呐喊和控诉！

在字句的推敲上，这首诗也很见功力。如"贱子因阵败，归来寻旧蹊"句，一个"寻"字，可看出故乡已是面目全非；而"家乡既荡尽，远近理亦齐"句，更给人一种沉郁痛楚之感。

遣兴三首（选一）

这组诗是杜甫弃官度陇来到秦州后所作,写于乾元二年(759)秋。今选其一。这首诗写路经战场时看到边将邀功滋事而发的感慨。

下马古战场,四顾但茫然。
风悲浮云去,黄叶坠我前。
朽骨穴蝼蚁,又为蔓草缠。
故老行叹息,今人尚开边。
汉虏互胜负,封疆不常全。
安得廉颇将,三军同晏眠?

下马古战场,四顾但茫然。风悲浮云去,黄叶坠我前——下马凭吊古战场,放眼四望,一片茫然,只见枯叶在秋风中坠落。

朽骨穴蝼蚁,又为蔓草缠。故老行叹息,今人尚开边——朽骨成了蝼蚁的巢穴,荒草缠绕,不禁感慨战争带来的凄惨景象,而今天的权贵还在热衷于开边黩武。开边:指用武力开拓疆土。

汉虏互胜负,封疆不常全。安得廉颇将,三军同晏眠——封疆:指疆土。廉颇:战国时赵国的一位屡立战功的名将。晏眠:安眠。战争总会各有胜负,疆土若不能长期保全,像廉颇这样的将领和三军将士又如何能够安睡?

与杜甫前一阶段所写《兵车行》相比,同样是反对天子开边,主张立国有疆,揭示战争的悲惨。但前诗多为想象之景:"君不见青海头,古来白骨无人收",这里却是身临其境的切身感受。而且过去攻石堡、伐南诏是唐开边,现在却是吐蕃开边。所以就令他倍加思念赵国的那位安边的良将廉颇了。

佳　人

这是杜诗中的名篇,作于乾元二年(759)秋。写一个被丈夫遗弃的乱世佳人空谷幽居的悲凉处境。

绝代有佳人，幽居在空谷。
自云良家子，零落依草木。
关中昔丧乱，兄弟遭杀戮。
官高何足论？不得收骨肉。
世情恶衰歇，万事随转烛。
夫婿轻薄儿，新人美如玉。
合昏尚知时，鸳鸯不独宿。
但见新人笑，那闻旧人哭？
在山泉水清，出山泉水浊。
侍婢卖珠回，牵萝补茅屋。
摘花不插发，采柏动盈掬。
天寒翠袖薄，日暮倚修竹。

绝代有佳人，幽居在空谷——"绝代"即"绝世"，举世无双。唐人避太宗李世民讳，故不说"世"而说"代"。有一个绝世无双的美人，隐居在僻静空寂的深山野谷。

自云良家子，零落依草木——自述是良家的女子，飘零流落到此与草木相依。

关中昔丧乱，兄弟遭杀戮——"关中丧乱"指天宝十五载(756)六月安禄山叛军攻陷长安一事。当年长安丧乱，兄弟惨遭杀戮。

官高何足论？不得收骨肉——官位高又有何用？连尸骨都不得收葬。

世情恶衰歇，万事随转烛——世态炎凉人情冷暖变得太快了，犹如烛焰随风飘转。

夫婿轻薄儿，新人美如玉——丈夫是个轻薄者，爱上了一个如花似玉的新人。

合昏尚知时，鸳鸯不独宿——合昏：即合欢花。生有羽状复叶，早开夜合，所以叫合昏，也称合欢。夜合花还知道朝开夜合，鸳鸯鸟都是双飞双宿从不单独居住。

但见新人笑，那闻旧人哭——新人：指丈夫的新妻。故人：佳人自指。

在山泉水清，出山泉水浊——泉水：佳人自喻。山：这里指夫家。泉水在山中是清的，出了山外就变得浑浊。这里是以泉水比喻人的节操，说自己在夫家如水一样清白，一旦被遗弃人们就会认为你是污浊的。

侍婢卖珠回，牵萝补茅屋——侍女变卖首饰回来，牵出藤萝和我一起修补破旧的茅草屋。

摘花不插发,采柏动盈掬——摘来野花也没心思插在头上打扮自己,采柏枝却常捧满满一大把。暗喻自己贞心不改如这柏枝。

天寒翠袖薄,日暮倚修竹——天气寒冷美人仍穿着单薄的翠衣,夕阳下她倚着修长的青竹伫立。

这首诗写一个出身高贵却生不逢时的美人,在安史战乱中,兄弟惨遭杀戮,丈夫见她娘家败落,就遗弃了她,她只好流落无依地生活在深山里。虽幽居空谷,与草木为邻,但她节操不改,宛若山泉。这种贫贱不移,贞节自守的精神,再加上端庄俏丽的形象,给人以特殊的美感。

全诗并未直接说佳人有多美,但读者却可从字里行间感受到佳人之美。翠袖、修竹,加上日暮、泉水,令人浮想联翩。诗歌形象丰满,意味深长。从佳人身上可看到诗人的影子,心系国家社稷,忠贞不贰。全诗文笔委婉,缠绵悱恻,意境楚楚动人,富含生活哲理。

梦李白二首

这是杜甫在秦州时期写的怀人诗中的名篇。作于乾元二年(759),时杜甫在秦州。在此前一年,李白因参加永王李璘的幕府而受牵连,被流放夜郎(今贵州桐梓境内)。次年春遇赦放还。杜甫只知李白流放,不知赦还。这两首记梦诗是杜甫听到李白流放夜郎后,积思成梦而作。表达了对老友的深切关怀与同情。

其 一

死别已吞声,生别常恻恻。
江南瘴疠地,逐客无消息。
故人入我梦,明我长相忆。
恐非平生魂,路远不可测。
魂来枫林青,魂返关塞黑。
君今在罗网,何以有羽翼?
落月满屋梁,犹疑照颜色。
水深波浪阔,无使蛟龙得。

死别已吞声，生别常恻恻——恻恻：悲痛的样子。生离比死别更让人难过。如果是死别，吞声一哭了之。而生别却使人常常悲伤不止。

江南瘴疠地，逐客无消息——瘴疠：因南方山林地区湿热蒸发而使人生病的潮气。逐客：被放逐的人，此指李白。故人被放逐到这么危险的地方又久无消息就更让人觉得生死未卜。

"故人入我梦"四句——梦中见到老友，对我讲述别后思念之苦。高兴之余忽然惊惧地想到，这会不会是李白的鬼魂呢？因为路这么远生人难以找到的。这又喜又怕，表达了杜甫对李白深深思念的复杂心理。

"魂来枫林青"四句——你的魂灵来的时候，经过江南一带青青的枫树林；你的魂灵返回的时候，又要走过昏黑的秦州关塞。君今日身陷罗网，哪里能生出羽翼飞到我的身边？

"落月满屋梁"四句——醒来看到将落的月亮辉光洒满屋梁，依稀是看到你的脸庞。江南水深浪阔，过江时你可千万小心，别让蛟龙将你捉去。

李白卷入的是一场争夺王位的斗争，这在封建时代是犯了"弥天大罪"。杜甫不但不回避，反而公开写诗表示同情与关切，这种仗义执言的古道热肠极为难能可贵。这首诗以梦前、梦中、梦后的次序叙写。起首四句写杜甫久久得不到李白的消息，心中难抑的悲痛。第二层写初次梦见李白时既喜且忧的心理，表现出对老友吉凶生死的关切。第三层以景物寄情，借枫林和关塞也为之动情变色，来渲染和表达作者难以名状的惶惑和哀伤。第四层写醒来后在惨淡的月光中疑是看到老友的脸，实感与梦幻交织的错觉，将灵魂的漂泊无依和自己的不安同时显现，真是传神之笔。最后两句对老友殷切叮咛，弥见深情。全诗凄楚动人，读来令人心碎。

其 二

浮云终日行，游子久不至。
三夜频梦君，情亲见君意。
告归常局促，苦道来不易。
江湖多风波，舟楫恐失坠。
出门搔白首，若负平生志。
冠盖满京华，斯人独憔悴。

孰云网恢恢,将老身反累。
千秋万岁名,寂寞身后事。

"浮云终日行"四句——以浮云随风飞来飘去喻远方游子漂泊不归,意味深长。"三夜频梦君,情亲见君意"是补上一首诗的未及之处。

"告归常局促"四句——每次你告辞归去时总局促不安,老说来一趟不易。江湖上风波险恶,行船时唯恐会有什么闪失。

"出门搔白首"四句——见你搔着白发出门,那灰心的样子就像辜负了你平生的壮志。冠盖:士大夫的服饰和车驾,这里代指官僚。京城里官员遍地,唯独你枯槁憔悴。

孰云网恢恢,将老身反累——《老子》:"天网恢恢,疏而不失。"本意指天理如大网一般,善恶总有归结。这里是反问:谁说天网恢恢?像这样的好人老了反而还受牵累。将老:李白获罪时年已五十九岁。

千秋万岁名,寂寞身后事——寂寞:指死去。与身后同义。你定会名垂千古,但那是死后的事了。

一连三日都梦到李白,是魂是人,是真是梦,恍惚难定。情深意笃,尽在诗句中。结尾神情黯然,情至语塞,发自肺腑,凄恻动人,真是流传千古的血泪文字。

遣兴五首(选一)

这组诗为警世讽时之作,写于乾元二年(759)秋,当时杜甫在秦州。此选其三。

漆有用而割,膏以明自煎;
兰摧白露下,桂折秋风前。
府中罗旧尹,沙道尚依然。
赫赫萧京兆,今为时所怜。

漆有用而割,膏以明自煎——这句借用《庄子·人间世》中语意:"山木自寇也,膏火自煎也。桂可食,故伐之。漆可用,故割之。"漆树因其汁液有用而被割,油脂因其膏可以照明才自身受到煎熬。

兰摧白露下,桂折秋风前——兰、桂因其香,所以才在白露和秋风未来前遭到摧折的命运。

府中罗旧尹,沙道尚依然——府:指丞相府。李林甫当宰相时,京兆尹多为他的故旧。《唐国史补》载:"凡拜相,礼绝班行,府县载沙填路,自私第至子城东街,名曰沙堤。"《唐会要》载:"天宝三载五月,京兆尹萧炅奏。请于要道筑甬道,载沙实之,至于朝堂。"这句说丞相网罗旧相识做京兆尹,萧炅上奏修建的沙道至今还在。

赫赫萧京兆,今为时所怜——当年威名赫赫的萧京兆,今天成了为时人所弃的可怜虫。

此诗借物托兴,化用庄子语意,用漆、膏、兰、桂等形象,说盛衰是易变的,以警示和谴责趋炎附势之徒,指责他们打击有才能的忠臣之士,虽赢得一时声名,但终归没有好下场。意象生动,富含哲理。

秦州杂诗二十首(选八)

这是一组大型的纪事抒情诗,作于乾元二年(759)秋,当时杜甫离官携家离开华州来到秦州。组诗吟咏的题材范围很广,或记秦州风物,或叙游踪观感,或发忧国议论,或写漂泊乡愁,形象地描写了当时的边关重镇秦州的景物与人文环境,有鲜明的地域色彩。这组诗是研究诗人当时生活和情感的重要资料,在艺术上有很高的价值。

其 一
满目悲生事,因人作远游。
迟回度陇怯,浩荡及关愁。
水落鱼龙夜,山空鸟鼠秋。
西征问烽火,心折此淹留。

满目悲生事,因人作远游——据史书记载,这年关中大旱,斗米七千钱,人相食。加之战乱频仍,万方多难,满眼饥荒令人心生悲凉,只好依附他人远走异乡。

迟回度陇怯,浩荡及关愁——陇:陇山,又名陇阪。高两千多公尺,山势陡峻,南北走向，为渭河平原和陇西高原的分界。《三秦记》载："陇坻其坂九回，不知高几里，欲上者七日乃得越。"关：指陇关，又名大震关，形势险峻。这句是说心怀畏惧翻越陡峭的陇坂，愁思浩荡到达险峻的陇关。

水落鱼龙夜，山空鸟鼠秋——鱼龙：川名；鸟鼠：山名；都在秦州附近。

西征问烽火，心折此淹留——当时秦州一带正受吐蕃的威胁，因而西征途中总是询问有无战事，留居这里内心伤痛至极。

组诗第一首开门见山先写出了客居秦州的原因。是因为"满目悲生事"，在华州实在无法生活下去，因而不顾道路险阻携家度陇，漂泊异乡。遥望秦川前途茫茫，念及两京战乱未平，诗人的内心愁苦可想而知。

其　二

秦州城北寺，胜迹隗嚣宫。
苔藓山门古，丹青野殿空。
月明垂叶露，云逐度溪风。
清渭无情极，愁时独向东。

秦州城北寺，胜迹隗嚣宫——隗嚣宫：在秦州东北山上。隗嚣：人名，东汉初年天水成纪(今甘肃秦安)人。当时颇有势力，自称西州上将军。后与汉军交战屡败，忧愤而死。

苔藓山门古，丹青野殿空——古老的山门长满苔藓，野殿空寂有当年的壁画。

月明垂叶露，云逐度溪风——月光照亮了垂在叶上的露滴，云彩追逐着度溪的夜风。

清渭无情极，愁时独向东——清渭：指清澈的渭水，发源于甘肃渭源鸟鼠山，向东横穿渭河平原，经过长安城北。这里以拟人的口吻责怨渭水无情，不顾诗人的哀愁独自向东方自己的故乡奔去。

遥望秦州城北，只有荒凉的宫殿和无情的河水，一片衰败凄凉景象。诗人独寻古迹，对景伤怀，更产生了异地羁旅、俯仰身世之悲。

其　四

鼓角缘边郡，川原欲夜时。

秋听殷地发，风散入云悲。
抱叶寒蝉静，归山独鸟迟。
万方同一概，吾道竟何之？

鼓角缘边郡，川原欲夜时——边郡：指秦州。鼓角声沿着边郡的周围传来，川原即将入夜。

秋听殷地发，风散入云悲——殷：震动。深秋时节听到这样的声音感到大地发颤，秋风将其吹散进入云层更显悲凉。

抱叶寒蝉静，归山独鸟迟——寒蝉悲戚静抱着树叶，独鸟迟迟未归山间。

万方声一概，吾道竟何之——普天下都是这样，我又能去何处安身呢？

这首诗写秋夜中诗人听到鼓角声震天动地，念及万方多难，不觉兴走投无路之浩叹。声音从地面到天上，景物从树上的寒蝉到山中的独鸟，更衬出诗人无处安身的悲凉。"抱叶寒蝉静，归山独鸟迟"两句尤见出诗人的艺术功力。

其 七

莽莽万重山，孤城石谷间。
无风云出塞，不夜月临关。
属国归何晚？楼兰斩未还。
烟尘一长望，衰飒正摧颜。

莽莽万重山，孤城石谷间——前四句写秦州的地势。孤城：秦州处于南北两山中间的石谷中。

无风云出塞，不夜月临关——因秦州位于低谷，故云无风。这里是说，地面虽无风，天上的云却飘出塞外；还没到夜晚，月亮却照临关隘。

属国归何晚？楼兰斩未还——属国：即"典属国"，秦汉时的一个官职名，掌管少数民族事务，此处指出使吐蕃的使节。楼兰：汉时西域国名。汉昭帝时，楼兰与匈奴交好，不亲汉朝。傅介子赶到楼兰斩其王首而归。这句是将外出的使臣比作傅介子，说他们归来得何其晚也，一定是出征斩敌未完成使命吧？

烟尘一长望，衰飒正摧颜——久久伫望远方的烟尘，任肃杀的秋风摧残我的容颜。

一位独立寒秋的老人，为了国事而忧心忡忡地眺望远方，一任满头白发在秋风中飞舞，其心可敬，其情可哀。孤城更衬出孤立无援的境地，字面写无风却使人感受到天风正烈。诗中巧妙用典，更使人有一种历史的沧桑感。

其十二

山头南郭寺，水号北流泉。
老树空庭得，清渠一邑传。
秋花危石底，晚景卧钟边。
俯仰悲身世，溪风为飒然。

山头南郭寺，水号北流泉——南郭寺：位于秦州城东南约三里的慧音山北坡。北流泉：南郭寺内有一眼甘泉井，因向北流而得名。

老树空庭得，清渠一邑传——老树：指南郭寺庭院中的两株古柏。邑：县。清清渠水贯通全县。

秋花危石底，晚景卧钟边——秋花在危石下盛开，夕阳映照着古钟。

俯仰悲身世，溪风为飒然——俯仰之间不禁悲叹自己的身世，溪水清风也为我发出凄凉的感叹。

"秋花危石底，晚景卧钟边"句中，"危"、"卧"二字尤为传神。夕照不说"照"而说"卧"，与残钟相互映衬；秋花不说"开"而写出在巨石下的岌岌可危之态，越发显出其凄凉。不愧是写景传情的高手。

其十三

传道东柯谷，深藏数十家。
对门藤盖瓦，映竹水穿沙。
瘦地翻宜粟，阳坡可种瓜。
船人近相报，但恐失桃花。

传道东柯谷，深藏数十家——东柯谷：据后世方志记载，东柯山在秦州南六十里处，山麓有杜工部草堂。有学者考证即今天水市东南麦积区街子乡柳家河村。当年杜甫的侄子杜佐就住在东柯谷。这句说传闻东柯谷这个地方，深藏着数十户人家。

对门藤盖瓦，映竹水穿沙——门对面就能看到茂密的藤条盖住了屋瓦，溪水里映出的绿竹林在水中穿过白沙。

瘦地翻宜粟，阳坡可种瓜——贫瘠的土地翻一翻适合种粟，向阳的山坡可以种瓜。

船人近相报，但恐失桃花——船夫走近来告诉我的时候，我真担心会错失了这好不容易才打听到的世外桃源里的桃花。

起首"传道"二字，表明杜甫并未去过东柯谷而只是听说，还未去就把这里写得这么美，可见早已神往。听人说得天花乱坠，简直就是一个世外桃源，因而诗人真有些迫不及待地想去看看了，但越是喜爱就越怕失去。写出了诗人渴望找到一个如世外桃源一般的隐居之所的理想。反衬出诗人对现实的失望。

其十七

边秋阴易夕，不复辨晨光。
檐雨乱淋幔，山云低度墙。
鸬鹚窥浅井，蚯蚓上深堂。
车马何萧索，门前百草长。

边秋阴易夕，不复辨晨光——边地的秋天阴雨多天黑得早，晨光也弱让人难以辨认。

檐雨乱淋幔，山云低度墙——檐头雨水缭乱，淋湿了布幔，山云低得都爬过了矮墙。

鸬鹚窥浅井，蚯蚓上深堂——鸬鹚为了捕鱼而窥视着浅浅的水井，蚯蚓为了避湿竟爬进了深深的厅堂。

车马何萧索，门前百草长——因为门前车马稀少，百草长得很茂盛。

诗人虽住在市井，却门前冷落车马稀，蓬门前长满了荒草。入秋以来阴雨连绵，夜长昼短。连鸬鹚都饿得在水井边探头探脑，蚯蚓也受不了潮湿钻进了堂屋里。

作者抓住鸱鸲和蚯蚓的习性特点，逼真地描绘出了它们在雨中的动作和形态，写得栩栩如生。暗示出连动物都受不了的环境，人何以堪？寒风冷雨，敝庐穷巷，诗人为我们画出了一幅满目凄凉的图景。

<h2 style="text-align:center">其二十</h2>

唐尧真自圣，野老复何知！
晒药能无妇？应门亦有儿。
藏书闻禹穴，读记忆仇池。
为报鸳行旧，鹪鹩在一枝。

唐尧真自圣，野老复何知——唐尧：指唐肃宗。古人云："从谏则圣。"这里说"真自圣"是嘲讽唐肃宗不听忠谏之意。说肃宗可真是个圣人呀，我这村夫野老又能懂什么？

晒药能无妇？应门亦有儿——晒药材岂能没有妇人帮助？应答门户亦须身边有小儿。

藏书闻禹穴，读记忆仇池——禹穴：传说中禹的藏书处，在今甘肃永靖炳灵寺石窟中。仇池：山名，在今甘肃成县西。听说禹穴中有藏书，我读书更怀念向往的是仇池胜地。

为报鸳行旧，鹪鹩在一枝——鸳行（háng）：喻朝官的队列。鹪鹩：以昆虫为食的一种鸟名。《庄子·逍遥游》："鹪鹩巢于深林，不过一枝。"这里是告诉同朝的旧友，我像只鹪鹩鸟一样只栖身于一枝上。

《秦州杂诗二十首》是杜甫所有组诗中最长的。这些五律，内容和题材的丰富前所未有。它对秦州的方方面面，如山川城郭、民俗风情、人口物产、名胜古迹等都作了精细的描绘。诗歌基本按时间先后排列，是一组首尾完整、脉络分明、层次清晰的组诗。诗中既写出了秦州独特的地域色彩，又融入了个人的身世感怀，在沉郁顿挫的诗风中兼具了峭拔清丽的特点。

秦州诗标志着杜甫诗歌创作道路的重大转折。过去那种直陈时事的长篇纪实作品数量大为减少，而转向个人的身世自叹和人生感慨，更多的则是抒写自然风物、生活景象。写景咏物、怀人遣兴成为这一时期的主要内容。比起过去诗中所表达的哀怨和苦闷来，感情也更为深沉，表达也更为婉转。早期诗中的那种磅礴气势和乐观精神已很少见到，题材也由过去的登临、游宴、赠答之作，扩展到了咏物、写景等广阔的社会生活。常出现在他笔下的,多为叶稀风落、秋花危石、山昏日斜等边邑衰败之景。诗人正是以哀景写悲情,借写景来表达自己的感伤、寄托身世之悲。在艺术形式上,他更着力于五言律诗的创作。客居秦州的短短三个月中,就作诗九十二首,其中五律接近三分之二。从技巧上看,章法更加细密,富于创新。如音节的变化、拗句和虚字的活用、结构的错综等都大大拓展了诗的意境和表现力,使得这组诗气韵别致、色彩纷呈,被誉为五言律诗中的千古绝调。

月夜忆舍弟

题解

此诗为乾元二年(759)杜甫在秦州所作。这时安史之乱未平,九月,史思明又从范阳引兵南下,攻陷汴州,西逼洛阳,山东河南又处于战乱之中。杜甫在颠沛流离中历尽国难家忧,适逢白露,他望明月而思念音讯不通的手足兄弟,心情凄然。杜甫有四个弟弟,名为颖、观、丰、占。此时唯有杜占与他相随,其馀皆分散在山东、河南等地。这首诗表现了安史之乱中人民的普遍遭遇,写得情深意切,深受后人推许。

> 戍鼓断人行,边秋一雁声。
> 露从今夜白,月是故乡明。
> 有弟皆分散,无家问死生。
> 寄书长不达,况乃未休兵。

戍鼓断人行,边秋一雁声——戍鼓,戍楼上的更鼓。边秋,边地的秋天。戍楼上响过更鼓,路上已断了行人。秋天的边境,传来孤雁悲切的鸣声。古人常以雁行比喻兄弟。

露从今夜白,月是故乡明——今日正是白露节,望月怀亲,觉得还是故乡的月更明亮。

有弟皆分散,无家问死生——想起远方的兄弟,各自分散在海角天涯;家被毁了,我又到何处去打听他们的死生?语极悲切。

寄书长不达,况乃未休兵——平时里寄去书信还常常无法到达,更何况烽火连天,叛乱还没有治平。

诗人望秋月而思念手足兄弟，觉得露比往日更为惨白，月亮也比不上故乡的明亮，景随情变，情景交融，寄托萦怀家国之情。用孤雁和兄弟分散相映衬，更加重了"无家问死生"的凄凉。全诗层次井然，首尾照应，结构严密，环环相扣，句句转承，一气呵成。"露从今夜白，月是故乡明"这一名句，更是色彩斑斓，情景俱佳。

天末怀李白

至德二载(757)，李白因参加永王李璘的幕府而受到牵连，被投放浔阳监狱。次年又被流放夜郎，后行至巫山时遇赦得还。杜甫于乾元二年(759)作此诗时还不知道这个消息，他眷怀李白，设想他当路经汨罗，因而以屈原喻之。其实，此时李已遇赦，泛舟洞庭了。此首与《梦李白二首》内容相近。

凉风起天末，君子意如何？
鸿雁几时到？江湖秋水多！
文章憎命达，魑魅喜人过。
应共冤魂语，投诗赠汨罗。

凉风起天末，君子意如何——凉风习习来自天的尽头，老朋友啊你心情如何？

鸿雁几时到？江湖秋水多——鸿雁何时能捎来你的音信？江湖水深总有不平的风浪！

文章憎命达，魑魅喜人过——命达，命运通达。魑魅，古代传说中食人的鬼怪。文章总是憎恨人的好命运，吃人的鬼怪正喜欢有人路过可以作它的食物。有"诗穷而后工"之意。

应共冤魂语，投诗赠汨罗——我想你经过汨罗江时，一定会投诗赠予屈原，与那千古冤魂共同把冤情诉说！

屈原无罪而遭放逐，投汨罗江而死；李白亦无罪而被流放，漂泊夜郎，生死未卜。所以，杜甫在这里以屈原喻李白。他觉凉风而念故友，文人相重，末路相亲，情深意重，跃然纸上。

雨　晴

作于乾元二年(759)秋。诗中描绘了秦州边地久雨初晴的美丽景色，是一首优美的抒情小诗。

天外秋云薄，从西万里风。
今朝好晴景，久雨不妨农。
塞柳行疏翠，山梨结小红。
胡笳楼上发，一雁入高空。

天外秋云薄，从西万里风——头两句写天空景色，是仰望。久雨乍晴，天边秋云稀薄，西面吹来万里长风。

今朝好晴景，久雨不妨农——三四句写人间景物，是远望。被雨洗过的景色如画，画中有农民在耕田。下过很久的雨并不妨碍农事，表达了作者关心农家的思想感情。

塞柳行疏翠，山梨结小红——五六句写近景，是近望。塞：边塞，此指秦州。阳光下塞柳有稀疏的翠色，山梨微微挂红。

胡笳楼上发，一雁入高空——胡笳声因为晴空而传得更远，一只大雁直上云端。

这首抒情小诗中既有鲜明的色彩，更有通感的互动。秋云、塞柳、山梨都是视觉，万里风和胡笳是听觉，"一雁入高空"既有视觉又有听觉，显得清越而有动感。"塞柳行疏翠，山梨结小红"句更如一幅色彩鲜明的画，"翠"不是青翠而是"疏"翠，"红"不是艳红而是"小"红，这种淡淡的点染更令人有赏心悦目之感。

山　寺

作于乾元二年(759)秋。写诗人登临麦积山瑞应寺所见景物。麦积山在甘肃天水市东南，形如农家麦垛，上有僧寺。

野寺残僧少，山园细路高。
麝香眠石竹，鹦鹉啄金桃。
乱水通人过，悬崖置屋牢。
上方重阁晚，百里见秋毫。

野寺残僧少，山园细路高——野寺中的僧人很少，通往寺院中的细长小路升向高处。

麝香眠石竹，鹦鹉啄金桃——麝：一种形状像鹿的哺乳动物。麝香：为雄麝的肚脐和生殖器之间的腺囊的分泌物，干燥后呈粒状或块状，有特殊香气，可入药。石竹：多年生草本植物，茎直立，叶对生，线形，花有红色、淡紫色等杂色，株呈粉绿色，很美。金桃：为桃的一种。《广群芳谱》载："金桃，长形，色黄如金。"麝在石竹丛中安然入睡，鹦鹉悠闲地啄着金桃。

乱水通人过，悬崖置屋牢——溪水纷流清浅，人可以涉过，悬崖上的屋宇很是牢固。

上方重阁晚，百里见秋毫——上方：住持僧所住的内室，也指佛寺。秋毫：鸟兽在秋天新长出的细毛。傍晚登上佛寺的重阁，百里外的秋毫都能看清。

这是一首清丽有韵致的小诗。有诗评家认为三、四句以奇丽写幽寂，有庾信之风，确有道理。

遣　怀

此诗当作于乾元二年(759)秋。诗中描写边塞的萧瑟秋景，触景伤怀，读来字字心酸。

愁眼看霜露，寒城菊自花。
天风随断柳，客泪坠清笳。
水静楼阴直，山昏塞日斜。
夜来归鸟尽，啼杀后栖鸦。

"愁眼看霜露"四句——清笳:凄清的胡笳声。胡笳是古代的一种管乐器,常用作军中号角。忧愁的眼睛看着霜露,由于无心欣赏菊花只好在寒城里独自开着。折断的柳枝随天风在飘,客居异乡之人的泪水坠落在清笳声里。

　　"水静楼阴直"四句——楼房僵直的影子在水中静静矗立,山色昏暗边塞的日光已西斜,暮色降临再看不见归巢的鸟了,只有晚栖的乌鸦无处栖身一个劲儿叫着。

　　结尾处借悲啼的乌鸦感叹卜居无地的凄凉,感人至深。仇兆鳌认为:"此边塞凄凉,触景伤怀,而借诗以遣之。句句是咏景,句句是言情,说到酸心渗骨处,读之令人欲涕。"

萤　火

　　这是一首咏物喻意的精致小诗。写于乾元二年(759)秋。萤火:即萤火虫。

幸因腐草出,敢近太阳飞。
未足临书卷,时能点客衣。
随风隔幔小,带雨傍林微。
十月清霜重,飘零何处归?

　　"幸因腐草出"四句——古人误以为腐草得暑湿之气可化为萤。所以杜甫在这里说萤火虫侥幸由腐草中生出,却敢靠近太阳飞舞。光亮未必能照亮书卷,却时能点染我的衣裳。化用古代传说中寒士车胤点不起灯油而用囊萤照着读书的典故。

　　"随风隔幔小"四句——你小小的身影隔着帷幔在风中晃动,带着雨点在树林旁闪着微光。十月霜雪清冷凝重,你飘零流浪将归向何处?

　　杜甫在秦州时期写下了不少咏物寓意的小诗,如《苦竹》《蒹葭》《胡马》《促织》《归雁》等,表现出作者的命意不凡和表现手法的多样。《萤火》是其中最出色的一首。也有人认为诗人是借萤火虫的形象来讥刺宦官。这些咏物小诗状物逼

中国家庭基本藏书

真而又极具生活情趣,确为诗中佳品。

送 远

题解

此诗写于乾元二年(759),时杜甫在秦州。诗中写送人远行,情感沉痛悲凉。

> 带甲满天地,胡为君远行。
> 亲朋尽一哭,鞍马去孤城。
> 草木岁月晚,关河霜雪清。
> 别离已昨日,因见古人情。

新解

带甲满天地,胡为君远行——首句以提问开篇,说现在天下兵荒马乱,君为何还要出门远行呢? 带甲:全副武装的兵士。满天地:形容遍地皆兵。开头新颖,引人入胜。

亲朋尽一哭,鞍马去孤城——此二句写送行告别时的情景:亲友同声痛哭,因为离乱之际,亲人孤身跨上"鞍马"远去,前程吉凶未卜。悲凄之状如在眼前。

草木岁月晚,关河霜雪清——点出远行的时间是在岁暮,草木零落,霜雪飘洒,关河冷清。此联"岁月"二字本当用平声,但诗人大胆突破声律常格,上句全用仄,下句四字用平。用拗峭的语言,描绘出寒冬之景。这是杜甫五律中以入代平的一个诗例,值得借鉴。

别离已昨日,因见古人情——此二句是说与亲朋"别离"的情景虽然已成"昨日",但由于感念难忘,情景若在眼前,由此更理解了古人殷殷惜别的心情。

新评

浦起龙认为杜甫的这首诗"不言所送,盖自送"。即不是写送别人,而是写"送自己"。从诗的后四句看,写的是离开亲人后在路途中的情景,或许此说有一定道理。如果此说成立,那么前四句应是"从道中追写起身时之情事"(浦起龙语)。沈德潜极赞此诗开头是"何等起手",浦起龙更用"感慨悲歌"四字盛誉前四句。

无论是"自送"还是"送人",这首诗表现出的沉痛凄凉的意境都是很感人的,称得上是一篇名作。开头以独特的发问句,一下子将读者引入了安史之乱中那"带甲满天地"的历史画面,笔法简洁而有力。结尾处明写古人的离情别意,更衬托出如今孤身鞍马的茫茫前路中世态炎凉之悲情,含蓄而有馀味。

佐还山后寄三首

题解

此诗当作于乾元二年(759)秋，时杜甫寓居秦州。佐：指杜甫的族侄杜佐，其父为殿中侍御史杜眆。安史之乱中，避难来到秦州，住在秦州东南七十里的东柯谷。这组诗为杜佐来看望诗人走后所写，第一首是惦念其归途，表示愿意随其隐居；第二首委婉地向其索米；第三首写杜佐菜园中的景色，并向其要一种蔬菜。

其　一

山晚浮云合，归时恐路迷。
涧寒人欲到，林黑鸟应栖。
野客茅茨小，田家树木低。
旧谙疏懒叔，须汝故相携。

新解

山晚浮云合，归时恐路迷——诗人送侄儿杜佐走时，已是黄昏，天晚云黑，担心他会迷路。

涧寒人欲到，林黑鸟应栖——猜想其回到东柯谷时的情景：林中漆黑，涧水寒冷，鸟儿已经归巢了。

野客茅茨小，田家树木低——野客：指杜佐。茅茨：茅屋。说你家的茅屋虽然矮小，小树也长得不高。

旧谙疏懒叔，须汝故相携——谙：了解，熟悉。说你了解我这个生性疏懒的叔叔，还须你来扶持协助啊。因杜甫曾在《示侄佐》一诗中表示过想去东柯谷隐居之意，因此这里的“相携”便是表达愿随其隐居之意。

其　二

白露黄粱熟，分张素有期。
已应舂得细，颇觉寄来迟。
味岂同金菊，香宜配绿葵。
老人他日爱，正想滑流匙。

白露黄粱熟，分张素有期——分张：分施，施于。白露已过，谷子也熟了，你曾答应过分给我一些小米。

已应舂得细，颇觉寄来迟——舂：用杵臼捣去谷物的皮壳。这句是说你迟迟未给我寄来米，可能是你要把它舂得很细吧。

味岂同金菊，香宜配绿葵——想象中这米很香，连金菊也比不上它的香气，最适合配上绿葵同吃。绿葵：一种蔬菜的名字。王祯《农书》称其为"百菜之主"。

老人他日爱，正想滑流匙——老夫我平素就爱吃小米饭，正想着让它在我的匙中滑动呢。

其 三

几道泉浇圃，交横落幔坡。

葳蕤秋叶少，隐映野云多。

隔沼连香芰，通林带女萝。

甚闻霜薤白，重惠意如何。

几道泉浇圃，交横落幔坡——这是写杜佐的菜园景色，说它很美，在山坡上青翠如幔，有几道泉水纵横交织浇灌着它们。

葳蕤秋叶少，隐映野云多——葳蕤：茂盛的样子。说茂盛的菜地里枯叶稀少，映衬着满天的野云更美。

隔沼连香芰，通林带女萝——芰：菱角。女萝：松萝，一种呈树枝状的地衣类植物。菱角长得很密，隔着池沼连成了一片，林间到处是女萝生长。

甚闻霜薤白，重惠意如何——薤（xiè）：俗称藠（jiào）头，多年生草本植物，鳞茎可作菜。有赤、白两种，以白者为佳，可滋补且味美。这里是说：我听说那经霜的白薤好吃极了，再次惠赠我一些不知意下如何？

这三首小诗如唠家常，虽然多是白话，但诗人将农家的田园景色写得绿意盎然，充满生机野趣。明明是催促人家给自己送米来，但杜甫却说得巧妙，语气委婉，显得亲切而又不失身份，话语的分寸掌握得恰到好处，有一种别具一格的韵味之美，读了让人感到愉快，真不愧是诗中高手。

乾元中寓居同谷县作歌七首(选五)

题解

乾元二年(759),杜甫四十八岁。七月,他自华州弃官流寓秦州(今甘肃天水),十月,转赴同谷(今甘肃成县),在那里住了约一个月。这是杜甫生活最为困窘的时期。一家人饥寒交迫,病倒在床上,靠挖土芋来充饥。诗人长歌当哭,以七古体裁写下了这组感人肺腑的诗篇,逼真地状写了流离颠沛的生涯,抒发了老病穷愁的感喟,其情之哀,堪称千古绝唱。

其 一

有客有客字子美,白头乱发垂过耳。
岁拾橡栗随狙公,天寒日暮山谷里。
中原无书归不得,手脚冻皴皮肉死。
呜呼一歌兮歌已哀,悲风为我从天来!

“有客有客字子美”四句——橡栗:橡树的果实。可充饥。狙公:养猴的人。有一个客居他乡姓杜字子美的人,一头白色的乱发长长地垂过耳,跟在养猴人身后在山里靠拾点橡树的果实充饥。

“中原无书归不得”四句——中原没有书信来,回不了家,手脚都被冻裂了,只好长歌当哭,连风听了也为之悲伤啊。

这是《同谷七歌》中的第一歌,为本组诗歌的总领。起首句点出“客”字,客居异乡,可见出漂泊之哀。“白头乱发垂过耳”,勾勒出老态愁容,给人印象深刻。靠“拾橡栗”为生,是说生计艰难,与第二首相呼应。“中原无书”和第三、四首写弟、妹的内容相应。诗人自叹垂老,寄迹荒山,唯以拾橡果为生,不胜悲苦。读来给人以强烈的震撼。

其 二

长镵长镵白木柄,我生托子以为命。
黄独无苗山雪盛,短衣数挽不掩胫。
此时与子空归来,男呻女吟四壁静。

呜呼二歌兮歌始放，闾里为我色惆怅。

　　长镵长镵白木柄，我生托子以为命——长镵(chán)：古时一种掘土的工具，大约类似铲。子：对长镵的尊称。长镵啊你有白色的木柄，我家生计全靠你维持你就是我的命根。

　　黄独无苗山雪盛，短衣数挽不掩胫——黄独：一种野生的土芋，属百合科植物，地下具横生根状茎，肉质肥大，可入药。别称金丝吊蛋、金丝吊蛤蟆，可食。这句是说大雪埋住了土芋的苗，衣服短小再三往下拽也遮不住小腿。

　　此时与子空归来，男呻女吟四壁静——这时我与你(指长镵)空空归来，四壁安静得只听到儿女饥饿的呻吟声。

　　呜呼二歌兮歌始放，闾里为我色惆怅——这第二首悲歌刚刚唱出口，邻居们就为我面带忧愁之色。

　　写家小因饥寒而卧病，面对呻吟的小儿女却空着双手归来，连糊口的土芋都挖不到，诗人的悲苦可想而知，难怪连邻居也为之动容呢。以"呻吟"和"静"反衬，更觉山居死寂，心境凄凉。

其　三

有弟有弟在远方，三人各瘦何人强？
生别辗转不相见，胡尘暗天道路长。
东飞驾鹅后鹙鸧，安得送我置汝旁？
呜呼三歌兮歌三发，汝归何处收兄骨？

　　"有弟有弟在远方"四句——三人：杜甫有四个弟弟，分别名颖、观、丰、占，因此时杜占跟在他身边，其馀三人远在河南、山东，因而这里是说远方的三个弟弟都很瘦，没一个强壮的。分别后流离辗转不能相见，战乱的烟尘遮暗了天空，漫漫长路何其遥远。

　　东飞驾鹅后鹙鸧，安得送我置汝旁——驾鹅：一种野鹅。鹙鸧(qiūcāng)：秃鹙，形似鹤而大。这句是说东飞的野鹅呀后来的鹙鸟，如何才能送我到弟弟身边？

　　呜呼三歌兮歌三发，汝归何处收兄骨——这第三支哀歌啊唱了三次，你们回到哪里收我这个兄长的尸骨？

以鸟群联翩追逐飞来反衬自己的孤单。内容与第一首的"中原无书"相联系。结尾又进一层，说弟弟们尚可归故乡，而自己不知身葬何处，语更凄婉。诗句天真质朴，有如乐府歌谣。

其　四

有妹有妹在钟离，良人早殁诸孤痴。
长淮浪高蛟龙怒，十年不见来何时。
扁舟欲往箭满眼，杳杳南国多旌旗。
呜呼四歌兮歌四奏，林猿为我啼清昼。

有妹有妹在钟离，良人早殁诸孤痴——钟离：古县名，在今安徽凤阳东北。这句是可怜远在钟离的寡妹，丈夫早死儿女们年幼无知。

长淮浪高蛟龙怒，十年不见来何时——长淮：即淮河，钟离在淮河南岸。蛟龙：古代传说中一种动物，能发洪水。蛟龙发怒淮河浪急，与妹妹十年不见了何时能来？

"扁舟欲往箭满眼"四句——我本欲乘扁舟前去探望但无奈箭头满眼，遥远的南国到处插满了军旗。极言兵乱。第四首歌啊奏响四回，林中的高猿也为我整日啼叫。

诗人忆及寡居的弱妹，心情更为哀伤。写战事频繁用了"箭满眼"，形象而又令人心惊。猿声长啸，空谷传响，令人想起渔者的歌："巴东三峡巫峡长，猿鸣三声泪沾裳！"

其　七

男儿生不成名身已老，三年饥走荒山道。
长安卿相多少年，富贵应须致身早。
山中儒生旧相识，但话宿昔伤怀抱。
呜呼七歌兮悄终曲，仰视皇天白日速！

"男儿生不成名身已老"四句——三年：指从至德二载(757)四月由长安出逃投奔凤翔开始，至此时寓居同谷止这三年来的流离生涯。这几句说男儿功名未成年岁已老，饥肠辘辘奔走在荒山道上。长安的卿相多是年少之人，要想富贵就该早戴官帽。

"山中儒生旧相识"四句——在同谷山中遇到当年读书时的旧相识，谈起往昔的事难免伤感。唉，第七支歌啊悄然终止，仰视青天啊太阳走得何其匆忙！

第七首，是组诗中最精彩的篇章。起首使用了九字句："男儿生不成名身已老"，是浓缩《离骚》"老冉冉其将至兮，恐修名之不立"意，抒发身世感慨。诗人素有报国之志，然如今年将半百，功名未成，身已老去，且流离落魄几近饿死，怎不叫他悲愤填膺！三、四句，诗人追叙长安城里曾度过的进取无门的惨淡十年，看多了那些达官贵人的子弟凭借父兄余荫、取得卿相的竟以少年为多的现实，于是诗人发出愤激之语："富贵应须致身早。"暗含着对腐败政治的讥讽。五、六句又回到现实，和友人谈起往事，心生伤感。诗人在结尾处默默地收起笔，停止了吟唱，然而仰视苍天，只见白日飞驰，一种迟暮之感蓦然涌上心头。全诗感情浓烈，艺术上，长短句错综使用，读来更有荡气回肠之感。

这组诗是杜诗中的名篇，其情淋漓顿挫，一唱三叹，为后代众多评家所称道。诗人之所以离秦州携家赴同谷，原本是因某县令相邀。杜甫曾在诗中感激地提到过这位邀他前来"卜居"的人，称他为"佳主人"。但后来为何困居穷谷落到如此悲惨的境地，我们就不得而知了。"诗穷而后工"，杜甫因受冷遇而备尝艰辛，为我们留下了这组独具悲剧效果和审美价值的绝唱。

在形式上诗人借鉴了张衡的《四愁》、蔡琰的《胡笳十八拍》，采用了定格联章的写法，内容上则较多地汲取了鲍照《拟行路难》的艺术经验，然而又"神明变化，不袭形貌"(沈德潜《唐诗别裁集》)，自创一体，对后世深有影响。宋元诗人多仿作此体，如文天祥所作《六歌》即是仿作中较为成功的代表。

万丈潭

万丈潭，在同谷县东南七里，传说有龙自潭中飞出。此诗写万丈潭的神异之象，是一首别具一格的山水名篇，作于乾元二年(759)冬。题下原注："同谷县作。"

青溪含冥寞，神物有显晦。
龙依积水蟠，窟压万丈内。
跼步凌垠堮，侧身下烟霭。
前临洪涛宽，却立苍石大。
山色一径尽，岸绝两壁对。
削成根虚无，倒影垂澹淡。
黑知湾澴底，清见光炯碎。
孤云到来深，飞鸟不在外。
高萝成帷幄，寒木垒旌旆。
远川曲通流，嵌窦潜泄濑。
造幽无人境，发兴自我辈。
告归遗恨多，将老斯游最。
闭藏修鳞蛰，出入巨石碍。
何当炎天过，快意风云会。

新解

青溪含冥寞，神物有显晦——青青溪涧幽深莫测，神异之物有显有藏。

龙依积水蟠，窟压万丈内——龙凭依积水而盘踞，洞窟压在万丈深渊里。

跼步凌垠堮，侧身下烟霭——垠堮：悬崖，山顶。迈着局促的步子越过山巅，侧身从烟霭中下来。

前临洪涛宽，却立苍石大——前面是洪波涌起的宽阔水面，却步不前站立在苔藓苍翠的大石上。

山危一径尽，岸绝两壁对——一条小路到危崖边已是尽头，两边陡壁相对。

削成根虚无，倒影垂澹淡——澹淡：荡漾。石壁如削，它的根仿佛在虚无缥缈中，倒影却映在清清的水中。

黑知湾澴底，清见光炯碎——潭中那黑洞洞的地方一望而知是深渊的底部，清浅处又见波浪将映入水中的天光荡碎。

孤云到来深，飞鸟不在外——孤云到来更显潭水的幽深，鸟儿飞来飞去好像不在潭外。

高萝成帷幄，寒木垒旌旆——高挂的藤萝成了帐幕，霜打的树木排列成一面面旌旗。

远川曲通流，嵌窦潜泄濑——嵌窦：山洞。远处的河曲曲折折地流来又流走，石根下嵌着个山洞,潭水从洞中暗暗泄出。

造幽无人境,发兴自我辈——到这无人之境来探幽访胜,发这样的游兴是从我们几人开始的吧。

告归遗恨多,将老斯游最——尽管临别时仍有遗憾,但将来老了忆起来恐怕这也是最快意的一次游历了。

闭藏修鳞蛰,出入巨石碍——那藏在深穴的神龙,因巨石阻挡而出入不便。

何当炎天过,快意风云会——何不等炎热的暑天过后,再来快意地观看飞龙出峡的风云际会!

起首四句渲染气氛,使人感到龙峡深潭的高深莫测。接下来具体记述所见所感,诗人从潭底的潜龙出发,涂抹和渲染出清冥寂寞的境界,神异的传说更增加了这种神秘感;接下来具体地刻画了此地的神异景色;最后又回到潭底的潜龙,遐想其将会腾空而飞,画龙点睛地道出了自己内心虽然身陷困境、仍盼望着有朝一日还能得遇明主、际会风云的主旨。

深深的万丈潭喻示了诗人之高志与深心,为诗人内心世界的真实写照和缩影。诗人将叙述和抒情、现实和想象、山川神异传说和社会政治感叹巧妙地加以结合,写景与说理浑然一体而又层次分明,达到了运转自如、出神入化的境界。

◎第四阶段 漂泊西南时期（760—770）

（一）在成都
（760年春—762年六月）

卜 居

此诗作于上元元年(760)春。卜居：是择地居住的意思。诗中写自己在友人的帮助下筹划建造草堂，表达了在山野之地居住的乐趣。

> 浣花溪水水西头，主人为卜林塘幽。
> 已知出郭少尘事，更有澄江销客愁。
> 无数蜻蜓齐上下，一双鸂鶒对沉浮。
> 东行万里堪称兴，须向山阴上小舟。

浣花溪水水西头，主人为卜林塘幽——浣花溪：又名百花潭，在成都西郭外。草堂将建在此处。主人：似指裴冕。裴当时以尚书右仆射封冀国公，拜成都尹，充剑南西川节度使，是杜甫的旧友。诗人在这里似不便明指，因而含糊地以"主人"代之。说主人为我选择了浣花溪西侧幽静的林塘来筹建草屋。

已知出郭少尘事，更有澄江销客愁——知道出城便少了尘俗之事，何况还有澄江为我这个客居之人消愁。

无数蜻蜓齐上下，一双鸂鶒对沉浮——鸂鶒(xīchì)：水鸟名，形大于鸳鸯而色多紫，故又有紫鸳鸯之称。

东行万里堪称兴，须向山阴上小舟——山阴：指今天的浙江绍兴，是一座历史文化名城。杜甫年轻时曾游此地。这里水路方便可乘兴东行万里，如去山阴即可登上小舟。

杜甫初到成都，见浣花溪这个地方风景宜人，有如世外桃源，又有友人帮忙筹建茅屋，心情爽朗，林塘幽静处，蜻蜓水鸟都无忧无虑，人还有什么尘事牵挂么？故作此诗记兴。诗句轻松明快。幽，是这里的特色，而这"幽"主要体现在水，故此诗以水为线索。所写景物都与水有关。表面上看，杜甫写的是闲居野趣，但在恬静的背后，我们仍可从其飘逸的诗句里读出些许隐藏在文字背后的苦涩和无奈，也就是"更有澄江销客愁"中的"愁"。

堂　成

【题解】

写于上元元年(760)暮春，经过数月的营建，草堂落成，诗人有了安居之所，因而喜作此诗，主要写草堂景物和定居草堂的心情。

> 背郭堂成荫白茅，缘江路熟俯青郊。
> 桤林碍日吟风叶，笼竹和烟滴露梢。
> 暂止飞乌将数子，频来语燕定新巢。
> 旁人错比扬雄宅，懒惰无心作《解嘲》。

【新解】

背郭堂成荫白茅，缘江路熟俯青郊——背郭：背靠城郭。郭：成都的外城。荫：遮盖。路熟：踩成的小道。俯青郊：俯瞰青青郊野。这两句是说用白茅盖顶的草堂，背向城郭，坐落在沿锦江大路的高地，可俯视郊野青葱的景色。

桤林碍日吟风叶，笼竹和烟滴露梢——笼竹：又名笼葱竹，南方的一种长节竹。"桤林碍日"和"笼竹和烟"，都是写草堂的清幽，说它隐在桤林的树阴深处，透不进阳光，好像有一层漠漠轻烟笼罩，笼竹的梢尖上还滴着露珠。

暂止飞乌将数子，频来语燕定新巢——乌鸦带着几只小鸦飞来林间小憩，燕子语声频传是商量着想在此地筑个新巢。

旁人错比扬雄宅，懒惰无心作《解嘲》——扬雄：西汉赋家，其宅第在成都西南角。他因作《太玄经》曾遭人嘲笑，写过一篇名为《解嘲》的文章。这里是说旁人错把这草堂比作扬雄的宅第，我也懒得费心思去像他那样作一篇解嘲的文章。

【新评】

开头两句，勾勒出草堂的环境和方位。中间四句写草堂本身，通过自然景物，衬托自己历尽兵燹后新居初定时的生活和心情，细致而生动。"吟风叶"和"滴露梢"，是"叶吟风"、"梢滴露"的倒文。"吟"、"滴"都是细微的声响，可见此处的幽静。而乌飞燕语，是诗人以自己的欢欣心情来体会禽鸟的动态，也是一种比兴手法。草堂的营建，只是他颠沛流离的旅途中暂息之地，并非终老之乡，因而在宁静喜悦中仍不免有彷徨和忧伤之感。通过"暂止飞乌"的"暂"字隐隐透露了出来。

尾联有两层含义。第一层，杜甫初到成都，寓居浣花溪寺时，高适在给他的诗中说："传道招提客，诗书自讨论。……草玄今已毕，此外更何言？"(《赠杜二拾遗》)就拿他和扬雄草《太玄经》相比；他答复说："草玄吾岂敢，赋或似相如。"(《酬高使君相赠》)意思是说草堂不可比扬雄宅，自己也未像扬雄那样写《太玄经》之类的鸿篇巨制。第二层，扬雄在《解嘲》里，表面上是阐明圣贤之道，说自己无意于富贵功名，而实际上，却在发泄自己仕途不得意的愤懑。而杜甫只不过把草堂暂且作为避乱偷生之所，和扬雄的心情截然不同，因而也就懒得写那《解嘲》式的牢骚文章了。

诗从草堂落成说起，中间写景和"语燕新巢"作为过渡，后又由物到人，依然回到草堂，点出身世感慨。末尾将自己的"堂"与扬雄的"宅"相比，遥相呼应。关联之妙，不着痕迹。

蜀　相

此诗为上元元年(760)春杜甫居成都草堂时所作。蜀相，指诸葛亮。公元221年刘备即帝位后，诸葛亮任丞相。诗中写杜甫拜谒始建于晋代的武侯祠庙，面对年久失修、颓圮破败的祠堂，追念诸葛亮"鞠躬尽瘁，死而后已"的高洁品格和赫赫业绩，不由触景生情，热泪满襟，于是写下了这首流传千古的七律《蜀相》。

> 丞相祠堂何处寻，锦官城外柏森森。
> 映阶碧草自春色，隔叶黄鹂空好音。
> 三顾频烦天下计，两朝开济老臣心。
> 出师未捷身先死，长使英雄泪满襟。

丞相祠堂何处寻，锦官城外柏森森——自问自答。丞相祠，即今武侯祠，在成都西南。锦官城：古代成都以产锦著名，朝廷在成都设有锦官，因此成都又称为锦官城。

映阶碧草自春色，隔叶黄鹂空好音——自春色：自呈春色，无人观赏。空好音：白白叫得好听，也是无人欣赏之意。形容这里的幽静冷清。

三顾频烦天下计，两朝开济老臣心——三顾：指"三顾茅庐"的典故，传说诸葛亮隐于襄阳隆中时，刘备曾三次登门请诸葛亮出山。频烦：多次麻烦打扰之意。天下计：诸葛亮曾为刘备制定东联孙权、北抗曹操、西取刘璋的天下大计。两朝指

中国家庭基本藏书

先主刘备与后主刘禅。开济：开创基业，匡济时危。刘备创业为开拓，刘禅守成为济世。"三顾频烦天下计，两朝开济老臣心"是说当年先主刘备曾三顾茅庐频频来向您商讨咨询天下大计，您为辅佐两朝君主开国与继业献上了一颗老臣的忠心。

出师未捷身先死，长使英雄泪满襟——"出师未捷"句：诸葛亮为了伐魏，曾六出祁山。公元234年春，诸葛亮率兵据武功五丈原(今陕西眉县西南)，与司马懿对抗于渭南，相持百馀日，后病死军中。这两句感叹：出师尚未获胜您却先去了，这怎能不使历代英雄们常常涕泪沾满襟裳呢！

这是一首咏史诗。作者借游览武侯祠而品评历史、抒发情怀。前四句写武侯祠的地理位置与自然景观。后四句称颂丞相辅佐两朝的丰功伟业和杰出人品，写他的雄才大略与忠心报国，感慨惋惜他壮志未酬身先死的结局，引发千载英雄和事业未竟者的共鸣。

首联以近乎口语化的诗句自问自答，点明了武侯祠的所在和古柏森森的幽美环境，一个"寻"字体现出诗人对这位虽不同世却心灵相通的智者的景仰，为后面的赞颂和痛惜之辞埋下了伏笔，首尾相衔。

颔联细写周围景物。"映阶碧草"、"隔叶黄鹂"如两个特写镜头，渲染了"春色"之怡目与"好音"之悦耳。一个"自"字，一个"空"字，含蓄地表达出了诗人的伤感：春意美好而丞相祠庙中却如此寂寥，难道说人们已将武侯遗忘了吗？

"颈联"笔锋一转，直抒胸臆，以凝练、警策的语言概括了诸葛亮的一生。

"结联"为全诗点睛之笔，可谓全诗的"诗眼"。诗人联想到自己老大不小仍无法实现抱负，于是悲从中来。这首既是颂辞、又是挽歌的《蜀相》，千百年来，引起多少人对赍志而殁的仁人志士寄予痛惜和同情，不愧为感人肺腑的千古名篇。

为 农

此诗当作于上元元年(760)初夏。诗中写田园风光的美好，表达了诗人欲定居乡间为农的愿望。

> 锦里烟尘外，江村八九家。
> 圆荷浮小叶，细麦落轻花。
> 卜宅从兹老，为农去国赊。

远惭勾漏令，不得问丹砂。

　　锦里烟尘外，江村八九家——锦里：指成都。烟尘：人烟稠密处。成都的闹市之外，小小的江村只有八九户人家。

　　圆荷浮小叶，细麦落轻花——圆荷在水面浮出小小的叶片，田中的细麦有轻花飘落。

　　卜宅从兹老，为农去国赊——国：指京都长安。赊：远。我愿从此定居乡间直到老去，远远地离开京城终身为农。

　　远惭勾漏令，不得问丹砂——勾漏令：指晋代炼丹家葛洪。他向皇帝请求出任勾漏(故址在越南北部)令，因为这里出产丹砂。这句是说我惭愧自己远不如勾漏县令，不像他那样酷爱着丹砂。

　　杜甫初在草堂定居，见这里没有战争硝烟，江村风景如画，便生出了长久定居乡间的想法。寥寥数笔，勾勒出一幅乡间的美丽图画。

宾　至

　　此诗写于唐肃宗上元元年(760)，当时杜甫住在成都草堂。诗中的来宾，大约是个地位较高的人，诗人对来访的贵客表示了感谢之情，言辞较为客气。

幽栖地僻经过少，老病人扶再拜难。
岂有文章惊海内？漫劳车马驻江干。
竟日淹留佳客坐，百年粗粝腐儒餐。
不嫌野外无供给，乘兴还来看药栏。

　　幽栖地僻经过少，老病人扶再拜难——幽栖地僻：杜甫居住的成都草堂当时在成都西郊的浣花溪上，地势幽静偏僻。经过少：过往来访的客人少。再拜：古时的礼节，先后拜两次表示尊重。年老多病之人行动需要人扶，再拜也难。

　　岂有文章惊海内？漫劳车马驻江干——漫劳：白白花费力气。江干：江边。

　　竟日淹留佳客坐，百年粗粝腐儒餐——竟日：整天。淹留：长时间停留。这里指挽留。粗粝：粗米饭，粗茶淡饭。腐儒：诗人自谦。这里是说我一个穷文人只能用粗茶淡饭招待你。

不嫌野外无供给，乘兴还来看药栏——野外：指草堂在城郊，与城内相对而言。药栏：种花草和草药的园圃。杜甫当时多病，常自种草药。

从杜甫诗中的"车马驻江干"句推测，来的人是个有身份的贵客。其姓名已不可考。从诗中可看出诗人为自己没什么好东西招待贵客而感到难为情。透露出诗人生活的困窘。语句畅达，自然清新。

狂　夫

此诗当作于上元元年(760)夏，杜甫居草堂时。狂夫，指放荡不羁的人。这里是诗人自称。

> 万里桥西一草堂，百花潭水即沧浪。
> 风含翠筿娟娟净，雨浥红蕖冉冉香。
> 厚禄故人书断绝，恒饥稚子色凄凉。
> 欲填沟壑惟疏放，自笑狂夫老更狂。

万里桥西一草堂，百花潭水即沧浪——万里桥：成都南门外有座小石桥，相传为诸葛亮送费祎出使东吴的宴别之处。费祎临行前曾叹息道："万里之行，始于此矣。"万里桥由此得名。百花潭：即浣花溪。杜甫草堂就建在溪旁。沧浪：古人常称归隐之地为沧浪。杜甫在这里说这里将是自己的归隐地。

风含翠筿娟娟净，雨浥红蕖冉冉香——翠筿(xiǎo)：绿竹。浥(yì)：沾湿。红蕖：红色荷花。风中的翠竹洁净美好，沾雨的红荷冉冉飘香。

厚禄故人书断绝，恒饥稚子色凄凉——享受高官厚禄的故人已断绝了书信来往，常挨饿的孩子面色凄凉。

欲填沟壑惟疏放，自笑狂夫老更狂——欲填沟壑：填尸于沟壑，谓死。疏放：放纵，不拘小节。我这快要埋进沟中的人了还这样粗疏放纵，自笑我这狂夫越老越癫狂。

诗先从居住环境写起。"万里桥"与"百花潭"相对,有形式天成之美;首联"即沧浪"三字,暗寓《渔父》"沧浪之水清兮,可以濯吾缨"句意,逗起下文疏狂之意。"即"字表示出知足的意味,有此清潭,又何须"沧浪"。为下文的"狂"预作了铺垫。颔联精心结撰,微风细雨,境界见出。"含""浥"两个动词,运用细腻生动。"浥",使人联想到"润物细无声"的意境。第三句风中有雨,一个"净"字令人体味出雨后翠竹如洗的"净";第四句雨中有风,从"香"字想到微风送来细香。几个形容词:翠、娟娟(美好貌)、净;红、冉冉(娇柔貌)、香,安置妥帖,并无堆砌之感;而"冉冉"、"娟娟"的叠用,又平添了音韵之美。颈联句法是"上二下五","厚禄"和"恒饥"前置,放在句首的显著地位,有强调之意。从声律上来说是为了黏对。"厚禄故人书断绝"写故人严武曾多方接济,分赠禄米,而一旦故人音书断绝,一家人便免不了挨饿,连"稚子"都"色凄凉"了,大人更可想而知。尾联写诗人在生活的磨难面前能采取"疏放"的态度。纵然是将要"填沟壑"之身,诗人还能赞美翠竹、红蕖这些美丽的自然风光。所以"自笑"是一个越老越狂的狂夫。

《狂夫》的值得玩味之处,在于它将两种看似截然不同的东西成功地组合在一起,一面是"风含翠筱","雨浥红蕖"的赏心悦目,一面是"凄凉"、"恒饥"和"欲填沟壑"的可悲可叹,竟完整地统一在"狂夫"这一形象中,令人叹为观止。

江　村

此诗写于唐肃宗上元元年(760)夏。诗中画出一幅悠闲的村居生活图景。

清江一曲抱村流,长夏江村事事幽。
自去自来梁上燕,相亲相近水中鸥。
老妻画纸为棋局,稚子敲针作钓钩。
但有故人供禄米,微躯此外更何求?

清江一曲抱村流,长夏江村事事幽——清江:指浣花溪。长夏:农历六月。"抱"为诗眼,尤其传神。"事事幽"提挈全篇,引出下文。

自去自来梁上燕,相亲相近水中鸥——梁间燕子,自由来去;江上白鸥,远近

121

相随。一幅恬静美丽的乡居风物图次第铺开。诗人的情感在景中藏而不露。

老妻画纸为棋局,稚子敲针作钓钩——棋局:棋盘。物事让人快慰,人事更使人惬心。老妻自画棋局的痴情憨态,稚子敲针作钓钩的天真无邪,件件都是村居乐事。中间四句正是"事事幽"的具体描述。用语浅率而工巧天成。

但有故人供禄米,微躯此外更何求——故人:姓名不详。表面上也是喜幸之语,但骨子里仍隐隐透出悲苦,因"但有",就不能保证必有;曰"更何求",正说明有所求而无奈不敢。字面上的愉悦与字后面隐藏的悲酸,使人回味无穷。

清清江水,幽幽山村,梁上燕子,水中鸥鸟,让人体会到诗人在亲近大自然时物我两忘的清新境界。诗以质朴无华的语言,将夏日的江村写得极富神韵,情趣盎然。复字的应用也有独到之处。首联中,"江"、"村"出现了两次,但读来并不别扭。照律诗的规矩,颔、颈两联同一联中忌有复字,但"自去自来"和"相亲相近"诗人用的是"拗救",两"自"两"相",当句自对;"去"与"来"、"亲"与"近"又上下句为对。拗句专用拗句来救,复字也用复字来补。这种手法反而使人觉得并无枝蔓之累而朗朗上口,别具一格。

野 老

此诗写于上元元年(760),这时杜甫刚在成都西郊的草堂定居。野老:乡野之间的老人,此处为作者自称。

> 野老篱边江岸回,柴门不正逐江开。
> 渔人网集澄潭下,贾客船随返照来。
> 长路关心悲剑阁,片云何意傍琴台?
> 王师未报收东郡,城阙秋生画角哀。

野老篱边江岸回,柴门不正逐江开——竹篱茅舍旁,就是回环曲折的江岸,既然江流在这里拐了个弯,那就任其自然,迎江安个门吧,因此"柴门不正"也无所谓。

渔人网集澄潭下,贾客船随返照来——集:坠落。"澄潭"指百花潭,是草堂南面的水域。渔民们正在澄碧的百花潭中下网捕鱼,一艘艘商船映着晚霞,纷纷在此靠岸。以上四句，是诗人野望之景，出语纯真自然，画出了一幅素淡恬静的江村闲居图。

长路关心悲剑阁，片云何意傍琴台——此句紧接上句，正是"贾客船"扰乱了他的平静，使他想起北上长安，东下洛阳，重返故里的"长路"，那里有他日夜思念的弟妹，然而剑门失守，归路断绝。剑阁，指四川北部剑门关一带。"悲剑阁"正是为剑阁难行而悲。诗人在怅惘痛苦中仰头看见白云，不禁发出一声痴问："片云何意傍琴台？"片云：作者自喻。琴台：在浣花溪北，相传为司马相如和卓文君当垆卖酒之处，此代指成都。意为自己如浮云般漂泊、滞留蜀中又是何意？这一句借云傍琴台来设问，表达了诗人流寓剑外、报国无门的痛苦，无须回答，便见出诗人找不到出路的迷乱心情。

王师未报收东郡，城阙秋生画角哀——东郡：指京东诸郡，公元759年3月，邺城失利，9月，叛军复陷东都洛阳。城阙：指成都。当时成都称南京。画角：饰有彩绘的号角，声音高亢悲凉，为军中所用。尾联二句，传达出诗人的哀愁伤感。去岁洛阳再度失陷后，至今尚未光复，而西北方面吐蕃又在虎视眈眈。蜀中也隐伏着战乱的危机，听萧瑟秋风中城头传来的画角声，多么凄切悲凉！全诗以哀音作结，馀味无穷。

诗歌的艺术魅力在于"状难写之景如在目前，含不尽之意见于言外"（梅尧臣）。"如在目前"是实象，"见于言外"是虚象。实象侧重客观事物的再现，而虚象则是由实象而引发开拓的审美想象空间，表现在诗文中多是一种暗示、象征或修辞的运用。

诗的前四句写景，笔触疏淡，意象纷纭：篱边、柴门、澄潭、返照、野老、渔人、贾客等，画出了一幅有着鲜明质感的素淡恬静的江村闲居图，诗人似陶醉其中，物我两忘。如王国维所说："无我之境，以物观物，故不知何者为我，何者为物。"（王国维《人间词话》）后四句转入抒情，进入了"有我之境"："有我之境，以我观物，故物皆著我之色彩。"（王国维《人间词话》）意象有长路、剑阁、片云、琴台、东郡、城阙、画角等，我们可从这变幻的意象中，感受到诗人的哀伤，想象出一位颠沛流离、报国无门的志士形象。"长路"和"片云"，含有暗示和象征意味，寄寓着诗人浮云般漂泊和在人生之路上下求索的内涵。

读完全诗，我们才真正理解了诗人在前半首诗中表现出来的闲适和超脱只是表面现象，诗人的内心深处潜藏着的是忧国忧民的痛苦潜流。两种境界互相对比映衬，使人感受到一种更为深沉的哀痛。

戏题王宰画山水图歌

杜甫集·第四阶段

题解

  杜甫定居成都期间,结识了四川著名山水画家王宰,应约于上元元年(760)作了这首题画诗。王的原作并未传世,但由于杜甫的神来之笔,使后人仿佛亲见了这幅气势恢弘的山水图。诗中所表达的创作观点也给人以启迪。

> 十日画一水,五日画一石。
> 能事不受相促迫,王宰始肯留真迹。
> 壮哉昆仑方壶图,挂君高堂之素壁。
> 巴陵洞庭日本东,赤岸水与银河通,
> 中有云气随飞龙。
> 舟人渔子入浦溆,山木尽亚洪涛风。
> 尤工远势古莫比,咫尺应须论万里。
> 焉得并州快剪刀,剪取吴淞半江水?

新解

  十日画一水,五日画一石。能事不受相促迫,王宰始肯留真迹——能事:所擅长之事,这里指绘画。这几句是说画家王宰认真的创作态度,十天画一条水,五天画一块石,正因为不受催逼,从容作画,才能留下真正的艺术品。

  壮哉昆仑方壶图,挂君高堂之素壁——昆仑,传说中西方的神山。方壶,神话中的三座东海仙山之一。这里泛指高山,并非实指。极西的昆仑和极东的方壶,都在画中巍峨高耸,连绵错综,可见画面之辽远开阔,气韵生动。这是诗人观看画家挂在白墙上的画时产生的审美感受。

  巴陵洞庭日本东,赤岸水与银河通,中有云气随飞龙——巴陵:旧县名。传说后羿斩巴蛇于洞庭,尸骨积如丘陵,故名。治所在今湖南岳阳,地处洞庭湖东。赤岸:地名,一说在今江苏六合东。汉枚乘《七发》:"凌赤岸,篲扶桑。"这里是泛指土石呈赤色的崖岸。这句是说图中的江水从洞庭湖一直流向日本东部海面,赤岸的水与银河相通,水天一色,这是形容其一泻千里、波澜壮阔之美。句中的三个地名是泛指,是艺术上的夸张。"中有云气随飞龙"句,语意出自《庄子·逍遥游》:"姑射山有神人,乘云气,御飞龙,而游乎四海之外。"这里指画面上云气迷漫、飘忽飞动之态。

舟人渔子入浦溆，山木尽亚洪涛风——这二句是形容风大，波涛汹涌，山中林木被吹得俯伏，船工和渔夫到水边来躲避风浪。浦溆：水边。亚：俯、伏。一个"亚"字，将大风的威力表现得活灵活现，使整个画面神韵飞动。

尤工远势古莫比，咫尺应须论万里——赞画家尤其擅长展现高远气势，古人无与伦比，咫尺的画面上便可展现万里之外的景物。远势，指绘画中的平远、深远、高远的构图背景。

焉得并州快剪刀，剪取吴淞半江水——并州：地名。唐开元中为太原府，州治在今山西太原，以产优质剪刀著称，故有"并州剪"之说。吴淞：水名，又称苏州河，黄浦江的支流。这句是赞叹：画家从哪里弄来并州的快剪刀？剪来了吴淞的半江水放到了画面上！

诗的前四句赞扬画家王宰创作态度的一丝不苟。说明真正的艺术创造不能受时间的催迫，仓促草率，难出佳作。只有从容不迫，意兴所到，才能留下真实的笔迹于人间。杜甫的这种创作观点在今天看来也仍是真知灼见。中间五句，杜甫从仄声韵转押平声东、钟韵，笔墨酣畅淋漓。诗人高度评价了王宰山水图在构图布局、视觉效果等方面的高超技法，在尺幅之间表现了万里景象。"咫尺应须论万里"，是诗人对山水画特点的高度精练的概括，富有美学意义。结尾两句用典。相传晋人索靖观赏顾恺之画，倾倒欲绝，不禁赞叹："恨不带并州快剪刀来，剪松江半幅练纹归去。"（见明王嗣奭《杜臆》注引邵宝之说）杜甫在这里以索靖自比，将王宰画和顾恺之画相提并论，赞扬昆仑方壶图的巨大艺术魅力，写得含蓄简练。

这首诗将诗情画意融为一体，令人分不清是诗为画添彩还是画使诗增色，可谓天衣无缝。杜甫的题画诗历来为人所称道，读此诗更觉名不虚传。

南　邻

此诗当作于上元元年(760)，时杜甫寓居成都草堂。诗中所写南邻是一位隐士，家贫而好客。

> 锦里先生乌角巾，园收芋粟未全贫。
> 惯看宾客儿童喜，得食阶除鸟雀驯。
> 秋水才深四五尺，野航恰受两三人。
> 白沙翠竹江村暮，相送柴门月色新。

锦里先生乌角巾，园收芋栗未全贫——锦里：成都的别名。乌角巾：古代隐士所戴的一种黑色头巾。这里是说南邻的锦里先生戴着黑头巾，他家的园子里种了不少的芋头，栗子也熟了。"未全贫"，是指家境不富裕。

惯看宾客儿童喜，得食阶除鸟雀驯——食：饲养。有客人进了庭院，儿童笑语相迎，可见其好客；阶前啄食的鸟雀，见人来也不惊飞，说明平时常有人来，无人去惊扰它们。这气氛是多么和谐、宁静！上半首如同一幅形神兼备的写意画，将主人的安贫乐道、热情好客的性格都描绘出来了。

秋水才深四五尺，野航恰受两三人——下半首转写野外。野航：农家小船。秋水初涨，小船刚好可放下两三个人。

白沙翠竹江村暮，相送柴门月色新——白沙、翠竹、夕阳，点染出江村清幽的意境。主人送客到柴门时，新月初上，说明主人殷勤接待，客人竟日淹留，令人体会到分手时的恋恋不舍。

从轻松愉快的描述中，可看出诗人对南邻这种安贫若素的生活态度的赞赏和对其恬淡高洁的人格的尊重。杜甫用两幅画面组成了一首诗，上半部画的是山庄访隐，下半部画的是江村送别，两幅画都意境清幽，使人如同亲临其境。

送韩十四江东省觐

此诗当作于唐肃宗上元元年(760)深秋，时杜甫在成都。韩十四：名不详，十四可能是他的排行。从诗中看，似是杜甫的同乡。此诗为诗人在蜀州白马江畔送别他赴江东探亲时所写。省觐：看望父母，探亲。诗歌在离情别意中流露出忧心国难的浩茫心事。

兵戈不见老莱衣，叹息人间万事非。
我已无家寻弟妹，君今何处访庭闱？
黄牛峡静滩声转，白马江寒树影稀。
此别应须各努力，故乡犹恐未同归。

兵戈不见老莱衣,叹息人间万事非——老莱衣:传说春秋时楚国隐士老莱子,七十岁还常常穿上彩衣,模仿儿童,欢娱他的双亲。诗发端便以古代老莱子彩衣娱亲的美谈,感叹在干戈遍地的今天,这样的事已经很难找到。从侧面点出了诗题"省觐"的背景:安史之乱未平,开元盛世一去不返,"万事非"三字,概括了多少人世沧桑的辛酸叹息。

我已无家寻弟妹,君今何处访庭闱——送友人探亲,勾起诗人对骨肉同胞的思念。在动乱中,诗人与弟妹长期离散,生死未卜,有家等于"无家"!韩十四与父母分手也很久了,也不知家中情况,所以诗人用了一个疑问句,表示真挚的关切。庭闱:父母所居之处。这里代指父母。此联为前后相生的流水对,从自己的"无家寻弟妹",引出对方的"何处访庭闱",宾主分明,寄慨遥深,有一气流贯之妙。

黄牛峡静滩声转,白马江寒树影稀——黄牛峡:长江峡名,在今湖北宜昌西。峡下有黄牛滩。是韩十四此行要经过的地方。白马江:在蜀州(今四川崇州)东北十里处。即杜甫送韩十四乘船的送别之地。这两句描写分手时诗人伫立在白马江头,目送友人登船解缆远去,渐渐消失在水光山影之间,不禁凝想入神,耳际似闻黄牛滩的流水声。一个"静"字,越发衬出了汩汩滩声。而当幻觉消失,诗人才发现自己依然站在二人分手的白马江边,树影稀疏,江水寒冷,一种孤独感蓦然袭来。两句一纵一收,更觉别绪绵绵。

此别应须各努力,故乡犹恐未同归——分手不必过于伤感,我们应各自努力,珍重前程。话虽如此,只怕难以实现同返故乡之愿啊。从这里可看出,韩十四与杜甫可能是同乡,诗人盼望他日和友人能在故乡重逢,但世事茫茫,谁能说得清呢?"犹恐"二字,露出诗人内心的隐忧,诗就在这欲尽不尽的情意中结束,余音袅袅,耐人咀嚼。

这是一首情真意切的送别诗,但没有一般送别诗的凄戚气氛,而是不落窠臼。用苍劲的笔力来表现心中的郁结,将个人遭际、离情别绪包容在国难民忧的时代大背景中,意境深沉,语词委婉,可谓送别诗中的上乘之作。

恨　别

此诗为上元元年(760)在成都所作。抒发了诗人流落他乡的感慨和对故园、骨肉的怀念之情。

> 洛城一别四千里，胡骑长驱五六年。
> 草木变衰行剑外，兵戈阻绝老江边。
> 思家步月清宵立，忆弟看云白日眠。
> 闻道河阳近乘胜，司徒急为破幽燕。

【新解】

洛城一别四千里，胡骑长驱五六年——首联从离家之远、战乱之长写别恨之深。"四千里"，是恨离家之远；"五六年"，是伤战乱日久。诗人于乾元二年(759)春离别了故乡洛阳，返华州司功参军任所，不久弃官客秦州，寓同谷，至成都，辗转四千里。诗人写此诗时，距天宝十四载(755)十一月安史之乱爆发已经过了五六个年头。数量词的运用，生动地传达了诗人的困苦经历，紧扣诗题"恨别"，点明了思家、忧国的题旨。

草木变衰行剑外，兵戈阻绝老江边——颔联写诗人流落蜀中、老而不得归之痛。"草木变衰"，语出自宋玉《九辩》："萧瑟兮草木摇落而变衰。"同时也指诗人当年来到成都时正是草木变衰的冬季。剑外：剑门以南，指蜀地。由于"兵戈阻绝"，诗人无法重返故土，眼看要老死于锦江边了。一个"老"字，蕴含了不尽的悲凉。

思家步月清宵立，忆弟看云白日眠——颈联通过具体的生活细节，表达了思家忆弟的深情。杜甫有四个弟弟，三个散落异地。此二句中的"思家"、"忆弟"为互文。月夜，愁思难寐，踯躅于清宵；白昼，卧看行云，倦极而眠。坐卧不宁，正形象地说明了怀念亲人的焦虑，突出了题意"恨别"。

闻道河阳近乘胜，司徒急为破幽燕——司徒：指检校司徒李光弼。据《资治通鉴》载：上元元年三月，李光弼破安太清于怀州城下；四月，破史思明于河阳西渚，斩首千五百余级。尾联是诗人听到唐军连传捷报，喜不自胜，急盼官兵破幽燕、平叛乱。全诗以充满希望之句作结，感情由悲凉转为欢快，境界开阔。

这首七律语言简朴优美，言近旨远，辞浅情深。诗人把个人的遭际和国家的命运结合起来写，每一句都蕴蓄着丰富的内涵。特别是颈联，用具体生动的形象说话，不直接写忧伤，却比抽象的词语更胜一筹，诗味隽永含蓄，富有情致，艺术上别具特色。沈德潜评论此联说："若说如何思，如何忆，情事易尽。'步月'、'看云'，有不言神伤之妙。"(《唐诗别裁集》)全诗情真语挚，沉郁顿挫，值得反复吟味。

和裴迪登蜀州东亭送客逢早梅相忆见寄

裴迪,关中(今陕西)人,早年隐居终南山,与王维交谊很深,晚年入蜀作幕僚,与杜甫频有唱和。蜀州,治所在今四川崇州。此诗当作于上元元年(760)冬。杜甫于这年秋曾与裴迪同游新津寺并有诗作。岁暮,裴迪写了一首《登蜀州东亭送客逢早梅相忆》寄杜甫,表达了对杜甫的怀念;杜甫深受感动,写此诗作答。

> 东阁官梅动诗兴,还如何逊在扬州。
> 此时对雪遥相忆,送客逢春可自由?
> 幸不折来伤岁暮,若为看去乱乡愁。
> 江边一树垂垂发,朝夕催人自白头。

东阁官梅动诗兴,还如何逊在扬州——你在蜀州东亭看到梅花盛开而诗兴大发,写出了动人的诗篇,如当年何逊在扬州的咏梅诗那样好。何逊:南朝梁代的诗人。杜甫在这里将其与何逊相比,是表示赞美裴迪咏早梅的诗写得好。

此时对雪遥相忆,送客逢春可自由——此时只要看到飞雪就会引起对故人的思念,何况你适逢春天送客,又哪能不想起我思念我?这是想象故人对自己的思忆,表达朋友之间的心心相印之情。当时正值大唐帝国万方多难之际,裴杜二人流落蜀中"同是天涯沦落人",相惜之情,弥足珍贵。

幸不折来伤岁暮,若为看去乱乡愁——古人常以折梅相赠表达友情。这里是说:幸亏你没有折梅寄来勾起我岁暮的伤感,要不然,我看见折梅会感叹岁月无情、老之将至,更会乡愁缭乱、感慨万千的。

江边一树垂垂发,朝夕催人自白头——大概裴诗中有叹惜不能赠梅之意吧,诗人在这里恳切地告诉友人,不必以此而不安和抱歉,在我家草堂门前的浣花溪边,也有一株梅树,那一树开放的梅花啊,好像朝朝暮暮在催人老去,将我的头发都催白了。其实诗人想说的是:催人白头的不是梅,而是愁,是老去之愁,思乡之愁,忆友之愁,更是忧国忧民、伤时感世之愁啊。

本诗以早梅伤愁立意,前两联写"忆",答谢故人对自己的思念;后两联写"愁",抒发自己的感时伤怀。此诗重在抒情,并不在咏物,但却因其构思独特、韵味悠长而历来被推为咏梅诗的上品。明代王世贞更有"古今咏梅第一"的说法(见仇兆鳌《杜少陵集详注》卷九引)。诗歌以写情为第一要义,咏物诗也须物中见情。这首诗以谈话的口吻,语言浅白但感情深挚,如与友人在推心置腹地交谈,"直而实曲,朴而实秀"。"篇中无一字不言梅,无一字是言梅,曲折如意,往复尽情,笔力横绝千古"(清人黄生语)。读之令人荡气回肠,难怪受到后人的推崇。

后　游

此诗当作于上元二年(761)春,杜甫在新津时。此前不久他曾写过《游修觉寺》一诗,这首《后游》是他第二次游修觉寺后所写。修觉寺,在新津县治东南五里的修觉山上。

寺忆曾游处,桥怜再渡时。
江山如有待,花柳更无私。
野润烟光薄,沙暄日色迟。
客愁全为减,舍此复何之?

寺忆曾游处,桥怜再渡时——寺和桥都是前不久曾游之地,再游时对桥和寺都更生爱怜之情。这两句倒装,作为宾词的"寺"和"桥"都被提到动词谓语"忆"与"怜"前,使景物拟人化,仿佛是"寺"在"忆"我,"桥"在"怜"我,期待着我再度来游。强化了景物的感情色彩。

江山如有待,花柳更无私——在诗人眼中,这里的江山草木都在期待着他的重来,因此花也绽开笑脸,柳也扭着柔腰,无私地奉献着美。可谓人有意,物有情。弦外之音是说,大自然如此有情、无私,反而映衬出人间的世态炎凉。

野润烟光薄,沙暄日色迟——在赞美了无私的花柳后,又描绘出晨景和晚景:晨曦薄如轻纱,滋润着原野;余晖滞留大地,黄昏的沙地闪着暖光。这两句表明了诗人从早到晚流连在此,从侧面说明美景之魅力。一"薄"一"迟",写景极为细腻。

客愁全为减,舍此复何之——如此美景,使在外作客的愁闷完全减少了,除了此处还有何处可去?表面看是赞美这里风景绝佳,观景可以减愁。但细想,这恰说明诗人心中"愁"之浓:山河破碎、民生多艰、中原未定、干戈不已,诗人的满腔愁愤,无从排解,只好靠终日徜徉于山水来"减愁"。这是以喜写悲,强作豁达之语。

全诗以感慨作结,大有深意。

此诗前四句通过忆往日之游而写今日之游,后四句写观景减愁之感,全篇景象鲜明,理趣盎然。诗句表面豁达轻快,实则沉郁厚重,是一种委婉曲折的表达。正因如此,感人至深。对后世尤其是宋代诗人有深远的影响。

江畔独步寻花七绝句（选一）

这组诗当作于上元二年(761)春,时杜甫在饱经离乱之后,居成都草堂,有了安身之所。春暖花开时节,他独自沿江畔散步,情随景生,成诗七首。此为组诗之六,写诗人独自欣赏春花的适意。

黄四娘家花满蹊,千朵万朵压枝低。
留连戏蝶时时舞,自在娇莺恰恰啼。

黄四娘家花满蹊,千朵万朵压枝低——点明寻花的地点,是在"黄四娘家"的小路上。"娘"或"娘子"是唐代习惯上对妇女的美称。以人名入诗,颇有民歌味道。"千朵万朵"形容花之多,"压枝低"形容花之重,沉甸甸的繁花压弯了枝条,景色宛在目前。"压"、"低"二字用得十分准确、生动。

留连戏蝶时时舞,自在娇莺恰恰啼——"留连戏蝶"是"戏蝶留连"的倒装。"戏"和"舞"都用了拟人手法。彩蝶蹁跹,"留连"不去,暗示出花的芬芳可爱。"自在"是娇莺姿态的客观写照,也暗示出诗人心理上的轻松愉快。恰恰:口语,正好之意。

赏景题材,在盛唐绝句中屡见不鲜。但像此诗这样刻画生动细微、色彩绮丽的,则不多见。杜甫的这首诗,既有口语化的清新,又有蝶舞莺歌的浓艳和绮丽。

在艺术上,盛唐人很讲究诗句声调的和谐,易于歌唱。而杜甫独辟蹊径,常出现拗句。如"千朵万朵压枝低"句,按律第二字当平而用仄。这种复叠,诵读起来有一种口语化的美感。三、四两句中"留连"、"自在"均为双声词,如贯珠相连,音调婉转。"时时"和"恰恰"为叠字,使上下两句工整对仗,又显得生动多变。前者渲染出闹人的春意,是写景;后者表达诗人迷恋在花、蝶之中,忽又被莺声唤醒的刹那间十分快意的内心感受，是言情。

诗人将视觉、嗅觉、听觉和大自然的色艳、形美、花香、蝶舞等融合在一起，给读者以强烈的艺术感染力，读之令人陶醉。

绝句漫兴九首(选七)

题解

这组绝句写于杜甫寓居成都草堂的第二年，即代宗上元二年(761)春，题作"漫兴"，有兴之所至随手写出之意。从九首诗的内容看，由春至夏，次第可寻，并非同一时间所写。诗以"客愁"为纲，写村居生活的感受。

其　一

眼见客愁愁不醒，无赖春色到江亭。

即遣花开深造次，便教莺语太丁宁。

眼见客愁愁不醒，无赖春色到江亭——眼：指春之眼，是一种拟人化的写法。眼见我这个客居他乡的人正沉浸在客居愁思之中而不能自拔，这无赖的春色却偷偷来到了江亭。"不醒"二字，刻画出诗人沉醉在"愁"中的迷惘状态。

即遣花开深造次，便教莺语太丁宁——你让花儿开就够鲁莽造次了，还教黄莺儿唠唠叨叨唱个不停。

饱尝乱离之苦的杜甫虽然住进了周围景色秀丽的草堂，有了一段相对安宁的生活。但国难未除，故园难归，家国的愁思始终是他心中的"结"。《杜臆》云："客愁二字，乃九首之纲"。这第一首正是围绕"客愁"来写诗人恼春的心绪。

杜甫善用反衬的手法，在情与景的对立之中，表达思想感情。春色美好，偏说是"无赖"；花开艳丽，偏要说其"造次"；"莺啼"又嫌其过于丁宁。这种恼春烦春，恰说明诗人内心之烦乱。用"乐景写哀"(王夫之《姜斋诗话》)则哀感倍生。这种环境描写与内心情感反衬对比的手法，蕴含着诗人艺术构思的匠心。

其　二

手种桃李非无主，野老墙低还是家。

恰似春风相欺得,夜来吹折数枝花。

手种桃李非无主,野老墙低还是家——这些桃树、李树都是我亲手种的,并非没有主,我这乡野老人院墙虽低但好歹还是个家。

恰似春风相欺得,夜来吹折数枝花——春风像是有意在欺负我,昨夜吹折了我的好几枝花。

这首诗是骂春风吹折了他的花枝花朵,骂得出奇,与第一首相同,分明是借景而说心中之事。因有真情实感,并不牵强,反而让人觉得有几分诗人的率真可爱。

其 三

熟知茅斋绝低小,江上燕子故来频。
衔泥点污琴书内,更接飞虫打著人。

熟知茅斋绝低小,江上燕子故来频——茅斋:指草堂。这句说明知我的草堂低矮狭小,江上的燕子却故意飞进飞出,频繁来筑巢。

衔泥点污琴书内,更接飞虫打著人——写燕子在屋内的活动:筑巢衔泥,泥点弄脏了琴和书还不算,还要追捕飞虫甚至碰着了人。

诗人以明白如话的口语、细腻逼真的实感,写了燕子频频出入扰人的情景。使人联想到这低小的茅斋,主人也不过是困居此处借以容身,江燕哪里能解主人心境的烦忧? 远客孤居,定有许多不如意,这还是由客愁而发,所以才有禽鸟亦欺人之感慨。

其 四

二月已破三月来,渐老逢春能几回。
莫思身外无穷事,且尽生前有限杯。

二月已破三月来,渐老逢春能几回——二月已过三月到来,这春天的盛景,对于一个老年人来说,还能看到几回呢?

莫思身外无穷事，且尽生前有限杯——不要想那些没完没了的身外之事了，姑且喝光这人生中有限的几杯酒吧。

诗人叹年华之易逝，即景伤情，感叹人生苦短，姑且借酒浇愁。前面的诗中刚刚骂过春色，这里又叹自己"逢春能几回"，可见骂春是假，惜春是真。

其 五

肠断江春欲尽头，杖藜徐步立芳洲。
颠狂柳絮随风舞，轻薄桃花逐水流。

肠断江春欲尽头，杖藜徐步立芳洲——我为江边的春光将尽而伤心断肠，拄着藜杖慢步来到这长满青草与野花的小洲。

颠狂柳絮随风舞，轻薄桃花逐水流——那癫狂的柳絮在风中舞蹈，那桃花太轻薄了逐水漂流。托物讽人。

那桃花柳絮太无情了，真让诗人烦恼。嗔花怪柳其实还是在吝惜春天。这后两句诗形象含意俱佳，富有象征意味，成为人们喜爱的名句。

其 七

糁径杨花铺白毡，点溪荷叶叠青钱。
笋根雉子无人见，沙上凫雏傍母眠。

糁径杨花铺白毡，点溪荷叶叠青钱——糁：散。漫天飞舞的杨花飘落在小径上，好像铺上了一层白毡；溪水中片片青绿的荷叶点染其间，仿佛是层叠在水面上的圆圆的青钱。

笋根雉子无人见，沙上凫雏傍母眠——雉：通称野鸡，性好伏，善走。雉子：指雉的幼雏。这句说幼雉很小，隐伏在竹丛笋根旁边，不易被人发现；岸边的沙滩上，小凫雏们依偎在母亲身边安然入眠。

这首诗写初夏景色。一句诗一幅画面，前半写景，后半景中状物，景物相融，各得其妙。刻画细腻逼真，意境清新隽永，饶有情趣。"点"、"叠"等词，用得生动而传神。从闲静的画面中，仍隐隐透露出作者客居异地的萧寂之感。

其 九

隔户杨柳弱袅袅，恰似十五女儿腰。
谁谓朝来不作意？狂风挽断最长条。

隔户杨柳弱袅袅，恰似十五女儿腰——隔门望见杨柳枝条细弱袅袅，恰似十五女儿柔软的腰肢。

谁谓朝来不作意？狂风挽断最长条——是谁早上没留意？竟被狂风扯断了最长的枝条。不作意：没注意。

用十五岁的女儿的腰肢来状枝条之软，极有韵味。折了一枝便难以释怀，说明爱之痴，也说明屡受打击的心对任何风暴都十分敏感。

杜甫的这组绝句明显受到当地民歌的影响，有古竹枝词的味道，跌宕奇古，独辟蹊径。口语、俚语的入诗，也使诗风显得通俗易懂、活泼自如。全诗以"客愁"为纲，借眼前景物写内心之愁，他怪了春色，又怪春风；怪了春风，又骂燕子，还要骂桃、骂柳；后来还是忍不住说出自己惜春、爱春的心情，感叹人生苦短、岁月不再。字面上那些及时行乐的话，正透露出诗人济世无门、退隐不得、进退维谷的内心苦闷，并非真正的旷达之语。

在格律上杜甫也不拘泥于绝句的平仄，有自己的大胆创新。按常规，七言诗中的仄起平收句"仄仄平平仄仄平"的第三字不能改用仄声，如果用了仄声，必须把第五字改成平声，才能避免"孤平"。"孤平"的意思是说除了韵脚，整句只有一个平声字，这是近体诗的大忌，在唐诗中极少见到。在这组诗的其一中，首句"眼见客愁愁不醒"本该是"仄仄平平仄仄平"，现在第三字用了仄声"客"，第五字就改用平声"愁"来补救(注意"醒"是平声)，这叫作"拗救"，意思就是避免了拗句。至于说杜甫有时有意地作一些不合律的"拗句"，作诗艺上的探索，那另当别论。

遣意二首

上元二年(761)春作,描绘草堂春景及闲居的适意。其一写日景,其二写夜景。

其 一

啭枝黄鸟近,泛渚白鸥轻。
一径野花落,孤村春水生。
衰年催酿黍,细雨更移橙。
渐喜交游绝,幽居不用名。

啭枝黄鸟近,泛渚白鸥轻——听到婉转的鸟叫声,原来黄莺就在近旁的树上。白鸥漂在水上显得特别轻捷。一个"近"字,一个"轻"字,就将诗人自己也写入了情境中,变客观的"无我"之境为主观的"有我"之境。是画龙点睛之笔。啭:形容鸟鸣声婉转多变。黄鸟:指黄莺。

一径野花落,孤村春水生——一条落满了野花的路,一个孤零零的村子和一湾幽幽春水。此联犹如一幅明丽的水乡风景画。

衰年催酿黍,细雨更移橙——年老力衰似在催我快点酿黍酒,细雨天气更适于尽快移栽橙树苗。

渐喜交游绝,幽居不用名——我喜欢这种渐渐断了交游的生活,悄悄地隐居不必宣扬名声。

诗人此时的心境颇似陶渊明,抒写闲居之美,情趣盎然。特别是"一径野花落,孤村春水生"句,写出了水乡的孤寂之美,极有韵味,历来受到后人赞叹。

其 二

檐影微微落,津流脉脉斜。
野船明细火,宿鹭起圆沙。
云掩初弦月,香传小树花。
邻人有美酒,稚子夜能赊。

檐影微微落，津流脉脉斜——夕阳西下，屋檐的影子微微垂落，浣花溪水脉脉含情地打村边斜斜地流过。

野船明细火，宿鹭起圆沙——野外的船上亮起了细细的渔火，夜宿的白鹭从圆圆的沙洲上飞起。这两句有一定的因果关系，是渔火将白鹭惊飞。

云掩初弦月，香传小树花——云彩掩映着一弯新月，小树上传来阵阵花香气。

邻人有美酒，稚子夜能赊——邻家有美酒，打发我的幼子夜里去也能赊回来。

从黄昏写到夜间，乡村的景物变幻富有动感。"云掩初弦月，香传小树花"联清新自然，于细微处可见出幽境的高致，诵之有口齿生香之感。

客　至

此诗作于唐肃宗上元二年(761)春，时杜甫居成都草堂。这首诗的原注中有"喜崔明府相过"六字。明府是古代对县令的尊称。这位姓崔的县令可能是杜甫的舅父。诗中表达了作者村居的寂寞和对亲属来访的喜悦心情。

> 舍南舍北皆春水，但见群鸥日日来。
> 花径不曾缘客扫，蓬门今始为君开。
> 盘飧市远无兼味，樽酒家贫只旧醅。
> 肯与邻翁相对饮，隔篱呼取尽馀杯。

舍南舍北皆春水，但见群鸥日日来——首联先从临江近水的成都草堂户外景色着笔，点明客人来访的时间、地点和来访前夕作者的心境。将绿水环绕、春意荡漾的环境表现得秀丽可爱。"皆"表明春江水涨；群鸥日日到来，点出环境清幽僻静，寓情于景；"但见"二字表现出诗人的闲逸生活和寂寞心情。

花径不曾缘客扫，蓬门今始为君开——颔联把笔触转向庭院，采用与客人谈话的口吻，极富生活实感。上句说，老夫不曾为客人扫过花间小径，这柴门今天才欣喜地为您敞开。蓬门：篱笆门。语气中透露出主人的喜出望外，也显出两人交情之深厚，为后面的畅饮作了铺垫。

盘飧市远无兼味,樽酒家贫只旧醅——盘飧:泛指盘中的菜肴。无兼味:没有别的味,意思是只有一种菜。旧醅:没有经过过滤的陈酒。古人以新酒为贵,因此这里是惭愧自己家贫加上离城太远,没有好酒好菜,只有陈酒招待客人。此联从虚写客至,转入实写待客。诗人以最能显示宾主情分的家常话语落笔,听来更显亲切,让人感受到主人的真情和力不从心的歉疚。极有生活气息。

肯与邻翁相对饮,隔篱呼取尽馀杯——诗人因体弱不宜多饮酒,因而在这里征求意见,问客人愿不愿意与邻人对饮。如果愿意可邀请邻居老翁来同饮,隔着篱笆招呼他来喝个尽兴!这巧妙的一笔,将席间的气氛推向更热烈的高潮。这一细节细腻逼真,也使诗歌的结尾出现了峰回路转的另外一种境界。

新评

《客至》为成都草堂落成后所写。全诗洋溢着浓郁的生活气息,诗中不惜以半首诗的篇幅,具体描绘酒菜款待的场面,还出人意料地引出了邀邻助兴的细节,写得细腻传神。门前景、家常话、身边情,编织成富有情趣的生活场景,有浓郁的生活气息和人情味,流露出诗人率真、恬淡的性情。好就好在自然浑成,如话家常。

春夜喜雨

题解

此诗写于唐肃宗上元二年(761)春。抒发了诗人于春夜适逢好雨的喜悦之情。

> 好雨知时节,当春乃发生。
> 随风潜入夜,润物细无声。
> 野径云俱黑,江船火独明。
> 晓看红湿处,花重锦官城。

好雨知时节,当春乃发生——知时节:应时而来。春天正是万物萌生的季节,正需要雨,雨就来了。真是"好雨"!乃:就。

随风潜入夜,润物细无声——"潜入"、"细"、"润",用的是拟人化的手法,写雨发生的状态。"潜入夜"是说这雨悄悄而来,不事张扬、不为讨好;"细无声"表明这雨伴随和风而来,绵绵密密,使万物得到水分滋养,十分可爱。

野径云俱黑,江船火独明——野径:野外的小路。这里泛指四方郊野。"云俱黑"写天空中全是黑沉沉的云,什么也看不见;"火独明"写唯有船上的灯火是亮的。"黑"与"明"反衬对比,越显差异。

晓看红湿处,花重锦官城——红湿:花朵沾了雨的样子。重:此处指色彩浓艳。锦官城:即成都。因成都古代以出产锦帛闻名,朝廷在这里设有锦官,故有此称。尾联写的是想象中的情景,"红湿"、"花重"都是说拂晓,"好雨"下了一夜,万物得到润泽,春花带雨开放,红艳欲滴,整个锦官城里都是红艳艳、沉甸甸的花的海洋。那是多美的景色呀!

这是杜甫诗篇中描绘春夜雨景,表现喜悦心情的名作。一开头就用一个"好"字赞美"雨",并将雨拟人化,说它"知时节",懂得在最需要它的春天而来。谚语有"春雨贵如油"之句,正说明其应时而降的宝贵。中间又说它伴着和风"无声""潜入",细细"润物",不是伴着春寒而来的疾风冷雨,而是无声地融入泥土、滋润万物的微风细雨,因而确是"好雨"。这种"温柔敦厚"符合中国百姓的心理审美趋向,隐含着对中华民族某种群体人格的赞美,有一种深厚的文化意味。尾联充满着诗意的想象,闪耀着生命的光泽。

浦起龙说:"写雨切夜易,切春难。"这首诗,不仅切夜、切春,而且写出了"好雨"的高尚品格,也是一切"好人"的高尚人格。因而这正是人们盼望和喜爱的"好雨"。题目为"春夜喜雨",在八句诗中却未着一个"喜"字,然而通篇溢满喜气。后四句尤见功力,其鲜活生动、灵气飞扬,非大手笔不能为。全诗格律严格,对仗工整,浑融流转、情韵优美,是杜诗五律的典型代表作,流传极广。

江　亭

此诗当作于上元二年(761)春,时杜甫居成都草堂。

坦腹江亭暖,长吟野望时。
水流心不竞,云在意俱迟。
寂寂春将晚,欣欣物自私。
故林归未得,排闷强裁诗。

坦腹江亭暖,长吟野望时——袒胸露腹坐在暖暖的江亭,远望四野长吟诗句。

水流心不竞,云在意俱迟——江水长流争相奔跑,我的心却宁静不动,就如同

中国家庭基本藏书

天上的云一样迟缓悠闲。

寂寂春将晚，欣欣物自私——春天将要悄悄过去了，草木欣欣向荣各自生长。

故林归未得，排闷强裁诗——故乡终究未能归去，排遣愁闷我勉强作诗。

"水流心不竞，云在意俱迟"两句，意象很美，历来受到人们称道。有人说是表达了诗人的超然物外的旷达，其实不然。"水流心不竞"，恰恰表明心里一直在"竞"，但心愿难遂，于是生出"何须去竞"的念头来。"云在意俱迟"也一样，本来满腔抱负，想要有所作为，但屡屡碰壁，于是觉得自己也许是在自讨苦吃，如今见白云悠悠，也忽然想到不妨同白云一样"俱迟"才对。

第三联，更见诗人本色。"寂寂春将晚"，流露出心头的寂寞；"欣欣物自私"，有一种众芳争艳而我独憔悴的悲凉。晚春本无所谓寂寞，但由于诗人的心境，移情入景，自然觉得景色也是寂寞无聊的；百草千花的争奇斗艳、欣欣向荣，更对比出诗人的落寞，所以就要嗔怪春花的"自私"了。一切景语皆情语。杜甫写此诗时，安史之乱未平，作者避乱，暂时得以"坦腹江亭"，但心中到底还是忘不了国家安危的，因此这首诗表面上悠闲恬适，骨子里仍是满腹忧国忧民的焦灼和苦闷，这正是杜甫不同于一般山水诗人之处。

寒　食

此诗当作于上元二年(761)春。寒食节在清明前两天，相传晋文公为悼念介子推抱木焚死，就定于是日禁火，故称寒食。

寒食江村路，风花高下飞。

汀烟轻冉冉，竹日静晖晖。

田父要皆去，邻家问不违。

地偏相识尽，鸡犬亦忘归。

寒食江村路，风花高下飞——写暮春江村风景，一路上只见风吹花瓣上下飞舞。

汀烟轻冉冉，竹日静晖晖——汀洲上的轻烟冉冉升起，竹叶上反射出亮亮的阳光。

田父要皆去，邻家问不违——要：邀。问：馈问，以食品相赠。农民们邀请饮酒从不拒绝,邻居送来食品就收下,不能拂了他们的盛情。

地偏相识尽,鸡犬亦忘归——地方偏僻人们全都认识,连鸡啊、狗啊也会相互串门忘了回家。

杜甫的这首五律将寒食时节的江村风景写得历历如在目前。全诗视野开阔,是诗人在浣花溪边生活的真切写照。前半首写江村风景的恬静优美,几同宁静的桃源;后半首写当地淳厚的民俗风情,写诗人与当地百姓的水乳交融,诗中流露出村居生活中的勃勃生机。

琴 台

此诗为杜甫晚年凭吊司马相如遗迹——琴台时所作。琴台在成都浣花溪北。

> 茂陵多病后,尚爱卓文君。
> 酒肆人间世,琴台日暮云。
> 野花留宝靥,蔓草见罗裙。
> 归凤求凰意,寥寥不复闻。

茂陵多病后,尚爱卓文君——茂陵:地名,相如晚年曾退居此地,因而以地名代称相如。卓文君为卓王孙之女,善弹琴。丧夫后与相如结为夫妇。诗的起首便说司马相如虽年老多病,但对文君的爱仍如当初一样热烈。赞美其爱情的真挚美好。

酒肆人间世,琴台日暮云——此联回溯到他俩的年轻时代。穷书生司马相如爱上了富家孀居的文君,在琴台上弹起《凤求凰》的琴曲,文君被琴声感动,夜奔相如。此事遭到文君之父卓王孙的竭力反对,不给他们任何经济支持。他俩不肯屈服,开了个小酒店靠当垆卖酒为生。一介文弱书生和一个富户千金,竟以"酒肆"来蔑视世俗礼法,其勇可赏。诗人选择了"酒肆"、"琴台"这两个富有象征性的景物,从追怀古迹唱出心中的倾慕。"琴台日暮云"句,又从冥想回到诗人远眺的真实所见,景中有情。诗人在感慨:今日空见琴台云飞,文君安在?

野花留宝靥,蔓草见罗裙——诗人从远望回到眼前之景,浮想联翩:琴台旁的朵朵野花,仿佛是文君的笑靥;丛丛嫩绿的蔓草,又好似文君昔日所穿的碧罗纱裙。联想美妙而浪漫。

归凤求凰意,寥寥不复闻——结句明快,点出全诗主题:像相如、文君反抗世俗礼法、追求美好爱情的事,今日已寥寥无几、不再听说了。"归凤求凰意"来自相如向文君求爱时弹奏的《凤求凰》琴曲:"凤兮凤兮归故乡,遨游四海求其凰。"

杜甫作为文采风流的一代诗人,在他的内心深处,能够真正地理解相如与文君的高洁爱情,因此才能写出如此美丽的诗篇,唱出这种千古知音的慨叹。在后世某些轻薄之士的眼中,他们看到的和羡慕的只是风流韵事和浪漫传说,而诗人所赞美的,却是那种高雅的"胡颉颃兮共翱翔"的值得千古传诵的真情至爱。

水槛遣心二首(选一)

这组诗当作于上元二年(761)春。水槛:水边的栏杆。所选其一写的是草堂水亭上由木板搭成的简陋木栏,是诗人喜欢的去处,他常在这里凭栏远眺或坐而垂钓。诗中细致入微地描绘了在水槛眺望所见的清幽迷人的自然景色。

> 去郭轩楹敞,无村眺望赊。
> 澄江平少岸,幽树晚多花。
> 细雨鱼儿出,微风燕子斜。
> 城中十万户,此地两三家。

去郭轩楹敞,无村眺望赊——首联写草堂的环境:离城郭很远,庭园有开阔敞亮的长廊,旁边没有村落因而视野开阔,可极目远眺。轩:长廊。楹:堂屋前部的柱子。赊:远、长。

澄江平少岸,幽树晚多花——三、四句写眺望之景:江水澄碧,浩浩荡荡,似与江岸齐平,这是写远景;郁郁葱葱的树木,在春日的黄昏里,盛开着姹紫嫣红的花朵,这是写近景。

细雨鱼儿出,微风燕子斜——五、六两句刻画细腻,描写极为生动:鱼儿在毛毛细雨中欢欣地跳出了水面,燕子在微风的吹拂下,轻柔地掠过水濛濛的天空。这两句意象优美,已成为千古传诵的名句。

城中十万户,此地两三家——尾联呼应开头,以"城中"与"此地"、"十万户"与"两三家"对比,更显出这里的闲适和幽静。

此诗写出了诗人远离尘嚣的闲适和怡然自得。"细雨鱼儿出,微风燕子斜"联尤为自由灵动,既有"形"的细致,也有"神"的活泼。写景妙在"缘情体物"之工细,鱼儿欢腾地游到水面,是因雨细,若雨猛浪翻,鱼儿就潜入水底了;燕子轻盈地掠过天空,说明风微,若风大雨急,燕子就会躲起来了。诗人遣词用意的精微为人叹服。黄宾虹先生曾经说过:"山水画乃写自然之性,亦写吾人之心。"(《黄宾虹画语录》)诗画同理。诗人细致地描绘微风细雨中的鱼和燕子,其意在托物寄兴,抒发自己在春天的喜悦心情。

全诗八句都为对仗,远近交错,工巧无痕。

茅屋为秋风所破歌

此诗作于上元二年(761),时杜甫五十岁,在成都闲居。诗人描写了自己居住的茅屋被秋风揭顶后的苦况,并能推己及人,为天下穷人忧虑,显示出诗人崇高的人格境界。因而此诗成为被后世传诵的名篇。

> 八月秋高风怒号,卷我屋上三重茅。
> 茅飞渡江洒江郊,高者挂罥长林梢,
> 下者飘转沉塘坳。南村群童欺我老无力,
> 忍能对面为盗贼。公然抱茅入竹去,
> 唇焦口燥呼不得,归来倚杖自叹息。
> 俄顷风定云墨色,秋天漠漠向昏黑。
> 布衾多年冷似铁,娇儿恶卧踏里裂。
> 床头屋漏无干处,雨脚如麻未断绝。
> 自经丧乱少睡眠,长夜沾湿何由彻?
> 安得广厦千万间,大庇天下寒士俱欢颜,
> 风雨不动安如山!
> 呜呼!何时眼前突兀见此屋,
> 吾庐独破受冻死亦足!

"八月秋高风怒号"五句——开门见山写茅屋为秋风吹破的情形。这是天灾。

挂罥：缠绕。长林：高树。塘坳：低洼积水的地方。

"南村群童欺我老无力"五句——写群童欺老。这是人祸。忍能：竟能忍心这样做。倚杖：拄着拐杖。

"俄顷风定云墨色"八句——写天灾人祸后，夜晚寒冷难眠的困苦情状。俄顷：不一会，转眼间。漠漠：阴沉的样子。布衾：布被子。恶卧：睡觉不老实。踏里裂：将被里蹬破了。丧乱：指安史之乱。何由彻：如何挨到天亮？

"安得广厦千万间"六句——由一己之寒，推及普天下之寒，并声称：为了"大庇天下寒士"，情愿牺牲自己！安得：怎样获得。庇：遮蔽，保护。寒士：贫寒的书生，也泛指天下穷人。突兀：高耸。庐：茅屋，房子。

一位哲人说过：苦难是人生的试金石。面对苦难的态度最能表明一个人是否具有内在的尊严。这首诗为我们提供了一个走近一千多年前的一颗高贵心灵的机会。

让我们看看杜甫是怎样面对自己所遭逢的苦难的：八月的一天，秋风怒号，狂风将草堂的屋顶席卷而去。房顶上的茅草有的落到河边，有的挂上树梢，有的沉进泥塘。一群顽皮的孩子抱起茅草跑掉了。年老力衰的诗人无力呼喊，只得回屋拄着拐杖空自叹息。然而天公不作美，转眼间大雨滂沱而至，诗人裹着单薄的布被仍冻得发抖。屋里漏得没有一块干的地方了，雨依旧下个不停。在如此困苦的境地，诗人却由"吾庐独破"推及"天下寒士"的处境，以他博大的仁爱之心，发出了"安得广厦千万间，大庇天下寒士俱欢颜"的千古绝响。

人生在世，谁都希望远离苦难。但苦难的到来却是那样猝不及防、不容选择。当人们被迫面对苦难的时候，态度却截然不同：有的人沉沦下去，自暴自弃；有的人产生了仇视心理，想要嫉妒和报复那些比自己幸福的人；有的人却从苦难中提炼出精神的珍宝，对人生有了一种全新的眼光。诗人杜甫属于这后一种。他从承受苦难中思索着生活的意义和人格的尊严，并推己及人，由自身的痛苦联想到天下寒士的痛苦，从眼前的苦难联想到整个时代的人民的苦难。他的灵魂是高贵的。一千多年前的茅草屋里，跳动着的是一颗想黎民、思百姓、忧天下的心，这种博大仁爱的胸怀因而成为后世景仰之楷模，他被人们尊为"诗圣"是完全名副其实的。

全诗兼用长短句，打破了七言束缚，多用口语词，使思想的表达更无拘无束，增强了诗的平民气息,有一种特殊的感染力。

百忧集行

此诗当作于上元二年(761),时杜甫居成都草堂。诗中以少年时的健康对照老年时的穷困潦倒,充满感慨和叹惋之情。

> 忆年十五心尚孩,健如黄犊走复来。
> 庭前八月梨枣熟,一日上树能千回。
> 即今倏忽已五十,坐卧只多少行立。
> 强将笑语供主人,悲见生涯百忧集。
> 入门依旧四壁空,老妻睹我颜色同。
> 痴儿不知父子礼,叫怒索饭啼门东。

忆年十五心尚孩,健如黄犊走复来——首句回忆年少时的无忧无虑,体魄强健,精力"健如黄犊",极生动。为下文作铺垫。

庭前八月梨枣熟,一日上树能千回——当梨枣成熟,少年杜甫便频频上树摘取。一日千回是夸张的说法。"心尚孩"的"尚"字用得巧妙贴切,令人感到童稚少年的活泼可爱。诗人活灵活现地勾勒出少年时的自我,正为了引出下文中晚年的悲痛和愤懑。

即今倏忽已五十,坐卧只多少行立——倏忽:形容时光流逝之迅疾。从"十五"转眼走到"五十"岁了,人世沧桑可以想见。由于年老力衰,行动不便,因此坐卧多而站立和行走较少。

强将笑语供主人,悲见生涯百忧集——老年行动不便,还得强颜欢笑出入于官僚之门,自然悲从中来,内心百忧齐集,发出凄凉的慨叹。这两句当为全诗之诗眼,与诗题《百忧集行》相呼应。诗人因老而悲,因贫而悲,更因不得不依附别人、失去主体价值而悲。"生涯"说明整个人生之悲。

入门依旧四壁空,老妻睹我颜色同——写家中四壁空空、一贫如洗的悲凉。老夫老妻,相对无言,同是满面愁色。

痴儿不知父子礼,叫怒索饭啼门东——只有痴儿少不更事,饥肠辘辘,对着东边的厨门,哭叫着要饭吃。以上是诗人为我们描绘出的生动画面,忧伤痛苦之状,历历如在眼前。

杜甫的这首诗以对比的手法,逼真地表现了自己的凄凉处境。诗人用十五岁与五十岁对比,用"一日上树能千回"的青春与"坐卧只多少行立"的苍老对比,用儿时的天真烂漫和老来的强颜欢笑对比,最后诗人还将自己充满欢愉的童年和啼饥号寒的痴儿作了对比,所以才有"悲见生涯百忧集"的感叹,刻画出浓浓的悲的氛围。诗人的切身体验和内心痛楚,化作了诗句中的悲愤和呼号。

赠花卿

作于唐肃宗上元二年(761)。花卿,花敬定,是当时成都尹崔光远的部将,曾因平叛立过功。但他居功自傲,肆虐掠夺百姓,生活骄恣放纵。杜甫的这首赠诗一语双关,字面上看是一首乐曲赞美诗,内中却含有委婉的讽刺,写花卿日常生活中的宴乐盛况与排场奢华。卿,是当时对地位、年辈较低者的一种客气称呼。

锦城丝管日纷纷,半入江风半入云。
此曲只应天上有,人间能得几回闻?

锦城丝管日纷纷,半入江风半入云——锦城:锦官城,指成都。丝管:丝指弦乐,管指管乐。纷纷:既多且乱。这里泛指乐器演奏和伶人的歌唱错杂而又和谐。"半入江风半入云"中两个"半"字,空灵而形象,使人仿佛看到悠扬动听的乐曲,从花卿家的宴席上飞出,随风荡漾在锦江上,冉冉飘入蓝天白云间。这种听觉和视觉的通感,化无形为有形,有一种独特的艺术效果。

此曲只应天上有,人间能得几回闻——天上:这里也有暗指皇帝宫廷的意思,讥讽花敬定的越位和奢侈。这两句犹如神来之笔,口语般浅近、明白如话,却又富含深意。

前两句对乐曲作具体形象的描绘,是实写;后两句以天上的仙乐相夸,是遐想。虚实相生,空灵美妙。对这首诗的主旨,历来注家颇多异议。有人认为它只是赞美乐曲,并无弦外之音;而杨慎《升庵诗话》却说:"花卿在蜀颇借用天子礼乐,子美作此讥之，而意在言外，最得诗人之旨。"沈德潜《说诗晬语》也说："诗贵牵意，有言在此而意在彼者，杜少陵刺花敬定之僭窃，则想新曲于天上。"杨、沈之说是较为可取的。

在中国封建社会里，礼仪制度极为严格，即使音乐，亦有鲜明的等级界限。稍有违背，即是紊乱纲常，大逆不道。杜甫这首诗柔中有刚，绵里藏针，寓讽于谀，意在言外，暗含讥刺却又含而不露。曾有评论家称赞这首诗为杜甫绝句之冠。

不 见

此诗当作于上元二年(761)，杜甫客居成都初期。作者于题下原注："近无李白消息。"这是杜甫怀李白的最后一首诗。次年，李白死于当涂。诗用质朴的语言，表现了对挚友的深情。

不见李生久，佯狂真可哀！

世人皆欲杀，吾意独怜才。

敏捷诗千首，飘零酒一杯。

匡山读书处，头白好归来。

不见李生久，佯狂真可哀——开头直抒胸臆，蓄积于心的思念如洪流决口冲出。"不见"二字置于句首，表达了他渴望见到李白的强烈愿望。"久"，强调分别时间之长。杜甫和李白自天宝四载(745)在兖州分手，已有整整十五年没有见面了。第二句表达对李白怀才不遇的哀怜和同情。像李白这样的"楚狂人"常常吟诗纵酒，笑傲公侯，当然为统治者所不容。杜甫却深深地理解和体谅李白，他的"佯狂"正是因为欲济世而不能，只好假做狂人，因此才更值得哀怜同情。

世人皆欲杀，吾意独怜才——永王璘一案，李白被牵连，有人就说要将"乱臣贼子"李白处以极刑。杜甫因疏救房琯而被逐出朝廷，不是也有同样的遭遇吗？因此杜甫的"怜才"也是怜己。这里的"怜才"不仅指文学才能，更有对李白政治上蒙冤的同情。志士的心是相通的。"皆欲杀"和"独怜才"，突出表现了杜甫与俗世截然对立的态度。

敏捷诗千首，飘零酒一杯——颈联宕开一笔，想象李白在漂泊中一定是以酒为伴，借酒浇胸中块垒。寥寥十个字，便勾勒出一个诗酒飘零的浪漫诗人的形象，是对李白一生的绝妙概括。

匡山读书处，头白好归来——匡山：在四川北部彰明附近，李白少时曾在此读书。这里是杜甫在为李白的命运担忧，希望他叶落归根，终老故里，因此热切地呼唤李白能够"头白好归来"。

这首诗在艺术上的最大特色是直抒胸臆，倾诉心曲。语言质朴自然，吸收了口语和散文的成分入诗，形式看似平淡，内容却一往情深。语言的散文化使律体不再呆板而变得灵活多姿，更有利于传情达意。章法上，首尾呼应，全诗浑然一体，有强大的艺术感染力。

野　望

题解

此诗当作于宝应元年(762)。诗中表现了思家之念和忧国之愁。

> 西山白雪三城戍，南浦清江万里桥。
> 海内风尘诸弟隔，天涯涕泪一身遥。
> 惟将迟暮供多病，未有涓埃答圣朝。
> 跨马出郊时极目，不堪人事日萧条。

西山白雪三城戍，南浦清江万里桥——首两句写野望时所见的西山和锦江。西山：一名雪岭，在成都西部，主峰终年有积雪。三城：指松(今四川松潘)、维(故城在今四川理县西)、保(故城在今四川理县到新保关西北)三城。为防御吐蕃入侵而驻军，是蜀地要镇。戍：指边防驻军的城堡。南浦：南郊外水滨。清江：指锦江。万里桥：在成都市南的锦江上。这里喻指离别，引出下句忆弟之思。意思是：西山顶终年白雪皑皑，松、维、保三城戒备森严，有重兵驻防，南郊外有万里桥跨过泱泱锦江。

海内风尘诸弟隔，天涯涕泪一身遥——由战乱引出对诸弟的思念。"风尘"指安史之乱导致的连年战火。弟弟们散居各地。远在天涯的杜甫，思亲怀乡，不禁"涕泪"横流。

惟将迟暮供多病，未有涓埃答圣朝——五、六句感叹自己只能将晚年岁月交给多病之身，却未能做些微小的贡献来答谢圣上。涓：细流。埃：微尘。

跨马出郊时极目,不堪人事日萧条——我骑马郊游时极目四望,国事和家事的萧条真叫人不堪忍受。"人事",人世间的事。诗人骑马出郊本想散心,但对世事"日"转"萧条"的现状竟难以放下,表达了诗人内心的痛苦之深。

这首诗写郊游野望的感触,忧家忧国、伤己伤民的感情溢于字里行间。首联写从高低两处望见的景色。颔联是抒情,由野望想到兄弟的飘散和自己的浪迹天涯。颈联抒写迟暮多病不能报效国家。末联点明主题"野望",以人事萧条作结。全诗感情真挚,语言淳朴。结构上控纵自如。

遭田父泥饮,美严中丞

此诗当作于宝应元年(762)春,时杜甫居成都草堂。田父:农人。泥饮:热情地强留客人饮酒。美:赞美。严中丞:即严武,杜甫的朋友,时任成都尹。此诗写杜甫流离他乡之际,有老农热情邀他喝酒,并夸赞严武的新政。杜甫有感于民风的淳朴,写下了这首通俗生动的诗,形象地刻画出一位热情豪爽的农民形象。

步屧随春风,村村自花柳。
田翁逼社日,邀我尝春酒。
酒酣夸新尹:"畜眼未见有。"
回头指大男:"渠是弓弩手。
名在飞骑籍,长番岁时久。
前日放营农,辛苦救衰朽。
差科死则已,誓不举家走。
今年大作社,拾遗能住否?"
叫妇开大瓶,盆中为吾取。
感此气扬扬,须知风化首。
语多虽杂乱,说尹终在口。
朝来偶然出,自卯将及酉。
久客惜人情,如何拒邻叟?
高声索果栗,欲起时被肘。

指挥过无礼，未觉村野丑。
月出遮我留，仍嗔问升斗。

步屧随春风，村村自花柳——步屧(xiè)：草鞋。起首二句写诗人穿上草鞋追随着春风到处走走看看，见村村都是花红柳绿，心情喜悦。

田翁逼社日，邀我尝春酒——社日：古时春秋两季农村中祭祀土地神的节日，一般在立春、立秋后的第五个戊日。一位农家老翁说马上临近社日了，非要邀请杜甫到他家去尝尝春酒。

酒酣夸新尹，畜眼未见有——喝得酒酣耳热之际，老农开始夸起了新上任的成都尹。新尹：指头年十二月刚接任成都尹的严武。畜眼：即"蓄眼"，多年所见。意为：这么好的官我多年没见过。

回头指大男，渠是弓弩手——老农回头指着他的大儿子说，他是军队中的弓弩手。

名在飞骑籍，长番岁时久——他的名字在飞骑军的名册里，服役时间已经很久了。长番：长久当兵，不能轮换。

前日放营农，辛苦救衰朽——前几天被新尹放回来务农，来搭救我这辛苦的衰朽老头。

差科死则已，誓不举家走——上面派下来的徭役赋税我死也要承担，决不会举家逃走。

今年大作社，拾遗能住否——今年的社日我要大办一下，拾遗你能否住下呢？（当时杜甫任左拾遗）

叫妇开大瓶，盆中为吾取——老农随即叫老伴打开大酒瓶，又从盆中为我取下酒的菜。

感此气扬扬，须知风化首——我感受到老农的意气昂扬，深知用仁政来感化民众是执政最首要的事。

语多虽杂乱，说尹终在口——老农虽然话多而且说得杂乱，但一直将夸新尹的话挂在嘴边。

朝来偶然出，自卯将及西——我本来是一大早偶然出来走走，没想到这一走就从卯时走到将近酉时。卯：上午五至七点。酉：下午五至七点。

久客惜人情，如何拒邻叟——长久客居在外的我更珍惜人与人之间的友情，怎么能拒绝邻居老翁的盛情呢？

高声索果栗，欲起时被肘——他高门大嗓地要老伴端出果栗来招待我，我几次想要站起来告辞都被他拽住胳膊肘不让走。

指挥过无礼,未觉村野丑——虽然他指手画脚似乎有些过于失礼,但我一点儿也没觉得这村野老头粗俗。

月出遮我留,仍嗔问升斗——直到月亮升起了他依然挽留我,还责怪我不该问他喝了几升几斗酒。

此诗最大的特点就是口语化,写得通俗自然。全诗有人物、有完整的故事情节,生动地刻画了一位乡野村民的形象,人物个性鲜明,活灵活现,使人如见其人、如闻其声,真不愧是"诗史"。

一直致力于提倡白话文学的胡适先生,在他写的那本《白话文学史》里曾表扬这首诗,夸其语言的浅近易懂。同时,也批评了杜甫的《秋兴》诸诗是"难懂的诗谜"。其实,杜甫在诗歌语言上的探索和成就是多方面的。他既可以用农夫的浅白口语入诗,也可以将诗写出文人的典雅。此外,诗中借田翁之口赞美了成都尹严武的勤政爱民,有人曾指责诗中有溢美之词。事实上,因严武是老杜的好友,在严武刚就任成都尹之际,杜甫曾写短文《说旱》建议严武改革弊政,其中包括减少苛捐杂税,如服役的兵丁家中有老父老母需要侍奉的,不应和其他人一样对待,赋税应予适当减免等。从老农的口中,杜甫知道严武这么快就听从了他的建议,作出了改革,自然十分高兴,所以他借农夫之口赞扬了严武的德治。从中可看出杜甫始终在想着国家、念着人民,这种关注普通百姓生存状态的精神反映了诗人内心有着知识分子强烈的社会责任感。同时,从诗中还可以看出杜甫作为一个有一定官职的诗人,在乡野村民面前丝毫没有架子,平等待人,表现出一种可贵的民主意识。

戏为六绝句

这组诗约写于唐代宗宝应元年(762)。内容是探讨诗歌创作方面的问题,是杜甫开创了以诗论诗之先河。

其 一

庾信文章老更成,凌云健笔意纵横。
今人嗤点流传赋,不觉前贤畏后生。

庾信文章老更成,凌云健笔意纵横——庾信:南北朝著名的文学家,字子山,南阳新野人。他初期的作品多为宫体诗,后来由于遭际坎坷,创作风格发生了很大变化,写出了《哀江南赋》、《咏怀二十七首》等有影响的作品。文章:这里包括诗和赋。

今人嗤点流传赋,不绝前贤畏后生——嗤:讥笑。点:评点。流传赋:指庾信流传下来的作品。这四句是说庾信到了晚年作品更为老成,笔下有凌云之气,文意可纵横驰骋。今人对其作品妄加指摘,足以说明他们的无知。因而"前贤畏后生",也只是讽刺的反话罢了。

其 二

王杨卢骆当时体,轻薄为文哂未休。
尔曹身与名俱灭,不废江河万古流。

王杨卢骆当时体,轻薄为文哂未休——王杨卢骆:指初唐四杰王勃、杨炯、卢照邻、骆宾王。当时体:文体表现当时的风尚。轻薄为文:后人讥笑四杰之词。哂:讥笑。说初唐四杰冲破了当时宫廷文学的樊篱,遭到了一些人的讥笑。

尔曹身与名俱灭,不废江河万古流——尔曹:你们,指后生,是一种不客气的称呼。身与名:躯体和名声。你们这么嘲笑他们其实只会使自己身败名裂,而四杰的名声却像江河一样万古不废其流。

其 三

纵使卢王操翰墨,劣于汉魏近风骚。
龙文虎脊皆君驭,历块过都见尔曹。

纵使卢王操翰墨,劣于汉魏近风骚——卢王:卢照邻和王勃,也代指四杰。操翰墨:挥毫创作。风骚:指诗经和楚辞。

龙文虎脊皆君驭,历块过都见尔曹——龙文、虎脊:皆是毛色斑驳的骏马。这里比喻四杰的文采瑰丽。历块过都:跨越城市犹如跨越土块,形容奔驰迅捷状。历,越过。块,土块。都,城市。这里是说,即使四杰的诗不如汉魏时期的诗那样更接近诗经和楚辞,然而他们驾驭瑰丽的文字就像驾驭良马一样得心应手,跨越城市如跨过一个小土块一样，后来人便相形见绌了。见尔曹：意谓相形之下，就能见出高低。

其　四

才力应难夸数公，凡今谁是出群雄？
或看翡翠兰苕上，未掣鲸鱼碧海中。

才力应难夸数公，凡今谁是出群雄——数公：指庾信、四杰等前贤。凡今：当今。出群雄：出类拔萃之人。这里是说：庾信和四杰的才气是很难超越的，当今文坛谁是出众的人？

或看翡翠兰苕上，未掣鲸鱼碧海中——翡翠兰苕：翡翠是羽毛美丽的翠鸟，兰苕指香草。语出郭璞《游仙诗》："翡翠戏兰苕，容色更相鲜。"这里比喻文采华美。掣：拉、牵引。这两句大意是说，偶尔也能看到像翠鸟戏香草那样文辞华丽的作品，但却没能看到像鲸鱼闹碧海那样大气磅礴的鸿篇巨制。

其　五

不薄今人爱古人，清词丽句必为邻。
窃攀屈宋宜方驾，恐与齐梁作后尘。

不薄今人爱古人，清词丽句必为邻——我决不厚古薄今，愿以清词丽句为邻。

窃攀屈宋宜方驾，恐与齐梁作后尘——窃：谦辞。窃攀：奋力高攀。方驾：并驾齐驱。齐梁：南朝的两个朝代。这里代指浮华的文风。全句是说，我努力向屈原、宋玉靠拢以便和他们并驾齐驱，生怕步了齐梁诗歌那浮华的后尘。

其　六

未及前贤更勿疑，递相祖述复先谁？
别裁伪体亲风雅，转益多师是汝师。

未及前贤更勿疑，递相祖述复先谁——递：依次。祖述：依法。此句是说我们毫无疑问不如先贤，但先贤各有千秋难分高下，要效法前贤，应该将谁放在最前面呢？

别裁伪体亲风雅,转益多师是汝师——别裁:区别、剪裁、淘汰。伪体:指形式主义之作。转益多师:以多个圣贤为老师。倘能淘汰掉伪劣的形式主义而亲近真正的风雅,那更多的优秀人才都是你们的老师。

在我国诗歌理论遗产中,有不少著名的论诗绝句,而最早出现、最有影响力的则是杜甫的《戏为六绝句》。它以诗论诗,每首谈一个问题,连缀成组诗,可见出完整的艺术见解。这组绝句主要是探讨诗歌遗产的继承和艺术的创新问题。前三首为作家论,后三首是创作论。它们之间是一个互补的、不可分的整体。

六朝是我国文学由质朴走向华丽的转变阶段,当时在诗人中刮起了一股颓靡、浮艳的诗风。有的年轻人欲全盘否定六朝文学,甚至否定庾信和初唐四杰。杜甫在这首诗中肯定了自屈原、宋玉以来诗人的艺术成就,主张兼容并蓄、博采众长。这组以诗谈艺的诗在今天看来仍具真知灼见,富于启示。

《戏为六绝句》虽主要谈的是艺术方面的问题,但实质上也是杜甫诗歌创作实践经验的总结,诗论的总纲;它所涉及的是关系到唐诗发展的一系列重大理论问题。在小诗里发大议论,更见出作者功力。诗人即事见义,寓宏大内容于轻松幽默之中,娓娓而谈,庄谐杂出,给人以亲切、率真、恳挚之感,风格质朴、耐人咀嚼。

(二)在绵州、梓州、阆州
(762年六月—764年二月)

奉济驿重送严公四韵

奉济驿:在成都东北的绵阳。严公:即严武,曾两度为剑南节度使。宝应元年(762)四月,肃宗死,代宗即位。六月,召严武入朝,杜甫送别赠诗,因前已写过《送严侍郎到绵州同登杜使君江楼》,故称"重送"。此诗写杜甫送严武离开绵州,到奉济驿时最后告别的情景。律诗双句押韵,八句诗四个韵脚,故称"四韵"。

远送从此别,青山空复情。
几时杯重把,昨夜月同行。
列郡讴歌惜,三朝出入荣。
江村独归处,寂寞养残生。

远送从此别，青山空复情——开头便点明"远送"，可见情深。送了一程又一程，一直送到二百里外的奉济驿，可见有说不完的知心话。群山伫立，也似含情脉脉。"空"指人去山空。形象地表现了诗人那种无可奈何的惜别情致。

几时杯重把，昨夜月同行——颔联是忆"昨夜"与友人分手前小聚的情景：皎洁的月亮也伴随着我们同饮共醉。月儿含情相伴，同上联的"青山"句一样，亦是"移情"手法。"几时杯重把"是问自己，也是问友人。将问句提在"昨夜"句前，更增添了诗的奇曲韵致，有平中见奇之效。

列郡讴歌惜，三朝出入荣——列郡：指东西两川各郡，严武赴京前为两川节度使。三朝：指玄宗、肃宗、代宗三朝。这句是赞严武，说东西两川各郡的人们都因你的离任而惋惜，连续三朝都有出将入相之荣也真不易。

江村独归处，寂寞养残生——最后抒发诗人自己的心境：与你分手后我将独自回到浣花溪边草堂，淡泊孤寂度此残生！"江村"指成都西郊的浣花溪边。"独"突出了离别之后的孤单，"残"表现风烛余年的凄清，"寂寞"道出了知音远去的惆怅。这两句充满悲凉色彩的诗句，虽然未出现一个"泪"字，却叫人忍不住潸然泪下。

杜甫曾任严武幕僚，严武对他可以说有着知遇之恩。严武其人有文才武略，与杜甫品性相投，镇蜀期间，曾亲到草堂探视，并在经济上给予接济。二人相互敬重，常彼此赠诗，结下了深厚的友谊。如今，杜甫贫老多病，流落异乡，像严武这样一个可依靠的挚友又要奉召还朝，离他而去，杜甫的心里怎能不充满伤感呢？真情乃诗歌的第一要义，与挚友伤别的悲愁，想到此后将孤独无依地了此残生的绝望，都浸透在字里行间。全诗感情浓郁，语言质朴，平直中有奇致，浅易中见沉郁，不愧为诗中上品。

闻官军收河南河北

此诗作于唐代宗广德元年(763)春。时杜甫为避成都之乱住在梓州(今四川三台)。在此前一年的十月，朝廷军队第二次收复了洛阳及洛阳以东的郑州、滑州、汴州等大片地区。紧接着又进军河北。到这年正月，官军彻底消灭了安史叛军，叛军头子史朝义被迫自缢身死，收复河南河北。消息传来，杜甫欣喜若狂。含着眼泪写下了这首在杜诗中少见的奔放喜悦的作品，千百年来，脍炙人口。

中国家庭基本藏书

剑外忽传收蓟北,初闻涕泪满衣裳。
却看妻子愁何在?漫卷诗书喜欲狂。
白日放歌须纵酒,青春作伴好还乡。
即从巴峡穿巫峡,便下襄阳向洛阳。

剑外忽传收蓟北,初闻涕泪满衣裳——剑外:剑门关以南,这里指诗人所在的梓州。忽传:捷报突然而至。蓟北:泛指今天的河北省北部。蓟州在今天的天津,当时为幽州首府,是安史叛军的老巢。开首两句写诗人初闻收复蓟北的消息,悲喜交集,热泪滚滚沾满衣襟。"涕泪满衣裳"以形传神,逼真地表现了惊喜之情。

却看妻子愁何在,漫卷诗书喜欲狂——却看:退身仔细地看,回头看。漫卷:随手卷起。当时诗书都是写在绢帛上的,所以有"漫卷"之说。回头看妻子儿女,满脸的忧愁哪里去了?随手胡乱地卷起诗书,高兴得快要发狂!两个连续的动作形象地表达了愁云散去、全家人笑逐颜开的情景。

白日放歌须纵酒,青春作伴好还乡——人到老年本不宜"纵酒",但正因为太高兴了,因而开怀畅饮,放声高歌,"老夫聊发少年狂";有明媚的春光作伴,正好可以启程还乡。

即从巴峡穿巫峡,便下襄阳向洛阳——巴峡:巴郡三峡,在重庆以东二十里的长江上,是明月峡、铜罗峡、石洞峡之合称。也有人认为此诗中杜甫指的是嘉陵江的上游峡谷而非巴东三峡。巫峡:长江三峡之一,在今四川巫山东的长江上。襄阳:今湖北襄樊。洛阳:今河南洛阳,杜甫的故乡。杜甫的祖籍为今河南巩义,三岁时移居洛阳,因而每以洛阳为故乡。杜甫在喜悦中想象着回乡的路线,说我要立即乘船从巴峡穿过巫峡,再从襄阳北上奔向洛阳。这一联,包含了四个地名。"巴峡"与"巫峡","襄阳"与"洛阳",既各自对偶(句内对),又前后对偶,形成工整的地名对;而"即从"、"便下"又使两句紧连,形成活泼的流水对。形成有复沓效果的音调。形象有动感,用字准确而传神。

杜甫于此诗下自注:"余田园在东京。"除第一句叙事点题外,其余各句,都是抒发听到胜利消息之后的惊喜之情。胸中有万斛泉源,奔涌直泻。想到可以携眷还乡,喜极而泣。全诗情真意切,直抒胸臆。让人仿佛看到作者当时手舞足蹈,惊喜欲狂的神态。杜甫一向忧国忧民,艰辛贫病,他的诗多以沉郁见长。像这样奔放喜悦的作品,在杜甫的诗集中还不多见。因此,历代诗论家都极为推崇这首诗。

浦起龙在《读杜心解》中称赞它是杜甫"生平第一首快诗"。萧涤非则赞其有"水到渠成之妙"。

泛舟送魏十八仓曹还京，
因寄岑中允参、范郎中季明

此诗当作于广德元年(763)，时杜甫在梓州。仓曹：官名。《杜诗详注》："诸卫府各有仓曹参军。"岑中允参：指唐代著名诗人岑参，任太子中允，为杜甫的故交。魏十八、范季明：其况不详。诗写送别友人的伤感。

> 迟日深江水，轻舟送别筵。
> 帝乡愁绪外，春色泪痕边。
> 见酒须相忆，将诗莫浪传。
> 若逢岑与范，为报各衰年。

迟日深江水，轻舟送别筵——春日迟迟江水深深，送别的酒筵摆在轻巧的小船上。

帝乡愁绪外，春色泪痕边——帝乡：指京都。愁绪因在京都之外而更显深重，泪痕与春色相映便愈加悲切。这两句尤觉凄美。

见酒须相忆，将诗莫浪传——这句是杜甫嘱咐友人，在吃酒的时候可要记得我，我的诗也别随便给人。

若逢岑与范，为报各衰年——若能遇到岑参与范季明，告诉他们我已经老了。

杜甫的这首诗字里行间有着深深的伤感。他是在借朋友间的聚散离合之情，抒发自己的迟暮飘零、身世之叹。杜甫在任左拾遗的时候，曾与人联名保荐岑参为右补阙。如今岑参在朝中地位已经不低，相形之下，杜甫更感到自己年老力衰，当然会感慨良多。诗中正是表达了这样一种天涯迟暮、伤春惜别的情怀，真切感人。

送路六侍御入朝

此诗当作于唐代宗广德元年(763)春,时杜甫在梓州。关于路六侍御的生平已不可考,但从诗中可看出是杜甫的儿时旧友。此诗借友人的聚散离合,写迟暮飘零的伤世之感。

童稚情亲四十年,中间消息两茫然。
更为后会知何地?忽漫相逢是别筵!
不分桃花红似锦,生憎柳絮白于绵。
剑南春色还无赖,触忤愁人到酒边。

童稚情亲四十年,中间消息两茫然——诗的开头直接切入青梅竹马的童年。四十年的漫长岁月,诗人与路六侍御的童年友情并未淡忘,只是处在兵戈满地的战乱年代,朋友间无从互通消息而失去了联系,故有"两茫然"之说。

更为后会知何地? 忽漫相逢是别筵——"忽漫相逢",他乡遇故知,本是件极为高兴的事,然而,重逢的筵席同时又意味着再一次离别,这乍逢又别的短暂筵席,令人悲喜交集。会合的欢娱,顷刻间将化为别离的愁思。人生的聚散离合是这样迷离莫测。谁又能知道多年后将重逢在何地呢? 此处用了诘问的语气,更显向往之切、感慨之深。作者故意颠倒其次序将问句放在前面,是一联之内的逆挽,有化板滞为飞动的奇效,使读者在寥寥数语中体会笔力千钧。将感伤离乱的情怀表现得更为沉郁苍凉。

不分桃花红似锦,生憎柳絮白于绵——不分:犹言不满,嫌恶之意。"分",一作忿。生憎:犹言偏憎、最憎。绵:丝绵。剥取蚕茧表面的乱丝整理而成。这句是说:不满意桃花红得如锦缎,更可恨柳絮白得胜过棉花。诗人因"恨别"而转恨桃花之妖艳轻薄,因"伤情"而憎及柳絮之惨白胜棉,也是"移情于物,景随情变"的结果。

剑南春色还无赖,触忤愁人到酒边——对景伤情手法,说"剑南春色"如此"无赖",它竟然敢到酒桌边来冒犯"愁人"。

诗的上半写情,下半写景,情景交融,成为一个不可分割的完美整体。全诗语气流转，跌宕起伏，于宏大之中见出细微之处。若没有思想情感上的丰厚蕴含和艺术上的精湛造诣，是不可能达到此种化境的。

岁　暮

此诗当作于广德元年(763)年底。当时杜甫正欲由阆州乘船沿嘉陵江南下。此诗或作于离梓前，或作于抵阆后，写忧乱之情。

岁暮远为客，边隅还用兵。
烟尘犯雪岭，鼓角动江城。
天地日流血，朝廷谁请缨？
济时敢爱死，寂寞壮心惊。

岁暮远为客，边隅还用兵——年底了我还远在天涯作客，边境上眼下还在用兵。

烟尘犯雪岭，鼓角动江城——吐蕃已攻陷雪岭附近的松、维、保三州，军中备战的鼓角声震动了江城。雪岭：又名西山，在松州嘉城县东。

天地日流血，朝廷谁请缨——人间日夜都在流血，朝廷中却无人出来请缨。典出自《汉书·终军传》：汉武帝时，终军请求皇帝给他一根长缨，立誓擒回南越王。后人便将自告奋勇去杀敌立功称为"请缨"。

济时敢爱死，寂寞壮心惊——为救危难的时局我怎敢怜惜一死？虽然仕途寂寞，我也仍有烈士暮年的惊人壮心。此处化用了曹操《龟虽寿》中"老骥伏枥，志在千里；烈士暮年，壮心不已"之意。

杜甫在这首诗中不说"人间日流血"，却说是"天地日流血"，这种直觉性的意象更使人触目惊心！王安石曾说："然每一篇出，自然人知非人所能为，而为之者惟其甫也，辄能辨之。"（《老杜诗后集序》）杜诗原创性由此可见。杜甫这种以表现功能为第一的原则使其无所顾忌，直至"非人所能为而为之"，这就使他的诗"语不惊人死不休"，有了一种"陌生化"的效果。杜甫在乱世中又度过了一年，写于年底的这首诗可看作是他本年忧乱心情的一个小结。

别房太尉墓

房太尉即房琯,在唐玄宗幸蜀时拜相,为人正直,后为肃宗所贬。杜甫曾为其上疏力谏,得罪了肃宗,险遭杀身之祸。

此诗写于房琯死后次年(764)二月,当时杜甫准备携眷离开阆州返成都去投奔严武,行前,专程到老友坟前作别,写下了这首感伤的悼亡诗。

> 他乡复行役,驻马别孤坟。
> 近泪无干土,低空有断云。
> 对棋陪谢傅,把剑觅徐君。
> 惟见林花落,莺啼送客闻。

他乡复行役,驻马别孤坟——起句说自己是一个流落他乡的人,况且还苦于行役,有公事在身;尽管行色匆匆,还是驻马暂留,来到孤坟前向亡友告别。"孤坟"二字,见出凄凉,生前曾为堂堂宰相,如今坟中孑孑,晚岁坎坷可知。

近泪无干土,低空有断云——"无干土"是因为"近泪"打湿了坟上的泥土,可见心情的沉痛;断云也不忍离去在低空飘飞,形容连空气都愁惨凝滞,使人倍觉寂寥哀伤。

对棋陪谢傅,把剑觅徐君——谢傅指谢安。《晋书·谢安传》:谢玄等破苻坚,有驿书至,谢安正和客人下围棋,脸上看不出喜色。诗人在这里是以谢安的镇定自若和儒雅风流来比喻房琯,可见其对房琯的推崇。下句是另一典故,《说苑》载,春秋时吴国的季札出使,路过徐国,知徐君爱其宝剑,心许回来时赠送。不料归来时徐君已死,季札便解剑系于徐君墓旁的树上离去。诗人以季札自比,表示对房琯的深情虽死不忘。两句用了两个典故,布局严谨,极为贴切,同时照应了前两联,道出悲痛的原因。

惟见林花落,莺啼送客闻——眼前只见林花纷乱飘落,令人联想到纷纷珠泪;耳边听得黄莺悲啼送客,似闻哀乐阵阵。寥寥数字,画出一幅凄怆肃穆的悼亡图,衬出孤零零的坟地与吊客之深重悲哀,显得馀韵悠悠。

诗的前四句写悼友的哀伤,后四句写临别的留恋,一往情深,雍容典雅,感人肺腑。其中写老友房琯，句句得体；写生前交往，字字有情。无限知遇深情，皆渗透于字里行间，塑造出阴郁深沉的哀痛氛围，其中隐含着诗人对国事的隐忧与叹息，有深深的艺术感染力。

（三）返回成都
（764年二月—765年五月）

将赴成都草堂途中有作
先寄严郑公五首（选一）

严郑公，即严武，广德元年封郑国公，故称。因徐知道据成都叛乱，杜甫曾一度外出避难于梓州、阆州等地。广德二年(764)二月，严武再度任成都尹兼剑南节度使，并来信相邀，诗人决定重返成都。这组诗即作于阆州返成都途中。组诗共五首，此为其中第四首。

常苦沙崩损药栏，也从江槛落风湍。
新松恨不高千尺，恶竹应须斩万竿。
生理只凭黄阁老，衰颜欲付紫金丹。
三年奔走空皮骨，信有人间行路难。

常苦沙崩损药栏，也从江槛落风湍——诗人在路途中设想回成都后需要整理草堂，所以在这里说：自从离开后，常常焦虑沙岸崩塌会损坏药栏，现在恐怕连同江槛一起都落到湍急的水流中去了吧。

新松恨不高千尺，恶竹应须斩万竿——此为杜甫诗中流传甚广的名句。当年诗人离开草堂时，亲手种下的四株小松，不过"大抵三尺强"（《四松》），诗人喜爱它，恨不得它迅速长成参天大树；而那到处蔓延的恶竹，有万竿也应当斩除掉！诗人在这里借喜爱新松的峻秀挺拔、痛恨恶竹的随乱而生，表达了自己的强烈爱憎，富含哲理意味。其言外之意重点体现在"恨不"和"应须"四个字上。正如杨伦在《杜诗镜铨》旁注中说的，此二句"兼寓扶善疾恶意"。时逢乱世，匡时济世之才俊不能起用，而邪恶势力却到处横行，诗人怎能不万分愤慨！

生理只凭黄阁老，衰颜欲付紫金丹——后四句回到"赠严郑公"的题意上。生理：即生计。黄阁老：指严武。唐代称中书省、门下省的官员为"阁老"，严武以黄门侍郎镇成都，故称"黄阁老"。金丹：烧炼的丹药。这两句是说，自己的生活全凭严武照顾，容颜衰老也只能靠益寿延年的丹药了。这里是感谢黄阁老使他的生活有了依靠之意。

三年奔走空皮骨，信有人间行路难——诗人自宝应元年(762)七月与严武分别，到广德二年(764)回到草堂，前后三年间因兵祸漂泊、吃尽苦头，人瘦得只剩皮包骨头了。过去曾读过古乐府诗《行路难》，现在有了亲身体验，方知世路真是如此艰辛。一个"信"字，饱含着诗人的多少辛酸体验啊！

上半首是诗人遥想离开成都之后、草堂自然环境恶化的情景。诗人心中不仅惦念自己的草堂，也充满了对风雨飘摇的社会现状的焦虑。下半首在唱出了对友人真诚相助的感谢之情后，沉痛地唱出了"信有人间行路难"的感慨，这是诗人积一生之经验的痛定思痛的人生总结，是对罪恶世事的强烈不满和控诉。

"新松恨不高千尺，恶竹应须斩万竿"更是映亮全诗的名言警句。诗人在这里并非是恨一切"竹"，他所愤恨的只是"恶竹"而已。"竹"不过是诗人为"借物书愤"而找到的一个与松相对应的象征物。实际上诗人是爱竹的，有他在夔州所作的《客堂》一诗为证："平生憩息地，必种数竿竹。"所以，诗人不过是借物抒愤，用以表达对社会恶势力的痛恨。诗句中所蕴含的强烈的爱憎充满深沉的人生哲理，所以时过千年至今仍能引起我们的强烈共鸣。

奉寄高常侍

高常侍即高适，唐代著名诗人。常侍是官职名散骑常侍的简称。这首七言律诗是广德二年(764)高适入朝时，杜甫写来赠给他的。诗中赞扬高适的才干，表达了真诚的友情。

> 汶上相逢年颇多，飞腾无那故人何！
> 总戎楚蜀应全未，方驾曹刘不啻过。
> 今日朝廷须汲黯，中原将帅忆廉颇。
> 天涯春色催迟暮，别泪遥添锦水波。

汶上相逢年颇多，飞腾无那故人何——汶：水名，在今山东省。杜甫早年漫游齐赵时，曾与高适相遇同游。汶上相逢就是指这件事。飞腾：飞黄腾达。无那：无奈。这两句是说，自汶上与你相逢，转眼已过了多年，你的飞黄腾达真使我感到无法企及。

总戎楚蜀应全未，方驾曹刘不啻过——总戎：指总理一方的军务。楚：淮南。蜀：剑南西川。应全未：未能完全发挥作用。高适曾先后任淮南节度使和西川节度使。方驾：并驾齐驱。曹刘：指曹植和刘桢，都是建安时的杰出诗人。不啻(chì)过：不光势均力敌，还要远远超过。意思是说你虽先后两任节度使，但你的才能也未必完全施展出来，你的文才可与曹植和刘桢并驾齐驱。

今日朝廷须汲黯，中原将帅忆廉颇——汲黯：西汉濮阳(今河南濮阳西南)人。武帝时，任东海太守，继为主爵都尉。常直言进谏，反对武帝反击匈奴贵族的战争。因其敢犯颜直谏，后人常用作直谏之臣的典故。高适当时任左散骑常侍(属门下省)，也是规讽过失的官职。而且高适也向以"负气敢言"闻名，所以杜甫在此以汲黯相喻。中原：原指今河南及邻近地区。这里是与遥远的西川相对而言，指两京一带的中、北部。廉颇：战国时赵国的名将。耿直有血性，这里用来比喻高适。这两句是说，今天的朝廷正需要像你这样类似汲黯敢于直言的人，中原的将帅都常思念你这位当代廉颇。

天涯春色催迟暮，别泪遥添锦水波——天涯：与首都长安相对，诗人所居的成都就算是遥远的天涯了。催迟暮：暮春将近，形容自己老得很快。遥添锦水：泪水太多了，使锦水都涨了。形容离别的眼泪之多。意为：看到春光更觉得日月催人老，转眼已到了迟暮之年，你我离别泪流如雨，像是为锦江增添了波浪。

杜甫尽管对高适在西蜀时丧师失地的行为曾有所不满，但毕竟是老友离别，诗中赞扬了诗友高适的文才武略，伤友人之别离，悲身世之凄凉，感情还是非常真挚的，比喻也别致，不失为一首有特色的好诗。

登　楼

此诗写于唐德宗广德二年(764)春。当时杜甫已由梓州回到了成都草堂。诗中写登楼眺望所看到的春色美景，表达了诗人对国事的忧虑之情。

花近高楼伤客心，万方多难此登临。
锦江春色来天地，玉垒浮云变古今。

北极朝廷终不改，西山寇盗莫相侵！

可怜后主还祠庙，日暮聊为梁父吟。

　　花近高楼伤客心，万方多难此登临——鲜花簇拥着高楼，本是美景，作者却说"伤客心"，为什么？引出原因："万方多难"。这是一种因果倒装，和"感时花溅泪"（《春望》）一样，是行文中一种以乐景写哀情的反衬手法，使得"登临"更有一种特殊韵味。

　　锦江春色来天地，玉垒浮云变古今——"锦江"、"玉垒"均为登楼所见，颔联描述山河壮景。锦江：也叫汶江，是岷江的支流。玉垒：山名，在四川理县东南。唐贞观年间，这里曾是吐蕃来往的要道。变古今：古往今来变化多端。锦江的春色铺天盖地而来，玉垒山头古往今来一直浮云变幻。上句向空间开阔视野，下句就时间驰骋遐思。

　　北极朝廷终不改，西山寇盗莫相侵——颈联议论天下大势，"朝廷"、"寇盗"均为登楼所思。北极：北极星。古人常以北极代指朝廷。西山寇盗：指吐蕃入侵者。说大唐政权如北极星一样恒久不变，劝吐蕃莫再徒劳无益地前来侵扰！义正词严，于焦虑中透出坚定的信念。

　　可怜后主还祠庙，日暮聊为梁父吟——尾联借咏怀古迹讽喻当朝昏君，寄托个人怀抱。后主：指刘备之子刘禅，因宠信宦官终于亡国。他的祠庙在成都武侯祠东侧。梁父吟：又作梁甫吟，汉乐府曲调名。诸葛亮出山前喜吟此曲。这两句喟叹：可怜那亡国昏君，竟也配和诸葛武侯一样，享后人香火！更何况我大唐民心。我没有机会像诸葛亮那样济世安邦，就姑且在暮色中吟诵一曲《梁父吟》吧。诗人空怀济世报国之心，只能吟诗以自遣而已！

　　这是一首感时抚事之作。杜甫写作此诗的前几个月，吐蕃军队东侵，曾一度攻陷长安城，唐代宗逃到陕州。后郭子仪收复长安，唐代宗又返回京城。诗中的"北极朝廷终不改"即是指此。后吐蕃又向四川进攻，诗中因而出现"西山寇盗莫相侵"句。诗歌表达了杜甫盼望国家中兴，同时对川西以及全国的局势仍有深深的忧虑。全诗即景抒情，从空间着眼。"花近高楼"写近景，而"锦江"、"玉垒"则是远景。"日暮"点明了诗人在此徜徉已久。这种从时空着眼的手法，增强了诗的意境的立体感。诗句情景交融，气象雄浑，格律严谨，对仗工整，历来为诗家所推崇。沈德潜以为"气象雄伟，笼盖宇宙，此杜诗之最上者"（《唐诗别裁集》）。

绝句二首

题解

作于唐代宗广德二年(764)春。由于严武重镇成都,诗人返回草堂,生活稍稍安定,心情也较为舒畅,诗人写下了这两首美丽的小诗。第一首写春景,第二首写思乡。

其 一

迟日江山丽,春风花草香。
泥融飞燕子,沙暖睡鸳鸯。

新解

迟日江山丽,春风花草香——迟日:指春日迟迟才来。有盼春之意。读此诗句似闻到了春风中花草的香气。

泥融飞燕子,沙暖睡鸳鸯——燕子飞来飞去衔来融泥作巢,暖暖的沙滩上鸳鸯睡得惬意。"融"和"暖"有鲜明的质地感。

其 二

江碧鸟逾白,山青花欲燃。
今春看又过,何日是归年?

新解

江碧鸟逾白,山青花欲燃——开头两句以对偶句写景。碧波之上几只洁白的水鸟正在戏水,屋后山色青翠,山花鲜艳如火。以江水的碧蓝来衬托水鸟的洁白,以青山的葱郁来映照山花的火红,对比强烈,着色鲜艳,描摹景物出神入化,是以"画法为诗法"(《杜臆》),采用工笔描绘、对比衬托来取得艺术效果。寥寥十个字,将春日的蓬勃生机,传神地勾画成一幅色彩绚丽的图画。

今春看又过,何日是归年——美景能使人流连忘返,但同时也易勾起游子思乡的情怀。颠沛流离的今春眼看又要过去,什么时候才能回归故乡?这里的"看"和"又",都很有分量,包含了诗人的诸多感慨。"何日是归年",有身不由己之感,抒发了战乱不已、不得不长期流寓他乡之苦。

中国家庭基本藏书

四个画面,两副对子,融化在一派怡人春色中。既相互独立,又浑然一体,相辅相成。语言浅近如同口语,清新自然。写怀乡之念,其实正是对和平安定生活的向往。以无可奈何的问句结束全诗,使我们更能体会到诗人内心深沉的痛苦。

绝句四首(选一)

此诗写于唐代宗广德二年(764)春。原诗共四首,这是其中的第三首。作品描写了成都的春景。

> 两个黄鹂鸣翠柳,一行白鹭上青天。
> 窗含西岭千秋雪,门泊东吴万里船。

两个黄鹂鸣翠柳,一行白鹭上青天——鹭:即鹭鸶,一种水鸟名。

窗含西岭千秋雪,门泊东吴万里船——窗含:从窗口里望见的景物,就像在窗口嵌含着一样。西岭:指岷山,山顶上有终年不化的积雪,所以诗人说"千秋雪"。泊:停靠。东吴:原指三国时代孙权的领地,后泛指今长江以南的江浙地区。万里船:杜甫草堂东侧不远的锦江上有一座桥叫"万里桥",古代由成都东下江浙都从这里上船出发。三国时诸葛亮送费祎时说:"万里之行,始于此桥。"万里桥由此而得名。万里船的典故也出于此。

本诗由两联工整的对偶句组成。前两句写"动"景,后两句写"静"景。"鸣"和"上"这两个动词给人以强烈的动感。"含"和"泊"则是以静为主。"含"用的是拟人手法,贴切生动;而"泊"是静中含动。

再说诗的远和近。首句黄鹂鸣于翠柳间,是近景;次句白鹭飞上青天,是远景。第三句写窗中望到的西岭积雪,是远景;第四句写门前的船只,又是近景。每句一景,近景、远景交错出现,给人以丰富的层次感。

此外是诗的色彩:嫩黄的小鸟,翠绿的柳林,雪白的鹭鸶,蔚蓝的青天,晶莹的白雪,还有暗含诗中的江之蓝、船之褐等色彩,相映成趣,令人赏心悦目。全诗动静交错,远近分明,构成了一幅自然、清新、色彩明丽的春景图,读来令人心旷神怡。

丹青引 赠曹将军霸

此诗写于唐代宗广德二年(764)，杜甫时年五十三岁，正在西川节度使严武帐下任参谋并挂名"工部员外郎"。丹青：我国古代绘画常用朱红色、青色，故称画为"丹青"。也泛指绘画艺术。引：唐代乐曲的一种，亦为一种诗体。丹青引：意即绘画歌。曹霸：唐代的一位大画家，曹操后裔，工于鞍马和人物肖像。唐玄宗开元中曾任左武卫将军，天宝末被削职为民。晚年穷愁潦倒，流落成都时与杜甫相见。杜甫在这首写给他的诗中称赞他的画艺和人品，并对他的处境给予同情。

将军魏武之子孙，于今为庶为清门。
英雄割据虽已矣，文采风流今尚存。
学书初学卫夫人，但恨无过王右军。
丹青不知老将至，富贵于我如浮云。
开元之中常引见，承恩数上南薰殿。
凌烟功臣少颜色，将军下笔开生面。
良相头上进贤冠，猛将腰间大羽箭。
褒公鄂公毛发动，英姿飒爽来酣战。
先帝御马玉花骢，画工如山貌不同。
是日牵来赤墀下，迥立阊阖生长风。
诏谓将军拂绢素，意匠惨淡经营中。
斯须九重真龙出，一洗万古凡马空。
玉花却在御榻上，榻上庭前屹相向。
至尊含笑催赐金，圉人太仆皆惆怅。
弟子韩幹早入室，亦能画马穷殊相。
幹惟画肉不画骨，忍使骅骝气凋丧。
将军善画盖有神，偶逢佳士亦写真。
即今漂泊干戈际，屡貌寻常行路人。
途穷反遭俗眼白，世上未有如公贫。
但看古来盛名下，终日坎壈缠其身。

将军魏武之子孙,于今为庶为清门——开篇先从曹霸家世的盛衰说起。曹霸是曹操曾孙曹髦的后裔,曹髦擅长书画。自魏至唐,朝代几经更替,当初皇室贵族的子孙如今早已沦为清门寒素之家。魏武:曹操。死后被谥为武帝。庶:平民。清门:清寒之家。

英雄割据虽已矣,文采风流今尚存——曹操当年开创的三国鼎立、英雄割据的时代已一去不复返,而其文章的丰采却流传下来,被曹霸继承。以上是两番大起大落的对比,写出了曹氏家族几百年的变迁。下面自然地转入曹霸的书画之事。

学书初学卫夫人,但恨无过王右军——卫夫人:名铄,晋时书法家,汝阴太守李矩之妻,王羲之曾向她学书法。王右军:即王羲之,晋代大书法家,曾任右军将军。这里说曹霸书法虽学卫、王之体,但恨未能超过王右军的水平,实际上是微妙地暗示曹霸因书法未成名家,故舍书而工画。此诗虽是赠人之作,却也不肯过誉溢美,分寸掌握得恰到好处。

丹青不知老将至,富贵于我如浮云——你潜心绘画不知老之将至,荣华富贵对于你如同过眼浮云。这里杜甫化用了《论语》中的"发愤忘食,乐以忘忧,不知老之将至云尔"和"不义而富且贵,于我如浮云"的语句。用其文而化其意,妥当贴切,轻巧自如,不露痕迹,确是大家手笔。以上几句概括曹霸的艺术生涯和处世性格,对他的书法与绘画显然有所轩轻,但语意委婉。

开元之中常引见,承恩数上南薰殿——开元是唐玄宗的年号(713—741)。南薰殿:唐代兴庆宫内的一座宫殿名。引见,这里指开元年间他常被唐玄宗召见。诗人认为曹霸以一介寒庶之士经常应召入宫画图,这样特殊的恩宠只有在重才求贤的盛世才能遇到。

凌烟功臣少颜色,将军下笔开生面——凌烟阁:在西内三清殿侧,阁内画有唐代二十四个开国功臣的肖像,是唐太宗贞观十七年(643)皇上命大画家阎立本所绘。少颜色:因年代久远而褪色。开生面:"生面"语出《左传·僖公三十三年》:"狄人归其元,面如生。"《南史·王琳传》也有"回肠疾首,切犹生之面"的说法。因此"下笔开生面"一句含义双关,既指下笔重摹旧像,又赞画之逼真,指人物焕发出生动的神采,有面色如生之感。

良相头上进贤冠,猛将腰间大羽箭——进贤冠:唐代文臣朝见皇帝时所戴的礼帽。大羽箭:唐太宗时一种特制的带四根羽毛的长箭。上句写文官,下句写武将。

褒公鄂公毛发动,英姿飒爽来酣战——褒公:指褒国公段志玄。鄂公:鄂国公尉迟敬德。二人皆为猛将,都是凌烟阁内所绘的功臣。这两句是说,褒公、鄂公的毛发看上去似乎都在抖动,他们英姿飒爽,好像要来和谁酣战。从凌烟阁功臣二十四图中选出最有特色的这两幅画像，使良相猛将的虎虎生气如在眼前，曹霸雄健的画风也宛然可见。

先帝御马玉花骢，画工如山貌不同——先不厌其详地渲染画成之前的气氛。先帝指玄宗。玉花骢：骏马名。这句说：玄宗有匹宝马名叫玉花骢，多少画家都画不像，画不出其神采。

是日牵来赤墀下，迥立阊阖生长风——赤墀：宫廷中的红台阶。阊阖：本指天门，这里指宫门。这天玉花骢被牵到殿中红阶下，昂首屹立宫门，看上去像脚下生风一样极神气。

诏谓将军拂绢素，意匠惨淡经营中——拂绢素：古人以白绢为画布，在作画前要拂拭白绢。意匠：即构思。惨淡经营：指苦心布局，进行艺术构思。这句说：皇帝下诏让将军你展开白绢作画，你苦心构思运笔挥洒。

斯须九重真龙出，一洗万古凡马空——斯须：片刻间。九重：这里指皇宫。真龙：指骏马和曹霸画的所有的马。你不一会儿就画出了一匹真龙般的神马，一下子将过去那些凡俗的马画一扫而空。写出曹霸接旨拂绢、惨淡经营、须臾而成的作画过程，使观者顿觉天下凡马尽皆失色。

玉花却在御榻上，榻上庭前屹相向——这两句是说玉花骢图看上去就像是真马立在皇帝榻上，在榻上的画中马和庭前的真马相向而立，竟让人难分真假。一个"却"字以疑怪的语气写出人们视假为真的错觉，榻上庭前两马屹立相对的奇思又使这错觉更为逼真。

至尊含笑催赐金，圉人太仆皆惆怅——至尊：指皇帝。圉（yǔ）人：养马的人。太仆：给皇帝掌管车马的官。惆怅：这里指入迷了，看呆了。这两句是说：皇上含笑催促左右赏赐黄金，车官和马倌们个个都看呆了，有些迷惘发怔。从旁观者的反应衬托出画马之神韵。

弟子韩幹早入室，亦能画马穷殊相——韩幹：唐代画家，善画人物，工于鞍马，曾拜曹霸为师。入室：指最接近老师。通常将最得老师真传的弟子叫入室弟子。早入室：早学上手。穷殊相：将特殊的样子都画得逼真穷尽了。

幹惟画肉不画骨，忍使骅骝气凋丧——忍使：竟然使得。骅骝：传说为周穆王八骏之一。这里泛指一切好马。这两句是说连入室弟子韩幹也只能画马的外表皮肉却画不出马的风骨和内在精神，常使骅骝良马的神采凋敝丧失，没有了气概。这一对比更见出曹霸画艺之高超。

将军善画盖有神，偶逢佳士亦写真——佳士：有才情格调的人。诗句是说，将军不仅善于画马也能画人，偶然碰到有才情的人也会动心画像，下笔若有神助。这两句承上启下，总结曹霸之画以神似见长的特点，接下来引出画家的落魄。

即今漂泊干戈际，屡貌寻常行路人——干戈际：战乱之时。这两句是说漂泊在今天这个战乱之世，为了生存也只能给平常的过路人画像了。

途穷反遭俗眼白，世上未有如公贫——意为：英才末路反而要遭受世俗的白眼，人世间再没有像你这样穷的人了。空有绝艺在身而如此潦倒，这是个多么冷酷和势利的世界呵！

但看古来盛名下，终日坎壈缠其身——坎壈(kǎnlǎn)：困顿，不得志。这两句的意思是，自古以来享有盛名的人，往往都是整天被贫困缠身、穷愁潦倒的人。结尾与开头相呼应，诗人为画家大呼不平，把曹霸的荣辱和世事的盛衰相联系，由此推出古往今来的才人志士皆困顿失意这一普遍规律，使诗歌的境界得到了有现实批判意义的升华。

在杜甫的咏画诗中，《丹青引》是最负盛名的一篇。诗起笔洗练、苍凉；中间抑扬顿挫，错落有致。情感上跌宕起伏，摇曳多姿。结构上主次分明。特别是诗的结句，沉痛而又饱含人生哲理，更为历代诗家赞赏。清代翁方纲曾赞扬此诗为"古今七言诗第一压卷之作。"饱经沧桑的诗人杜甫，遇到沦落困境的画家曹霸，有一种惺惺相惜的感觉。诗与画在艺术上是相通的，他们在内心情感上更能相互理解。这首诗写了画家曹霸的身世、经历，由人事而及时事，融精辟的艺术见解于传神的咏画技巧之中。借画家一生的遭际，抒发了诗人对世事的深沉感慨。与曹霸传神的笔意可谓相得益彰。

宿　府

此诗写于唐代宗广德二年(764)，当时杜甫在西川节度使严武帐下任参谋，同时任"工部员外郎"一职。"宿府"，就是留宿幕府(军部)的意思。别人都回家了，他常常是"独宿"。诗人在清秋之夜，触景生情，抒发身世之叹、思乡之情。

清秋幕府井梧寒，独宿江城蜡炬残。
永夜角声悲自语，中庭月色好谁看？
风尘荏苒音书绝，关塞萧条行路难。
已忍伶俜十年事，强移栖息一枝安。

清秋幕府井梧寒，独宿江城蜡炬残——"独宿"二字，是全诗的"诗眼"。清秋时节，梧桐疏影，在更深人静的夜晚，诗人独自一人面对将灭的蜡烛夜不能寐。环境的"清"、"寒"，更烘托出心境的悲凉。诗的首联，便呈现一幅凄清的画面。井梧：指井边、院中的梧桐。江城：指成都。

永夜角声悲自语，中庭月色好谁看——颔联写"独宿"的所闻所见。永夜：长夜。悲自语：角声悲凉沉重，如同人的自言自语。好谁看：月光虽好，又有谁忍心看？七言律句，一般是上四下三，这一联却是四、一、二的句式，每句读起来有三个停顿。顿挫的句法，更衬托出一个独宿不寐、无人共语的悲凉的人物形象。

风尘荏苒音书绝，关塞萧条行路难——荏苒：形容光阴迅速流逝。多年在战乱中漂泊，亲朋好友音讯已断；关塞零落萧条，想要回乡何其艰难。

已忍伶俜十年事，强移栖息一枝安——伶俜(língpīng)：孤单。十年：从安史之乱至此时正好十年。十年之事用五字带过，给读者留下了想象的空间。强移栖息：指自己任严武节度使的参谋这件事是迫不得已。一枝安：化用《庄子·逍遥游》中"鹪鹩巢于深林，不过一枝"句意。意指需求很少，已忍受了十年颠沛流离的日子，就像只小鸟一样栖息一枝姑且偷安吧。"安"，不过是诗人的自我解嘲罢了。

《宿府》是杜甫七律中的名篇之一。抒发了身世凄凉、漂泊异乡、寄人门下、思乡怀人的天涯孤旅之愁。前两联写独宿江城感受到的寒意和孤寂，以"听觉——号角"、"视觉——月色"画出了一幅凄清的风景图。接下来直抒"独宿"之情，情触景生。战乱未息，处世艰难，诗人在末联写出自己的心声：漂泊十年，只能暂且栖枝求安。

杜甫的理想本是"致君尧舜上，再使风俗淳"。然而事实证明这理想难以实现。早在乾元二年，他就弃官不做，摆脱了"苦被微官缚，低头愧野人"的牢笼生活。这次到严武幕府任参谋也非所愿，只是为了"酬知己"而已。但不久，又受到幕僚们的嫉妒、诽谤和排挤，所以诗人宁愿回到草堂去"倚梧桐"，而不愿"栖"那"幕府井梧"的"一枝"；诗人即景生情，借景传情，表达了自己悲凉深沉的心绪。短短八句诗情景交融，令人玩味无穷。

倦　夜

此诗当作于广德二年秋，诗人告假暂归草堂时，写秋夜为时局战乱所忧，难以成眠。

竹凉侵卧内，野月满庭隅。
重露成涓滴，稀星乍有无。
暗飞萤自照，水宿鸟相呼。
万事干戈里，空悲清夜徂！

竹凉侵卧内，野月满庭隅——竹叶萧萧，凉风阵阵，侵袭着卧室，月光洒满了庭院的每个角落。开首十个字为我们画出了一幅清秋月夜图。"竹"、"野"二字，暗示出宅旁有竹林，门前是郊野，绿竹秋声，郊野一望无际，月光朗照，更显得空旷而寂寥。

重露成涓滴，稀星乍有无——三、四两句上句扣竹，下句扣月。夜凉露重，从竹叶上不时滴滴答答地滚落；月照中天，映衬得小星星稀稀落落，像瞌睡人的眼，忽睁忽闭，似有似无。写得传神而有动感。

暗飞萤自照，水宿鸟相呼——五、六两句转换到秋夜破晓前的景色：月亮西沉，大地渐暗，萤火虫提着小灯笼为自己照明；竹林外小溪旁栖宿的鸟儿醒来了，它们互相呼唤着准备结伴起飞。

万事干戈里，空悲清夜徂——最后两句是画龙点睛之笔。诗题本为"倦夜"，但以上六句，从月升写到月落，全是写"夜"，并无一字写"倦"。但仔细一想，这幅"秋夜图"，有绿竹、庭院、朗月、稀星、暗飞的萤、水宿的鸟，但真正的主角却未出场。在这些景物背后，还有一个没有出场却又时时在场的人，那就是诗人自己。正因为他辗转反侧，不能成眠，才能感受到窗外的竹叶萧萧，露珠儿滴答，他索性步出室外，仰望夜空，心事浩茫。一个彻夜不眠的人该有多么疲倦啊！如此凉爽的清秋夜，诗人为何不能酣眠？是因为"万事干戈里"，所以他才"空悲清夜徂"。徂(cú)：消逝。战乱中万事纷扰涌上心头，诗人整整一夜都在为国事而忧心如焚，在悲叹中任时光流逝啊！

杜甫写这首诗时，"安史之乱"刚刚平息，西北吐蕃又骚扰中原，并于广德元年(763)十月，直捣长安，唐代宗李豫仓皇逃往陕州避难（《新唐书·吐蕃传》）。人民陷于战祸，昏君庸臣当政，有志之士报国无门，这怎能不让诗人忧心如焚！"空悲"二字，抒发了诗人无限的感慨与辛酸。

诗中所描写的"景语"皆为"情语"，无不寄寓着诗人忧国伤时的情感。读着"重露成涓滴"，我们仿佛看到了离乱百姓们滚动的泪珠；望着"稀星乍有无"的若隐若现，令人联想到政局的动荡不安。前人赞美杜诗"情融乎内而深且长，景耀乎外而远且大"（明谢榛《四溟诗话》），这首诗正是如此。诗的字面虽只写"夜"而不写"倦"，但诗人的羁旅和孤倦之态，却表现在每一景物中。情寓于景，景中含情，物我融为一体，令人一咏三叹。布局上也井然有序，前六句由近及远，空间画面变幻多姿；结尾二句陡然转入抒情，表面似断而内涵相连，点明题意，使全诗翼然振起，意境升华，焕发出灼灼光彩。

莫相疑行

题解

此诗于永泰元年(765)春，杜甫从严武幕府退归草堂后作。

> 男儿生无所成头皓白，牙齿欲落真可惜。
> 忆献三赋蓬莱宫，自怪一日声煊赫。
> 集贤学士如堵墙，观我落笔中书堂。
> 往时文采动人主，此日饥寒趋路旁。
> 晚将末契托年少，当面输心背面笑。
> 寄谢悠悠世上儿，不争好恶莫相疑。

男儿生无所成头皓白，牙齿欲落真可惜——用口语直抒胸臆作为开头，感叹自己头发白了，牙齿快掉了，却还一事无成，字里行间充满了悲凉。

忆献三赋蓬莱宫，自怪一日声煊赫——天宝十载，唐玄宗举行祭祀典礼。杜甫作了三大礼赋：《朝献太清宫赋》《朝享太庙赋》《有事于南郊赋》。这两句是诗人回忆当年向蓬莱宫献三大礼赋的情景，连自己也觉得奇怪怎么会在一天之内便声名显赫。

集贤学士如堵墙，观我落笔中书堂——这句也是回忆当年情景。皇帝看了杜甫的三篇歌功颂德的赋果然高兴，命杜甫"待制集贤院"，并且命宰相试文章。集贤院的学士都来了，站成了一堵墙，在中书堂内围观诗人写文章。

往时文采动人主，此日饥寒趋路旁——想当年我的文章辞采感动了天子，可今天竟然饥寒交迫成天奔走在路边上。诗人用鲜明的今昔对比，给读者留下强烈印象。

晚将末契托年少，当面输心背面笑——末契：指长辈对晚辈的交情。诗人在

173

晚年将友情寄托于那些年轻的幕僚，不料他们表面上虚伪地表示心服，背后却暗地里耻笑。这两句真实地写出了杜甫在官府供职时同僚之间的尔虞我诈、当面一套背后一套的世俗恶习。

寄谢悠悠世上儿，不争好恶莫相疑——寄谢：告知。这两句是说：告诉你们这些生活在俗世中的年轻人，我无意与你们争高低短长，用不着胡乱猜疑！

因老友严武再度镇蜀，盛情相邀，于是杜甫便携家重返成都，在严武幕府中担任了参谋之职。本意是忍受着官府的束缚帮助严武做些军务，"束缚酬知己，蹉跎效小忠。"（《遣闷奉呈严公二十韵》）并无在官场上飞黄腾达之意，不料却无端遭到同事的猜疑和嫉妒。杜甫对幕僚之间这种阿谀奉承、勾心斗角的丑恶现象十分厌恶，满肚子的委屈和积郁通过这首诗倾吐出来。诗歌深刻尖锐，富有讽刺意味。没过多久，他就辞去了幕府官职，向严武告假，回草堂暂住去了。"往时文采动人主，此日饥寒趋路旁"是诗人一生遭遇的真实缩影。

天边行

此诗当作于永泰元年(765)夏，时杜甫居成都草堂。此诗感情极为沉痛。

> 天边老人归未得，日暮东临大江哭。
> 陇右河源不种田，胡骑羌兵入巴蜀。
> 洪涛滔天风拔木，前飞秃鹙后鸿鹄。
> 九度附书向洛阳，十年骨肉无消息。

天边老人归未得，日暮东临大江哭——流落天边的老人回不了家，黄昏时分向东来到大江边失声痛哭。

陇右河源不种田，胡骑羌兵入巴蜀——陇右：陇右道，唐代十道之一。辖地为今甘肃陇山以西、乌鲁木齐以东。河源：在青海省境内。陇右和河源的地再也不能种了，吐蕃的骑兵已侵入了巴蜀。

洪涛滔天风拔木，前飞秃鹙后鸿鹄——洪水滔天啊大风拔起了树木，前面飞着秃鹙后面飞着鸿鹄。写恐怖荒凉之状。秃鹙：一种大型猛禽，又名"坐山雕"。

九度附书向洛阳，十年骨肉无消息——多少次捎信给故乡洛阳，十年间骨肉亲朋音讯杳无。十年：指安史之乱爆发至写此诗时。

多年来忧乱思归的苦闷压抑在杜甫的心头实在太久了，他再也忍不住滚滚的热泪。全诗直抒胸臆、真情奔涌而出，这首诗可看作是《同谷七歌》的续篇，写得异常感人。

（四）自成都沿岷江南下及在云安
（765年五月—766年春）

去 蜀

此诗当作于唐代宗永泰元年(765)。这年四月，诗人的好友剑南节度使兼成都府尹严武去世，杜甫失去故知，于五月乘船离蜀东下荆楚。行前写了这首诗，叙"去蜀"的原因。

> 五载客蜀郡，一年居梓州。
> 如何关塞阻，转作潇湘游？
> 万事已黄发，残生随白鸥。
> 安危大臣在，何必泪长流！

五载客蜀郡，一年居梓州——蜀：指成都，诗人说自己在成都已客居了五年，其中一年还是在梓州(今四川三台)度过的。

如何关塞阻，转作潇湘游——潇湘：是湖南境内的两条河流名，此泛指湖南地区。这两句是说，如今兵荒马乱、关山阻塞，我为何还要远走潇湘呢？这里以设问的语气表达内心难言的隐衷，有一种无奈与愤激之情。言外之意为：我难道不懂如今时局纷乱、不宜出门？在好友严武当政时，曾荐举我为节度参谋、检校工部员外郎，但我生性耿直，不为同僚所容，因而不久后愤而辞官回到草堂。严武在世尚如此，如今他已亡故，在这里待下去还有什么意思？这里暗示此去乃是迫不得已。

万事已黄发，残生随白鸥——此联说，回顾平生一无所成，万事皆休，头发已由白转黄，表明身体衰老羸弱，只能像江上白鸥一样到处漂泊了此残生了。诗句中悲愤交集，感慨万千。"黄发"与"白鸥"对仗，色彩鲜明。

安危大臣在,何必泪长流——尾联说,国家的安危,自有当政的王公大臣在考虑,我这个小小寒儒又何须杞人忧天、老泪长流呢? 这是在说反话,其实恰恰表明位卑仍在忧国。

这首五言律诗只有短短四十个字,却总结了诗人在蜀五年多的生活,笔调恢弘。正如清人浦起龙所说:"只短律耳,而六年中流寓之迹,思归之怀,东游之想,身世衰颓之悲,职任就舍之感,无不括尽,可作入蜀以来数卷诗大结束。"(《读杜心解》)特别是尾联,更是充满悲凉之语。明知这班蛀虫只会以权谋私,无法承担起国家安危之责,而自己"致君尧舜上"的理想又已幻灭,国难深重,岂能不悲泪长流? 但还要忍痛正话反说,道出"何必泪长流"之语,更使人读之痛彻肺腑。清人蒋士铨有诗赞杜甫云:"独向乱离忧社稷,直将歌哭老风尘。"(《南池杜少陵祠堂》)正是诗圣情怀的真实写照。

旅夜书怀

此诗写于唐代宗永泰元年(765)夏,诗人由华州解职离成都去重庆途中。当时诗人携家乘船东下,途中夜泊江岸,触景生情,心有所感,抒发了自己对官场的厌倦和孤寂的漂泊之情。

> 细草微风岸,危樯独夜舟。
> 星垂平野阔,月涌大江流。
> 名岂文章著,官应老病休,
> 飘飘何所似,天地一沙鸥。

细草微风岸,危樯独夜舟——危樯:形容船桅之高。微风轻拂岸畔的细草,深夜江边,独泊着桅杆高耸的孤舟。

星垂平野阔,月涌大江流——原野辽阔,星星如垂地面,明月在大江中涌动奔流。此句是化用李白《渡荆门送别》中的"山随平野尽,江入大荒流"句意。

名岂文章著,官应老病休——名岂文章著:文章岂能够让人出名吗? 这是杜甫的愤慨之语,因为当时杜甫的诗是受到冷遇的,在他活着的几十年中,不少诗歌选本都不选他的诗。官应老病休:写此诗的前一年,杜甫曾在严武帐下任节度使参谋,因军府事务繁琐,同事之间又有不少矛盾,他于当年一月辞职。不久,严武患病死去,杜甫又开始了漂泊的生活。对同僚当然只能说是辞官是因为"老病"而休。

飘飘何所似,天地一沙鸥——沙鸥:诗人自喻,是说自己身世卑微、文坛无名、仕途无闻、漂泊江湖,活像是飘零天地间的一只孤苦沙鸥。

前半部写"旅夜"中所见的空阔景色,以写景为主,寓情于景。

后半部"抒怀",说自己空有一腔抱负和满腹诗书,但却受到冷落,宦途险恶,屡被排挤。因而诗人发出了反诘:文章再好又岂能使人成名? 官职本来应该是因为老病才休啊! 这是诗人发自内心的感叹,表现了诗人那种无可奈何、漂泊无依的伤感,字字含泪,声声哀叹,感人至深。

十二月一日三首(选一)

组诗当作于永泰元年(765)腊月初一。此时杜甫居云安。今所选其三,写云安的春色和诗人渴望回京为国效力的心情。

即看燕子入山扉,岂有黄鹂历翠微。
短短桃花临水岸,轻轻柳絮点人衣。
春来准拟开怀久,老去亲知见面稀。
他日一杯难强进,重嗟筋力故山违。

"即看燕子入山扉"四句——才见到一丝春意,诗人就想象燕子和黄鹂鸟飞来,山谷青翠、桃红柳绿,故乡一派春色烂漫的美景。可见诗人对春抱有极大的希望。

春来准拟开怀久,老去亲知见面稀——早就拟好了春来时开怀一乐的计划,但人老了才知见面的机会很稀少。

他日一杯难强进,重嗟筋力故山违——到那天如果我连一杯酒都喝不下,我会再次感叹我的筋力不济致使故乡又违。上半首为想象之景,下半首诗人又回到现实,不禁再次嗟叹。

杜甫空怀一腔报国之志，总幻想着自己有朝一日会重登朝廷，但又常担心自己会客死他乡，因此在他卧病云安的时候，思乡之情更为迫切，眼前每一处春景都能勾起他的联想。语言清丽，内涵丰富。在怡人的春色中，处处透露出诗人的迫切思归之情，风格委婉曲折。

船下夔州郭宿雨湿不得上岸，别王十二判官

此诗当作于大历元年(766)春末。当时杜甫与家人欲乘船前往夔州，将东西搬上船后，因天色已晚，便宿于云安郭外在船上过夜。当晚下了大雨，因雨湿路滑不能上岸与王十二判官作别，于是写下了这首美丽多情的小诗向这位资助他此行的友人致意。

> 依沙宿舸船，石濑月娟娟。
> 风起春灯乱，江鸣夜雨悬。
> 晨钟云岸湿，胜地石堂烟。
> 柔橹轻鸥外，含凄觉汝贤。

依沙宿舸船，石濑月娟娟——写薄暮时分宿于船上所见之景，月儿闪动在石上的急流中显得娟秀美丽。舸：大船。

风起春灯乱，江鸣夜雨悬——夜晚风起，吹得桡灯乱晃，夜雨倾泻在江上一片喧声。此联写得有声有色。

晨钟云岸湿，胜地石堂烟——云岸湿：连报晓的晨钟的声音也像是湿的，远望石堂胜景笼罩在烟雾中。云岸：一作云外。石堂：云安的一处胜景。

柔橹轻鸥外，含凄觉汝贤——尽管橹声和鸥鸟都显得柔美，但都在我的关注之外，此刻我满腹都是告别你的凄清，感念你是那样贤良。

杜甫的这首小诗情真意切，观察生活极为细腻，从薄暮到夜深，再写到拂晓，从夜晚泊舟江上写到开船，景致清绝如画，令人如同亲见，声音和画面历历在目。特别是"晨钟云岸湿，胜地石堂烟"更是形象而简练，使人想到因雨大之故，连钟

声也不如寻常响亮,似从云中飘来,被湿云裹住,仿佛感受到空气中的湿度。"江鸣夜雨悬"句更是用字独特,一个"鸣"字和一个"悬"字将夜雨敲击在船上和江上的一夜喧闹写得声音和形象俱佳。诗是最精炼的文体,在极简短的文字中能涵蕴这样深广的内容,可见杜诗的功力之深。

(五)在夔州
(766年春—768年正月)

八阵图

写于唐代宗大历元年(766)冬,杜甫由忠州初迁夔州(今重庆奉节东北)时。八阵,指天、地、风、云、龙、虎、鸟、蛇八种阵势。八阵图是诸葛亮阻挡吴兵进攻的一座阵式,在今奉节南长江边上的沙滩上,由许多石块摆成。公元222年,刘备率军伐吴,在珪亭(今湖北宜都西北)被吴将陆逊击败,逃回夔州。传说吴兵追到八阵图时,见阵式变化莫测,不敢擅入,遂引兵撤走。

> 功盖三分国,名成八阵图。
> 江流石不转,遗恨失吞吴。

功盖三分国——功盖:盖世之功。三分国:指当时三分天下的魏、蜀、吴三国。说三国鼎立,孔明的功勋最为卓著。

名成八阵图——八阵图的遗址除本诗所写的夔州外,另有多处。如沔县(今陕西勉县)、新都(今四川新都)、广都(今四川双流)。这几处据传都是当年诸葛亮为练兵而设。这句是说他创造的八卦阵成就了他的威名。

江流石不转——任凭江流冲击,石头依然如故。据刘禹锡的《嘉话录》记载,夔州逢雪消季节,峡水奔涌,有巨木随波而下,使川中万物皆失常态。惟八阵图中诸葛亮摆的石堆,六百年来不变。

遗恨失吞吴——千年遗恨,在于刘备失策想吞吴。章武元年(221),孙权破荆州、杀关羽。刘备大怒,一时冲动便率兵伐吴,以致造成军事上的惨败,破坏了联吴抗曹的大策。诸葛亮未能阻止此事,因而"遗恨"。

这是一首咏怀诗,写诗人面对八阵图的遗迹,怀思诸葛亮的功业,对当年那场战争表示了深沉的感慨。

起首两句,杜甫赞颂诸葛亮的丰功,尤其称颂他在军事上的建树。三、四句,对刘备吞吴失师,葬送了诸葛亮联吴抗曹、统一中国的宏图大业,表示惋惜。在内容上,既是怀古,又是抒情,含不尽之意于言外,在绝句中别树一格。

古柏行

作品写于杜甫寓居夔州时。夔州有诸葛亮庙,庙内古柏参天。杜甫来这里不止一次,写这首诗的具体时间已不可考。诗中由诸葛庙中的古柏联想到成都武侯祠的古柏,由诸葛亮的身世联想到自己的怀才不遇,以古柏自喻,抒发了苦闷的心情。

孔明庙前有老柏,柯如青铜根如石。
霜皮溜雨四十围,黛色参天二千尺。
君臣已与时际会,树木犹为人爱惜。
云来气接巫峡长,月出寒通雪山白。
忆昨路绕锦亭东,先主武侯同閟宫。
崔嵬枝干郊原古,窈窕丹青户牖空。
落落盘踞虽得地,冥冥孤高多烈风。
扶持自是神明力,正直元因造化功。
大厦如倾要梁栋,万牛回首丘山重。
不露文章世已惊,未辞剪伐谁能送。
苦心岂免容蝼蚁,香叶终经宿鸾凤。
志士幽人莫怨嗟,古来材大难为用。

孔明庙前有老柏,柯如青铜根如石——诗人崇敬孔明,常来此处,坐在庙前那株古老的柏树下,望着那青铜般的枝干、磐石似的根,深有感慨。柯:树木的枝杈。

霜皮溜雨四十围,黛色参天二千尺——霜皮:树皮色白如霜。溜雨:树皮光润滑溜。围:指两手合抱的长度。黛色:青黑色。参天:耸入云天。这两句是形容树的外观高峻壮美。"四十围"和"二千尺"都是夸张的说法。

君臣已与时际会,树木犹为人爱惜——君臣:指刘备和诸葛亮。与时际会:恰好迎合了时代的需要。这句是说刘备孔明君臣遇合,这参天老树正是历史的见证。

这树同时也是孔明高洁人格的象征,所以至今得到人们的爱惜。

云来气接巫峡长,月出寒通雪山白——这两句是诗人面对高耸的柏树产生的丰富想象:当云雾飘来时那氤氲之气可以连接巫峡,当月亮升起时那凛凛寒光会直通岷山,极言柏树的宏大壮伟。巫峡:在瞿塘峡东。雪山:指成都西北的岷山,因山顶常年积雪故称。

忆昨路绕锦亭东,先主武侯同閟宫——忆昔日我曾绕过锦亭东行,那里的先主庙与武侯祠在同一处所。锦亭:成都有锦江亭,亭西有武侯祠。閟宫原是《诗经》中写宗庙祭祀的一首诗名,这里代指祠庙。同閟宫:指同时供奉在一个庙内。《成都记》载,先主庙西院即武侯祠。

崔嵬枝干郊原古,窈窕丹青户牖空——成都的武侯祠前有双大柏,柏树枝干崔嵬,给荒凉的郊原增添了古老的韵致;庙宇中的壁画彩绘多姿而又深邃,更显得门户空旷寂寥。丹青:指祠庙中的壁画。牖:窗户。

落落盘踞虽得地,冥冥孤高多烈风——夔州的这棵柏树如此出众,虽然占据了地利,但位高孤傲必定多招烈风的侵袭。落落:孤高,与众不同的样子。得地:得到有利的居处。冥冥:高远之状。

扶持自是神明力,正直元因造化功——这自然是得到了神明的扶持和庇护,它正直的品格也是出于造化之功。元:同"原"。造化:造物主。

大厦如倾要梁栋,万牛回首丘山重——大厦如若倾倒需要有栋梁来支撑,古柏重如山丘万头牛也难拉动。回首:指难以拉动的样子。丘山重:山岭重叠。

不露文章世已惊,未辞剪伐谁能送——它不露文采已经让世人惊异,它不怕砍伐可又有谁能够运送?文章:这里是指树木的年轮和纹理。谁能送:有谁能运得走?

苦心岂免容蝼蚁,香叶终经宿鸾凤——它的心是苦的可也难免有蝼蚁侵蚀,树叶芳香终将招来鸾凤在这里住宿。苦心:柏木味苦,树的躯干内称"苦心"。这里是双关意,也兼写人。

志士幽人莫怨嗟,古来材大难为用——天下志士幽人请你不要埋怨嗟叹,自古以来大材都往往难以为世所用。"材大难为用",一语双关,既指树也指人,感叹古往今来有才能的杰出人才往往得不到重用。

《古柏行》是杜甫的一首成功之作,全诗采用比兴手法,借柏喻人。诗中字面上是赞颂久经风霜、独立寒空、性情高洁孤傲的苍苍古柏,实则歌颂雄才大略、耿耿忠心的孔明。诗的前六句以古柏起兴,赞其高大挺拔,羡其适逢明主而有君臣际会之幸。接下来由夔州古柏,联想到成都先主庙中的古柏,其中"落落盘踞虽得地,冥冥孤高多烈风"两句,既是说树,更是说人,说明"树大招风"、"木秀于林,风必摧之"的人生哲理。从"大厦"句以后，诗人因物及人，想到世事之艰辛，发出深沉的感慨。尤其是最后一句"古来材大难为用"更是一语双关，振聋发聩，揭示了古往今来有多少仁人志士空有志向而无法施展的残酷现实，其怨愤和悲叹的语气，有着强烈的艺术感染力，令人回味不已，心绪难平。

白　帝

 【题解】

此诗写于唐代宗大历元年(766)秋，当时杜甫住在夔州。诗中感慨乱世中黎民之苦。

白帝城中云出门，白帝城下雨翻盆。
高江急峡雷霆斗，翠木苍藤日月昏。
戎马不如归马逸，千家今有百家存。
哀哀寡妇诛求尽，恸哭秋原何处村？

 【新解】

白帝城中云出门，白帝城下雨翻盆——云出门：云从城门中出入，极言山城地势之高。雨翻盆：雨大得就像打翻了水盆，倾盆雨。

高江急峡雷霆斗，翠木苍藤日月昏——高江：指雨后洪水暴涨，使长江水位升高。急峡：山峡窄小，江流迅急。雷霆：形容山峡中的水流声。日月昏：指古木苍藤之茂密，挡住了日月光华，使其呈昏暗之状。

戎马不如归马逸，千家今有百家存——戎马：战马。归马：战后放回田园的军马。

哀哀寡妇诛求尽，恸哭秋原何处村——诛求：强制征收赋税。何处村：哪个村。

 【新评】

这首诗前四句写白帝城的景色：云涛、雨暴、江吼、日昏。后四句写百姓在战乱中的痛苦。就在杜甫写这首诗的前一年十月，四川一带发生了一场战乱，剑南西川都知兵马使崔旰杀死了节度使郭英乂，朝廷先后派兵讨伐崔旰都失败了。这场战乱一直持续了两年。最后朝廷不得不妥协，就地封其为节度使。杜甫这首诗即是为这场战乱而发的感慨。诗人以长江、峡口的风雨云雷为兴象，衬托令人恐怖的战乱年代。后四句写出征的马不如归田的马走得轻快安心、千户人家如今只有百家幸存，表达了要和平不要战争的思想感情。秋天的原野地里那不知来自何方的哭声和孤儿寡母交不起赋税的哀求声，写出了战乱带给黎民百姓的困苦，表达了诗人的人道主义情怀。那激荡的雷霆风雨、凶险的高江急峡，更衬托出动乱的现实和诗人的忧心如焚，有很强的艺术感染力，被后人誉为奇警之作。

诸将五首（选一）

题解

《诸将五首》是一组著名的政论诗。唐代宗大历元年(766)作于夔州。这里选的是其五。

> 锦江春色逐人来，巫峡清秋万壑哀。
> 正忆往时严仆射，共迎中使望乡台。
> 主恩前后三持节，军令分明数举杯。
> 西蜀地形天下险，安危须仗出群材！

新解

锦江春色逐人来，巫峡清秋万壑哀——锦江：借指成都。巫峡：借指夔州。因夔州与巫峡邻近故有此称。这句是诗人离蜀赴夔，看到锦江春色一路相伴似在追逐人而行，途中见清秋中的夔州千山万壑皆含哀情。为何生哀？引出下文对严武的思念。

正忆往时严仆射，共迎中使望乡台——诗人回忆当年与严武同行，去成都望乡台一起迎接天子派来的私人使节，想到严武今已作古，所以生哀。严仆射：指严武。严武死后被追封为尚书左仆射。中使：指皇帝左右的使节宦官。望乡台：在成都城北。

主恩前后三持节，军令分明数举杯——主恩：皇恩。节：符节，古时官员出使所持的信物。三持节：指严武三次持节出镇蜀地。严武最初以御史中丞出为绵州刺史，迁东川节度使，再拜成都尹，后以黄门侍郎任剑南节度使，故云"三持节"。这句是说，承皇恩你曾先后三次持节坐镇蜀地，你军令严明我们曾数次举杯祝捷。

西蜀地形天下险，安危须仗出群材——这险甲天下的西蜀重地，它的安危还要仰仗一大批有能力的将才啊！这首诗写诗人忧虑蜀地的安危，更思治军有方的老友严武。

新评

《诸将五首》是杜甫探索七律组诗诗艺的成功之作。在内容上洞察时弊之深、在思想深度上谋虑之远、在艺术形式上开拓之广，都有相当突破。议论入诗，本不易写好，像《诸将五首》这种政论性很强的作品，就更难写。但在律诗中发大议论，却恰是杜甫之所长，《诸将》表现尤为突出。议论以理为主，易破坏诗的抒情性；议论的语言多逻辑说理，又易破坏诗歌语言的凝练；但这两点都被杜甫解决得十分妥善，可见其功力不凡。杜甫写诗，并不直接发议论，而是从自己最深切的感受出发，选取具体典型的事件，借鉴古体诗一气呵成、浑然一体的长处，在律诗的对仗中求巧思，在婉转的音调中表其意，用精美的艺术形式表现重大丰富的思想内容。

垂　白

 题解

　　此诗作于大历元年(766)秋，杜甫居于夔州西阁时。诗人以冯唐、宋玉自比，抒发了悲苦激愤之情。

> 垂白冯唐老，清秋宋玉悲。
> 江喧长少睡，楼迥独移时。
> 多难身何补，无家病不辞。
> 甘从千日醉，未许七哀诗。

 新解

　　垂白冯唐老，清秋宋玉悲——冯唐：汉文帝时的大臣，以孝悌闻名，拜为中郎署长。他为人正直敢谏，屡遭排挤，直到头发花白，年事已高，也未得到升迁，还只是个郎官。后人就以"冯唐易老"形容老来难以得志。宋玉：战国时楚国人，著有《九辩》，开首说："悲哉，秋之为气也！萧瑟兮草木摇落而变衰。"杜甫在这里以冯唐、宋玉自比，是说自己白发垂飘有如冯唐，当秋而悲又如宋玉。

　　江喧长少睡，楼迥独移时——听江声喧闹很少入睡，独倚楼头眺望任时光流逝。

　　多难身何补，无家病不辞——值此多难之时，我身于国无补；我已没有了家园，疾病来就让它来罢。

　　甘从千日醉，未许七哀诗——千日醉：《搜神记》载，中山人狄希能造千日酒，饮之一醉千日。杜甫在这里是说甘愿饮此酒让自己一醉千日，也不称许曹植、王粲那些忧时无益的《七哀诗》。

 新评

　　杜甫感叹自己满头白发、垂垂老矣却仍旧如冯唐一样，官职很小，报国无望。羁旅夔州，寄居西阁，彻夜难眠，唯有像宋玉一样对秋伤悲。所以他宁愿自己喝那种能叫自己长醉不醒的酒,写《七哀诗》那样忧伤的诗又有什么用呢? 这是作者发牢骚的愤激之语。说写诗无用的同时自己不是还在用诗表达吗? 全篇充满伤感的愁绪,写得哀怨而凄美。艺术上也很有特色,整首诗中,首联、颔联、颈联、尾联全用对仗,这在律诗中比较少见,为诗词格律的研究提供了一个例证。

中 宵

此诗当是杜甫于大历元年(766)居夔州西阁时作。写孤身漂泊之苦况。

> 西阁百寻馀,中宵步绮疏。
> 飞星过水白,落月动沙虚。
> 择木知幽鸟,潜波想巨鱼。
> 亲朋满天地,兵甲少来书。

西阁百寻馀,中宵步绮疏——寻:古代的长度单位,八尺为一寻。绮疏:镂刻成绮纹状的窗,此指雕花窗户。这句是说西阁高百寻有馀,半夜独自在雕花的窗前徘徊。

飞星过水白,落月动沙虚——流星飞过水面留下白色痕迹,残月的馀辉在沙滩上晃动,若有若无一片虚幻。

择木知幽鸟,潜波想巨鱼——良鸟择木而栖爱选择幽深的树林,巨大的鱼总是潜藏在深深的水底。

亲朋满天地,兵甲少来书——亲朋流落在天下不同的地方,战乱中很少有书信。

这首小诗以比兴手法写诗人孤旅天涯的苦况。诗人以鱼和鸟儿作比兴之物,想到鱼可潜入水底、鸟能择木而栖,自己却无法选择理想的环境,只能在远离亲人的异乡苦苦挣扎,因此夜半难以入眠,写下这充满悲情的感人诗句。

江 月

此诗写于大历元年(766)秋杜甫在夔州西阁时,是一首对月诉愁的美丽小诗。

185

江月光于水,高楼思杀人。
天边长作客,老去一沾巾。
玉露团清影,银河没半轮。
谁家挑锦字,灭烛翠眉颦。

江月光于水,高楼思杀人——江月的光在水波上荡漾,独倚高楼真愁煞人啊。

天边长作客,老去一沾巾——长年累月在遥远的天边作客,至老不能还乡止不住热泪沾巾。

玉露团清影,银河没半轮——此两句为写月的名句,极美。使人如见半轮皎月隐约被银河淹没,清影浸在玉露之中。团:一作泞(tuán):形容露水多。

谁家挑锦字,灭烛翠眉颦——挑锦字:挑锦线刺字。此句有一典故:十六国时前秦有一位女诗人名苏蕙,字若兰。其夫窦滔,符坚时为秦州刺史,后以罪迁徙流沙。苏蕙因思念其夫,于是织锦为《回文旋图诗》以寄。词哀丽凄婉,可循环读之。事见《晋书·列女传》。这句是说,那是谁家的思妇又在空闺中挑织锦字? 她此时也会停机灭烛,对着月亮皱起翠眉来同我一样伤怀吧?

望月思乡是中国古典诗词里常常出现的主题,月亮的意象,寄托了中国古代文人寻找母亲、寻找精神家园、渴望世界和谐统一的心理,明月总是在传递着温馨、团聚、和平、恬美的信息。因此,古往今来,流传着多少写月的名句。"玉露团清影,银河没半轮"就是杜甫留给我们的赏月名句之一。杜甫一生过着颠沛流离、四处流浪的日子,他独在异乡,报国无门,归家无望,心灵孤寂,于是月亮自然而然成为他寄托精神、倾诉心灵的对象。此诗写得哀怨美丽,极其动人。

草 阁

此诗当作于大历元年(766)秋。通过草阁月夜秋景的逼真描绘,画出了一幅江村小景,表达诗人的羁旅感伤。草阁,即江边阁。

草阁临无地,柴扉永不关。
鱼龙回夜水,星月动秋山。

久露晴初湿，高云薄未还。
泛舟惭小妇，漂泊损红颜。

草阁临无地，柴扉永不关——草阁临着江水，看不到地面，因而说"无地"。柴门不关，因临江可看江上风景，其次也说明居家贫寒，不需要关。

鱼龙回夜水，星月动秋山——鱼龙到了秋天便蛰伏回到江中，星月与秋山在平静的江中现出倒影，随波摇荡，因而感觉像是在"动"。

久露晴初湿，高云薄未还——露水刚刚打湿了晴天的夜晚，高天上薄薄的云彩飘远了还未回来。

泛舟惭小妇，漂泊损红颜——看到泛舟的少妇备感惭愧，因常年漂泊而摧损了红颜。

"泛舟惭小妇，漂泊损红颜"两句诗，曾引起历代评论者的不同理解和注释。有人认为这是老杜行为不检点，是他养的"小蜜"；也有人怀疑是假冒伪作，说此诗并非出自杜甫之手；还有一位日本学者吉川幸次郎研究分析说，"小妇"指的是诗人的"儿媳妇"——杜宗文或杜宗武的妻子。我以为这几种说法都不确。从经济条件看，诗人流落迁徙，整日为生计奔波，不可能养"小蜜"；从杜甫的道德观来看，他曾在《陪李梓州泛江有女乐在诸舫戏为艳曲》中有诗句云："使君自有妇，莫学野鸳鸯。"可看出即使是在某些笙歌曼舞的场合，诗人也不过是逢场作戏、虚于应酬，并非拈花惹草之徒；再从当时的封建伦理看，诗人也不会以儿媳为"模特"作诗。我以为，诗中的"小妇"或许是诗人在江上无意间碰到的下层社会的女子，诗人由此联想到：连青春少妇的红颜都憔悴如此，更何况自己这垂老于他乡的客子呢？这是诗人用简约的笔墨，写出对人生易老、时光流逝的慨叹。

月

此诗为大历元年(766)在西阁所作。被后人誉为咏月诗中的佳篇。

四更山吐月，残夜水明楼。
尘匣元开镜，风帘自上钩。
兔应疑鹤发，蟾亦恋貂裘。

斟酌姮娥寡，天寒耐九秋。

四更山吐月，残夜水明楼——四更时分，山头吐出一弯银月，夜将尽，水面上反射出的明月照亮了高楼。这句中的"吐"字和"明"字用得绝妙，说明诗人观察生活之细微。后人赞此二句为咏月绝唱。

尘匣元开镜，风帘自上钩——此联比喻月痕傍山的情景，上句喻为就像打开了镜匣露出明镜，下句喻为如风帘上挂着的银钩一般。元：同"原"。

兔应疑鹤发，蟾亦恋貂裘——这句中的兔和蟾，是指月中的玉兔和蟾蜍。在这里都是喻月。这句是说月中玉兔在惊疑地望着我的满头白发，那月中蟾蜍亦依恋着我身上暖暖的貂裘。

斟酌姮娥寡，天寒耐九秋——我琢磨那月中嫦娥也一定觉得孤寡无伴，耐不过九秋高天的寒冷。

这是一首咏秋月的好诗。诗中写四更天气，夜将残而天未晓，将落山的残月挂在山尖。诗人不说月将落，却用了一个动词："吐"，立时使得诗句有了动感和生气。楼在夜晚本是暗的，这里诗人却用了一个"明"字，其实是江水反射月光的缘故。此两句被苏轼誉为"古今绝唱"。从这首咏月诗可见出杜甫"炼字"与"炼意"的功力。特别是动词的提炼，一字炼得好，就成为全诗的"诗眼"。"炼字"当以"炼意"为前提，只有切合题旨，适合情境，做到语意两工，这样炼出来的字才具有美的价值。有字无句或无篇，并不足取。只有篇中炼句，句中炼字，而且炼字不单是炼声、炼形，同时也是炼意，才能如沈德潜所说，做到"以意胜，而不以字胜。故能平字见奇，常字见险，陈字见新，朴字见色。"（《说诗晬语》）

秋兴八首

《秋兴八首》是大历元年(766)秋杜甫五十五岁旅居夔州时的一组以望长安为主题的七言律诗。兴，是"兴趣、兴味"之意。诗歌因秋兴感，伤逝叹老，格调悲壮而意味深沉。八首诗既蝉联一体而又各自独立，结构严密、抒情深挚，堪称杜诗中的艺术珍品。其时安史之乱虽已结束，但吐蕃、回纥却乘虚而入，藩镇拥兵割据，时局仍动荡不安。他的挚友先后离开人世，诗人自己漂泊四方且疾病缠身。山城秋色引发了他的故园之思和对京华岁月的怀念。八首诗就是从这一思想脉络上展开，层层深入。诗风悲壮苍凉、意境深远。

其 一

玉露凋伤枫树林，巫山巫峡气萧森。
江间波浪兼天涌，塞上风云接地阴。
丛菊两开他日泪，孤舟一系故园心。
寒衣处处催刀尺，白帝城高急暮砧。

　　玉露凋伤枫树林，巫山巫峡气萧森——诗的开始就呈现出秋风萧瑟冷落凄清的悲凉景色。诗人晚年多病，知交零落，离开成都后本想沿江而下，不意滞留夔州，心境抑郁，望秋伤情，写出孤寂肃杀的诗句。玉露，枫林，霜打红叶，都是表现肃杀之气。萧森：山石峥嵘、古木参天蔽日的样子。

　　江间波浪兼天涌，塞上风云接地阴——三、四句承接一、二句，触景伤怀，对秋景作进一层渲染。"波浪兼天涌"是自下而上；"风云接地阴"为自上而下；这两句以飞动、壮阔的笔触创造了一个情景交融的动人意境。江间：这里指巫峡。兼天：连天，波浪汹涌之状。塞上：人迹罕至的山川绝地，这里指巫山。写景也是在暗示国家现状和诗人自己的心情。

　　丛菊两开他日泪，孤舟一系故园心——五、六句与三、四句错综相映，江间塞上，是状其悲愁；而丛菊孤舟，更写其凄怆。丛菊两开：丛菊开了两次花，指过了两个秋天。杜甫自去年五月离开成都，原打算循水路出峡向东，后因故滞留于云安和夔州，至今已两次见到丛菊开花了。他日泪：往日泪。忆往事而落泪。一系：总是牵挂系念。

　　寒衣处处催刀尺，白帝城高急暮砧——结联转入秋思。催刀尺：催动刀尺赶制寒衣。白帝城：在今重庆奉节东的白帝山上，这里是借指夔州。急暮砧：急促的捣衣砧的声音。说家家都在赶制寒衣越冬，刚换下来的旧衣也在捣洗，准备收藏。暮色中传来的声音更令客居他乡的诗人感到贫寒孤寂，不胜悲凉。诗人说"刀尺"用"催"字，说"暮砧"用"急"字，刀尺催而砧声急，眼前一片秋景催人，形象地写出诗人思念故园、心怀家国的迫切心情。

　　第一首为八诗之总领。全诗因秋起兴，描写了长江三峡的悲凉秋景，深秋的冷落萧条交织着心情的寂寞凄楚，忧时伤事，是整个《秋兴》八首的发端之作。

其 二

夔府孤城落日斜，每倚北斗望京华。

听猿实下三声泪，奉使虚随八月槎。
画省香炉违伏枕，山楼粉堞隐悲笳。
请看石上藤萝月，已映洲前芦荻花。

【新解】

　　夔府孤城落日斜，每倚北斗望京华——第一首以"暮"字结尾，这首诗以"落日"开头。写诗人身在夔州，心念京华。"望京华"正是这首诗的中心，也是《秋兴》组诗写作的主旨。夔府：即夔州。唐太宗贞观十四年(640)，夔州曾设都督府，所以夔州又称为夔府。京华：长安。长安在夔州北，所以诗人要依着北斗星所在的方向遥望。诗人身在夔州，忧愁卧病，望山城落日而生悲，伏枕闻笳更是哀伤难寐。形象具体地表达了诗人在战乱之际心念京华故国的忧伤心情。

　　听猿实下三声泪——"听猿实下三声泪"为"听猿三声实下泪"的倒装句。典出自《水经注·江水》："巴东三峡巫峡长，猿鸣三声泪沾裳。"这里是说，今天听到猿鸣凄厉，方知古人所言不虚，所以果真洒下泪来。

　　奉使虚随八月槎——奉使：指严武任西川节度使。槎(chá)：木筏。古代传说中天河与海相通，海边居民见每年八月海上都有浮槎来去，从不误期，于是这人准备了干粮，乘槎而去。过了很久来到一地，见有城郭屋宇，又见宫中有一女子在织布，还有一男子在牵牛饮水。于是上前问牵牛人："此为何处？"牵牛人答："君还至蜀郡访严君平则知之。"此人乘槎返回后，至蜀访严君平，君平说："某年月日，有客星犯牵牛宿。"计算年月，正是那人到天河的时间。杜甫在这里化用典故，是说自己虽然仍任检校工部员外郎，但因严武之死而终未能随他回朝供职。乘槎还能有归期，而自己却孤舟长系，有似乘槎不返，所以这里说"虚随"。喻自己望长安就像望天上那样遥不可及。

　　画省香炉违伏枕——画省：即尚书省。古代尚书省用胡粉涂壁，墙上画有古代贤人像。尚书郎值夜时，有侍女史二人捧香炉烧香跟在后面，因而此处有"画省香炉"之说。杜甫所任的检校工部员外郎属尚书省的郎官。"画省香炉违伏枕"句，是说自己因伏枕卧病而违背了到尚书省供职的心愿。

　　山楼粉堞隐悲笳——山楼：山城，指夔州。粉堞：涂白粉的女墙。这里借指城墙。悲笳：用芦叶卷起来吹，称为笳箫，似觱篥而无孔，用来报告早晚时辰。诗中以笳声凄凉暗示干戈不休。

　　请看石上藤萝月，已映洲前芦荻花——尾联写一夜不寐，不知不觉间那石上藤萝梢头的月亮，已映照到洲前芦荻花了。叹时光流逝之速。

其 三

千家山郭静朝晖，日日江楼坐翠微。
信宿渔人还泛泛，清秋燕子故飞飞。
匡衡抗疏功名薄，刘向传经心事违。
同学少年多不贱，五陵衣马自轻肥。

千家山郭静朝晖，日日江楼坐翠微——上首诗写夜，这首诗写清晨。先从晨景的空寂冷漠、人烟稀少切入，表达自己的孤寂和无聊。"千家"指人烟稀少。郭：外城。通常即指城。"山郭"说夔州地处偏僻。翠微：形容山色青绿。早起坐江楼，赏朝晖，看翠微，似乎不无惬意，然以"静"来说"朝晖"，就有空寂冷漠之意了。又冠以"日日"二字，更见出诗人无聊而孤寂。

信宿渔人还泛泛，清秋燕子故飞飞——二联进一层铺叙，渔舟泛泛，燕子飞飞，景致虽好，但"日日"看就会生厌，"泛泛"、"飞飞"的叠字透露出诗人的烦恶之意。信宿：再宿，隔夜。一夜曰宿，再宿曰信。谓一天又一天，天天如此苦闷无聊。

匡衡抗疏功名薄——匡衡：西汉经学家。曾上疏直言指陈时政得失而升官。杜甫在这里是反用其事，说自己也曾上疏营救房琯却遭贬斥。功名薄：同样是上疏直言，自己功名却比不上匡衡。

刘向传经心事违——刘向：西汉经学家。宣帝时曾讲授六经，后来成帝又授其官职。杜甫在此也是反用其事，说自己想如刘向一样传经，但心事终难实现。寓自己怀才不遇，写得委婉深沉。

同学少年多不贱，五陵衣马自轻肥——结联想到同学少年多已腾达，富贵子弟轻裘肥马，他们既不念故人之流落，更不念家国之残破，诗人在痛心之馀，也充满鄙视。五陵：指汉高祖的长陵、惠帝的安陵、景帝的阳陵、武帝的茂陵、昭帝的平陵，都在长安附近，是唐代贵族的聚居之处。此处代指长安。衣马轻肥：《论语·雍也》中有句云："乘肥马，衣轻裘。"轻裘肥马喻指生活豪奢富贵。这是借贵族之得意反衬自己的失意。

其 四

闻道长安似弈棋，百年世事不胜悲。
王侯第宅皆新主，文武衣冠异昔时。
直北关山金鼓振，征西车马羽书驰。

闻道长安似弈棋，百年世事不胜悲——承上一首诗，从慨叹身世飘零转入慨叹时局，诗人将目光转向长安，先说长安政局如同弈棋，变化无常。接着说"世事"之"不胜悲"。"百年"是说这种颓局是从唐王朝开国后渐渐日积月累而成，非一朝一夕。闻道：听说。似弈棋：好像下棋那样局势难定。

王侯第宅皆新主，文武衣冠异昔时——二联进一步写长安已今非昔比。王侯奔逃，人事更迭，旧宅易主；文武满朝，宵小弹冠，朝政混乱。衣冠：指官员。异昔时：与从前不同(这里主要指用人制度)，暗责当时的皇帝滥用官员，如玄宗成批任用番将，而肃宗倚重宦官。

直北关山金鼓振，征西车马羽书驰——三联从长安跳出写全国时局。不再是传闻的口气，而是写亲闻战鼓振响，目睹羽书飞驰。志士枕戈、流血边庭的危急局势更衬出自己请缨无路的无奈和哀痛。直北：正北。长安的正北方向即是陇右、关辅地区。金鼓振：指抗击回纥。征西：征讨西方的吐蕃。羽书：插着羽毛的军用紧急文书。

鱼龙寂寞秋江冷，故国平居有所思——结联又回到自身。战乱频繁，国事艰危，诗人却只能面对秋江惆怅叹息。秋江冷，诗人的心更寒冷；鱼龙寂寞，自己的心更寂寞。"鱼龙寂寞"指水族潜入水底。故国：指长安。平居：平日所居之处，引申为回忆长安时的往事。

其 五

蓬莱宫阙对南山，承露金茎霄汉间。
西望瑶池降王母，东来紫气满函关。
云移雉尾开宫扇，日绕龙鳞识圣颜。
一卧沧江惊岁晚，几回青琐点朝班。

蓬莱宫阙对南山，承露金茎霄汉间——承接上一首，写所思中的"故国平居"之事，追思记忆中的长安。起句写蓬莱宫的壮美，想象汉朝的承露铜柱直插云霄。蓬莱：宫殿名。唐高宗龙朔二年(662)重修后的大明宫改名为蓬莱宫。承露金茎：指仙人承露盘下的铜柱。汉武帝时，于建章宫西建承露铜盘，也叫"仙人掌"，说饮用承接仙露可延年益寿。这里是以汉喻唐。霄：云气。汉：银河。

西望瑶池降王母，东来紫气满函关——次联写想象中的西王母带着祥云紫气降落。王母：古代神话中的女神西王母。瑶池：传说为西王母居所。东来紫气：《列仙传》记载，老子自洛阳过函谷关，关令尹喜登城楼，望见紫气东来，知有真人过此。后来果见老子乘青牛经过。唐高宗时，追尊老子为太上玄元皇帝。函关即函谷关。

云移雉尾开宫扇，日绕龙鳞识圣颜——写皇帝临朝时的富丽堂皇，骄傲之情溢于言表，为自己曾亲睹圣颜而自豪。云移：形容开扇时如云彩移动。雉尾：帝王仪仗中用雉尾制成的扇。开宫扇：唐玄宗开元中，萧嵩上疏建议，皇帝每月朔、望日受朝于宣政殿，上座前要用羽扇遮挡，坐定后始开扇。后来定成一种朝仪（见《唐会要》卷二十四）。龙鳞：指皇帝衣服上的龙纹装饰，此处借指龙袍。

一卧沧江惊岁晚，几回青琐点朝班——沧江：江水呈现青苍色，故称。此处指巫峡。岁晚：暮年。青琐：未央宫的宫门名，门窗镂着连环花纹，涂青色，故称青琐。这里泛指宫门。点朝班：指百官等候传点朝见皇帝。末两句情绪急转直下，表达了自己卧病巫峡、年事已高的感伤心境。

其　六

瞿塘峡口曲江头，万里风烟接素秋。
花萼夹城通御气，芙蓉小苑入边愁。
珠帘绣柱围黄鹄，锦缆牙樯起白鸥。
回首可怜歌舞地，秦中自古帝王州。

瞿塘峡口曲江头，万里风烟接素秋——瞿塘峡：长江三峡之一。位于夔州东面今重庆奉节境内。曲江：又名曲江池，在长安城南朱雀桥东，为唐时的游览胜地。接：谓两地风烟相连。素秋：据《礼记·月令》载："秋之时，其色尚白。"故有"素秋"之说。

花萼夹城通御气，芙蓉小苑入边愁——花萼：楼名。在长安兴庆宫西南角。夹城：指兴庆宫至曲江芙蓉园依城修筑的复道，是玄宗开元二十年(732)时为帝妃们游曲江而修的专用通道，所以这里说"通御气"。芙蓉小苑：即指芙蓉园，在曲江西南，是玄宗常游之地。入边愁：指安史叛军在边疆作乱，惊破了长安的太平梦。

珠帘绣柱围黄鹄，锦缆牙樯起白鸥——珠帘绣柱：形容曲江行宫别院楼亭建筑之华丽。黄鹄：传说中仙人所乘的大鸟。锦缆牙樯：樯指桅杆，形容曲江上的游船之华美。

回首可怜歌舞地，秦中自古帝王州——秦中：关中。此处借指长安。帝王州：帝王建都之地。诗人身在瞿塘峡，心驰曲江头。想象当年皇上和妃子们沿着复道游览，来往于花萼楼和曲江之间，伴随着珠帘绣柱起舞的是仙骑黄鹄，在豪华游船旁飞起的是点点白鸥。诗人由所处之地写到所思之地，两地虽相隔万里，秋气却

中国家庭基本藏书

贯通连接。诗中隐隐谴责帝王因贪图安逸享乐才引来了国难边愁,表达了诗人忧国忧民的哀伤感慨。

其 七

昆明池水汉时功,武帝旌旗在眼中。
织女机丝虚夜月,石鲸鳞甲动秋风。
波漂菰米沉云黑,露冷莲房坠粉红。
关塞极天唯鸟道,江湖满地一渔翁。

昆明池水汉时功,武帝旌旗在眼中——首联回忆长安昆明池上昔日旌旗飘动的繁华景象。昆明池:在长安西南二十里处,是汉武帝于元狩三年(前120)所挖,用于水兵演习。武帝:字面上指汉武帝,这里比喻玄宗,因玄宗有一尊号"神武皇帝"。

织女机丝虚夜月,石鲸鳞甲动秋风——接下来的四句是想象中的昆明湖的沉寂和荒凉:石雕的织女静静地立在月夜里,石鲸的鳞甲仿佛在秋风中闪动。织女:指昆明池上的织女石像。虚夜月:意思是说石像整日整夜都在织,但却什么都没有织出来。石鲸:指昆明池中用玉石雕成的鲸鱼。传说每逢雷雨,鱼就会动起来。所以诗中有"鳞甲动秋风"之说。

波漂菰米沉云黑,露冷莲房坠粉红——菰米如黑云浮在水面,荷花为冷池涂上粉红。菰(gū)米:即今天的茭白,一种禾本科植物,生于浅水中,结实如米,可做饭。沉云黑:形容茂密、一望无际的样子。莲房:即莲蓬。形象和色彩的强烈对比衬托出一片寂寥。

关塞极天唯鸟道,江湖满地一渔翁——关塞极天:指从夔州远望长安,只见一片崇山峻岭,连绵不断,好像唯有一条鸟道可通秦地。诗人自己孤零零地立在山川连绵的尽头,漂泊在茫茫江湖就像渔翁一样。抒发了浪迹天涯、漂泊江湖的无奈、悲凉之情。

其 八

昆吾御宿自逶迤,紫阁峰阴入渼陂。
香稻啄馀鹦鹉粒,碧梧栖老凤凰枝。
佳人拾翠春相问,仙侣同舟晚更移。
彩笔昔曾干气象,白头吟望苦低垂。

昆吾御宿自逶迤，紫阁峰阴入渼陂——回忆昔日在长安郊游的情景。昆吾是长安的一处地名，其地有亭。御宿即御宿川，因武帝曾住宿在这里而得名。都是汉武帝时的建筑，是由长安去渼陂的必经之地。逶迤：路途曲折漫长之意。紫阁峰：终南山的山峰。渼陂：湖水名，在紫阁峰下，杜甫曾游此地。

香稻啄馀鹦鹉粒，碧梧栖老凤凰枝——“香稻”两句是“鹦鹉啄馀香稻粒，凤凰栖老碧梧枝”的倒文。谓香稻太多，鹦鹉啄之而有馀；碧梧高大，凤凰栖之而安稳。言此地物产之丰富。

佳人拾翠春相问，仙侣同舟晚更移——拾翠：采拾花草，指游园。仙侣：形容游春的伴侣美如天仙。移：移船。

彩笔昔曾干气象，白头吟望苦低垂——彩笔：指文采横溢的笔。干：干预，涉及。诗人感叹自己曾以拥有“五彩笔”而豪兴满怀，而今虽美景依旧，自己却只能寄身夔府，徒然地白头吟望了，言外有一种无奈的感慨。此章可看作是《秋兴》八首的一个总结。诗人怀思唱叹，含不尽之意于言外。

《秋兴》可以说是杜甫晚年艺术成就的高峰。在章法结构、声律节奏、情景交融及对比、炼字等方面都很有建树。

《秋兴》结构严密、八首诗首尾呼应，层层递进，次第蝉联。我们甚至很难转换其次序。诗的前三首都是写夔州。第一首以夔州的秋景起兴，渲染出萧森阴冷、令人动荡不安的气氛；而“丛菊两开他日泪，孤舟一系故园心”句，则表达出诗人心系长安之情。第二首承接了第一首的“急暮砧”，写诗人在夔府的暮景中，对兵戈不息表示忧虑，写了诗人晚年卧病的寂寞心情；“每依北斗望京华”又再次表达了诗人对长安的怀念。第三首承第二首的夜色，写秋日晨景。眼前虽江色宁静，但诗人想到自己报国无门，心愿难成，不禁悲从中来。前三首的共同点都是写诗人心系故国，但又抑郁难安。

第四首是《秋兴》的一个转折点，诗人开始写长安了。时局不稳、边境纷乱，不由忆起往日长安的繁华。第五首写昔日长安宫殿的壮丽，回忆自己曾“识圣颜”的美好。第六首写帝王的奢华游宴，因而引起无穷的战乱和“边愁”，以致断送了“千古帝王州”，含蓄地表达了对帝王的谴责；第七首将昔日的国力强盛、物产富饶和今天的沉寂荒凉作鲜明的对比；第八首则记游长安胜地的豪情。八首诗前后呼应，前四首写夔州涉及长安，后四首写长安不离夔府，表达出诗人身在夔府、心系京华的胸中郁结。

195

杜甫善用双声和叠韵表达情感。如"直北关山金鼓震,征西车马羽书迟"二句,就运用了紧凑的韵律:"直"、"北"连用,"关"、"山"叠韵,上句的尾字"震"与下句的字头"征"双声,声律节奏更显紧密,形象地表达了北方战况紧张的效果。诗人还善于运用句子节奏来表达感情。如七律的句子节奏多为先四后三,但诗人在第二首末句却用了先二后五的节奏,如"请看／石上藤萝月,已映／洲前芦荻花",读来有一种惊心之感,有效地表达了诗人从梦幻中惊醒的惶悚心情。

杜甫曾有"语不惊人死不休"之语,十分注重字词的锤炼。《秋兴》中随处可见其炼字之功力。如第六首中"瞿塘峡口曲江头,万里风烟接素秋"句中,"风烟"与"烽烟"同音,影射战火。虽然瞿塘与曲江相去万里,但因了"风烟"而竟能相接起来。但诗人在这里写的并不是"接"而是"离散",这就具有了一种讽刺意味,更反衬出诗人不能归去的离愁别绪。再如第三首中的"信宿渔人还泛泛,清秋燕子故飞飞"句。渔人留宿江上,仿佛如诗人留在夔州难返长安一样;而本可以自由飞去的燕子却在江面久久徘徊不去,好像在揶揄诗人之不能归去。这里用了"还"与"故"两个字,更衬出诗人恋京华而难归的悲苦心境。读《秋兴》八首,使人强烈地感受到一种大至国家民族、小至个人自我的深沉的沧桑之痛,是杜甫诗中极有价值的艺术珍品。

咏怀古迹五首(选二)

这组诗写于唐代宗大历元年(766)秋,当时杜甫客居夔州。五首诗分别吟咏与三峡有关的古迹,与五个历史人物有关,分别是庾信、宋玉、昭君、刘备、诸葛亮。作者缅怀历史人物,借以抒发身世之悲。这里选的是其二与其三。

其　二

摇落深知宋玉悲,风流儒雅亦吾师。
怅望千秋一洒泪,萧条异代不同时。
江山故宅空文藻,云雨荒台岂梦思?
最是楚宫俱泯灭,舟人指点到今疑。

摇落深知宋玉悲,风流儒雅亦吾师——因秋起兴,说自己面对草木摇落的秋景,便深深地体会到了宋玉写《九辩》时的悲情,他文采风流也是我的老师。宋玉:战国时楚国的辞赋家。他曾在《九辩》中借秋天草木凋零写自己的身世,其辞曰:

"悲哉，秋之为气也！萧瑟兮草木摇落而变衰。"

怅望千秋一洒泪，萧条异代不同时——相隔千秋我惆怅地洒泪遥望，感叹他寂寞地生活在不同的年代，恨不得与他成为同时代人。宋玉生活的年代距杜甫此时已有千年，故有千秋之说。萧条：指身世坎坷凄凉。

江山故宅空文藻，云雨荒台岂梦思——你在归州的旧宅早已荒废，空留下华丽的文辞，那云雨荒台的故事本是托物讽谏，岂能是梦中所思？江山故宅：指位于三峡中的归州（今湖北秭归）的宋玉故居。空文藻：故宅已荒废无存，但文章辞藻还在流传。云雨荒台：指宋玉《高唐赋》中所写的楚怀王与巫山神女相会的故事。楚怀王游高唐观，梦一妇人自称巫山神女，前来求爱，说："妾在巫山之阳，高丘之岨，旦为朝云，暮为行雨，朝朝暮暮，阳台之下。"岂梦思：难道是梦中所思吗？意思是说宋玉所作的《高唐赋》并非梦话，这里有讽刺楚王好色之意。

最是楚宫俱泯灭，舟人指点到今疑——最可哀的是楚宫及高唐观全都泯灭无存了。但船夫们仍在指点议论着这些遗址，令人们将信将疑不知它们是否真的存在过。诗中隐含着因沧桑巨变而生的悲凉感慨。

第二首前半部分感慨宋玉生前的怀才不遇，后半部分为其身后的落寞鸣不平。杜甫一向钦慕这位著名辞赋家的才华，而今见草木摇落，景物萧条，故宅荒台，不禁触景生情，感慨万千。历史陈迹和内心的哀伤交融在一起，诗人悲从中来，感叹今无知己，潸然泪下。诗人是在为宋玉鸣不平，也是在哭泣自己的命运。全诗议论精辟，发人深省。

其 三

群山万壑赴荆门，生长明妃尚有村。
一去紫台连朔漠，独留青冢向黄昏。
画图省识春风面，环佩空归月夜魂。
千载琵琶作胡语，分明怨恨曲中论。

群山万壑赴荆门，生长明妃尚有村——千山万壑逶迤不断，由三峡直至荆门，此地还遗留着生长明妃的山村。荆门：山名，在今湖北宜都西北的长江边上。赴：形容山如波涛一样，奔赴腾跃有动感。明妃：即王昭君，汉元帝时的宫女，后嫁于匈奴呼韩邪单于。晋人为避晋文帝司马昭之讳，改称其为"明妃"，这一称呼后来被唐人沿用。村：这里指昭君村，在湖北秭归东北之南妃台山下。

一去紫台连朔漠,独留青冢向黄昏——一别汉宫她嫁到北方的荒漠,只留下青冢一座在黄昏里孤零零。紫台:汉代有宫名紫宫。这里泛指汉朝的宫殿。连朔漠:连接朔方以北的大漠,也代指连接匈奴。青冢:昭君墓,在今内蒙古呼和浩特南。《归州图经》记载:"胡中多白草,王昭君冢独青,号曰青冢。"

画图省识春风面,环佩空归月夜魂——"画图"句有一典故:汉元帝时宫女甚多,帝王便让画工为宫女画像,元帝凭画选召宫女。宫女们于是纷纷贿赂画工。王昭君不肯行贿,画工便将她画得很丑。皇帝凭画像选派昭君去匈奴和亲,临行前才发现她竟是后宫第一美人。省识:辨认。春风面:形容女子面容美丽。环佩:指昭君的首饰。这句是说昭君已葬身朔漠,只有在月夜里才能听到她的魂魄归来的环佩声。

千载琵琶作胡语,分明怨恨曲中论——琵琶:西北民族的一种弹拨乐器。胡语:北方少数民族的乐曲。这句是说,千载以后,琵琶曲好像还在用胡语诉说,曲中倾诉的昭君心中的怨恨听起来是多么分明。

"群山万壑赴荆门",起句便突兀奇绝,不同凡响,一个"赴"字,画龙点睛,使山水充满了动感和生机。次句则似电影中的"定格",点明古迹所在,一个"尚"字,传达出一种"斯人已去,而江村古落依旧"的寂寞感。上下句动静相间,相互映衬。颔联概括了昭君一生的悲剧。以简洁的文字,写出了无穷的感慨。以"紫台"对"青冢",一雍容华贵,一凄凉冷清,在色调上形成了鲜明的对比;"朔漠"和"黄昏"又烘托出一种凄凉的氛围。字里行间透出了强烈的悲剧色彩。青冢瑟瑟,暮霭沉沉,使人联想到"此恨绵绵无绝期"。颈联由咏古迹转向了议论,揭示了造成昭君悲剧的原因:由于汉元帝昏庸,"按图召幸",才使小人有机可乘,害得昭君遗恨终身。"空归"二字写得肝肠寸断。"春风面"与"月夜魂"更是对比强烈,令人惨痛欲绝。尾联咏叹昭君的命运,主题落在"怨恨"二字。作者既同情昭君,也感慨自身,毫不隐讳地以怨恨作为一诗归宿,正是"卒章显其志"。

"看杜诗如看一处大山水,读杜律如读一篇长古文"(黄生《杜诗说》)。诗题为"咏怀古迹",重心是在咏怀。如果只以昭君之怨作结,只能算是咏史。诗人借古抒怀,咏宋玉,是慨叹自己怀才不遇;咏昭君,是谴责君王美恶不分;杜甫是在借古人的酒杯浇自己胸中之块垒啊!

洞　房

此诗当是大历元年(766)在夔州作。诗人望秋月而感叹杨贵妃之死的往事,抒发怀念故国之情。

洞房环佩冷，玉殿起秋风。
秦地应新月，龙池满旧宫。
系舟今夜远，清漏往时同。
万里黄山北，园陵白露中。

洞房环佩冷，玉殿起秋风——贵妃殁后，洞房中的环佩早已变冷，秋风起处，玉殿中一片萧瑟。

秦地应新月，龙池满旧宫——秦地就该升起新月了，兴庆宫里龙池中的水想也满了。龙池：池名，在兴庆宫(今西安兴庆公园内)。以上四句均为作者想象之景。

系舟今夜远，清漏往时同——今夜我将一叶扁舟停泊在夔州，远远地望着，遥想当年曾一同听过禁中的清漏。

万里黄山北，园陵白露中——可叹那万里之外的黄山北面，园陵隐现在一片晶莹的秋草白露之中。黄山：宫名。园陵：指汉武茂陵(在今陕西兴平)，在黄山宫北侧。这里是借指明皇所葬之地泰陵(在今陕西蒲城)。

此诗前四句写想象中的长安秋夜之景，虽是虚构，却意境华美，诗人用"环佩"、"玉殿"、"秋风"等形象更衬托出物是人非的凄凉。后四句实写自己身处夔州的实景，感叹时间流逝，抒发怀念故国的情感。

《洞房》与同时所作的《宿昔》《能画》《斗鸡》等八首，虽未标出总题目，但就内容而言，实为组诗。《洞房》为诸诗的缘起，都是写于客居夔州时，因秋夜景色凄凉联想到往日宫中之行乐。为杜甫追忆长安往事、借以警示当时君臣的暗含讽喻之作。

宿　昔

此诗与《洞房》写于同一时间。上承《洞房》诗末句，追叙唐玄宗生前游幸等事，暗含讽意。

宿昔青门里，蓬莱仗数移。
花娇迎杂树，龙喜出平池。

落日留王母，微风倚少儿。
宫中行乐秘，少有外人知。

宿昔青门里，蓬莱仗数移——青门：汉代长安城东面南头第一门叫霸城门，门饰以青色，故俗称青门。此代指长安。蓬莱：唐宫殿名。蓬莱仗数移：屡见仙仗由蓬莱宫移动到曲江南苑去。

花娇迎杂树，龙喜出平池——娇花杂树一路相迎，小龙从平池飞出跟随御驾飞往西南。龙喜：据《明皇十七事》记载，传说天宝中，兴庆池中常有小龙出游于宫垣水沟中……銮舆西幸，龙一夕乘云雨望西南而去。平池：即兴庆池。

落日留王母，微风倚少儿——王母：古代神话传说中的女仙西王母的简称。这里喻指杨贵妃，因其曾度为道士，唐人将其比之王母。少儿：西汉平阳侯婢女卫媪之次女的名字，她曾与霍仲孺私通，生霍去病，又嫁与陈掌为妻。这里是暗指作风放荡、与唐玄宗有染的秦国夫人和虢国夫人。这两句是说：唐玄宗在日暮时仍和贵妃恋恋不舍，在微风中与秦、虢二夫人相倚作乐。

宫中行乐秘，少有外人知——深宫中行乐的秘密情景，一定少有外人知道。还有一句没说出来的意思：这些今天又在何处呢？结尾含有讽意。

杜甫的这首诗实是《洞房》五律八章之第二首。这组诗"皆追忆长安之往事，语兼讽刺，以警当时君臣，图善后之策也"（《杜臆》）。其讽喻倾向明显，但意境沉郁，读之令人感伤，很耐人寻味。

鹦　鹉

大历元年(766)，杜甫客居夔州时，曾写了不少咏物诗，这是其中之一。此诗以鹦鹉自况，表达了才士失路、苦于拘束不能施展之苦闷。

鹦鹉含愁思，聪明忆别离。
翠衿浑短尽，红嘴漫多知。
未有开笼日，空残旧宿枝。
世人怜复损，何用羽毛奇。

鹦鹉含愁思，聪明忆别离——鹦鹉满怀着愁思，因其生性聪明而时时勾起离情别绪。

翠衿浑短尽，红嘴漫多知——它那翠绿色的羽毛简直快被剪光了，只剩下那张红嘴在显其知道得多。翠衿：翠绿色的羽毛。浑：简直。

未有开笼日，空残旧宿枝——不会有开笼放飞的日子了，空留下往日栖息过的枝头。

世人怜复损，何用羽毛奇——世人爱怜它却又伤害它，它又何必生就这出奇的羽毛呢？

杜甫在夔门客居期间，作了一批数量可观的咏物诗，被称为诗歌中的寓言。在这首诗中，诗人将鹦鹉这种能言之鸟，作为抒发自己别离愁思的意象。一代诗圣滞留夔州两年，战祸不断，故旧凋零，无家可归，于是借物而抒发心中的不平。诗中的鹦鹉，徒有聪明才智和翠绿色的羽毛，还不是被束缚在笼中虚度青春、空耗年华吗？这和诗人的境况正有相近之处。看似琐事漫语，其中含有深意，在鲜丽的意象中寄寓着诗人那苍凉沉郁的生命体验。语言挥洒自如，意味深长。

孤　雁

这首咏物诗于大历元年(766)杜甫客居夔州时作。借孤雁念群表达兄弟间隔绝之痛。融注了作者曲折而细腻的思想感情，堪称绝佳。

孤雁不饮啄，飞鸣声念群。
谁怜一片影，相失万重云？
望尽似犹见，哀多如更闻。
野鸦无意绪，鸣噪自纷纷。

孤雁不饮啄，飞鸣声念群——开篇即画出一只不吃不喝的"孤雁"，一个劲地飞着、叫着，追寻和思念着自己的同伴！情感热烈而执著。清人浦起龙评曰："'飞鸣声念群'，一诗之骨。"（《读杜心解》）

谁怜一片影，相失万重云——此联以"谁怜"二字设问，境界倏然开阔。有谁怜惜这"一片影"似的渺小的孤雁呢？它与同伴们相失在高远浩茫的"万重云"间，天高路遥，它的心情该是多么焦虑、迷茫、无助啊！在这里，孤雁就是诗人的化身，达到了物我交融、浑然一体的境界。

望尽似犹见，哀多如更闻——三联刻画孤雁的心理：望尽天际，还在望啊，望啊，仿佛失去的雁群老在眼前晃动；哀唤声声，唤啊，唤啊，似乎总是听见同伴们的鸣声。这是写孤雁被思念折磨得太苦太苦，以至于产生了幻觉。哀痛欲绝，泣血含泪，将孤雁被痛苦煎熬的心理写得十分传神。浦起龙评析说："唯念故飞，望断矣而飞不止，似犹见其群而逐之者；唯念故鸣，哀多矣而鸣不绝，如更闻其群而呼之者。写生至此，天雨泣矣！"（《读杜心解》）

野鸦无意绪，鸣噪自纷纷——结尾用了陪衬对比的笔法，说野鸦们全然不懂孤雁念群之心，还一个劲儿在那里聒噪，写出了诗人对野鸦的厌恶。暗喻了杜甫找不到知己，却不得不听着俗夫庸人们絮叨，那种厌恶无聊的心绪。

诗人流落他乡，与亲朋故旧天各一方，孤独是他诗中常见的主题。这孤零零的雁儿，寄寓了诗人自己的影子。他是在咏物寄怀，诗中表达的情感是浓郁悲壮的，雁儿那种孤苦无依、泣血呼号、不顾自身处境的安危，燃烧着生命去不倦地追寻的精神，简直就是逐日的夸父、填海的精卫，它的精神真是太感人了。

就艺术技巧而言，诗人用语传神如大匠运斤，自然浑成，全无斧凿之痕。特别是中间两联，意境高远，在幻境中推出的浩渺云空中的鸣声雁影，如同电影中的特技镜头，有神奇的效果，不愧为千古诗坛的大手笔。

阁　夜

这首诗是诗人在大历元年(766)冬寓居夔州西阁时所作。"阁夜"即是记述西阁之夜的所见所闻。当时西川军阀割据，混战不断；吐蕃也不断侵袭蜀地。而杜甫的好友郑虔、李白、严武、高适等人也都先后故去，杜甫的心情异常沉重。这首诗感时忆旧，表现冬夜三峡一带动荡萧索之景，是伤乱思乡心情的真实写照。

岁暮阴阳催短景，天涯霜雪霁寒宵。
五更鼓角声悲壮，三峡星河影动摇。
野哭千家闻战伐，夷歌几处起渔樵。

卧龙跃马终黄土，人事音书漫寂寥。

岁暮阴阳催短景，天涯霜雪霁寒宵——开首二句点明时间。岁暮：指冬季。阴阳：古人所指的构成天地宇宙的阴阳二气，这里指日月。催：形容时光飞逝。短景：冬季夜长昼短，故云"短景"。景，同"影"。天涯：指夔州，是与京都和故乡相对而言，又有沦落天涯之意。霁：原意指雨后初晴，这里指霜雪初散，寒光照射着寒冷的长夜。在这凄凉的寒宵，浪迹天涯的诗人不由感慨万千。

五更鼓角声悲壮，三峡星河影动摇——颔联写夜中所闻所见。鼓角：指古代军中用以报时和发号施令的鼓声、号角声。上句写黎明时分，愁人不寐，鼓角声更显得悲凉。从侧面烘托出夔州一带兵戈未息、战争频繁的气氛。下句说雨后天宇澄澈，群星映照着峡江，星影在江流中摇曳不定。上句是对时局的深切关怀，气势苍凉恢弘；下句是对三峡深夜美景的赞叹，辞采清丽夺目。前人赞扬此联写得"伟丽"。

野哭千家闻战伐，夷歌几处起渔樵——颈联写拂晓所闻。野哭：旷野中的哭声。听到征战的消息，千家恸哭，哀声四起，其景凄惨。战伐：指当时崔旰等人的混战给蜀地人民带来的灾难。夷歌：指当地少数民族唱的难懂的歌谣。夔州是民族杂居之地，杜甫客寓此间，在深夜听到渔夫樵子的"夷歌"不时传来，这两句将偏远夔州的环境真实形象地表现出来。

卧龙跃马终黄土，人事音书漫寂寥——末联写极目远眺夔州西郊的武侯庙与东南的白帝庙而生发的无限感慨。卧龙：指诸葛亮。跃马：是化用左思《蜀都赋》"公孙跃马而称帝"句，指西汉末年割据蜀地的军阀公孙述，称帝十二年，后被光武帝刘秀所灭。黄土：终归黄土，指死亡。人事：指交游。漫寂寥：任其寂寞和寥落。结尾二句，是诗人对人世沧桑的感叹，他举诸葛亮和公孙述为例，说明贤愚忠逆如今都已同埋于黄土，个人的寂寞和遭遇就任凭他去吧。

全诗气象雄阔，俯仰古今，写得极有气势。胡应麟称赞此诗说："气象雄盖宇宙，法律细入毫芒"，并说它是七言律诗的"千秋鼻祖"。其诗笔力苍劲，灵气飞扬，极见艺术功力。其中"五更鼓角声悲壮，三峡星河影动摇"两句尤为后人所称道。《石林诗话》说："七言难于气象雄浑，句中有力，而纡徐不失言外之意，自老杜'锦江春色来天地，玉垒浮云变古今'与'五更鼓角声悲壮，三峡星河影动摇'等句之后，常恨无复继者。"结联表面为旷达之语，其中却深含着愤激和无可奈何的悲凉之情，隐约透露出诗人内心的矛盾与苦恼。卢世㴗认为此诗"意中言外，怆然有无穷之思"，颇有见地。

缚鸡行

【题解】

此诗当于大历元年(766)冬在夔州西阁作。此诗借物咏怀，饶有理趣。

> 小奴缚鸡向市卖，鸡被缚急相喧争。
> 家中厌鸡食虫蚁，不知鸡卖还遭烹。
> 虫鸡于人何厚薄，吾叱奴人解其缚。
> 鸡虫得失无了时，注目寒江倚山阁。

【新解】

小奴缚鸡向市卖，鸡被缚急相喧争——首联写童仆将鸡绑紧准备到市上去卖，鸡叫着挣扎的情景。

家中厌鸡食虫蚁，不知鸡卖还遭烹——家里人讨厌鸡吃虫蚁，岂不知鸡一卖就会遭到被烹杀的厄运。

虫鸡于人何厚薄，吾叱奴人解其缚——虫和鸡对人来说，哪个厚哪个薄呢？于是我呵斥童仆为鸡松绑。

鸡虫得失无了时，注目寒江倚山阁——计较这种鸡虫得失没完没了，于是我倚在西阁放眼向远处的寒江望去。山阁：即西阁。"鸡虫得失"后成为成语，比喻无关紧要的细微得失。

【新评】

杜甫的《缚鸡行》在一般的选本中不多见，但确是一首意味深长的好诗。因惜虫而将吃虫的鸡卖掉，谁知被卖的鸡也将被人吃，鸡虫难以两全，怎么办？唯有放眼远望、不再去想这种小小的利害得失。用一件生活琐事表现哲理的思索，给人留下无穷的回味。

我们不能笑话杜甫是庸人自扰，因为鸡和虫都是生命，《易传》云："天地之大德曰生。"儒家的传统一向重视生命。在现代伦理学看来，人类的同情心和微小的善念都是体现在一点一滴的小的善行中，值得珍视。杜甫不仅有这样的情感和意识，更重要的是他还用生花妙笔将这些转瞬即逝的情境记录下来，打动了后世千秋万代的读者。更妙的是这首诗的结句，从鸡虫不能两全这件生活琐事中，诗人一定也联想到人世间诸如宦海沉浮、命运穷通等，但作者并不说破，说破了则失之含蓄。诗人巧妙地宕开一笔，却去描绘倚阁望远的深思形象，令人感受到"多少事，欲说还休"。读者的思绪可借审美联想而自由飞腾，真正做到了言有尽而意无穷。

遣闷戏赠路十九曹长

此诗于大历二年(767)春在夔州作。曹长是官名,尚书郎、郎中的别称。路十九曹长:其名不详,从诗中可看出是杜甫过从甚密的朋友。

> 江浦雷声喧昨夜,春城雨色动微寒。
> 黄鹂并坐交愁湿,白鹭群飞太剧干。
> 晚节渐于诗律细,谁家数去酒杯宽。
> 惟君最爱清狂客,百遍相过意未阑。

江浦雷声喧昨夜,春城雨色动微寒——昨夜江边雷声喧闹,今晨满城都笼罩在雨色之中,显得有些寒冷。江浦:指夔江岸边。春城:指夔州。

黄鹂并坐交愁湿,白鹭群飞太剧干——枝头两个黄鹂并排交颈而坐,好像在为羽毛湿了而一起发愁,白鹭成群地飞在雨中,那羽毛就更难干了。太剧干:甚难干。

晚节渐于诗律细,谁家数去酒杯宽——越到晚年我对诗律的要求就越用心精细,谁家去得次数多了还能总是有很多的酒? 数去:数次前去。酒杯宽:形容酒多。

惟君最爱清狂客,百遍相过意未阑——唯有你最喜欢狂放的客人,即便我去了你家一百遍你也不会意兴索然。

诗人在下雨天闲坐家中,苦闷无聊,于是写了这首游戏之作,向他的朋友路十九曹长要酒喝。小诗写得幽默风趣,从一个侧面可了解杜甫的日常生活。即使是解闷之作,信手写来,其诗也写得情景交融,意境很美。其中"晚节渐于诗律细"之句表现了杜甫在诗歌艺术上的追求,成为被后世诗人及诗评家引用频率很高的名言警句。

昼　梦

此诗当作于大历二年(767)二月,其时杜甫流离在夔州。"昼梦"即白日梦。沉重的忧国思乡之情,使穷病潦倒的诗人郁积成胸中块垒,连白日小憩也总是梦见故国君臣、旧乡门巷。诗题中隐含有自嘲之意和悲愤之情。

二月饶睡昏昏然，不独夜短昼分眠。
桃花气暖眼自醉，春渚日落梦相牵。
故乡门巷荆棘底，中原君臣豺虎边。
安得务农息战斗？普天无吏横索钱。

"二月饶睡昏昏然"四句——解释昼寝入梦的缘由。饶：多。饶睡：贪睡。为何我在二月里整日昏昏欲睡？不单单是昼长夜短的缘故罢？虽然二月里桃花盛开、暖意融融，人易产生"春困"，但"不独"二字暴露了内心秘密，揭示出诗人平生忧念家国，操心焦虑，积劳成疾；如今身值乱离，忧思更甚，这才是神志倦怠的真正原因。昼分：二月是昼夜平分之时，故称。也有称昼分指中午的说法。"桃花气暖眼自醉，春渚日落梦相牵"，意思是暖暖的桃花气使我的眼醉得睁不开，日落沙洲了我还是梦魂牵绕。

故乡门巷荆棘底，中原君臣豺虎边——这两句是梦中所见情景：故乡的街巷淹没在荒凉的野草和荆棘丛下，中原的君臣被困在虎狼身边。豺虎：这里比喻贼寇。俗话说，日有所思，夜有所梦。诗人一合眼，便仿佛看到安史乱军掠夺烧杀后的故乡，村庄里蒿草丛生，荆棘遍地，国家危难、百姓疾苦，时时萦绕在诗人心头，连白日都要成梦，更可见忧思之深。

安得务农息战斗？普天无吏横索钱——这两句是梦醒后的思考和议论，承接着梦境中的思绪：既然国事凋零、民不聊生，唐王朝只有尽快结束战争，让农民回到土地上劳作，百姓安居乐业，普天之下也不再有官吏横征暴敛，这样国家才有希望。结尾表达了诗人对战争的厌恶、对贪官的憎恨，对百姓的关切，对清明政治的向往。

《论语·公冶长》云："宰予昼寝，子曰：'朽木不可雕也，粪土之墙不可杇也，于予与何诛。'"这里杜甫借用宰予昼寝的典故，借"昼梦"的诗题作诗，其实是想表达心中所想。

诗的前四句写昼梦之缘由，笔下一派春景，暖意融融；五、六句记梦中所见，画出愁云惨淡的险恶环境；末二句是梦醒后的议论，说出心中的希望。诗中忽而春光明媚，忽而愁山雾海，对比强烈。更反衬出忧国忧民的心情之烈。

金圣叹说："'不独'二字，一直注到'眼自醉'，'梦相牵'，此是何等笔力，亦何等章法！言眼自醉耳，非我欲睡也；梦相牵耳，非我欲睡也；世人皆醉，我何独醒？世人皆梦，我何不梦？"（《杜诗解》）表面看来，杜甫是在人们清醒的白天昏睡做梦，事实上，诗人恰恰是纸醉金迷的乱世中一位头脑最清醒、最有民本意识的知识分子。

喜观即到，复题短篇二首

此诗当是大历二年(767)暮春时杜甫在夔州(今重庆奉节)作。此前杜甫得知弟杜观要来夔，喜作《得舍弟观书，自中都已达江陵。今兹暮春月末，行李合到夔州，悲喜相兼，团圆可待，赋诗即事，情见乎词》云："尔到江陵府，何时到峡州？乱离生有别，聚集病应瘳。飒飒开啼眼，朝朝上水楼。老身须付托，白骨更何忧？"这首诗题中的"复题"，就是意犹未尽，紧接上题再作之意。写杜观将到夔州，杜甫乍接来书的悲喜交集之情。是两首感染力极强的抒情小诗。

其 一

巫峡千山暗，终南万里春。
病中吾见弟，书到汝为人。
意答儿童问，来经战伐新。
泊船悲喜后，款款话归秦。

巫峡千山暗，终南万里春——首联渲染环境，说三峡一带，两岸层峦叠嶂，遮天蔽日，因此说"千山暗"。终南山在这里代指长安，因杜观是在暮春时从万里外的长安而来，所以说"万里春"。

病中吾见弟，书到汝为人——诗人想到要与久别的弟弟相见，病顿时觉得好多了。"书到汝为人"，是说收到来信才知你还是人，没有变成鬼。这样用词很险很怪，但却将烽烟战乱中亲人生死未卜的焦虑和突接来信、才知弟弟尚在人间的惊喜之情表现得淋漓尽致。

意答儿童问，来经战伐新——儿童：指诗人的儿子宗文、宗武。接到杜观的来信，孩子们好奇地发问，想了解十年未见的叔叔的情况，杜甫一一作答。战伐新：指大历二年(767)正月密诏郭子仪讨周智光，和命大将浑瑊及李怀光陈兵渭水一事。杜观此来是冒着生命危险，穿过战场而来的。上句表达了欢快，下句转入为亲人担忧的悲凉，喜中有悲。骨肉深情，跃然纸上。清人蒋弱六评此句云："人情

207

至此，真化工之笔。"（《杜诗镜铨》）

泊船悲喜后，款款话归秦——尾联设想兄弟见面，在经过久别重逢的大悲大喜之后，会慢慢地商量"归秦"之事。秦：指长安。诗人一直期望战乱结束、时局太平后，能回到长安。但诗人知道，目标遥远，只能慢慢等待。"款款"，徐缓的样子。暗含着诗人身不由己的无奈之情。

其 二

待尔嗔乌鹊，抛书示鹡鸰。
枝间喜不去，原上急曾经。
江阁嫌津柳，风帆数驿亭。
应论十年事，愁绝始惺惺。

待尔嗔乌鹊，抛书示鹡鸰——上句说诗人久久等不来兄弟，焦急地嗔怪起喜鹊来。"嗔"：责怪。一个"嗔"字将诗人盼亲人、担心亲人安危的焦急心理刻画得活灵活现。鹡鸰：水鸟名。《诗经·小雅·常棣》云："鹡鸰在原，兄弟急难。"是说鹡鸰当在水边，今在原上，是失其所也，因而飞鸣求其同类。后以"鹡鸰"比喻兄弟在困境中当互相救助。杜甫与兄弟十年音讯隔绝，只能空羡鹡鸰之相亲。而这里的"抛书示鹡鸰"，意思是说，将弟弟的信抛给鹡鸰看，我们兄弟即将团聚，不用再羡慕你了。

枝间喜不去，原上急曾经——乌鹊尚在枝头高兴地不肯离去，这是喜；我们兄弟就像鹡鸰在原一样，都曾经处在急难之中，这是悲。此联是以鸟喻人的象征手法，形容悲喜交加的情绪。

江阁嫌津柳，风帆数驿亭——登上江边楼阁眺望，但讨厌的柳荫总要遮挡视线。青青河边柳，本是美好的形象，这时却成了讨人嫌的东西，衬托出诗人渴盼兄弟团聚的焦急心情。过了许多风帆仍不见弟来，不禁暗暗计算他一路上要经过多少驿亭。

应论十年事，愁绝始惺惺——愁绝：愁得要命。惺惺：苏醒。这两句是预想兄弟会面后，一定会详述十年来的颠沛流离之苦，经过了发愁得要死的阶段，会苏醒过来的。

这两首五言律诗，感情真挚，爱心炽烈，写得极为精致。两首诗都从弟弟的来信说开去。前一首侧重写读信时的情景，后一首侧重谈读信后的感想。全诗格律精当，技艺娴熟，笔法臻于化境。清人邵子湘云："诸怀弟诗情事切至，总有一片真气流注其间，便觉首首都绝。"（《杜诗镜铨》）诗歌贵在以真情动人，以"情圣"著称的杜甫,其笔下的兄弟情谊更是手足亲情,情浓似血,感染力极强。诗人接读兄弟来信后悲喜交加的感情并非平铺直叙,而是通过乌鹊、鹡鸰等具体形象,用象征手法委婉地表达,这就更增加了作品的艺术感染力。

晨 雨

此诗当作于大历二年(767)杜甫在夔州时。

小雨晨光闪,初来叶上闻。
雾交才洒地,风逆旋随云。
暂起柴荆色,轻沾鸟兽群。
麝香山一半,亭午未全分。

小雨晨光闪,初来叶上闻——"闪"是视觉,给人以动感;"闻"是听觉,雨打在叶子上的声音。小雨、晨光、叶片,组成了一幅鲜活的画面。

雾交才洒地,风逆旋随云——雾仿佛也是活泼有生命的,刚落地,旋及又随风飘向云天。

暂起柴荆色,轻沾鸟兽群——柴荆:小树。刚改变了小树的颜色,又轻轻沾湿了飞禽走兽。可见是如雾的细细雨丝。

麝香山一半,亭午未全分——麝香山:在夔州东南一百二十里处,以产麝香而得名。那远处的麝香山只能看见一半,到中午还未能全看清呢!

杜甫的这首小诗以赋体细腻地描写了晨雨的美妙景色。不用比兴,只是正面描写,而能写得出神入化、独有情致,确实不易。读者似能看到山中小雨来时那湿雾迷蒙的样子,像一幅水墨写意,令人心旷神怡。

日 暮

此诗当作于大历二年(767)秋,杜甫流寓夔州瀼西期间。通过日暮景色写衰年思乡的凄婉思绪。

牛羊下来久，各已闭柴门。

风月自清夜，江山非故园。

石泉流暗壁，草露滴秋根。

头白灯明里，何须花烬繁。

牛羊下来久，各已闭柴门——首联化用《诗经·王风·君子于役》"日之夕矣，羊牛下来"之句，说一群群牛羊早已从田野归来，家家户户深闭柴门。一个"久"字，使人感受到山村傍晚的宁静气氛。

风月自清夜，江山非故园——风月徒然装点着瀼西的清夜，景色虽美，怎奈它并非自己的故乡。淡淡的语气中，蕴含着多少悲凉！杜甫在这一联中采用了拗句，"自"字本当用平声，却用了去声，"非"字应用仄声而用了平声。这两个关键的字眼，一拗一救，显得起伏有致，曲折委婉地表达了浓重的思乡愁怀。

石泉流暗壁，草露滴秋根——泉水从幽深的石壁上潺潺流过，晶莹的秋露从草根上一滴一滴地坠落。多么凄清的意境！

头白灯明里，何须花烬繁——花烬：灯花。白发与明灯交相辉映，足见老相；民间认为结灯花是有喜事降临，诗人却见灯花繁而更加烦恼，为什么？因为客居异地，老病穷愁，归乡遥遥无期，所以诗人用"何须"二字，表达出言外那欲说还休的辛酸和叹惋。

王夫之在《姜斋诗话》中说："情语能以转折为含蓄者，唯杜陵居胜。"诗人晚年老弱多病、怀念故园的愁绪，并未在诗中正面说出，结句只委婉地说"何须花烬繁"，便含不尽之意于言外，说得婉转曲折，含蓄蕴藉，耐人寻味。

又呈吴郎

题解

此诗于唐代宗大历二年(767)作于夔州。这年秋天，杜甫迁居东屯，把原来居住的瀼西草堂让给了刚来夔州做司法参军的表亲吴郎借住。不久，那位以前常去瀼西草堂打枣的老寡妇来向诗人诉苦，说新主人一来就插上篱笆，不让她再打枣了。杜甫便以诗代柬，劝说吴郎不要阻止老妇人打枣。吴郎的年龄比杜甫小，此处用"呈"，是表示尊敬和客气，为的是让对方易于接受。因此前杜甫曾写过《简吴郎司法》一诗，故这篇题为《又呈吴郎》。

堂前扑枣任西邻，无食无儿一妇人。
不为困穷宁有此？只缘恐惧转须亲。
即防远客虽多事，便插疏篱却甚真。
已诉征求贫到骨，正思戎马泪沾巾。

堂前扑枣任西邻，无食无儿一妇人——首联以诗人自述的语气说，我从前住在这里时是任凭这位邻妇来打枣的，因为她是个没有生活来源、无儿无女、孤苦伶仃的寡妇啊。扑枣：打枣。任：任凭，不加干涉。

不为困穷宁有此？只缘恐惧转须亲——颔联说老妇人若不是穷得没办法，又何至于去打人家的枣呢？正因为她担心遭到主人斥责而心存恐惧，所以对她才更应当和气些。"宁有此"是反诘句，说老妇人来打枣也是迫不得已，言外含有哀怜之意。宁：岂能，哪会。此，指打枣的事。缘，因为。恐惧：指打枣的贫妇怕被人发现。转：反而，更加。亲：友好地对待。

即防远客虽多事，便插疏篱却甚真——颈联以委婉的口气劝说吴郎。说你刚到草堂住下就插上篱笆，老妇人便疑心是你不再让她打枣。诗人在这里不说吴郎却反过来责备老妇人"多事"，是为了不伤吴郎的面子，使他易于接受，可见杜甫为劝吴郎真是煞费了苦心。即：马上。防：戒备，猜疑。远客：指刚从忠州(今重庆忠县)远道而来这里的吴郎。甚真：过于认真。

已诉征求贫到骨，正思戎马泪沾巾——尾联由近及远，由老妇人联想到千万百姓，指出她们的贫穷是由于官府"征求"各种苛捐杂税和时局战乱造成的。言外之意是：如今万方多难、民不聊生，对这样一个无食无儿的老寡妇，何必要吝惜几颗枣子呢？已诉：指贫妇平时已对杜甫说过。征求：官府征收的各种赋税。思戎马："念及战乱"之意。其时吐蕃入侵，西北边境不宁。诗人联想到战乱中不知会有多少像老妇这样可怜的人，于是泪下沾巾了。

这是一首以诗代柬之作，语言通俗易懂。诗人劝说吴郎不要阻止邻家妇人打枣，一件小事，体现了诗人仁爱博大的胸怀。从诗中可以看出杜甫并非是一般的恤老怜贫，他由一个穷苦的寡妇、一件打枣的小事，联想到的是整个国家的兵荒马乱、千万百姓的痛苦流离，这是诗人爱国怜民的思想感情的流露。他在开导吴郎，告诉他在这万方多难的大背景下，要想得开一点，不必在几颗枣子上斤斤计较。令人尤为感动的是诗中体现出来的那种对于一位普通老妇人格的尊重："不为困

中国家庭基本藏书

穷宁有此,只缘恐惧转须亲。"如果不是内心有着平等博爱的人文精神,如果不是真诚地关心和理解黎民百姓的疾苦,如果只是居高临下地施舍一点怜悯,这首诗就不会如此感人至深而流传千古。

全诗情真意切,措辞委婉,语言质朴。在遣词用句方面,诗人运用了许多散文中常用的虚词,如"不为"、"只缘"、"宁"、"转"、"虽"、"却"、"已"、"正"等,化呆板为活泼,将律诗的音律美与散文的灵活平易相结合,不但曲尽人情,而且也使全诗更灵动飞扬。是以口语和虚词写作律诗的典范之作。

九日四首（选一）

题解

这组诗写于大历二年(767)重阳节。因吴郎爽约未至,杜甫登高独酌,作《九日五首》。吴若本云缺一首,赵次公以《登高》一首足之。故未尝缺。此为其一。诗人回溯两年来客寓夔州的现实,抒写自己九月九日重阳登高的感慨。

> 重阳独酌杯中酒,抱病起登江上台。
> 竹叶于人既无分,菊花从此不须开。
> 殊方日落玄猿哭,旧国霜前白雁来。
> 弟妹萧条各何在,干戈衰谢两相催!

重阳独酌杯中酒,抱病起登江上台——首联写客居异乡的诗人,在重阳节之际一时兴发,抱病登台,独酌杯酒,却无饮兴,于是掷杯登台。江上台:指江边的高台。

竹叶于人既无分,菊花从此不须开——颔联诗笔陡转。重阳饮酒赏菊,本是古代高士的传统。诗人今日"抱病"登台,却是因病戒酒而无缘饮酒,也便无心赏菊。于是诗人喝令:"菊花从此不须开!"这带有主观情绪的诗句,如神来之笔,妙趣横生,任性的语言背后,透露出诗人艰难困苦的生活遭遇。这一联中,借"竹叶青"酒的"竹叶"二字与"菊花"相对,十分巧妙,是沈德潜所说的"真假对",被称为杜律的创格。无分:是说没有缘分。

殊方日落玄猿哭,旧国霜前白雁来——颈联进一步写诗人触景生情的万千愁绪。殊方:远方,此指夔州。诗人独自漂泊异乡,在日暮时分听到黑猿的啼哭声,不禁泪如雨下。霜天秋晚,白雁南归,更易引起诗人怀乡的情思。白雁:即今日之雪雁。《梦溪笔谈》卷二十四:"北方有白雁,似雁而小,色白,秋深则来。白雁至则霜降,河北人称之'霜信'。"

弟妹萧条各何在,干戈衰谢两相催——尾联以佳节思亲作结,上句感伤弟妹音信杳然,下句抒发遭逢战乱,衰老催人的感伤。

此诗抒发了悲秋伤乱、渴望归乡的心情。艺术上全篇皆对,语言苍劲有力,很有气势。工于诗律却又不着痕迹,直接发议论但不使人感到枯燥。写景、叙事与诗人的忧思紧密结合,感情浓烈,性情凸显。颇能显示出杜甫夔州时期七律诗的悲壮风格。

登　高

这是一首重阳登高感怀诗,于大历二年(767)在夔州所写。可能为《九日五首》之一。全诗通过登高所见秋江景色,倾诉了长年漂泊老病孤愁的复杂感情,慷慨激越,动人心弦。是一首广为后世传诵的七律名篇。

> 风急天高猿啸哀,渚清沙白鸟飞回。
> 无边落木萧萧下,不尽长江滚滚来。
> 万里悲秋常作客,百年多病独登台。
> 艰难苦恨繁霜鬓,潦倒新停浊酒杯。

风急天高猿啸哀,渚清沙白鸟飞回——诗由写景开头,勾勒出一幅登高远眺的图景。晴空如海的深秋,诗人登高望远,愈觉其迢迢无极,所以说"天高";夔州一带,山林茂密,常闻"猿啸",空谷悲音不绝,所以说"哀";台高因此风大,故说"急";风大则鸥鹭低飞盘旋,故说"回"。诗中用字遣词都极其贴切。这些具有夔州三峡秋季特征的典型景物,被作者随手拈来入诗,不但形象鲜明,使人如亲临其境,而且境界雄浑高远。有声(风声、猿啼声)有色(沙白、渚清),有动(鸟飞、叶落)有静(洲渚)。渚:水中的小洲。

无边落木萧萧下,不尽长江滚滚来——颔联渲染秋天气氛:无边无际的落叶,在风中飘然而下;汹涌澎湃的大江,滚滚奔腾而来。这都是远眺之景,上句写山,下句写江,交织出一幅生动的三峡秋景图。"萧萧"使人如闻落叶之声;"滚滚"使人如见江河之貌。"无边"状其境界之阔大,"不尽"见出大江之无穷。双声叠字的

中国家庭基本藏书

运用，音调铿锵，充满声韵之美。萧飒荒凉中，有一种浑厚奔放的气势。

万里悲秋常作客，百年多病独登台——颈联为作者自况，说自己满怀悲秋之情在万里之外的异乡客居，一生多病今日独登高台。百年：犹言一生。

艰难苦恨繁霜鬓，潦倒新停浊酒杯——尾联"艰难苦恨"四字，在句法上是并列结构，在声调上却有抑扬顿挫四声，读时应一字一顿；"潦倒""新停"为双声叠韵，声调上又有"上""平"之分，故音节显得铿锵嘹亮，读时应两字一顿。在深沉重浊的韵调之中，能体味出诗人颠沛流离的痛苦心情。生活困顿潦倒，鬓边白发如霜，因病戒酒停杯，这些都衬出时世的艰难和自己的孤苦寂寞。全诗在悲愤的感叹声中收结，寄慨遥深。

前半首写景，有悲秋之意，却不用"悲秋"的字眼。那滚滚长江、萧萧落木、盘旋的飞鸟、冷清的小渚、哀哀的猿啼，都在渲染气氛、烘托情绪。所谓"情以物迁，辞以情发，一叶且或迎意，虫声有足引心"（《文心雕龙·物色》）。心境又反过来给予了景物以感情色彩，主观感受和景物的客观特征得到了和谐统一，因而产生了极大的艺术魅力。后半首抒情。"万里悲秋常作客"，是就空间而言，是"横说"；"百年多病独登台"，是就时间而言，是"纵说"。两句承上启下，点出全诗主旨。全诗有一种雄浑苍莽的阔大气象，声调铿锵，气韵流转，对仗工整。抒写内心的郁结和羁旅愁思，悲愤而不过分，凄苦而不消沉，艺术上很见功力。

此诗历来享有盛誉。宋人罗大经说："'万里'，地之远也；'秋'，时之惨凄也；'作客'，羁旅也；'常作客'，久旅也；'百年'，齿暮也；'多病'，衰疾也；'台'，高迥处也；'独登台'，无亲朋也。十四字之间含八意，而对偶又精确。"（《鹤林玉露》乙编卷五）金性尧以为它"是杜诗中最能表现大气盘旋，悲凉沉郁之作"。胡应麟认为它"一篇之中，句句皆律，一句之中，字字皆律，而实一意贯穿，一气呵成"。是一首"拔山扛鼎"式的悲歌，"古今七言律第一"（胡应麟《诗薮·内编》卷五）。

久雨期王将军不至

此诗当是大历二年(767)冬作，当时杜甫约退居夔州的王将军来做客畅谈，因风雨阻隔，久等未至，诗人内心深感失望寂寞，于是写下了这首诗。诗中追述了将军昔日的骑射生涯与未能报国立功的遗憾，寄寓了自己的一腔感慨。

天雨萧萧滞茅屋，空山无以慰幽独。

锐头将军来何迟，令我心中苦不足。
数看黄雾乱玄云，时听严风折乔木。
泉源泠泠杂猿狖，泥泞漠漠饥鸿鹄。
岁暮穷阴耿未已，人生会面难再得。
忆尔腰下铁丝箭，射杀林中雪色鹿。
前者坐皮因问毛，知子历险人马劳。
异兽如飞星宿落，应弦不碍苍山高。
安得突骑只五千，崒然眉骨皆尔曹。
走平乱世相催促，一豁明主正郁陶。
恨昔范增碎玉斗，未使吴兵著白袍。
昏昏阊阖闭氛祲，十月荆南雷怒号。

新解

天雨萧萧滞茅屋，空山无以慰幽独——风雨天寒将自己阻隔在小草屋里久等王将军不至，空空的山中没有什么能慰藉我内心的孤独和凄凉。

锐头将军来何迟，令我心中苦不足——锐头将军：原指白起，头小而锐，故称。这里是比喻王将军，说他迟迟不来令自己心中焦急。

数看黄雾乱玄云，时听严风折乔木——等得无聊，便看天上的乱云黄雾，听寒风摧折树木。

泉源泠泠杂猿狖，泥泞漠漠饥鸿鹄——猿狖(yòu)：猿猴。泉声泠泠夹杂着猿猴的叫者，泥地上有饥饿的鸿鹄在徘徊。衬托出阴森的气氛。

岁暮穷阴耿未已，人生会面难再得——在这穷困不堪的岁末的阴雨天气里，更感叹人生会面之难。以上十句都是写久等之苦。下边引出回忆。

忆尔腰下铁丝箭，射杀林中雪色鹿——追述王将军当年的英姿。他腰插铁丝箭，在林中射鹿。

前者坐皮因问毛，知子历险人马劳——《杜臆》解释这两句说：坐皮问毛，见毛如雪色，异而问之，始知其善射所得。这句是说，见王将军的鹿皮垫子晶莹如雪，问之，才知是他用亲手捕获的猎物制成的，才知道当初曾经历了多少危险和劳苦。

异兽如飞星宿落，应弦不碍苍山高——珍奇野兽奔跑如飞，似星星散落，苍山虽高但无碍于你的弓弦。

安得突骑只五千，崒然眉骨皆尔曹——崒(zú)然：高耸状。你是怎样得到这五千骑兵劲旅的？一个个都像你一样眉骨高耸身手不凡。

215

走平乱世相催促，一豁明主正郁陶——平定乱世，好让明主忧郁的心得到宽慰。

恨昔范增碎玉斗——这句是说王将军如范增老谋深算却未能得到重用，深深为之可惜。《汉书·高帝纪》载，鸿门之会，张良以玉斗献范增，增怒撞其斗。

未使吴兵著白袍——《南史·陈庆之传》载，陈庆之麾下悉著白袍，所向披靡。先是洛中谣曰："名军大将莫自牢，千军万马避白袍。"这里是叹惜王将军未能如陈庆之一样得以建立军功。

昏昏阊阖闭氛祲，十月荆南雷怒号——末尾说关门闭户气氛惨淡，听怒吼的雷声自荆南传来。此两句是写实，同时似有一点象征意味。

杜甫爱惜人才，每见一才勇，便欲劝导其尽忠报国。他欣赏王将军，在诗中赞其豪气，其诗句奇突豪迈，写将军射猎一段尤为精彩，有很高的艺术性。他为将军最终不幸被弃置而未能报国立功深感遗憾。这也是老杜的心病，每叹及此，语便沉痛苍郁。杜甫这种念念不忘国家社稷，时时以天下为己任的精神真让人感慨不已。

观公孙大娘弟子舞剑器行并序

公孙大娘：唐玄宗时的舞蹈家。弟子：指李十二娘。剑器：指唐代流行的武舞，舞者为戎装女子。这首诗作于唐代宗大历二年(767)秋天，时杜甫五十六岁，住在夔州。

大历二年十月十九日，夔府别驾元持宅见临颍李十二娘舞剑器，壮其蔚跂，问其所师，曰："余公孙大娘弟子也。"开元三载，余尚童稚，记于郾城观公孙氏舞剑器浑脱，浏漓顿挫，独出冠时。自高头宜春、梨园二伎坊内人，泊外供奉，晓是舞者，圣文神武皇帝初，公孙一人而已。玉貌锦衣，况余白首。今兹弟子，亦匪盛颜。既辨其由来，知波澜莫二。抚事慷慨，聊为《剑器行》。往者吴人张旭善草书书帖，数常于邺县见公孙大娘舞西河剑器，自此草书长进，豪荡感激，即公孙可知矣。

昔有佳人公孙氏，一舞剑器动四方。
观者如山色沮丧，天地为之久低昂。
㸌如羿射九日落，矫如群帝骖龙翔。
来如雷霆收震怒，罢如江海凝清光。

绛唇珠袖两寂寞，晚有弟子传芬芳。
临颖美人在白帝，妙舞此曲神扬扬。
与余问答既有以，感时抚事增惋伤。
先帝侍女八千人，公孙剑器初第一。
五十年间似反掌，风尘澒洞昏王室。
梨园子弟散如烟，女乐馀姿映寒日。
金粟堆南木已拱，瞿唐石城草萧瑟。
玳筵急管曲复终，乐极哀来月东出。
老夫不知其所往，足茧荒山转愁疾。

序文的大致意思是：唐大历二年十月十九日，我在夔府别驾元持的家里，观看临颖李十二娘跳剑器舞，觉得舞姿矫健，非常壮观，就问她是向谁学习的？她说："我是公孙大娘的学生"。玄宗开元三载，我还年幼，记得在郾城看过公孙大娘跳《剑器》和《浑脱》舞，舞姿流畅飘逸，超群出众，为当时的最高水平。从皇宫内的宜春、梨园弟子到宫外供奉的舞女，懂得此舞的，在唐玄宗初年仅有公孙大娘一人而已。当年她服饰华美，容貌漂亮，如今我已是白首老翁；眼前她的弟子李十二娘，也已经不是年轻女子了。既然知道了她舞技的渊源，又看到她们师徒的舞技一脉相承，抚今追昔，心中无限感慨，姑且写了《剑器行》这首诗。听说过去吴州人张旭，擅长写草书字帖，在郾县经常观看公孙大娘跳一种《西河剑器》舞，从此后草书书法大有长进，豪气激扬，狂放不羁，由此可知公孙大娘舞技之高超了。

昔有佳人公孙氏，一舞剑器动四方。观者如山色沮丧，天地为之久低昂——从前有个漂亮女子叫公孙大娘，每当她跳起剑舞都轰动四方。如山：形容人山人海、观者众多。色沮丧：指看得出了神。天地仿佛也在随着她的舞姿而起伏震荡。

㸌如羿射九日落，矫如群帝骖龙翔。来如雷霆收震怒，罢如江海凝清光——㸌：光华闪耀。羿：古代神话传说，尧时天上有十个太阳，羿善射，他射落了九个，留下了今天这一个。骖：古代驾在车前两侧的马，这里指驾驭。骖龙翔：即驾着龙飞翔。这四句是说：公孙大娘舞剑时，剑光璀璨夺目，有如后羿射落九颗太阳；舞姿矫健敏捷，恰似天神驾龙飞翔。起舞时剑上如蓄着雷霆万钧，收舞时又像是在剑上凝聚了江海的波光。

绛唇珠袖两寂寞，晚有弟子传芬芳。临颖美人在白帝，妙舞此曲神扬扬——鲜红的嘴唇绰约的舞姿而今都已逝去，幸喜晚年还有弟子传播艺术的芬芳。临颖美人李十二娘在白帝城表演，她的舞姿是如此神韵飞扬。白帝城即夔州。

中国家庭基本藏书

与余问答既有以，感时抚事增惋伤。先帝侍女八千人，公孙剑器初第一——
她和我谈论了她的剑舞的渊源，忆昔抚今，更使我增添了无限的惋惜哀伤。当年
玄宗皇上的侍女约有八千人，剑器舞姿数第一的，只有公孙大娘。

五十年间似反掌，风尘澒洞昏王室。梨园子弟散如烟，女乐余姿映寒日——
五十年快得好似翻了一下手掌，连年战乱朝政昏暗无光。可怜那些梨园子弟们，
一个个烟消云散，只留下李氏的舞姿，掩映冬日的寒光。澒洞：广大。风尘澒洞：
这里喻安史之乱。当时正是初冬，故称太阳为寒日。

金粟堆南木已拱，瞿唐石城草萧瑟。玳筵急管曲复终，乐极哀来月东出——
金粟：指今陕西蒲城东北唐玄宗陵墓"泰陵"所在地金粟山。金粟山上玄宗墓前
的树木已长得很粗，拱手可以合抱；瞿塘峡白帝城一带，秋草萧瑟满目荒凉。玳筵：
豪华丰盛的酒筵，这里指夔府别驾元持家里的筵席。盛筵上的那管弦琴瑟奏出的
急促乐曲又一次终了，望着东方冷月初上，我不由得乐极生悲。

老夫不知其所往，足茧荒山转愁疾——老夫我精神恍惚真不知该去哪里，长
着硬茧的双脚走在荒山旷野里，越走越觉得忧愁凄凉。

盛唐时期，由于经济的繁荣和门户的对外开放，异域文化融入了汉民族的生
活。当时流行的一种健舞叫"剑器"，表演者身着戎装，手执兵器，风风火火，飒爽
英姿；后来又从一种泼寒胡戏中演变出一种"浑脱舞"，雄健有力，富有异国情调。
开元初年，教坊舞女中精于剑器浑脱舞的，首推公孙大娘。当时，年仅六岁的杜甫
有机会看到了公孙大娘的表演，她那酣畅洒脱的舞姿给幼年的杜甫留下了极为深
刻的印象。五十年后，已到垂暮之年的杜甫再一次看到剑器浑脱时，眼前又浮现
出当年公孙大娘的英姿，情不自禁地写下了这首诗。

诗序写得像一首散文诗，旨在说明此诗创作的来由：目睹李十二娘舞姿，并闻
其先师，触景生情，忆起童年观看公孙大娘之剑舞，极赞其舞技之高超，并以张旭
见舞而书艺大有长进之故事作为衬托。

诗开头八句，先写公孙大娘的舞技高超，用了许多典故来比喻，如"羿射九
日"、"骖龙飞翔"。接着"绛唇"六句，写公孙氏死后，剑舞沉寂，幸好晚年还有弟
子承继。"先帝"六句笔锋一转，又写五十年前的公孙氏在八千舞女中首屈一指，
盛极一时，然而安史之乱后，"宜春"、"梨园"的人早已烟消云散了。"金粟"六句
是尾声，感慨人世沧桑，抒发了诗人无限的兴亡之感。全诗气势雄浑，沉郁悲壮。
见《剑器》而伤往事，大有时序不同、人事蹉跎之感。诗以咏李氏而思公孙、咏公
孙而思先帝，寄托了作者念念不忘先帝盛世、慨叹当今衰落之情。诗歌语言富丽

而不浮艳,音节抑扬顿挫而富于变化,通过两代艺伎的身世,艺术而真切地反映出一个王朝的兴衰史,不愧有"诗史"之誉。

(六)漂泊荆湘
(768年正月—770年冬)

短歌行赠王郎司直

这是一首送别诗,写于唐代宗大历三年(768)春末。杜甫一家从夔州出三峡已至江陵。少年王郎将西游成都,杜甫写诗送行,表达了寄希望于后生的情怀。"短歌行"是乐府旧题,因其歌声短促故有此称。郎:对少年的美称。王郎:名不详。司直:司法官。

王郎酒酣拔剑斫地歌莫哀,
我能拔尔抑塞磊落之奇才。
豫章翻风白日动,鲸鱼跋浪沧溟开。
且脱佩剑休徘徊。
西得诸侯棹锦水,欲向何门趿珠履?
仲宣楼头春色深,青眼高歌望吾子。
眼中之人吾老矣!

王郎酒酣拔剑斫地歌莫哀——王郎在江陵不得志,借着酒兴拔剑起舞,斫地悲歌,因此杜甫劝慰他不要悲哀。

我能拔尔抑塞磊落之奇才——当时王郎正欲西行入蜀去投奔地方长官,杜甫久居四川有些熟人,表示愿意替王郎推荐,所以说"我能拔尔",意思是能将你这个不凡的奇才从压抑中推举出来。磊落:光明坦荡。

豫章翻风白日动,鲸鱼跋浪沧溟开——豫、章,是两种乔木名,都是优良的木材。这两句承上,以奇特的比喻赞誉王郎,说豫、章的枝叶在大风中可摇动太阳,又说鲸鱼在游动中可使大海翻腾,这都是在夸赞王郎有杰出才能,能有所作为,因此不必拔剑斫地哀歌,均为劝慰之语。跋浪:乘浪。

且脱佩剑休徘徊——姑且放下剑休息,莫要惆怅徘徊。

西得诸侯棹锦水,欲向何门趿珠履——下半首抒写送别之情,诗从这里开始转韵。诗人说你就要西行,泛舟锦水,此去定会得到当地高官的赏识,但不知你将成为谁家的座上客。诸侯：此指镇守蜀中的大官。锦水：指锦江。"跶(tā)珠履"：穿着装饰有明珠的鞋。《史记·春申君传》："春申君客三千余人，其上客皆蹑珠履。"

仲宣楼头春色深，青眼高歌望吾子——点明送别的时间地点。仲宣是建安诗人王粲的字，他到荆州去投靠刘表，登当阳城楼，曾作《登楼赋》。《方舆胜览》载，仲宣楼在荆州府城(今湖北江陵)东南隅，后梁时高季兴所建。青眼：深情、钦佩的眼光。吾子：对王郎的爱称。诗人于春末在仲宣楼前送别王郎，对他青眼有加，高歌寄予厚望，希望他入蜀能够施展才华，成就一番事业。

眼中之人吾老矣——最后一句是由人及己的慨然长叹：王郎啊王郎，你年富力强可大展宏图，而我却已衰老无用了！眼中之人：是指王郎眼中的自己。

新评

这是杜甫这年春天写得最好的一首诗。起势突兀，跌宕悲凉，画出一位英俊少年的形象。诗人在仲宣楼头的欢送宴会上见少年王郎酒酣哀歌，便即席赋诗以赠。虽只是一番劝慰的话，但由诗人激动而真诚地说出，读来便十分感人。从诗中"拔剑斫地"的描写可见出王郎情绪激动，而诗人以"豫章翻风"、"鲸鱼跋浪"来喻奇才的夸张渲染，使得诗歌极有气势。而诗中忽哀忽喜的情绪，又使诗歌起伏跌宕，变化多端。

杜甫在成都时曾作过一首名为《戏赠友》的诗，其中说："元年建巳月，官有王司直。马惊折左臂，骨折面如墨。"钱谦益认为此诗中的王司直即是骑马摔断胳膊的那位。不知此说是否可信。

这首诗在音节上也很有特色。开头两个十一字句，字数多而音节急促，五、十两句单句押韵。上半首五句一组平韵，下半首五句一组仄韵，节奏短促。在古诗中一般采用多韵，像这首诗只转一次韵的较为少见，形式上富有独创性。

江边星月二首

题解

此诗为大历三年(768)在江陵所作。其一写雨后星月的清新之美，其二写曙色中星月的凄凉之美。

其　一

骤雨清秋夜，金波耿玉绳。

天河元自白，江浦向来澄。

映物连珠断，缘空一镜升。
馀光隐更漏，况乃露华凝。

骤雨清秋夜，金波耿玉绳——金波：喻月。玉绳：星名，即北斗第五星。此指北斗。这句是说，骤雨将秋夜洗得清新明亮，一轮金子似的月亮与北斗七星辉映成趣。

天河元自白，江浦向来澄——银河原本就很亮，江流也被照得澄澈透明。元：同原。江浦：指江。

映物连珠断，缘空一镜升——星星如断线的珍珠一般映着万物，沿着天空，月亮如一面镜子在缓缓上升。

馀光隐更漏，况乃露华凝——更漏：古时用以报时的计时器。更漏声中，馀光渐隐，露水凝结成了星星般的露珠。

其 二

江月辞风缆，江星别雾船。
鸡鸣还曙色，鹭浴自晴川。
历历竟谁种，悠悠何处圆？
客愁殊未已，他夕始相鲜。

江月辞风缆，江星别雾船——江上的月亮和星星在晨风晓雾中和船儿辞别。

鸡鸣还曙色，鹭浴自晴川——鸡鸣声牵来曙光，白鹭各自沐浴在晴川上。

历历竟谁种，悠悠何处圆——古乐府中有"天上何所有？历历种白榆"句。这里用其意，说历历可数的星星究竟是谁种到天上？悠悠圆月又将在何处升起？

客愁殊未已，他夕始相鲜——客子的愁啊无穷无尽，他日里我和星月再相会还会感到新鲜。

这两首写星月的诗意境清新如画。诗人紧扣"江边"这一典型环境，将星月映在江水中的意象写得独具个性。如"映物连珠断，缘空一镜升"和"历历竟谁种，悠悠何处圆"等句，就给人以深刻的印象。

中国家庭基本藏书

暮 归

此诗当是大历三年(768)暮秋时作,写客居公安(今湖北公安)时的落寞。

霜黄碧梧白鹤栖,城上击柝复乌啼。
客子入门月皎皎,谁家捣练风凄凄。
南渡桂水阙舟楫,北归秦川多鼓鼙。
年过半百不称意,明日看云还杖藜。

霜黄碧梧白鹤栖,城上击柝复乌啼——被霜打黄了的梧桐树上有白鹤在上面栖息,城上响起了打更的声音交织着乌鸦的夜啼。击柝(tuò):打更。柝:打更用的木梆。

客子入门月皎皎,谁家捣练风凄凄——客子:杜甫自谓。进门见月色皎洁,听见风中响着不知是谁家的捣练声,如此凄凉。练:白绢。

南渡桂水阙舟楫,北归秦川多鼓鼙——想要南渡桂水却没有舟楫,想要北归秦川却苦于战火未熄。桂水:在湖南郴州西四十里,北流至永兴界入耒江。阙:同缺。秦川:又名樊川,由长安南面的秦岭山脚下的水流汇成。这里泛指长安一带。鼓鼙:借指战争。

年过半百不称意,明日看云还杖藜——我已年过半百但许多事总不如意,明日还是拄着拐杖去看云吧。

这首拗体七律体现了杜甫在诗艺上的追求。"霜黄碧梧白鹤栖"句,一句中出现了三种颜色。仔细推究,诗文里的颜色也有"虚"、"实"之分,"黄"和"白"是实在的,但"碧"就是虚写,因为"碧梧"叶已给严霜打"黄"了。可见用字也像用兵那样,可以"虚虚实实"。"虚写",实质就是突破词义的束缚,使词的组合形式达到意义的丰富性,有更强的艺术感染力。杜甫的"语不惊人死不休"的努力给读者带来的是"陌生化"的新奇感受,值得借鉴。

呀鹘行

题解

此诗当于大历三年(768)在公安时所作。诗中逼真地描绘了一只病鹘的形象，以物喻人，寄托了诗人晚年多病、有志难成的苦况。

病鹘孤飞俗眼丑，每夜江边宿衰柳。
清秋落日已侧身，过雁归鸦错回首。
紧脑雄姿迷所向，疏翮稀毛不可状。
强神迷复皂雕前，俊才早在苍鹰上。
风涛飒飒寒山阴，熊罴欲蛰龙蛇深。
念尔此时有一掷，失声溅血非其心。

新解

病鹘孤飞俗眼丑，每夜江边宿衰柳——鹘：一种猛禽。这只孤飞的病鹘在世俗人们的眼中是多么丑啊，它每夜都可怜地宿于江边的衰柳上。

清秋落日已侧身，过雁归鸦错回首——清秋的日落时分它已病得歪斜着身子，但过往的大雁和归巢的乌鸦并不知道，它们被吓得频频回首。

紧脑雄姿迷所向，疏翮稀毛不可状——它早已失去了过去的雄姿了，羽毛脱落稀疏得已不可名状。

强神迷复皂雕前，俊才早在苍鹰上——强打精神它也无法再飞到皂雕前面，它早先的威猛却是在苍鹰之上的啊。

风涛飒飒寒山阴，熊罴欲蛰龙蛇深——风涛飒飒寒山阴沉，熊罴想要潜伏，龙蛇也要深藏。

念尔此时有一掷，失声溅血非其心——我想你这时候肯定想要奋力拼搏的，病得失声溅血，这肯定不是你的本心啊。

新评

诗人笔下的病鹘多么令人同情，它曾经有过威猛矫健的英姿，但如今却喘息着任凭命运宰割。杜甫的这首咏物诗写病鹘其实也是在写自己。身老多病、故土难归、壮志未酬、英雄末路，诗人的遭遇，不正像那只伤口滴血、叫不出声音的病鹘吗？诗人托物寓意，是在控诉命运的不公，抒发日暮途穷之悲情。

中国家庭基本藏书

岁晏行

此诗当是大历三年(768)冬作。杜甫在江陵、公安漂泊一段时间后来到岳阳,有感于洞庭湖一带的百姓挣扎在贫困线上的惨状,写下了这首忧愤深广的力作。

岁云暮矣多北风,潇湘洞庭白雪中。
渔父天寒网罟冻,莫徭射雁鸣桑弓。
去年米贵阙军食,今年米贱大伤农。
高马达官厌酒肉,此辈杼轴茅茨空。
楚人重鱼不重鸟,汝休枉杀南飞鸿。
况闻处处鬻男女,割慈忍爱还租庸。
往日用钱捉私铸,今许铅铁和青铜。
刻泥为之最易得,好恶不合长相蒙。
万国城头吹画角,此曲哀怨何时终?

岁云暮矣多北风,潇湘洞庭白雪中——起首描绘岁末时北风呼啸、白雪掩映了潇湘和洞庭湖的情景,写出严酷的自然环境。潇湘:潇水和湘水在今湖南零陵西北合流,称为潇湘。

渔父天寒网罟冻,莫徭射雁鸣桑弓——这两句写以渔猎谋生者的艰难:渔民的网都冻了,莫徭人的桑弓在风中鸣叫。网罟(gǔ):渔网。莫徭:据《隋书·地理志》记载,是杂居于长沙一带的少数民族,因其祖先有功,常免徭役,故名"莫徭"。

去年米贵阙军食,今年米贱大伤农——米价涨的时候军粮严重不足,米价跌了,农民的利益又受到损害。阙:缺。

高马达官厌酒肉,此辈杼轴茅茨空——这两句感叹贫富悬殊,说无论丰歉,受害的总是百姓。达官贵人们吃腻了酒肉,而平民百姓家中就连织机上正在织的东西都被抢走了,家中已一无所有。杼轴:织布机。茅茨:茅草房。

楚人重鱼不重鸟,汝休枉杀南飞鸿——据《风俗通》记载,吴楚之人嗜鱼盐,不重禽兽之肉。这里是说劝莫徭人不必白白地射杀鸿雁。

况闻处处鬻男女,割慈忍爱还租庸——鬻:卖。租庸:唐代赋税制度,纳粮为

"租"，服役为"庸"。这里泛指所有租税。听说这一带的人为了交租税，只好忍痛卖儿卖女。

往日用钱捉私铸，今许铅铁和青铜——唐代是不允许私人铸钱币的。但到了天宝年间，盗铸者越来越猖獗，有的甚至加上了铁和铜。

刻泥为之最易得，好恶不合长相蒙——用泥模子铸钱是太容易了，好钱和坏钱不应该长期搅在一起蒙骗人们。

万国城头吹画角，此曲哀怨何时终——普天下到处是战声号角，这哀怨的曲子何时才能唱完呢？

杜甫的这首诗深刻揭露了当时社会政治的腐败给人民带来的痛苦。米价波动、钱法败坏，赋税繁重，逼得百姓不得不卖儿鬻女，而达官贵人们却仍在花天酒地地挥霍，这令人想起他曾写过的名句"朱门酒肉臭，路有冻死骨"。这首诗揭露深广，感思忧愤，是杜甫晚年最富现实主义的一篇力作。

登岳阳楼

此诗写于唐代宗大历三年(768)冬。杜甫沿江漂泊，从江陵经公安到达岳阳。诗人登岳阳楼而望故乡，触景感怀，写下了这首形神兼备的五律名篇。

> 昔闻洞庭水，今上岳阳楼。
> 吴楚东南坼，乾坤日夜浮。
> 亲朋无一字，老病有孤舟。
> 戎马关山北，凭轩涕泗流。

昔闻洞庭水，今上岳阳楼——首联是一组工对严整的句子。岳阳楼：位于湘北洞庭湖畔，是岳阳城西门的门楼。登楼可俯瞰浩瀚的洞庭湖。"昔闻"说明他向往已久，"今上"点明如愿以偿之喜。五律的首联一般不须对仗，诗人在这里用对偶句，就是想通过这种严整的对仗，将自己今昔的心情作一个强烈的对比，更见出登楼的喜悦。

吴楚东南坼——吴楚：吴国和楚国，周朝二国名。这里指今江苏、浙江、安徽、江西、湖南、湖北等地。坼(chè)：裂开。这句的意思是说吴国和楚国被洞庭湖沿东南方向割裂，像是和整个西北部的中原地区隔开了。颔联紧承首联写登楼后所见。一个"坼"字，形象地表现了洞庭湖那万顷波涛仿佛要把吴、楚两地分裂的磅礴气势。

乾坤日夜浮——乾坤：天地。这里是说好像整个宇宙都日夜漂浮在洞庭湖上。一个"浮"字，具有鲜明的动感，将一派壮阔的图景展现在读者眼前。这两句描绘洞庭气象的诗，成为千古绝唱，为历代诗人和诗论家叹服。

亲朋无一字，老病有孤舟——此联诗人笔锋一转，从写景转入抒情。亲朋音讯阻绝，老病孤舟为伴，漂泊江湖收不到亲戚朋友寄来的一个字的书信，年老体弱生活在这一叶孤舟之中。老病：当时杜甫正患肺病。"无"和"有"相对，"一"和"孤"相对，感情色彩特别浓烈，炼字遣词十分精确。表达了诗人追忆往事、肝肠欲裂的心境。黄生说："写景如此阔大，自叙如此落寞，诗境阔狭顿异。"(浦起龙《读杜心解》卷三)这种鲜明对比，把自己的坎坷遭遇描述得更为突出，正如浦起龙所说，"不阔则狭处不苦，能狭则阔境愈空"，起到了互为映衬的作用。这一联从写景转入抒情，从所见转到所感，从阔大转到狭小，从登临的喜悦转到身世的凄凉，结构严谨，层层变换，显示出杜甫娴熟的诗歌表现技巧。

戎马关山北，凭轩涕泗流——尾联从狭处跳到阔处，从个人推及国家。戎马：军马，借指战争。据史书记载，这年八月，有十多万吐蕃人进攻灵武(今宁夏灵武西北)，接着又有两万人进攻邠州。直到九月后，吐蕃人才败撤。凭轩：凭栏，倚着岳阳楼上的栏杆。这句说关山以北战争烽火未息，倚栏遥望不禁涕泪交流。这涕泪之中，有对亲戚朋友的眷念，有年老孤独的悲伤，有对国家前途的忧虑，也有无以报国的自悼。情感与景物相得益彰。

首联写久闻洞庭盛名，直到暮年才目睹，表达了初登岳阳楼之喜悦。二联写洞庭的浩瀚无边，气象雄浑。宋代刘须溪说："气压百代，为五言雄浑之绝。"(杨伦《杜诗镜铨》)明代王嗣奭则认为这两句"已尽大观，后来诗人，何处措手"(《杜臆》卷十)。孟浩然也曾以"气蒸云梦泽，波撼岳阳城"的诗句来描写洞庭湖的壮阔。清代诗论家沈德潜比较这两联诗句说："孟襄阳(指孟浩然)三四语实写洞庭，此只用空写。"(《唐诗别裁集》卷十)从"实"和"虚"的手法上指出了这两联诗写景的差异。孟浩然的诗句是借写洞庭湖景来表达个人"欲济无舟楫"，想做官而无人引荐的心情，总还不免拘于个人的仕宦得失。而杜甫不仅从洞庭写到江南大地，而且又从江南大地写到天地日月，从这个无比广大的角度来描写洞庭湖，就从更大的空间范围表现出了洞庭的壮阔气象。这当然与杜甫的怀抱有关。

三联由写景转入写情，抒发了自己政治生活坎坷、漂泊天涯、怀才不遇、年迈多病的悲凉。末联写眼望国家时局动荡不安，自己报国无门，不由潸然泪下的哀伤。前半写景，境随心转，极有气势；后半写情，意到笔随，情境交融，显示出诗人极高的艺术造诣。

南　征

此诗为大历四年(769)春杜甫从岳阳赴潭州(今湖南长沙)途中所作。通过描绘南行途中所见之景，感叹知音难觅，表达了诗人晚年悲凉矛盾的心境。

春岸桃花水，云帆枫树林。
偷生长避地，适远更沾襟。
老病南征日，君恩北望心。
百年歌自苦，未见有知音。

春岸桃花水，云帆枫树林——首联写南行途中所见之春江美景，桃花夹岸，白帆如云驶过枫树林，多美的画面。

偷生长避地，适远更沾襟——诗人笔锋一转，说自己长年颠沛流离，远适南国，苟且偷生。此联羁旅的愁苦与上联的春江美景形成了巨大的反差。触景伤情，诗人泣下沾襟。

老病南征日，君恩北望心——"老病"二句，道出了思想上的矛盾和无奈。君恩：指代宗授官重用之恩。代宗曾两次授官给杜甫，一次是补京兆功曹，另一次是检校工部员外郎。诗人一直希望能忠心报效国家，但总不能如愿，如今诗人年老多病，不但无法北归长安，反而被迫流离衡湘。"南征日"与"北望心"的六字工对，将诗人的矛盾心情呈现得如此鲜明。

百年歌自苦，未见有知音——化用《古诗十九首》中："不惜歌者苦，但伤知音稀"句。回答了诗人"老病"还不得不"南征"的原因。纵然有政治抱负和旷世才华，然而一生苦吟，又有几人理解？仕途坎坷，壮志未酬，诗人只能发出"未见有知音"的悲凉感慨。三、四两联，正是杜甫晚年生活的自我写照。

此诗以明媚的桃花春水开头，又突然让"偷生""适远"的悲伤泪水将明朗欢快的气氛冲洗得干干净净。这巨大的反差和不谐，更突显了诗人内心深处的想要"报恩"却又"老病"的悲凉凄楚。这种空怀壮志却又难觅知音的绝望，这种无以自遣的哀伤晚年，怎能不令人为之怆然？

湘夫人祠

 此诗当于大历四年(769)春作。诗中借描写湘夫人祠的凄凉，抒发君臣不遇之感慨。湘夫人祠：为舜帝二妃娥皇、女英的祠庙，在湘阴的黄陵山附近。

> 肃肃湘妃庙，空墙碧水春。
> 虫书玉佩藓，燕舞翠帷尘。
> 晚泊登汀树，微馨借渚蘋。
> 苍梧恨不尽，染泪在丛筠。

 肃肃湘妃庙，空墙碧水春——肃穆的湘妃祠庙，只见空墙和碧水伴着春天。

虫书玉佩藓，燕舞翠帷尘——虫书：书体名。其状如虫蚀之纹。卫恒《书势》："四曰虫书。"这两句是说：写满虫书的玉佩上长满了苔藓，燕子在满是灰尘的翠帷间飞舞。形容祠中的荒凉。

晚泊登汀树，微馨借渚蘋——天晚了，将小船泊在树下登上沙洲，借蘋草的微香祭奠湘神。

苍梧恨不尽，染泪在丛筠——"染泪"句典出自《博物志》："舜南巡，崩于苍梧，二妃泪下，染竹成斑。"丛筠：丛竹。这句说：苍梧山遗恨无穷，湘夫人的泪染遍了竹丛。

 诗人访湘夫人祠，由眼前看到的凄凉景色生发出无限感慨。小诗写得美丽优雅，语丽情浓。黄生赞其为近体诗中的《九歌》。

祠南夕望

此诗当作于大历四年(769)春,杜甫写《湘夫人祠》的次日,船至祠南登岸回望,有感而作,是一首极有想象力的美丽诗篇。

> 百丈牵江色,孤舟泛日斜。
> 兴来犹杖屦,目断更云沙。
> 山鬼迷春竹,湘娥倚暮花。
> 湖南清绝地,万古一长嗟。

百丈牵江色,孤舟泛日斜——百丈:指用竹篾编成的纤缆。百丈长的船缆牵动着一江水色,孤舟远行飘在斜阳之下。

兴来犹杖屦,目断更云沙——杖屦(jù):拐杖和鞋,这里指拄杖步行。断:遮断。更:交替。游兴来时便拄杖步行,湘祠已看不到了,剩下的只有漫漫云沙。

山鬼迷春竹,湘娥倚暮花——山鬼:指屈原《九歌·山鬼》中所描写的山中女神。谓春竹迷离,如有山鬼出没。湘娥:湘妃,即屈原《九歌》中《湘君》和《湘夫人》两首诗中所描写的湘水女神,这句是说想象暮色中似有湘娥倚着花丛彷徨。

湖南清绝地,万古一长嗟——湖南:指洞庭湖以南。说这块流放过屈原的凄清至极的土地,千秋万古都令人嗟叹不已啊。

这首诗中,"山鬼"、"湘娥"都直接袭用了屈赋之典,因此有人认为此诗是诗人以屈原自况,此说不无道理。由于精神境界和人生遭际的某种相似,杜甫对屈原、宋玉、贾谊怀有一种特殊的感情。在荆楚诗作中,杜甫屡屡提到屈、宋、贾,如:"丧乱秦公子,悲凉楚大夫"(《地隅》),"中间屈贾辈,谗毁竟自取,郁悒二悲魂,萧条犹在否?"(《遣怀》)等。在《秋日荆南述怀三十韵》中,他还以"不必伊周地,皆登屈宋才"来讥讽朝廷不能用贤。显然,杜甫与他们有一种共同的"羁旅穷愁之怀,神交溟漠之感"(《杜律赵注》卷一),因此,伤屈、贾,就是伤自己,既伤漂泊无依,更伤壮志不酬。但屈原是幻想型的,而杜甫却更现实,他是将忧患意识浓缩在简洁的诗句中了。诗中之景不仅是诗人在夕阳下远眺时的眼中之景,更是诗人想象中的心中之景。全诗充满了丰富、美丽的想象,语极娟秀而雅致,结尾处含蓄自然,言已尽而意无穷。

发潭州

题解

此诗写于唐代宗大历四年(769)春,杜甫离开潭州赴衡山途中作。表达了诗人孤寂的心情。潭州,今湖南长沙。

> 夜醉长沙酒,晓行湘水春。
> 岸花飞送客,樯燕语留人。
> 贾傅才未有,褚公书绝伦。
> 名高前后事,回首一伤神。

新解

夜醉长沙酒,晓行湘水春——首联紧扣题面,点明时间地点,说自己从长沙出发,孤舟远行,夜来痛饮沉醉而眠,透露出借酒浇愁的辛酸。天明之后,见湘江两岸一派春色,诗人却又要为了生计而奔波,不禁黯然伤情。

岸花飞送客,樯燕语留人——颔联紧承首联,描写启程时的情景。环顾四周,岸边飘零的落花似在为他送行,船樯上春燕呢喃,也仿佛在挽留他。此处以拟人化手法,托物寄情,使寻常的自然景物也随诗人的心境有了浓重的寂寥凄楚之情。

贾傅才未有,褚公书绝伦——颈联借古人之事抒怀。诗人在登舟远行、百感交集之际,联想到西汉时的贾谊,因才高而被大臣所忌,被贬为长沙王太傅;他又想到初唐时的褚遂良,书法冠绝一时,因谏阻立武则天为皇后,被贬为潭州都督。前人强调诗中用典以"不隔"为佳,就是说不要因为用典而使诗句晦涩难懂,杜甫此处用典,是"借人形己",十分自然妥帖。

名高前后事,回首一伤神——想到名震一时的贾谊和褚遂良都被贬抑而死,诗人黯然神伤。

新评

杜甫的这首五言律诗在艺术表现手法上,或托物寓意,或用典言情,借人形己,创造了深切感人、沉郁婉转的艺术境界。诗人借古人之事,实际是说自己的遭遇,他因仗义执言上疏救房琯而被朝廷问罪,正与贾谊和褚遂良的处境有相似之处。但诗人并未在诗中直接提及自己之事,但这层意思却分明隐含在诗的字里行间,这就使作品更有了一种含蓄的意味。

江　汉

此诗约作于大历四年(769)秋,是杜甫律诗中的名篇,历来受到人们的欣赏和赞叹。作品抒发了诗人的孤独漂泊之感和老病暮年、但"壮心不已"的情怀。

江汉思归客,乾坤一腐儒。
片云天共远,永夜月同孤。
落日心犹壮,秋风病欲苏。
古来存老马,不必取长途。

新解

江汉思归客,乾坤一腐儒——江汉:指杜甫当时所处的江陵一带,江陵在长江边,北距汉水不远。"思归客"三字饱含无限辛酸,诗人思归而归不得,便成为天涯沦落人。乾坤:这里代指天地。腐儒:作者自嘲。

片云天共远,永夜月同孤——片云:比喻自己孤独漂泊之状。永夜:长夜。月同孤:月亮和自己一样孤单。此联紧扣首句,对仗十分工整。通过眼前自然景物,诗人由远浮天边的片云,孤悬明月的永夜,联想到了自己如同云、月一样孤远。

落日心犹壮,秋风病欲苏——"落日"二句直承次句,表现出诗人积极入世的精神。落日:比喻自己已是暮年,有"日薄西山"的意思。病欲苏:指自己多年的肺病将痊愈。诗人流落江汉,面对萧瑟秋风,不但没有悲秋之感,反而觉得"病欲苏"。这与李白"我觉秋兴逸,谁云秋兴悲"的思想境界颇相似,表现了诗人身处逆境而壮心不已的精神状态。

古来存老马,不必取长途——此处用"老马识途"的典故。《韩非子·说林上》载,齐桓公伐孤竹返,迷惑失道。他接受管仲"老马之智可用"的建议,放老马而随之,果然"得道"。"老马"在这里是诗人自比,"长途"代指驱驰之力。说自己如老马一样虽不能长途跋涉了,但智慧尚可以用。这两句,再一次表现了诗人老当益壮的精神。

此诗用凝练的笔触,抒发了诗人怀才不遇的不平之气和报国思用的慷慨情思。诗的中间四句,情景相融,有着强烈的艺术感染力,历来为人所称道。诗中用了许多象征性意象,如"片云"、"孤月"、"落日"、"秋风"、"老马",营造出一种悲凉的气氛。又说自己是一个"腐儒"立于"乾坤"之间,表现出作者一种自嘲而又自负的复杂情感。进而诗人又把"片云"和"天共远"相组,把"永夜"与"月同孤"相接,把"落日"与"心犹壮"、"秋风"与"病欲苏"组合起来,使人在这种语词的悖论中,感觉到每一个意象似乎又都放射出不同的光彩,使诗歌呈现出一种张力和深度。诗歌既让人联想到茫茫水域中的飘零感,又能深深感受到诗人"老骥伏枥,志在千里"的那种孤高自负的人格力量。结尾"不必取长途"语,流露出作者对现实无奈的叹息。年轻时曾胸怀壮志却总是报国无门,老来没有体力却还有智慧,但仍不知这智慧还能否为世所用,也只好这样一吐为快而已。表达出诗人那种总想找到自己在世界中的位置、找到生存的意义却又总是不得不向现实妥协、以求得内心的平衡这样一种深深的反讽意味。

人生就是这样充满悖论。《江汉》一诗中所体现出的悖论,是对人类某种存在状态的"隐喻",具有某种本体价值和普遍意义。

客　从

此诗当是大历四年(769)在潭州(今湖南长沙)所作。这年三月,唐王朝派御史向商人征税,加剧了人民的痛苦。杜甫有感而发,以寓言形式,对统治者的横征暴敛给予谴责。

> 客从南溟来,遗我泉客珠。
> 珠中有隐字,欲辨不成书。
> 缄之箧笥久,以俟公家须。
> 开视化为血,哀今征敛无。

客从南溟来,遗我泉客珠——本诗为寓言体,说从南海来了一位客人,送给我的珍珠是鲛人泪水化成的。这句中的"客"与"我"都是泛指。南溟:南海。泉客:指神话传说里生活在南海中的半鱼半人的鲛人。传说鲛人一边织丝,一边流泪,泪水化为珍珠。这里是以"泉客"象征劳苦百姓。

珠中有隐字,欲辨不成书——珍珠上似乎有隐约的花纹或字迹,但又认不出来。

缄之箧笥久,以俟公家须——缄:封存。箧笥(qièsì):竹箱。这里泛指藏物的箱子。俟:等待。公家:指官府。这句说我将它藏在箱中已很久了,以便应付官府的勒索。

开视化为血，哀今征敛无——不料今天打开箱子一看，珍珠不翼而飞，竟化成了血泪，可怜再也没有什么东西可供官府来搜刮了。

全诗通篇以寓言故事的形式出现，字面上不露讽意，但无限辛酸，尽在其中。诗人以象征的手法，对统治者搜刮民脂民膏的酷行作了血泪控诉。王嗣奭的见解比较中肯："此为急于征敛而发。上之所敛，皆小民之血，今并血而无之矣。'珠中隐字'，喻民之隐情，欲辩而不得也。"（《杜臆》卷十）诗人巧妙地以珠中隐字来比喻民之隐痛，意在告诉人们：上面所征的东西都是人民的血泪所化。如今，连这血泪化成的东西都没有了，人民之苦可想而知。正如卢世㴷所评，此诗"情酸味厚，歌短泣长"。是一首意义深刻、含蓄蕴藉、极富表现力的好诗。

江南逢李龟年

此诗当写于大历五年(770)晚春。李龟年是唐代开元天宝年间一位著名的音乐家，曾受唐玄宗赏识，后流落江南。杜甫少年时曾听过他的歌声，此诗写多年后诗人与他在潭州(今湖南长沙)重逢，诗人以叙旧的口吻，写出了世事变迁、人情聚散的沧桑之感。是杜甫七言绝句中脍炙人口的一篇佳作，流传甚广，几成绝唱。

岐王宅里寻常见，崔九堂前几度闻。
正是江南好风景，落花时节又逢君。

岐王宅里寻常见，崔九堂前几度闻——岐王：指唐玄宗的弟弟李范，被封为岐王。此人工书好学，爱结交文人雅士。寻常：经常。崔九：崔涤，是当时的中书令崔湜的弟弟。曾任殿中监，深得玄宗宠爱。这两句是杜甫回忆自己少年时代在岐王和崔九宅中多次听过李龟年演奏的事。开首这两句以眷恋的口气追忆了昔日与李龟年的接触，一"见"一"闻"，写出了两人都与皇亲、达官有密切交往；"寻常"、"几度"，又暗寓了开元鼎盛年代歌舞升平的盛况。

正是江南好风景，落花时节又逢君——后两句明写春光美好，但暗写山河已经破碎。在这物是人非之际又遇到当年走红的大艺术家，看他潦倒沦落的样子和自己相似，不禁发出国事凋零、才人颠沛流离的无限感慨。诗以转而意深，诗人从杂花生树、群莺乱飞的"江南好风景"，引出的却是"落花时节又逢君"的悲凉之语。

为什么转眼间便花飞春去、好景不长呢？因为杜甫不再是当年的无忧少年，李也不再受到皇上的恩宠，于是"江南好风景"也景随心移，令人生出无尽的叹息！

名家选集卷

　　久别重逢，本为快事，但此诗却饱含着世态炎凉的深深叹息。细细体味，方能知诗句背后之深意。杜甫对李龟年流落江南的遭遇为何深表同情？因为自己有了切身体验。"往时文采动人主，此日饥寒趋路旁"，杜甫自己浪迹天涯、无家可归的情况正与李的处境十分相似。天涯沦落又重逢，此时"悲君亦自悲"，诗人其实是在借他人的遭遇，抒自己之襟抱，却又不肯明白道破。个人的遭际正是时代的缩影，当年歌舞升平的开元盛世，自安史之乱后，大唐帝国已转趋衰微，国难民困，花落春残。寥寥四句，辞短韵长，概括了四十多年的人世沧桑和时代变迁，表现了今非昔比、往事不堪回首的悲凉，隐喻了世乱时艰的痛心。语意平淡，内涵却藏有深意。正所谓"尺幅千里"，含不尽之意于言外。难怪蘅塘退士赞曰："少陵七绝，此为压卷。"

小寒食舟中作

　　此诗写于唐代宗大历五年(770)春。清明节的前两天为"寒食"，清明的前一天叫"小寒食"。按照传统习俗，寒食节不生火，人们只能吃冷食，"寒食节"的名称由此而来。据说这一习俗是为了纪念春秋时被火烧死的晋文公的侍从介子推。诗中写杜甫在小寒食这天坐在湘江的船上，观览景色，心中生发出无限感慨，表达了诗人迟暮伤怀、感念家国命运的悲凉情绪。

　　　　佳辰强饮食犹寒，隐几萧条戴鹖冠。
　　　　春水船如天上坐，老年花似雾中看。
　　　　娟娟戏蝶过闲幔，片片轻鸥下急湍。
　　　　云白山青万馀里，愁看直北是长安。

　　佳辰强饮食犹寒——古时寒食节禁火三天，小寒食也在禁火范围内，因而称其为"佳辰"。强饮：勉强饮酒。说多病之身不耐酒力，也透露着漂泊中勉强过节的心情。寒食佳辰，尚未举火，故酒寒而强饮，食寒而强食。

　　隐几萧条戴鹖冠——这句刻画出舟中诗人的孤寂形象。隐几：伏在几案上。

鹖(hé)冠：隐者之冠。战国时楚国隐士曾戴过的用鹖鸟羽毛作装饰的一种帽子。这里杜甫是指自己落魄江湖，不为朝廷所用，穿戴贫寒，与隐士无异。客居舟中，寂寞寒酸，悲凉之状，令人生怜。首联中"强饮"与"鹖冠"正概括了作者的身世遭遇。

春水船如天上坐，老年花似雾中看——第二联紧接首联，传神地写出了诗人在舟中的所见所感，是历来为人传诵的名句。沈云卿曾有诗云："船如天上坐，人似镜中行。"杜甫化用此诗句，言自己坐在春水中的船上如漂泊在天上，年老眼花，看周围的一切都如在云里雾里。表面是诗人暗自伤老，似乎也隐含着时局的动荡不定和变化无常，也如同隔雾看花，真相难明。其笔触细腻含蓄，使读者不能不惊叹诗人观察力和内心的忧思之深。

娟娟戏蝶过闲幔，片片轻鸥下急湍——写舟中看到的江上景物。第一句"娟娟戏蝶"是舟中近景，第二句"片片轻鸥"是舟外远景。娟娟，同"翩翩"，美好轻盈的样子。幔：布帐，船舱上的门帘。闲：与下句的"急"相对，这里有安静地垂落不动之意。鸥鸟如一片片轻盈的羽毛飞下湍急的波涛。

云白山青万馀里，愁看直北是长安——化用沈佺期诗句"云白山青千万里，几时得谒圣明君"。尾联两句总收全诗。"万馀里"将作者的思绪从青山白云引开去，为结句作了铺垫，将深长的愁思凝聚在白云青山的尽头、那正北方向的故国长安。

这首诗写在诗人去世前半年多，他暮年落魄江湖而依然牵挂着唐王朝的安危。当他小寒食节泛舟湘江，看游蝶轻鸥，往来自在；而自己却只能空望长安，相隔云山万重而不得归去，不禁对景生愁，心情落寞。漂泊诗人对时局的忧伤感怀，全部浓缩在一个"愁"字上，既凝重地结束全诗，又含不尽之意于言外。所以《杜诗镜铨》说"结有远神"。这首七律抒发了个人身世的萧条迟暮之感与系念家国的悲凉之情，于自然流转中显出深沉凝练，是杜甫晚年沉郁诗风的典型体现。

燕子来舟中作

写于唐代宗大历五年(770)春，当时杜甫在长沙孤舟漂泊已过了两个春天。燕子飞来使诗人有一种如遇故知的依恋和安慰，于是诗人抒发了自己和燕子有一种同在"天涯沦落"故而有"同病相怜"之情。诗歌写得哀婉动人。

湖南为客动经春，燕子衔泥两度新。

中国家庭基本藏书

旧入故园曾识主，如今社日远看人。

可怜处处巢居室，何异飘飘托此身。

暂语船樯还起去，穿花贴水益沾巾。

　　湖南为客动经春，燕子衔泥两度新——诗一开始就点明了具体地点：湖南。这里是指洞庭湖之南的潭州(今湖南长沙)。经春：动不动便又经历了一个春天，这是点明时间。接着引出所咏的对象燕子，说衔泥筑巢的燕子也两度飞来了。

　　旧入故园曾识主，如今社日远看人——故园：指诗人在洛阳、长安的旧居。曾识主：说燕子曾认识主人。社日：立春后的第五个戊日，这天是人们祭神祈求丰收的日子。远看人：是说燕子远远地看着自己。这两句是诗人向燕子发问：旧时你入我故园曾经认识我这主人，如今又逢春社之日，你竟远远地看着我，莫非你也在疑惑为什么主人变得这么孤独、这么衰老？

　　可怜处处巢居室，何异飘飘托此身——这两句还是对燕子的倾诉。巢居室：指燕子在人家的居室梁上做窝。这两句是说自己四处漂泊、居无定所，和燕子到处做窝又有什么两样？

　　暂语船樯还起去，穿花贴水益沾巾——燕子刚落在船樯上说了几句便飞走了，看着它们贴着水面穿梭的身影我越发老泪沾巾。船樯：船桅。益：越发。沾巾：落泪。

　　这首诗通过咏舟中来燕，写诗人于孤寂之中更加感念燕子的多情，抒发了诗人的茫茫身世之感，表现了一种物我无间的境界。看似句句咏燕，实是叹息自己的茫茫身世。体物缘情，浑然一体，使人分不清究竟是人怜燕，还是燕怜人，凄楚悲怆，感人肺腑。我们仿佛看见一位衰颜白发的诗人，病滞孤舟，面对船樯上站着的一只轻盈的小燕子这活泼的小生命，充满爱怜地喃喃自语，这富于人情味的画面是多么令人感动。清人卢世榷评曰："此子美晚岁客湖南时作。七言律诗以此收卷，五十六字内，比物连类，似复似繁，茫茫有身世无穷之感，却又一字不说出，读之但觉满纸是泪，世之相后也，一千岁矣，而其诗能动人如此。"

◎ 附 录

杜甫年谱简编

唐睿宗太极元年，延和元年，唐玄宗先天元年(712)，一岁

正月一日，杜甫生于河南巩县瑶湾村。八月，唐玄宗即位。这年，李白十二岁。

唐玄宗开元三年(715)，四岁

母亲崔氏在他尚未记事时病逝。杜甫被寄养于洛阳姑母家，得重病几乎丧命。

开元五年(717)，六岁

寄居河南郾城，观公孙大娘《剑器浑脱》舞，留下深刻印象。

开元六年(718)，七岁

始学作诗，能咏凤凰。

开元八年(720)，九岁

能书大字。

开元十三年(725)，十四岁

在洛阳与崔尚、魏启心等交游。曾在岐王李范、秘书监崔涤宅听李龟年歌。

开元十四年(726)，十五岁

"忆年十五心尚孩，健如黄犊走复来。庭前八月梨枣熟，一日上树能千回。"(见杜甫《百忧集行》)

开元十八年(730)，十九岁

第一次出远门，游郇瑕(今山西临猗)，结识韦之晋、寇锡(此二人后来都做了刺史)。不久返回洛阳。

开元十九年(731)，二十岁

始漫游吴越，历时四年。

开元二十年(732)，二十一岁

漫游吴越。

开元二十一年(733)，二十二岁

漫游吴越。

开元二十二年(734)，二十三岁

漫游吴越。四年游历中曾从洛阳抵江宁(今南京)、苏州、会稽(今浙江绍兴)等地。

开元二十三年(735)，二十四岁

名家选集卷

自吴越返洛阳,赴京兆举进士不第。

开元二十四年(736),**二十五岁**

始游齐赵,至兖州省父(其父杜闲时任兖州司马)。与苏源明结交。《游龙门奉先寺》《望岳》当为这一时期作。详年已不可考。

开元二十五年(737),**二十六岁**

漫游齐赵。

开元二十六年(738),**二十七岁**

漫游齐赵。

开元二十七年(739),**二十八岁**

漫游齐赵,秋于汶上会高适。

开元二十八年(740),**二十九岁**

漫游齐赵。《题张氏隐居二首》《与任城许主簿游南池》《对雨书怀走邀许主簿》等诗当作于此时。

开元二十九年(741),**三十岁**

从山东归洛阳,在洛阳东面、偃师西北的首阳山下,筑土室(即窑洞),起名"陆浑山庄"。作《祭当阳君文》祭远祖杜预。在此与司农少卿杨怡之女结婚。《夜宴左氏庄》《房兵曹胡马》等诗当为此时所作。

天宝元年(742),**三十一岁**

居洛阳。曾抚养过杜甫的姑母万年县君在洛阳仁风里逝世。六月,杜甫还殡于河南为其服丧,作墓志、石刻。

天宝二年(743),**三十二岁**

居洛阳。

天宝三载(744),**三十三岁**

春末夏初,在洛阳遇李白,二人一见如故,相约游梁宋。八月,其继祖母卢氏由开封归葬偃师,杜甫为其作墓志。这年秋天,杜甫与李白、高适,同游梁宋。一起登吹台,登单父琴台。随后高适离梁宋南游入楚。杜甫与李白又同往王屋山访华盖君,不料华盖君死,失望而返。

天宝四载(745),**三十四岁**

年初到达齐州(今山东济南),结识当时的著名诗人、书法家李邕,同游历下亭。秋与李白重逢于鲁郡,二人相携游览。作《赠李白》诗。秋末与李白别,归洛阳,此后两位大诗人再未相见。

天宝五载(746),**三十五岁**

怀着政治抱负来长安求仕。与王维、郑虔等同游。《饮中八仙歌》当为此年前后所作。

天宝六载(747)，**三十六岁**

在长安。正月应诏就试，不第。作《春日忆李白》等诗。

天宝七载(748)，**三十七岁**

约于是年归偃师陆浑山庄，作《奉寄河南韦尹丈人》。

天宝八载(749)，**三十八岁**

作《冬日洛城北谒玄元皇帝庙》于洛阳。

天宝九载(750)，**三十九岁**

春天，从洛阳复至长安。生计渐渐陷入困境。冬作《奉赠韦左丞丈二十二韵》。

天宝十载(751)，**四十岁**

在长安。投献三大礼赋，玄宗奇之。命待制集贤院。但考试结果，只得到一个"参选列序"资格。作《兵车行》《前出塞九首》。

天宝十一载(752)，**四十一岁**

在长安。秋与高适、岑参等同登慈恩寺塔，作《同诸公登慈恩寺塔》。

天宝十二载(753)，**四十二岁**

在长安。春，作《丽人行》。

天宝十三载(754)，**四十三岁**

在长安。投延恩匦进《雕赋》、《封西岳赋》、《天狗赋》。作《渼陂行》《秋雨叹》等诗。

天宝十四载(755)，**四十四岁**

在长安。秋往奉先省亲，十月返长安，得到授河西尉的任命，未接受。后改任右卫率府兵曹参军。十一月复往奉先省亲，作《自京赴奉先县咏怀五百字》。

天宝十五载，唐肃宗至德元年(756)，**四十五岁**

正月，安禄山在洛阳称帝。国难当头，杜甫告别家人，于二月自奉先返回长安，就右卫率府兵曹参军职。夏，叛军西进，逼近潼关，奉先受到威胁。杜甫遂由长安回奉先，携家北逃至白水(今属陕西)，投靠在白水作县尉的舅舅。后潼关陷落，又继续北逃至鄜州羌村。八月，闻肃宗在灵武即位的消息，遂只身投奔，不料途中为叛军所获，被押送回沦陷的长安。作《哀王孙》、《悲陈陶》、《悲青坂》、《月夜》等诗。

至德二载(757)，**四十六岁**

春在长安，作《春望》、《哀江头》等诗。四月逃至凤翔，谒肃宗。五月授左拾遗官职。作《自京窜至凤翔喜达行在所三首》、《述怀》等诗。因上疏为房琯辩护惹怒肃宗，诏三司推问，幸有宰相张镐救免。闰八月，往鄜州省亲，作《羌村三首》、《北征》等。十一月，携家返回长安。

至德三载，乾元元年(758)，**四十七岁**

春、夏在长安。任左拾遗，与王维、岑参、贾至等唱和。作《奉和贾至舍人早朝大明宫》《曲江二首》等。六月，被贬为华州司功参军。秋冬作《九日蓝田崔氏庄》《瘦马行》等。冬由华州赴洛阳探亲。

乾元二年(759)，四十八岁

春作《赠卫八处士》《洗兵马》等诗。自洛阳返华州后，作"三吏""三别"。七月，弃官携家前往秦州(今甘肃天水)，作《秦州杂诗二十首》《佳人》《梦李白》等诗。十月，前往同谷，沿途作纪行诗一组。十一月至同谷后作《乾元中寓居同谷县作歌七首》。十二月往成都，途中复作纪行诗一组。岁末抵达成都。

乾元三年，上元元年(760)，四十九岁

春，建草堂于成都西郊浣花溪畔，作《蜀相》。夏作《江村》等诗。秋往新津会裴迪，又往彭州会高适，旋返成都。

上元二年(761)，五十岁

在成都。作《江畔独步寻花七绝句》《客至》《春夜喜雨》《茅屋为秋风所破歌》《百忧集行》《赠花卿》等诗。冬，高适代成都尹，访杜甫。冬末严武为成都尹，访杜甫。

唐代宗宝应元年(762)，五十一岁

春，在成都作《遭田父泥饮，美严中丞》。四月，玄宗、肃宗相继去世。六月，代宗召严武还朝委以重任，杜甫依依不舍从成都送友人至绵州。在绵州期间，军阀徐知道起兵造反，杜甫不能归，流落于梓州一带。

宝应二年，代宗广德元年(763)，五十二岁

正月，安史叛军被灭，杜甫在梓州闻讯，喜作《闻官军收河南河北》。八月往阆州吊房琯，十二月返梓。作《冬狩行》。

广德二年(764)，五十三岁

春初携家往阆州。作《伤春五首》《别房太尉墓》。三月严武复镇蜀，来书相邀，乃携家返成都。作《奉寄高常侍》《登楼》。六月，严武荐杜甫为检校工部员外郎、节度使参谋。作《丹青引》《哭台州郑司户苏少监》等诗。

永泰元年(765)，五十四岁

正月，杜甫辞去官职重回草堂。四月，严武突然病逝，杜甫失去依凭，只得告别草堂，买舟出峡。五月，由岷江南下，经嘉州(今四川乐山)、戎州(今四川宜宾)入长江，向东经渝州(今重庆)、忠州(今重庆忠县)而至云安(今重庆云阳)时，已近中秋，因病不能前行。途中作《旅夜书怀》。

永泰二年，大历元年(766)，五十五岁

春居云安。夏初移居夔州(今重庆奉节)。作《八阵图》《古柏行》《八哀诗》《诸将五首》《夔府抒怀四十韵》《壮游》《秋兴八首》《咏怀古迹五首》等。

大历二年(767)，五十六岁

在夔州,曾数度移居。秋作《又呈吴郎》《登高》《观公孙大娘弟子舞剑器行》等诗。

大历三年(768),五十七岁

正月,出峡东下。三月至江陵,滞留数月。秋继续东下,途经公安居数月,于冬末至岳阳。作《岁晏行》《登岳阳楼》《湘夫人祠》等诗。

大历四年(769),五十八岁

正月离开岳阳,乘船南下。三月至潭州(今湖南长沙),又至衡州(今湖南衡阳)。夏复返潭州,靠卖草药糊口。

大历五年(770),五十九岁

春,仍泊舟潭州。作《江南逢李龟年》《燕子来舟中作》等。四月,湖南兵马使臧玠在潭州造反,杜甫避乱前往衡州,欲往郴州舅氏崔伟处,不料在耒阳为大水所阻,复返潭州。暮秋,欲携家乘船由汉水北归京都,未能如愿。冬,病重于潭州开往岳阳的船上,作绝笔诗《风疾舟中伏枕书怀三十六韵奉呈湖南亲友》,卒于舟中。

杜甫著作重要版本

《九家集注杜诗》三十六卷(原名《杜工部诗集注》) (宋)郭知达撰,宝庆元年(1225)曾噩重刻本。以诗体分编。

《杜工部草堂诗笺》五十卷 (宋)蔡梦弼编,开禧(1205—1207)刻本。

《黄氏补千家集注杜工部诗史》三十六卷 (宋)黄希、黄鹤父子撰,宋元刻本。

《集千家注批点杜工部诗集》二十卷 (宋)刘辰翁评点、高崇兰编,元至元大年(1308)校刻本。

《杜甫诗选》 冯至编选,浦清江、吴天五注,作家出版社。

《杜甫选集》 聂石樵、邓魁英选注,上海古籍出版社。

杜甫研究主要著作

《杜臆》十卷 (清)王嗣奭撰,上海古籍出版社1983年版。

《钱注杜诗》二十卷 (清)钱谦益笺注,上海古籍出版社1979年版。

《杜工部诗集辑注》二十二卷 (清)朱鹤龄撰,康熙年间叶永茹刻本。

《杜诗详注》二十五卷(又名《杜少陵集详注》) (清)仇兆鳌注,中华书局1979年版。

《读杜心解》六卷 (清)浦起龙撰,中华书局1961年版。

《杜诗镜铨》二十卷 （清）杨伦笺注，上海古籍出版社1962年版。

《金圣叹选批杜诗》 （清）金圣叹撰，成都古籍书店1983年版。

《读杜诗说》 （清）施鸿保、张慧剑校，中华书局1962年版。

《杜诗琐证》 （清）史炳撰，上海书店1986年6月版，据清道光五年句俭山房刊本影印。

《杜诗解》 （清）金圣叹撰，钟来因整理，上海古籍出版社1984年1月版。

《杜诗言志》 （清）佚名撰，谭佛雏、李坦点校，江苏人民出版社1983年7月版。

《杜诗说》 （清）黄生撰，徐定祥点校，黄山书社1994年5月版。

《杜诗赵次公先后解辑校》 （宋）赵次公注，林继中辑校，上海古籍出版社1994年版。

《杜甫诗话校注五种》 张忠纲撰，书目文献出版社1994年版。

《杜园说杜》 （清）梁运昌撰，书目文献出版社1995年版。

《杜诗引得》 哈佛燕京学社引得编纂组编，燕京大学引得校印所1940年版。

《杜甫诗选注》 萧涤非选注，人民文学出版社1979年版。

《杜甫研究》 萧涤非著，齐鲁书社1980年版。

《杜甫叙论》 朱东润著，人民文学出版社1981年3月版。

《杜甫秋兴八首集说》 叶嘉莹著，上海古籍出版社1988年2月版。

《被开拓的诗世界》 程千帆、莫砺锋、张宏生著，上海古籍出版社1990年版。

《杜甫诗全译》 韩成武、张志民译，河北人民出版社1997年版。

《访古学诗万里行》 人民文学出版社1982年版。

《杜诗别解》 邓绍基著，中华书局1987年版。

《古典文学研究资料汇编·杜甫卷》 中华书局1964年版。

《杜甫研究论文集》 中华书局1962年版。

《杜甫传》 冯至著，人民文学出版社1952年版。

《杜甫评传》 陈贻焮著，上海古籍出版社1982年版。北京大学出版社2003年新版。

《杜甫评传》 莫砺锋著，南京大学出版社1993年版。

《少陵先生年谱会笺》 闻一多撰，《武汉大学文哲季刊》第1卷第1—4期，1930年版。后收入《闻一多全集》1956年版。

《杜甫年谱》 四川文史研究馆编，四川人民出版社1958年12月版。

《杜甫集》名言警句

△会当凌绝顶，一览众山小。(《望岳》)(第001页)

△暗水流花径，春星带草堂。(《夜宴左氏庄》)(第008页)

△痛饮狂歌空度日，飞扬跋扈为谁雄？ (《赠李白》)(第010页)

△白也诗无敌，飘然思不群。(《春日忆李白》)(第011页)

△渭北春天树，江东日暮云。(《春日忆李白》)(第011页)

△读书破万卷，下笔如有神。(《奉赠韦左丞丈二十二韵》)(第012页)

△天子呼来不上船，自称臣是酒中仙。(《饮中八仙歌》)(第016页)

△信知生男恶，反是生女好。生女犹得嫁比邻，生男埋没随百草。(《兵车行》)(第018页)

△挽弓当挽强，用箭当用长。射人先射马，擒贼先擒王。(《前出塞九首》其六)(第021页)

△君看随阳雁，各有稻粱谋。(《同诸公登慈恩寺塔》)(第022页)

△三月三日天气新，长安水边多丽人。(《丽人行》)(第023页)

△杨花雪落覆白蘋，青鸟飞去衔红巾。炙手可热势绝伦，慎莫近前丞相嗔！ (《丽人行》)(第024页)

△绿垂风折笋，红绽雨肥梅。(《陪郑广文游何将军山林十首》其五)(第027页)

△风磴吹阴雪，云门吼瀑泉。(《陪郑广文游何将军山林十首》其六)(第027页)

△花妥莺捎蝶，溪喧獭趁鱼。(《重游何氏五首》其一)(第029页)

△竹深留客处，荷静纳凉时。(《陪诸贵公子丈八沟携妓纳凉晚际遇雨二首》其一)(第031页)

△越女红裙湿，燕姬翠黛愁。(《陪诸贵公子丈八沟携妓纳凉晚际遇雨二首》其二)(第031页)

△穷年忧黎元，叹息肠内热。(《自京赴奉先县咏怀五百字》)(第039页)

△朱门酒肉臭，路有冻死骨。(《自京赴奉先县咏怀五百字》)(第041页)

△落日照大旗，马鸣风萧萧。(《后出塞五首》其二)(第044页)

△香雾云鬟湿，清辉玉臂寒。(《月夜》)(第046页)

△野旷天清无战声，四万义军同日死。(《悲陈陶》)(第049页)

△国破山河在，城春草木深。感时花溅泪，恨别鸟惊心。烽火连三月，家书抵万金。(《春望》)(第052页)

△明眸皓齿今何在，血污游魂归不得。(《哀江头》)(第054页)

△苦被微官缚，低头愧野人。(《独酌成诗》)(第060页)

△夜阑更秉烛，相对如梦寐。(《羌村三首》其一)(第061页)

△青云动高兴，幽事亦可悦。(《北征》)(第065页)

△一片花飞减却春，风飘万点正愁人。(《曲江二首》其一)(第076页)

△细推物理须行乐，何用浮名绊此身！(《曲江二首》其一)(第076页)

△酒债寻常行处有，人生七十古来稀。穿花蛱蝶深深见，点水蜻蜓款款飞。(《曲江二首》其二)(第077页)

△羞将短发还吹帽，笑倩旁人为正冠。(《九日蓝田崔氏庄》)(第078页)

△明年此会知谁健？醉把茱萸仔细看。(《九日蓝田崔氏庄》)(第078页)

△人生不相见，动如参与商。(《赠卫八处士》)(第079页)

△访旧半为鬼，惊呼热中肠。(《赠卫八处士》)(第079页)

△昔别君未婚，儿女忽成行。(《赠卫八处士》)(第079页)

△十觞亦不醉，感子故意长。(《赠卫八处士》)(第079页)

△天寒翠袖薄，日暮倚修竹。(《佳人》)(第091页)

△死别已吞声，生别常恻恻。(《梦李白二首》其一)(第092页)

△冠盖满京华，斯人独憔悴。(《梦李白二首》其二)(第093页)

△千秋万岁名，寂寞身后事。(《梦李白二首》其二)(第094页)

△漆有用而割，膏以明自煎；兰摧白露下，桂折秋风前。(《遣兴五首》其三)(第094页)

△秋花危石底，晚景卧钟边。(《秦州杂诗二十首》其十二)(第098页)

△露从今夜白，月是故乡明。(《月夜忆舍弟》)(第101页)

△文章憎命达，魑魅喜人过。(《天末怀李白》)(第102页)

△塞柳行疏翠，山梨结小红。(《雨晴》)(第103页)

△幸因腐草出，敢近太阳飞。(《萤火》)(第105页)

△带甲满天地，胡为君远行。(《送远》)(第106页)

△映阶碧草自春色，隔叶黄鹂空好音。(《蜀相》)(第117页)

△出师未捷身先死，长使英雄泪满襟。(《蜀相》)(第117页)

△风含翠筿娟娟净，雨浥红蕖冉冉香。(《狂夫》)(第120页)

△自去自来梁上燕，相亲相近水中鸥。老妻画纸为棋局，稚子敲针作钓钩。(《江村》)(第121页)

△焉得并州快剪刀，剪取吴淞半江水？(《戏题王宰画山水图歌》)(第124页)

△思家步月清宵立，忆弟看云白日眠。(《恨别》)(第128页)

△留连戏蝶时时舞，自在娇莺恰恰啼。(《江畔独步寻花七绝句》其六)(第131页)

△莫思身外无穷事，且尽生前有限杯。(《绝句漫兴九首》其四)(第133页)

△颠狂柳絮随风舞，轻薄桃花逐水流。(《绝句漫兴九首》其五)(第134页)

△隔户杨柳弱袅袅，恰似十五女儿腰。(《绝句漫兴九首》其九)(第135页)

△一径野花落，孤村春水生。(《遣意二首》其一)(第136页)

△云掩初弦月，香传小树花。(《遣意二首》其二)(第136页)

△花径不曾缘客扫，蓬门今始为君开。(《客至》)(第137页)

△好雨知时节，当春乃发生。随风潜入夜，润物细无声。(《春夜喜雨》)(第138页)

△水流心不竞，云在意俱迟。(《江亭》)(第139页)

△细雨鱼儿出，微风燕子斜。(《水槛遣心二首》其一)(第142页)

△安得广厦千万间，大庇天下寒士俱欢颜，风雨不动安如山！呜呼！何时眼前突兀见此屋，吾庐独破受冻死亦足！(《茅屋为秋风所破歌》)(第143页)

△此曲只应天上有，人间能得几回闻？(《赠花卿》)(第146页)

△世人皆欲杀，吾意独怜才。敏捷诗千首，飘零酒一杯。(《不见》)(第147页)

△海内风尘诸弟隔，天涯涕泪一身遥。(《野望》)(第148页)

△尔曹身与名俱灭，不废江河万古流。(《戏为六绝句》其二)(第152页)

△不薄今人爱古人，清词丽句必为邻。(《戏为六绝句》其五)(第153页)

△别裁伪体亲风雅，转益多师是汝师。(《戏为六绝句》其六)(第153页)

△却看妻子愁何在？漫卷诗书喜欲狂。白日放歌须纵酒，青春作伴好还乡。(《闻官军收河南河北》)(第156页)

△帝乡愁绪外，春色泪痕边。(《泛舟送魏十八仓曹还京，因寄岑中允参、范郎中季明》)(第157页)

△济时敢爱死，寂寞壮心惊。(《岁暮》)(第159页)

△近泪无干土，低空有断云。(《别房太尉墓》)(第160页)

△新松恨不高千尺，恶竹应须斩万竿。(《将赴成都草堂途中有作先寄严郑公五首》其四)(第161页)

△天涯春色催迟暮，别泪遥添锦水波。(《奉寄高常侍》)(第162页)

△花近高楼伤客心，万方多难此登临。锦江春色来天地，玉垒浮云变古今。(《登楼》)(第163页)

△江碧鸟逾白，山青花欲燃。(《绝句二首》其二)(第165页)

△两个黄鹂鸣翠柳，一行白鹭上青天。窗含西岭千秋雪，门泊东吴万里船。(《绝句四首》其三)(第166页)

△丹青不知老将至，富贵于我如浮云。(《丹青引》)(第167页)

△但看古来盛名下，终日坎壈缠其身。(《丹青引》)(第167页)

△永夜角声悲自语，中庭月色好谁看？(《宿府》)(第170页)

△往时文采动人主，此日饥寒趋路旁。(《莫相疑行》)(第173页)

△细草微风岸，危樯独夜舟。星垂平野阔，月涌大江流。(《旅夜抒怀》)(第176页)

△飘飘何所似，天地一沙鸥。(《旅夜抒怀》)(第176页)

△短短桃花临水岸,轻轻柳絮点人衣。(《十二月一日三首》其三)(第177页)

△风起春灯乱,江鸣夜雨悬。晨钟云岸湿,胜地石堂烟。(《船下夔州郭宿雨湿不得上岸,别王十二判官》)(第178页)

△功盖三分国,名成八阵图。(《八阵图》)(第179页)

△落落盘踞虽得地,冥冥孤高多烈风。(《古柏行》)(第180页)

△不露文章世已惊,未辞剪伐谁能送。(《古柏行》)(第180页)

△志士幽人莫怨嗟,古来材大难为用。(《古柏行》)(第180页)

△飞星过水白,落月动沙虚。择木知幽鸟,潜波想巨鱼。(《中宵》)(第185页)

△玉露团清影,银河没半轮。(《江月》)(第186页)

△鱼龙回夜水,星月动秋山。(《草阁》)(第186页)

△四更山吐月,残夜水明楼。(《月》)(第187页)

△江间波浪兼天涌,塞上风云接地阴。丛菊两开他日泪,孤舟一系故园心。(《秋兴八首》其一)(第189页)

△信宿渔人还泛泛,清秋燕子故飞飞。(《秋兴八首》其三)(第191页)

△织女机丝虚夜月,石鲸鳞甲动秋风。波漂菰米沉云黑,露冷莲房坠粉红。(《秋兴八首》其七)(第194页)

△香稻啄馀鹦鹉粒,碧梧栖老凤凰枝。(《秋兴八首》其八)(第194页)

△摇落深知宋玉悲,风流儒雅亦吾师。怅望千秋一洒泪,萧条异代不同时。(《咏怀古迹五首》其二)(第196页)

△一去紫台连朔漠,独留青冢向黄昏。画图省识春风面,环佩空归月夜魂。(《咏怀古迹五首》其三)(第197页)

△五更鼓角声悲壮,三峡星河影动摇。(《阁夜》)(第202页)

△鸡虫得失无了时,注目寒江倚山阁。(《缚鸡行》)(第204页)

△晚节渐于诗律细,谁家数去酒杯宽。(《遣闷戏赠路十九曹长》)(第205页)

△风急天高猿啸哀,渚清沙白鸟飞回。无边落木萧萧下,不尽长江滚滚来。万里悲秋常作客,百年多病独登台。(《登高》)(第213页)

△年过半百不称意,明日看云还杖藜。(《暮归》)(第222页)

△吴楚东南坼,乾坤日夜浮。亲朋无一字,老病有孤舟。(《登岳阳楼》)(第225页)

△百年歌自苦,未见有知音。(《南征》)(第227页)

△片云天共远,永夜月同孤。(《江汉》)(第231页)

△古来存老马,不必取长途。(《江汉》)(第231页)

△正是江南好风景,落花时节又逢君。(《江南逢李龟年》)(第233页)

△春水船如天上坐,老年花似雾中看。(《小寒食舟中作》)(第234页)

图书在版编目（CIP）数据

杜甫集/（唐）杜甫著；珍尔解评．—2版．—太原：三晋出版社（原山西古籍出版社），2008.6（2024.5重印）
（中国家庭基本藏书·名家选集卷）
ISBN 978 - 7 - 80598 - 932 - 7 - 01

Ⅰ．杜… Ⅱ．①杜…②珍… Ⅲ．杜诗—选集 Ⅳ．
I222.742

中国版本图书馆 CIP 数据核字（2008）第 090986 号

杜甫集

著　者：（唐）杜　甫		解评者：珍　尔	
责任编辑：沈小燕		审订者：李建华	
封面设计：敬人工作室		版式设计：敬人工作室	
责任校对：沈小燕		责任印制：李佳音	

出版发行：山西出版集团·三晋出版社
地　　址：太原市建设南路 21 号
电　　话：（0351）4956036（咨询）　　4922268（邮购）
传　　真：（0351）4922102
网　　址：www.sxskcb.com
邮　　编：030012

印刷装订：山西新华印业有限公司
（本书如有破损、缺页、装订错误，请与本社联系调换）

开　　本：787mm×960mm　　1/16
字　　数：260 千字
印　　张：17
版　　次：2008 年 6 月第 2 版
印　　次：2024 年 5 月第 2 次印刷
书　　号：ISBN 978 - 7 - 80598 - 932 - 7 - 01
定　　价：65.50 元